KAMPENWAND
VERLAG

ISBN: 978-3947738267

Raiffeisenstr. 4 · D-83377 Vachendorf
www.kampenwand-verlag.de

Versand & Vertrieb durch Nova MD GmbH
www.novamd.de · bestellung@novamd.de
+49 (0) 861 166 17 27

Text: Lutz Kreutzer
Bilder: Traveller Martin / Shutterstock
Peera_stockfoto / Shutterstock
Druck: Sowa Sp. z o.o. - Raszyńska 13, 05-500 Piaseczno, Polen

TAUBENBLUT

Lutz Kreutzer

Sechskommafünf

Sommer 1987

Es klang wie Donner. Sperbers Beine zitterten. Die Stollenwände bewegten sich hin und her, und der Boden rollte auf ihn zu. Sperber drückte seinen Hut tiefer in die Stirn, schlug McMullen von hinten auf die Schulter und schrie: »Raus hier!«

Ein Felsbrocken brach aus der Decke. McMullen strauchelte und stürzte in den Staub. Das Bruchstück krachte auf eine Schiene der Lorenbahn und kippte zur Seite. McMullen schrie auf, seine Wade war eingeklemmt. Sperber riss an McMullens Fuß, so dass dieser stöhnte und für einige Sekunden in Ohnmacht fiel. Endlich bekam er McMullens Bein frei, packte ihn am Kragen, hievte ihn hoch und schleppte ihn auf das helle Loch zu, das sich in der Staubwolke vor ihnen auftat.

Das Poltern herabfallender Steine war ohrenbetäubend. Schreie von Panik und Schmerz hallten hinter ihnen. Deckenbalken barsten, Holzbohlen knarrten.

Sperber ächzte unter der Last McMullens, dessen Arm er fest auf seine Schultern presste. Er biss die Zähne zusammen und zog seinen Freund in Richtung Licht, rang nach Luft und schwankte. Seine Atemwege waren so verklebt, so dass er spuckte und röchelte. Der Staub unter seinen Lidern rieb ihm die Augen wund. McMullen kam wieder zu sich, war immer noch benommen und hustete sich die Lunge aus dem Leib. Dann waren sie draußen.

Zwanzig Meter weiter ließ Sperber McMullen auf den Boden gleiten. Schließlich hörte die Erde auf zu beben. Das Grollen verhallte, und einige Sekunden war Totenstille. Danach begannen die Vögel wieder zu zwitschern.

»Nur 'ne Fleischwunde«, sagte McMullen beiläufig, obwohl die Wade stark blutete. Als er sie vorsichtig inspizierte, verzog er das Gesicht und sog die Luft ein.

Sperbers Kraft war gewichen. Seine Arme zitterten, die Beine wollten ihn nicht mehr tragen. Sein Verstand verschwamm hinter einem Dunst aus Gedankenfetzen. Angst bahnte sich ihren Weg und ließ ihn schwitzten wie ein Pferd. Seine dunklen Haare waren tropfnass und klebten vor Dreck. Sein schwarzer Fedora hatte eine weiße Kruste angesetzt. Als er den Hut abnahm, liefen ihm Schweißtropfen in die brennenden Augen. In dem Gesteinsmehl, das in seinem Gesicht klebte, hatten sich Rinnsale gebildet. Er nahm einen Flachmann aus der Hosentasche und reichte ihn McMullen.

»Glück gehabt. Die Ärzte hier in Birma sollen ja nicht die besten sein«, keuchte er.

McMullen schraubte den Flachmann auf, goss den Inhalt über die Wunde und stöhnte.

Ein Soldat winkte zwei Sanitäter herbei, die McMullen das Bein verbanden. Er trank einen Schluck und blinzelte Sperber an. »Du verdammter Irrer«, stammelte er mit einem gehetzten Lachen.

Sperber stand langsam auf, klopfte sich den Staub von den Ärmeln und taumelte zum Stolleneingang zurück. Er schrie hinein und bekam Antwort. Nachdem sich seine Augen an die Dunkelheit gewöhnt hatten, sah er die vier Arbeiter auf sich zuwanken. Sie stützten sich gegenseitig und sahen aus, als hätte man sie in Puderzucker gewälzt.

Gott sei Dank, raste es durch seinen Kopf. Sie hatten es alle geschafft. Verletzt, aber lebendig. Die Arbeiter taumelten aus dem Stollentor, husteten heftig, schlurften an Sperber vorbei und legten sich zu McMullen auf den Boden. Auch ihre Wunden wurden von den Sanitätern versorgt. Begierig tranken sie aus den Wasserflaschen, die ein weiterer Soldat herbeigebracht hatte.

Sperber ging zurück zu den anderen. Dann sah er noch einmal zum Schlund des Stollens hinüber, aus dem immer noch der Marmorstaub quoll. »Mindestens Sechskommafünf«, murmelte er fast ungläubig.

»Sechskommafünf was?«, fragte der birmanische Militär-Dolmetscher.

»Richterskala«, ergänzte McMullen und spuckte.

»Bei einem solchen Beben ist vor mehr als hundert Jahren eure alte Hauptstadt ›Ava‹ dem Erdboden gleich gemacht worden«, brummte Sperber. »Zweihundert Kilometer von hier entfernt.« Er winkte einen der Arbeiter heran und erklärte ihm kurz etwas. Der Mann nickte und entfernte sich. Nach ein paar Minuten kam er mit zwei Flaschen zurück. Alle tranken jetzt von Sperbers bestem Scotch, einer nach dem anderen. Sie lehnten sich zurück und ruhten sich aus. In Kürze waren sie alle von der Unbarmherzigkeit ihrer Gedanken und der Gnade des Whiskys besoffen.

»Wir haben's überlebt!«, sagte McMullen und lachte. Danach ging alles leichter. Sie würden den Tag durchhalten, dachte Sperber. Dann hörten sie ein Krachen. Der Stollen brach zusammen, so dass der Wind ihm den Hut vom Kopf blies.

Ehre

Herbst 2010

Der Morgentau lag noch auf den Wiesen, durch die rauschenden Bäume blitzte hier und da die Sonne. In den Senken hing der Nebel wie Schaum. Bunte Blätter segelten durch die würzige Luft des Hochgebirges. An diesem sonnigen Tag kehrte Adnan Curri reumütig zu seiner Mutter zurück. Ihr Bauernhaus klebte an einem Hang in einem kleinen Dorf im Prokletije, den ›Verwunschenen Bergen‹ Albaniens.

Adnans Herz bebte. Würde seine Mutter ihn freundlich aufnehmen? Nachdem er ein Jahr zuvor verzweifelt aus seinem Dorf davongelaufen war, war er in Tirana schnell auf die schiefe Bahn geraten. Allein auf den Straßen der Hauptstadt wurde er von einem Mann mit einer sanften Stimme angesprochen. Er brachte ihn in sein Haus, gab ihm gutes Essen und bot ihm ein Bett an. Nach drei Tagen hatte er ihm eine Ausbildung eingeredet. Naiv und dankbar, wie Adnan war, nahm er an. Fast ein Jahr lang schulte man ihn im Einbruch, im Raub, im Umgang mit Messern und im Nahkampf. Er war an die Mafia geraten. Als ihm das klar wurde, konnte er nicht mehr zurück.

Adnan war begabt, wie sein Ausbilder es nannte. Sein Kryetar wollte ihn nach Berlin schicken. Bei dem Gedanken daran hatte Adnan Heimweh bekommen, so großes Heimweh, dass ihm selbst die Schmach egal war, die ihn zuhause erwarten würde.

Er wirkte gestählt, als er nun in der verrauchten Küche vor seiner Mutter stand. In ihren Augen sah er eine Träne.

Als er sie umarmen wollte, betrat Adnans Bruder Qamil die Küche. »Was willst du hier?«, ging Qamil ihn hart an. Qamil wandte sich der Mutter zu. »Geh weg von ihm!«, befahl er ihr. »Willst du jetzt auf einmal weich werden? Du? Geh weg von ihm!«, schrie er erneut, bis die Mutter Abstand von Adnan nahm.

Pausenlos beschwor Qamil die Schande, die Adnan über sie gebracht habe. Er war nicht mehr zu stoppen. Er hetzte die Mutter so sehr gegen Adnan auf, bis aller Rest an Liebe, auf die Adnan gehofft hatte, aus ihr gewichen schien.

»Du hast dich mit Verbrechern eingelassen«, warf Qamil ihm vor. »Du weißt, dass das nach unserem Glauben hier oben eine Todsünde ist!«, schrie Qamil. »Und du hast uns alle im Stich gelassen!«, fauchte er. Die Mutter nickte.

Adnan geriet in Wut. »Ihr beide seid selbst schuld daran«, brüllte er verzweifelt, während sich seine Stimme überschlug, »dass ich euch verlassen hab!«

Qamil lachte nur hämisch.

»Weißt du eigentlich, wie du aussiehst? Hässlich und vertrocknet. Grausam bist du geworden«, hieß er Qamil. »Und du, Mutter, du bist schwach und herzlos. Eine Schande seid ihr für mich!«

Der Streit wurde heftiger. Schließlich packte die Mutter im Zorn einen Besen und prügelte mit dem Stil auf Adnan ein. Qamil ergriff eine Mistgabel und drängte ihn vom Hof.

Als er mehr fliehend als gehend sein Dorf ein zweites Mal verließ, während seine Mutter und Qamil zeternd hinter ihm herliefen, wurde er von denselben Dorffrauen bespuckt, die ihm als kleinem Jungen einst den Kopf gestreichelt hatten.

Qamil aber schwenkte seine Zigarette hin und her und schrie ihm nach: »Wenn du dich noch einmal hier sehen lässt, werde ich dich erschießen!«

Adnan wusste, dass er mit dieser Drohung vor allen Dorfbewohnern entehrt worden war. Tief verletzt und gedemütigt fühlte er sich als Geächteter. Er wusste, dass er seine Ehre wiederherstellen musste, um weiterleben zu können.

Am späten Abend noch schlich er sich zurück zum Hof seiner Mutter und betrat die Küche durch die nicht versperrte Tür. Rauchend und Schnaps trinkend saß Qamil allein am Küchentisch. Als er Adnan sah, stand er auf.

»Was willst du schon wieder hier? Scher dich zum Teufel, wohin du gehörst!«, schimpfte Qamil mit tiefer Stimme.

»Wo ist Mutter?«, fragte er.

»Sie schläft und will dich nicht sehen, nie wieder, hörst du?«, rief Qamil verächtlich.

»Qamil, hör zu, so kannst du mich nicht behandeln. Niemals hab ich dir etwas getan. Ich hab immer mit dir Frieden haben wollen. Aber du ...«

»Aber was, häh? Ein Muttersöhnchen bist du!«, brüllte er. »Verkriechen willst du dich in Mutters Schoß, häh? Mach, dass du das Dorf verlässt. Hau ab, für immer. Hau endlich ab!« Mit wedelnden Händen, die seine Abscheu noch unterstrichen, stand Qamil vor ihm und hörte nicht auf, ihn zu beschimpfen.

Adnan antwortete nicht. Mit kaltem Blick verharrte er vor Qamil und starrte ihm in die Augen. Wie erbärmlich Qamil sich aufspielte, als wäre er das natürliche Oberhaupt der Familie. Nein, der Hausherr, das war er, Adnan, der Gedemütigte.

Das Messer hatte er bereits geöffnet in der Hosentasche getragen. Nur ein Zucken in Adnans Blick, dann streckte er Qamil kurzerhand mit einem einzigen Stich nieder.

Qamil sank zusammen, doch Adnan fing ihn auf. Qamil blutete heftig, er legte den Kopf in Adnans Armbeuge. Die Zigarette fiel von seinen Lippen auf den steinernen Boden. Seine Augen stellten Fragen, aber er gab keinen Laut von sich. Je stärker das Leben aus Qamil floss, desto zarter wurde sein Gesicht, das über die Jahre hinweg verhärtet war und hinter dem er sich ein halbes Leben lang versteckt hatte. In dem Moment, als Qamil in Adnans Armen starb, kehrten für einen Augenblick die sanften Züge seiner Jugend zurück, und Adnan weinte bittere Tränen.

Taubenblut

❁

Frühjahr 2015

Es war kalt an diesem Apriltag. Sperber fühlte sich, als wäre er unter eine Dampfwalze gekommen. Er saß im Johanniscafé in München-Haidhausen und starrte auf die Fototapete an der Stirnwand mit dem großen Bild vom Watzmann.

Der Wirt jonglierte ein Glas Whisky zu seinem Tisch. »Mal wieder auf der Straße geschlafen, Fritz?«, fragte er bräsig und grinste.

Die Schmerzen quälten Sperber wie der Teufel. Vor Jahren im Kongo hatte ihm ein deutscher Arzt in einem Feldlazarett zwei Halswirbel zusammengeschraubt, nachdem ein paar Kindersoldaten ihn mit einer Machete fast umgebracht hatten. Der Arzt hatte ihm damals prophezeit, dass er von dieser Attacke noch lange etwas haben würde. Sperber fasste sich an den Hals, legte den Kopf kurz nach hinten und grinste schief, als ihm die Notoperation von damals durch den

Kopf ging. Der Watzmann vor ihm wurde vor seinen Augen größer und kleiner. In seinem Kopf hörte er das Echo eines Jodlers.

Mist, diese Scheißopiate. Schmerzmittel bis zum Abwinken. Dazu der Whisky. Noch ein VAT 69, und sein Hirn finge zu kochen an. Aber was soll's, dachte er, besser als diese verfluchten Schmerzen. An den anderen Tischen unterhielten sich fremde Leute und tranken Bier. Er saß allein in seiner Ecke und winkte dem Wirt zu.

Der Wirt brachte ihm einen Doppelten und legte ihm die Hand auf den Oberarm. »Hey Fritz, du kippst mir doch nicht um? Siehst nicht gut aus, Junge.«

»Hier kann ich nicht weit kippen, und die Bänke bei dir sind weich«, sagte Sperber, lächelte dünn und starrte sein Glas an. »Die beste Medizin seit Ernest Shackleton.« Er trank und atmete tief durch. Mist, wann hörten diese Scheißschmerzen endlich auf, dachte er flehend, legte den Kopf nach vorn und griff sich erneut an den Nacken. »Noch einen!«, rief er dem Wirt hinterher.

Er brauchte dringend Geld. Ich sollte Martha anrufen, überlegte er. Sie muss mir wieder einen Job geben. Sperbers ersten Fall, den mit dem kongolesischen Prinzen, hatten sie gemeinsam gelöst, er, Kriminaloberkommissarin Martha Kieninger und ihr Team vom bayerischen Landeskriminalamt. Sperber war damals als externer Berater engagiert worden. Doch danach war Ebbe gewesen. Kein neuer Fall. Keine Kohle. Schon seit Monaten nichts mehr. Sie ließ einfach nichts von sich hören. Seitdem lungerte Sperber umher wie ein Zombie. Er brauchte neuen Elan. Einen neuen Fall. Doch Martha meldete sich nicht. Und er hatte gedacht, sie wären Freunde geworden. »Blöde Nuss!«, fluchte er leise. Aber er mochte sie. Er trank den letzten Schluck aus seinem Glas und griff dann zu seinem Handy.

»Martha, ja, hier ist Fritz.«

»Ah, sieh an, der Silikon-Fritz. Na, was gibt's?«, fragte Martha. Dieser bescheuerte Spitzname! Weil Sperber einen Arzt beim Landeskriminalamt bei einer Computertomographie darauf aufmerksam gemacht hatte, dass die schwarzen Flecken auf dem Bild Silikon in der Brust einer Toten waren, hatte man ihm dort diesen Namen für immer verpasst, nagelfest. Er ärgerte sich, nahm sich jedoch zusammen.

»Martha, ich brauche einen Job!«, stöhnte er.

»Fritz, ich weiß. Und wenn wir hier einen exotischen Toten hätten, dann hätte ich dich längst engagiert. Zurzeit ist München einfach zu friedlich für dich! Ich melde mich, wenn wir dich wieder brauchen. Versprochen«, sagte sie sanft.

»Kein toter Toter, aber eine tote Stadt! Was für ein albernes Leben. Nix los in Bayern«, beschwerte sich Sperber und legte auf.

Wie langweilig war ihm, wie lustlos das Leben hier war. Keine Gefahren, keine Abenteuer, keine Idioten.

Nur nette Leute um ihn herum mit ganz viel Verständnis!

Damals, vor dem Anschlag auf seinen Hals, da war er herumgereist in der Welt und hatte an den unmöglichsten Stellen in den hinterwäldlerischsten Ländern nach Bodenschätzen gesucht. Rund um den Planeten. Und zum Mond wäre er auch geflogen, wenn ihn jemand mitgenommen hätte. Mit seinem Kumpel McMullen.

Hach, McMullen, dieser Verrückte. Leise vor sich hin lachend fiel ihm das Husarenstück wieder ein, das McMullen und er im Norden Thailands vollbracht hatten, ein paar Tage, nachdem er McMullen damals in Mogok während des Erdbebens aus dem Stollen gezogen hatte.

Sperber trank erneut einen kleinen Schluck Whisky. Der Schnaps kroch durch seine Adern in den Kopf, und sein pochender Schmerz ging in eine dumpfe Erinnerung über, die ihn fast dreißig Jahre nach Birma zurückversetzte.

Sommer 1987

Es war heiß und feucht, als Sperber und McMullen damals in Mogok angekommen waren. Mogok, hier begann das verbotene Tal. Wohin man auch einen Stein warf, so sagte man, sprangen einem die Rubine entgegen. Der Marmor in dieser Gegend war voll davon.

Sein bester Freund McMullen, der Kanadier, hatte die kuriose Idee gehabt, für dieses Projekt in Birma anzuheuern. Eine kanadische Bergbaugesellschaft hatte von der Militärregierung Birmas den Auftrag erhalten, den Abbau der Rubine umzustrukturieren, den Bergbau wieder zum Laufen zu bringen. »Komm, mach mit!«, hatte McMullen Sperber aufgefordert, kurz nachdem sie beide ihr Studium abgeschlossen hatten. Nach ein paar Bier und einer halben Flasche Scotch hatte Sperber eingewilligt. Die Kanadier hatten den beiden tatsächlich einen vielversprechenden Vertrag gegeben. Ein Glücksfall, der ihnen viel Geld bescheren sollte. Sie waren jung, von Tatendrang beseelt und als Freunde unzertrennlich.

Als sie nach Mogok kamen und die Minen besichtigten, holten die Arbeiter die Edelsteine barfuß und halbnackt aus den engen Gängen, die sie fast ohne Sicherung und Verbauung ins Gestein getrieben hatten. An den engsten Stellen wurden Kinder in die Minen geschickt. Auf Schritt und Tritt wurden die Arbeiter von Soldaten bewacht.

»Was ist denn das für ein widerlicher Scheiß?«, hatte Sperber McMullen angepfiffen, als sie sich der Zustände zum ersten Mal gewahr wurden. »Hast du das gewusst?«

McMullen stand sprachlos vor ihm und schüttelte langsam den Kopf. Ein kleiner Junge kam auf ihn zu und zeigte auf die Flasche in McMullens Hand. Er gab ihm zu trinken. Er sog an der Flasche, spuckte den milchigen Brei aus, der sich aus dem Marmorstaub der Mine und dem Wasser gebildet hatte, und trank die halbe Flasche leer. McMullen streichelte ihm den Kopf. Der Junge lächelte ihn an, drehte sich um und verschwand im Laufschritt.

»Der hat Angst vor den Soldaten«, sagte Sperber.

Hier gab es zwar die edelsten Rubine der Welt. Ihre göttliche Farbe machte sie wertvoller als gleich schwere Diamanten. Aber der Preis dafür war hoch. Die Menschen wurden geschunden und zur Arbeit getrieben. Behalten durften sie kaum etwas davon, obwohl man Säcke damit füllen konnte.

»Was machen die hier bloß mit den Leuten?«, fragte Sperber McMullen fassungslos.

»Die Regierung braucht Geld. Viel Geld. Die wollen sich endgültig von ihren alten Ketten lösen. Es wird darüber geredet, dass das Regime das Land demnächst in ›Republik von Myanmar‹ umbenennen will«, erklärte McMullen.

»Und warum das?«

»Die wollen Selbstbewusstsein demonstrieren. Sich endgültig von der Kolonialherrschaft und ihren Nachwehen befreien.«

»Ist ja verständlich. Aber so? Soldaten, überall Soldaten. Verdammt!«, sagte Sperber bestürzt.

»Die haben sich entschlossen, moderne Bergbautechnik einzusetzen, um die Minen im Marmor besser ausbeuten zu können. Aber hier in diesem verbotenen Tal ist es nicht ganz einfach, eine Mine zu erhalten«, sagte McMullen und sah in die grüne Landschaft ringsum. »Nach wenigen Wochen holt sich der Dschungel alles, was Menschen hier aufbauen, wieder zurück.«

Sperber folgte seinem Blick. »Und deshalb sind wir jetzt gekommen, wir beide.« Er zischte verächtlich.

»Ja, wir sollen einige dieser Minen zusammenlegen, sicherer machen und effizienter ausbauen. Das ist unser Job!«

»Scheiß drauf! Wenn ich sehe, wie die Menschen hier leiden unter dieser Arbeit, würd ich am liebsten alles hinschmeißen.«

»Oder was ändern. Wenn wir jetzt gehen, dann ändert sich nichts!«

Sperber dachte nach. McMullen hatte Recht. Sie mussten etwas tun. »Okay, McMullen, wir schließen einen Pakt. Wir schwören uns hoch und heilig, alles in unserer Macht Stehende zu tun, das hier zu ändern und die Arbeitsbedingungen zu verbessern.«

McMullen nickte. »Abgemacht. Das ist der Deal!« Sie sahen sich in die Augen und schlugen grinsend ein.

Doch dann hatte sie das Erdbeben erwischt. Sie hatten verdammtes Glück gehabt. Drei Tage nach dem Beben hatten die Arbeiter den Eingang zum Stollen wieder frei geschaufelt. Dahinter sah es gut aus. Die Bestandsaufnahme war abgeschlossen. Alles nicht so wild, wie sie gedacht hatten. Einige Ausbesserungen waren nötig, aber die Stützkonstruktionen hatten im Wesentlichen gehalten. Die Arbeit konnte wieder losgehen.

Sperber hatte mehr Pausen und ausreichend Getränke für die Arbeiter ausgehandelt. Fürs Erste war das viel. Mehr ging momentan nicht. Die Mine lief jetzt wieder, die Leute lächelten noch öfter als vorher. McMullen meinte, dass sie jetzt mal ausspannen müssten, nach zehn Wochen ohne Pause. Sie wollten sich für zwei Tage nach Thailand verdrücken. Hinein ins Leben, wie McMullen es formulierte.

Es waren einige hundert Kilometer bis Chiang Rai im thailändischen Norden. Es würde eine Strapaze sein. Aber ihr Toyota Land Cruiser war klimatisiert. Na ja, ein paar schöne Stunden in einer thailändischen Bar, ein gutes Essen und vielleicht ein paar freundliche Damen. Ein Wochenende in Saus und Braus eben. Das würde sie wieder auf andere Gedanken bringen. Und sie wollten weg aus diesem Land, wo die Leute sich jedes Mal in die Hosen machten vor Angst, wenn man ihr Regime auch nur erwähnte.

Die Grenze von Birma nach Thailand zu überqueren würde nicht schwierig sein, hatte McMullen prophezeit. McMullen war nicht zum ersten Mal in der Region, er würde wissen, was er tat. Und tatsächlich: An der Grenze hatten sie keine Probleme.

Nach zehnstündiger Fahrt kamen sie ins Zentrum von Chiang Rai und fanden ein kleines Hotel. Die Zimmer waren nicht die schönsten, aber sie präsentierten sich auch nicht schäbig. Anschließend schlenderten sie über den Nachtmarkt. Sie blieben an einer Bar stehen und bestellten zwei Thai Whiskeys. McMullen reichte Sperber ein paar Pistazien, die auf der Bar standen, und schwärmte: »Mit den Pistazien zusammen schmeckt dieser Schnaps einfach wunderbar.« Bevor sie weiterzogen, stopfte sich Sperber die Taschen damit voll.

Sie kamen auf einen Platz, der zwischen hohen Häuserwänden lag. Es brodelte in kleinen Garküchen unter zeltartigen Baldachinen. Einfache gelbe Holztische und Klappstühle boten hunderten Menschen Platz. Sperber und McMullen setzten sich irgendwo dazu und machten mit. Sie aßen, tranken und lachten. Aus Lautsprechern tönte scheppernd thailändische Musik. Das einfache Essen war gut und so scharf, dass ihnen die Augen tränten. Das Eiswasser und der Thai

Whiskey sorgten dafür, dass sie die Strapazen ihrer Reise vergaßen.

Schließlich taumelten sie weiter durch das Nachtleben. In einer Showbar blieben sie hängen. Auf einer kleinen Bühne tanzten ein paar ungewöhnlich große Showgirls mit rosa und lilafarbenen Gewändern und Federschmuck auf dem Kopf und sangen dazu mit ungewöhnlich tiefer Stimme. Dann sprachen zwei junge Damen McMullen und Sperber an, zuerst McMullen, dann Sperber. Sie flirteten, was das Zeug hielt. Die Damen lächelten und begannen, die beiden zu streicheln.

McMullen gab einen Drink nach dem anderen aus. Wen er dabei alles mitversorgte, konnte Sperber nicht feststellen. McMullen war von seiner Eroberung fest in Beschlag genommen. Sperber sah zur Bühne und spürte den Thai Whiskey in allen Gliedern. Seine Augen versagten kurz ihren Dienst. Die Dame an seiner Seite blieb bei ihm und hielt ihn fest, so gut sie konnte. Plötzlich war McMullen verschwunden, und seine ihm Zugewandte auch.

Sperber bestellte Eiswasser mit Zitrone. Er trank drei Gläser leer und fühlte sich besser. Nach einer Stunde wurde er unruhig. Wo war McMullen? Der Wirt verlangte Geld. Aber so viel Bares hatte Sperber nicht. McMullen hatte anscheinend die gesamte Kneipe leben lassen. Zumindest hatte der Wirt das so verstanden. Dann kam McMullen tief deprimiert allein zurück.

»Hey, wo warst du? Was ist los?«, wollte Sperber wissen und machte ein ärgerliches Gesicht.

McMullen war sichtlich niedergeschlagen. »Ich schäme mich, ich schäme mich, ich schäme mich!«, rief er.

»Sag bloß, das Mädel war 'n Kerl!«, entfuhr es Sperber.

»Jaaaaa!«, schrie McMullen angewidert. »Ein gottverdammter Katoey!«

Sperber grinste. Dann versuchte er überschwänglich, McMullen zu trösten, indem er ihm seine Hand auf die Schulter legte. »Und das hast du erst festgestellt, nachdem ..., ich meine ... zu spät?«

McMullen konnte Sperbers offensichtliche Schadenfreude gar nicht vertragen. »Wie bist du denn bloß aus der Nummer wieder rausgekommen?«, fragte Sperber und kriegte sich nicht mehr ein vor Lachen. McMullen stand wie paralysiert vor ihm.

Sperber überreichte McMullen beiläufig die Rechnung.

»Mein Gott! Achthundertsiebzig Dollar!«, rief McMullen. »Was ist denn das hier für ein Laden? Gehört der anschließend uns?«

»Spezielle Dienste wollen speziell bezahlt werden!«, spottete Sperber.

»Mann oh Mann, das sind ja Halsabschneider!«, schrie McMullen außer sich vor Wut. Männer am anderen Ende der Bar wurden aufmerksam.

»Hast du so viel Bares dabei?«, fragte Sperber und spürte die brizzelige Atmosphäre.

»Nein, wer soll das alles gesoffen haben?«

»Du hast die ganze Kneipe über eine Stunde lang freigehalten. Das glaubt zumindest der Kerl da hinter der Theke!«

Es wurde allmählich ungemütlich. Der Wirt wurde unfreundlicher und wiederholte seine Forderung jetzt lautstark. McMullen weigerte sich, die Rechnung anzuerkennen. Ein großer Mann kam und zog Sperbers Mädchen zur Seite. Ein prüfender Blick zeigte Sperber erst jetzt, dass auch sie ein Katoey war. Unglaublich hübsch und lieb. Verdammt! Reingefallen. Der ganze Laden hier bestand anscheinend aus Transen.

Noch ein kräftiger Mann kam hinzu. Seine Miene war alles andere als gastfreundlich.

»Hey McMullen! Ich glaub, wir sollten jetzt irgendwie aus diesem Schlamassel rauskommen. Hast du 'ne Idee?«

McMullen griff in seine Hosentasche und legte dem ungehaltenen Mann hinter der Theke zwei rote Steine in die Hand.

Der Wirt hob einen der Steine hoch und hielt ihn gegen das Licht einer Lampe. »Pigeon's blood!«, stieß der Wirt mit wässerigen Augen hervor und staunte. Das hörten viele der Umstehenden und bildeten einen Kreis um sie.

McMullen hatte, ohne es zu ahnen, neue Begehrlichkeiten geweckt. Jetzt waren sie eingekesselt von lauter Katoeys, einer schöner als der andere, einer grimmiger als der andere. Sie kamen immer näher und starrten sie an, begierig nach Taubenblut, so nannte man die Rubine aus Mogok. Sie waren von einer unverkennbar tiefroten Farbe, die einen Stich ins Blaue zeigte. Die Katoeys sahen sich bereits im Besitz der wertvollsten Rubine der Welt. Plötzlich waren tausend Hände bei ihnen, streichelten erst, grapschten dann und versuchten schließlich, mit schmeichelnden Griffen den Weg in ihre Hosentaschen zu finden.

Sperber schüttelte sich los, langte dann selbst in seine Tasche und warf eine Handvoll der Pistazien in die linke hintere Ecke des Raumes, die in schummriges Licht getaucht war. Die Pistazien flogen durch die Luft, knallten erst an die Wand, dann auf das harte Holzparkett und machten Geräusche wie hell klackende Kieselsteine. Sperbers Rechnung ging auf, denn sofort stürzten sich die kreischenden Katoeys in ihrer Gier auf den Boden. Sperber packte McMullen und riss ihn zur Tür hinaus. Sie liefen zurück in Richtung des Nachtmarkts, auf dem es vor Menschen nur so wimmelte. Hier fühlten sie sich sicher.

An einer Freilichtbar am Rand des Markts blieben sie stehen, stützten sich keuchend auf ihre Knie und lachten sich die Seele aus dem Leib. »McMullen, du Wahnsinniger!«, schrie Sperber. »Du hast die Mine beklaut! Wie hast du das hingekriegt?«, fragte er mit Entsetzen und Bewunderung zugleich in der Stimme. »Du gottverdammter Hundesohn!«

»Im Hammerstiel!«, lachte McMullen aufgedreht. »Der alte Geologenhammer. Sein Stiel ist hohl und bietet so einigen Steinchen Platz.«

Sperber lachte und bestellte zwei Bloody Mary.

»Aber die Idee mit den Pistazien war auch nicht schlecht. Pistazien als Rubine getarnt!«, schrie McMullen und lachte.

Sperber prostete McMullen mit dem blutroten Glas zu. »Da, McMullen. Sauf aus! Taubenblut! Aber die bezahle ich bar! Bevor wir aufgeknüpft werden«, rief er spöttisch und bestellte noch zwei.

Sperber grinste beim Gedanken an dieses Abenteuer. Lange her, dachte er und massierte seinen Nacken. Er prostete dem Watzmann an der Wand mit einem ehrerbietigen Nicken zu und trank den letzten Schluck Whisky in einem Zug.

Forsythien

Frühjahr 2015

An diesem kühlen Morgen lag der Chiemsee unter zähem Nebel. Nur die höchsten Baumwipfel am Ufer und auf den Inseln lugten heraus. Eine pudrige Stille hatte den See im Griff. Ein Rabe krächzte, kurz nachdem Müller-Westermann in das Boot gestiegen war. Das Wasser plätscherte gegen den Rumpf. Er wollte zur Insel Frauenchiemsee, dem idyllischsten Fleck Deutschlands, wie in einem Hochglanzprospekt behauptet wurde.

Müller-Westermann war Immobilienmakler und hatte eine Unstimmigkeit im Gemeinderat der Gemeinde Chiemsee ausgenutzt. Seit Wochen grinste er sich jeden Morgen ins Gesicht, wenn er in den Spiegel sah. Diese Idioten! Für ihn sollte es das Geschäft seines Lebens werden. Er hatte mehrere Häuser auf der Fraueninsel gekauft und mittlerweile aufwendig restauriert. Viele der Einheimischen waren ziemlich sauer, sahen die Häuser doch jetzt überhaupt nicht mehr so aus wie früher. Dunkles Holz hatte er in Hochglanzweiß streichen lassen, Balkone erneuert und Einfriedungen wie Gärten ebenfalls weiß gestalten lassen.

Damit hatte er den Charakter der Häuser vollkommen verwandelt. Sie sahen aus wie Häuser, die man auf Sylt erwarten würde. Sie strahlten so unbeschreiblich hell, dass ihr Anblick jedem Fremden die Luft nahm. Diese Immobilien waren jetzt unbezahlbar. Er wollte sie so lukrativ vermieten, dass sich seine Investitionen in nur fünf Jahren bezahlt gemacht hätten. Und dazu brauchte er Mieter, bei denen Geld keine Rolle spielte. Einen dieser Leute hatte er gerade an der Angel.

Der Mann betrat erhobenen Hauptes den Steg und schritt auf das Boot zu. Er trug einen orange karierten Sarong um die Hüften und darunter eine schwarze Seidenhose. Seinen Oberkörper bekleidete eine grüne Thai-Bluse aus Bambusfasern, die mit aufwendigen Stickereien, Paspeln und Bordüren besetzt war. Die eleganten schwarzen Lederschuhe waren vorn offen, seine frisch pedikürten Zehennägel dunkel lackiert. Um den Kopf hatte er einen kostbaren Pakama gebunden. Der Mann war stark geschminkt. Seine Augenlider glitzerten lila, und seine Wimpern waren in tiefes Schwarz getaucht. Das gesamte Gesicht war gepudert. Nur seine Wangen flimmerten rot. Die Lippen hatte er anthrazitfarben bemalt.

Auf Müller-Westermann wirkte das alles zu aufdringlich. Der Mann konnte die Augen keine Sekunde lang ruhig halten. Seine Wimpern klimperten unentwegt, und sein Grinsen verursachte eine unangenehme Wallung nach der anderen bei Müller-Westermann. Blöde Tunte, dachte er. Allein schon dieser unglaubliche Name kam ihm völlig verrückt vor: Er hatte ihm einen deutschen Reisepass gezeigt. Demnach hieß er ›Nuh Poo Tubkim-Gongutih (Hausmayr)‹.

Der Mann war Müller-Westermann vom Königlich Thailändischen Honorargeneralkonsulat in München vermittelt worden. Als Makler für außergewöhnliche und erstklassige Immobilien war er schließlich stadtbekannt. Deshalb waren sie heute hier am Chiemsee. Und jetzt wollten sie zur Fraueninsel fahren.

Nuh Poo Tubkim wurde von einem Kraftprotz begleitet, der stets drei Meter hinter ihm ging. Ein riesiger Kerl mit kurz geschorenen Haaren, schwarzem Anzug, schwarzen Schuhen und weißem Hemd mit geschlossenem Kragen. Seine Augen waren ebenfalls geschminkt. Er reichte Müller-Westermann nicht die Hand, grüßte nicht, sondern nickte nur kaum merkbar mit dem Kopf, ließ ihn aber keinen Moment aus den Augen. Trotzdem beherrschte er die Kunst, sich so unauffällig zu verhalten, dass Müller-Westermann ihn nach drei Minuten schon gar nicht mehr wahrnahm.

Nuh Poo Tubkim streckte seinen Arm aus wie eine viktorianische Großmutter. Müller-Westermann nahm seine schlaff herabhängende Hand und half ihm ins Boot. Er war froh, als er die Hand des Mannes wieder loslassen konnte. Dann fuhren sie los und glitten über den stillen See. Bald hatten sie die Anlegestelle der Insel erreicht.

Als Müller-Westermann ihm das Objekt zeigte, staunte Nuh Poo Tubkim wie ein kleiner Junge. So etwas Schönes hatte er noch nie gesehen. Er stand vor einem makellos weißen Haus auf einer Insel. Im Hintergrund waren Berge zu sehen. Ihm kamen die Tränen. Ein Ort voller Inspiration. Das muss das Glück sein, dachte er. Er schritt den Zaun entlang, immer gefolgt von seinem Leibwächter, der immer noch in angemessenem Abstand hinter ihm her ging, ohne einen unterwürfigen Eindruck zu hinterlassen. Müller-Westermann öffnete das kleine Gartentor, nickte einladend und wies Nuh Poo Tubkim den Weg.

Er schritt durch den Vorgarten und blieb vor den Forsythien stehen. Im Hintergrund blühten Blumen in Blumenkästen unter frisch geputzten Fenstern. Der Rasen war kurz gemäht. Er ging weiter zu der geschnitzten Tür. Müller-Westermann öffnete ihm das Haus. Er trat ein, sah sich zehn Minuten lang um und fragte dann etwas unbeholfen: »Kann ich hier ... in der Nachbarschaft noch was dazu haben?«

Müller-Westermann stutzte und zögerte. »Sie meinen, noch ein Haus?«

»Ja, noch ein Haus. Meine Freunde werden hier wohnen.« Er blickte zu seinem Leibwächter und lächelte kurz. Der stand steif da und zeigte keine Regung.

»Nun ja, äh, ich weiß nicht. Frei sind noch die Häuser direkt daneben. Aber die kosten auch viel Miete.«

»Miete? Ich kaufe Häuser«, sagte Nuh Poo voller Überzeugung.

Müller-Westermann lächelte. »Die können Sie nicht bezahlen.« Er schüttelte vorsichtig den Kopf.

»Kann ich doch«, sagte Nuh Poo lächelnd. »Ich will alle drei. Sagen Sie mir den Preis. Ich bin sicher, ich habe sie bereits gekauft.«

Grabrede

Erwin Sentlinger war kein Menschenfreund. Er stand am Fenster und sah hinaus. Wie jeden Morgen. Er kaute an den Fingernägeln. Immer wenn er nervös war, tat er das. Schon als kleines Kind hatte er das gemacht. Genau dann, wenn ihm Prügel bevorstanden. Und das war nicht selten gewesen.

Seine Mutter war durch einen Stromschlag ums Leben gekommen, als er acht Jahre alt war. Die Strafe des Herrn, hatten alle hinter vorgehaltener Hand gesagt. Für ein zu lockeres Leben, hatte man immer wieder geflüstert. Seine ältere Schwester Trude hatte sich ihr halbes Leben lang für die Mutter geschämt, wollte es anders machen. Und sie hatte es anders gemacht. Sie hatte Erwin sehr streng erzogen.

Die Erziehung hatte sich nach dem Vorbild der Großeltern gerichtet. Beide Großväter waren Lehrer gewesen, die sich in den Methoden der schwarzen Pädagogik bestens ausgekannt hatten. So war auch Trude angehalten worden, sich dieser Methoden zu bedienen, um ihren Bruder auf den rechten Weg zu bringen. Noch heute hatte Sentlinger Striemen an seinem ledrig gewordenen Hinterteil, die von dem verhassten Rohrstock rührten. Jede Sünde hatte er auf diese Weise büßen müssen. Jedes Mal mit der Konsequenz, dass er kaum sitzen konnte. Das hatte in der Schule zusätzlich zu Schwierigkeiten mit den Lehrern geführt.

Aber es hatte ihn hart gemacht. Hart fürs Leben. Disziplin und Ordnung waren ihm mit dem Stock eingetrichtert worden. Er hatte viel gelitten und fand es absolut in Ordnung, dass auch andere leiden sollten, um zu lernen. Das hatte sich bewährt, seit Jahrtausenden. So hatte er es sich zurechtgelegt. Denn der Gedanke, dass ihm als Kind Unrecht geschehen sein könnte, wäre unerträglich für ihn.

»Guten Morgen«, sagte seine Sekretärin Liese strahlend. »Na, Chef, worüber sinnieren Sie denn heute?«, fragte sie, als sie ein paar Akten auf seinen Tisch legte und einen Tee brachte. Liese war seit ewigen Zeiten bei ihm. Früher fand er sie umwerfend. In den letzten Jahren aber hatte seine erotische Zuneigung zu ihr abgenommen. Manchmal aber, da flammte sie wieder auf. Als sie sich näherte und er ihren vertrauten Duft wahrnahm, durchzuckte es ihn. Als er ihren Namen seufzte, »Ach, Liese ...« Seine Wonne war so groß, dass er einen Kloß im Hals spürte.

Er schlürfte den Tee und sah aus dem Fenster. Seine ganze Liebe hing an seiner Heimat Bayern. Und mittendrin diese verkommene Stadt! In München war die Staatskanzlei so etwas wie eine Fluchtburg für ihn. Der erhabene Blick über den Hofgarten im Schatten der Residenz gab ihm jeden Morgen das Gefühl von Sicherheit und Macht.

»Die Menschen«, sagte er mit Schwermut in der Stimme. »Sie sind mir so fremd. Sehen Sie, Liese, wie sie arglos in unserem Park herumirren, ohne zu wissen, was sie wollen, wohin ihre Reise geht. Taugenichtse und Herumtreiber.«

»Ach, Chef, seien Sie nicht so streng mit den Leuten. Sie tun nichts Verwerfliches. Sie wollen leben, und sie wollen, dass es ihnen gut geht. Und dafür sorgen Sie!«, sagte sie lächelnd. In ihrer Stimme klang viel Trost mit. »Es ist Ihre Aufgabe, Sie machen das schon. Und heute ist ein wunderbarer Tag dazu. Ich weiß doch, dass Sie für Ihr Land alles geben.«

»Ach ja«, sinnierte er mit abwesendem Blick, »die duftenden Wiesen, die sanften Hügel der Voralpen. Die Kirchen mit den Zwiebeltürmen. Die Kühe auf den Weiden. Bayern, das würde ich mir durch nichts und niemand nehmen lassen.«

»Ja, es ist Ihr Bayern«, sagte Liese. Und sie wusste, er hatte es sich einfach genommen. Jedenfalls insgeheim. Mit seinen Gleichgesinnten vom katholischen Herrenorden.

»Wir müssen Bayern erhalten!«, sagte Sentlinger salbungsvoll.

Liese wusste, dass Sentlinger und seine Kumpanen vor allem dafür sorgen wollten, es niemals an diese linken Klugscheißer abgeben zu müssen, wie er einmal gesagt hatte. Als Gutmenschen, Pädagogenheinis, Ökofritzen und Sozialromantiker hatte er sie beschimpft. Widerliche Geschöpfe hatte er sie genannt. Und dann die ganzen Menschen aus aller Welt, die unkontrolliert ins schöne Bayern strömten, hatte er gestöhnt. Aber der Herrgott hatte auch sie erschaffen, so wie ihn und seine Welt, hatte er postuliert. Also müsse er ihre Existenz hinnehmen; aber bekämpfen dürfe er all diese Antichristen, das hatte der Herrgott ihm nicht verboten. Es war sein Bayern, das katholische, oder besser, was er für katholisch hielt.

»Wird schon werden«, sagte Liese und ging hinaus.

In diesem Moment kam Sentlingers Schwester geradewegs ins Büro. Ihr schwarzer Habit verlieh ihr einen würdevollen Stolz. Ohne Liese zu grüßen, schritt sie direkt zu Sentlingers Schreibtisch. Schwester Irmentrud sah besorgt aus. »Bruder, du musst uns helfen.«

Ihr Körper war immer noch schlank. Über ihren dichten Augenbrauen waren ein paar Grübelfalten zu sehen. Ihre vollen Lippen hatte sie ein wenig gespitzt, als sie vor ihm stand. Sie wirkte auf ihren Bruder ohnehin streng und kompromisslos, aber er spürte sofort, dass ihr Stimmungsbarometer heute auf Schlechtwetter stand.

Erwin Sentlinger ging auf sie zu, nahm sie in die Arme und gab ihr einen flüchtigen Kuss auf die Wange. »Trude, meine liebe Trude!« Auch nach all den Jahren wolle er sich immer noch nicht an ihren eigens gewählten Ordensnamen gewöhnen. »Ich bin so froh, dich zu sehen!«, rief er mit vorgespieltem Überschwang. Er betrachtete ihr schön geschnittenes Antlitz, in dem er trotz ihres Alters immer noch keinen Makel erkennen konnte. Rechts und links ihrer tiefbraunen Augen hatten sich zwar ein paar Krähenfüße einen Weg gesucht. Sie konnten jedoch ihrer Anmut nichts anhaben. Erwin Sentlinger erstaunte das immer wieder, wenn er seiner Schwester begegnete. Sie wollte einfach nicht alt werden.

»Der Teufel ist auf die Insel gekommen!«, sagte sie mürrisch und ohne jede Einleitung.

Sentlinger zog die Brauen zusammen. »Der Teufel? Was denn, übertreibst du nicht?« Er hielt sie an den Schultern. »Setz dich doch bitte!« Er bot ihr einen Stuhl an. »Was bedrückt dich, liebe Schwester?«

»Der Satan! Im Körper eines Mannes, der wie eine Frau daherkommt.«

Sentlinger kannte seine Schwester nur zu gut. Sie konnte rasend werden vor Wut, aber auf der anderen Seite war sie lammfromm. Ihr oftmals aufbrausender Gemütszustand hatte sie am Leben scheitern lassen. Obwohl sie immer sehr hübsch gewesen war, hatte es kein Bursche lange mit ihr ausgehalten. Sie konnte unberechenbar böse werden. Ihre Verzweiflung am Leben hatte sie schließlich ins Kloster getrieben. Und dort hatte sie sich ebenfalls lange den Aufstieg durch ihre zügellosen Wutausbrüche verbaut. Denn trotz ihrer Intelligenz hatte ihre mangelnde Selbstkontrolle sie nur zur stellvertretenden Oberin werden lassen. Und das wurmte sie. Doch insgeheim zog sie die Fäden in ihrem Kloster durch ihre stets erfolgreich eingefädelten Intrigen.

»Diese widerliche Schwuchtel!«, schrie sie und schlug mit der Faust auf den Schreibtisch.

»Trude! Du trägst den Habit. Vergiss das nicht!«, ermahnte sie ihr Bruder vorsichtig. »Was ist denn los?«

Sie wand sich auf ihrem Stuhl, und Sentlinger wusste, dass sie jetzt wieder von Schuldgefühlen geplagt wurde. Aber sicher nur kurz, dachte er.

»Er ist aus Thailand. Er hat drei Häuser gekauft. Zwei Tage später ist er wie ein Pfau durch den Ort stolziert, hat alle gegrüßt. Und dabei hatte er zehn«, es zerriss sie fast, »zehn andere von diesen Elenden im Schlepptau.«

»Ja und? Das ist doch freundlich, dass er die Leute begrüßt.«

»Sie haben dabei fremdartige Gebete gemurmelt. Und dann dieses Grinsen. Sie haben alle so unerschütterlich gegrinst!«, sagte sie jammernd. »Und jetzt wohnen die alle da drin«, rief sie klagend hinterher und hob beide Hände.

»Trude, ihr habt doch dauernd Touristen mit wechselnder Kleidung und Aussehen auf der Insel. Was regst du dich denn so auf?«, fragte Sentlinger sanft.

»Wer weiß, was die dort treiben?« Ihr Ton wurde schnippisch.

Sentlinger wandte sich zum Fenster und zischte leise: »Müller-Westermann. Dieser verdammte Idiot!«

»Wer?«, entfuhr es Schwester Irmentrud.

Er griff zu seiner Teekanne und fragte sie: »Auch einen Tee?«

Sie nickte.

»Ein Immobilienmakler aus München. Guter Bekannter. Ich hab ihm ein paar Türen geöffnet. Zuletzt hat er sich damit gebrüstet, dass er drei Häuser auf Frauenchiemsee gekauft hat. Und ich hatte ihm noch die Kontakte geknüpft. Aber seine Option war eigentlich, die Häuser zu vermieten ...« Er nahm die Teetasse in die Hand, rührte darin und trank vorsichtig, während er seine Schwester abwartend ansah.

»Aber dieser ... «, sie räusperte sich, »... warme Guru hat sie gekauft.«

»Wenn er das Geld hat, darf er das ja«, meinte Sentlinger.

»Der muss wieder weg«, schrie sie. Sie wedelte mit dem rechten Arm und rief laut: »Weg, weg, weg!« Dann starrte sie ihn an. »Du musst uns helfen«, zischte sie fordernd.

»Hat er sie denn wirklich gekauft«, fragte er nochmal nach. »Oder ist es nur wieder eins eurer Klostergerüchte?«

»Ja, hat er. Ich war beim Bürgermeister. Und er hat einen bayerischen Familiennamen, wie wir herausgefunden haben.« Sie nahm einen Zettel aus ihrem Habit. »Und was für einen!«, betonte sie.

»Ja, und?«, fragte Sentlinger und wartete gespannt.

»Er nennt sich ...«, sie sah von ihrem Zettel auf und sagte langsam und deutlich: »... Nuh Poo Tubkim-Gongutih in Klammern Hausmayr.«

Sentlinger verschluckte sich, hustete los, und spratzte den Tee auf seinen Schreibtisch. Augenblicklich nahm er ein Taschentuch aus seiner Hose und putzte alles wieder weg. Schuldbewusst beobachtete er seine Schwester, die ihn grimmig anstarrte. Wie früher als Kind spürte er die Beklommenheit.

»Merkwürdig, was?«, sagte sie und hob die Schultern. »Hat der was zu tun mit Pater Hausmayr? Bei dem du vor dreißig Jahren die Grabrede gehalten hast? Erinnerst du dich nicht? Pater Hausmayr!«

Sie sah ihm genau zu, wie sich sein Gesicht vor Anspannung verfärbte.

»Spiel nicht den Dummen!«, sagte sie barsch. »Er hieß Pater Bruno. Hat oft sonntags bei uns auf der Fraueninsel die Messe gelesen.«

Sentlinger erkannte, dass es nichts brachte, den Ahnungslosen zu spielen. »Was, der? Oh Gott. Ja natürlich erinnere ich mich.«

»Dein Jugendfreund. Und Schürzenjäger ersten Ranges!«, erwiderte sie.

»Davon hab ich damals nichts mitbekommen.«

»Unfug!«, schrie sie. »Das wusste jeder! Und ich möchte nicht wissen, was ihr beide gemeinsam alles ...«

»Trude! Das reicht!«, schimpfte er. »Schließlich hast du damals auch mehr als nur ein Auge auf ihn geworfen.«

Schwester Irmentrud hatte mit dieser Direktheit nicht gerechnet. Wie konnte er es wagen? Sie fühlte sich ertappt, sah beschämt zu Boden und stutzte. »Ja, und irgendwann war er weg nach ...«, sie schlug die Hände vor das Gesicht. »... Thailand!«, schrie sie aufgewühlt. »Nach Thailand! Verstehst du? Oh Gott.« Sie streckte die Hände nach oben und warf den Kopf in den Nacken.

»Ja, genau, er ist nach Thailand abgehauen. Das war damals für viele völlig überraschend. Vor allem auch für den katholischen Herrenorden. Pater Bruno war früher schließlich im Vorstand, wenn auch nur Beisitzer. Ich war damals bereits Schatzmeister.«

»Der katholische Herrenorden, diese Ansammlung scheinheiliger Moralapostel!«, schimpfte sie.

»Ich darf doch bitten, Trude. Beherrsche dich!«

»Jeder wusste, wie er gestorben ist. Aber niemand durfte das auch nur denken.« Flüsternd fügte sie hinzu: »Geschweige denn laut sagen.«

Er stand auf und ging zum Fenster. »Es war die schwierigste Grabrede meiner Karriere.«

»Ich war ja nicht dabei damals«, sagte sie, als müsse sie sich verteidigen. Sie sah erneut zu Boden.

»Damals warst du noch einfache Nonne. Du konntest an der Beerdigung nicht teilnehmen, weil du auf einem Seminar in der Nähe von Graz warst«, sagte er, den Blick nach draußen auf die Parklandschaft gerichtet. »Da hast du doch deine verrückte Freundin kennengelernt.«

»Ach ja, Adelmunda«, ergänzte sie gedankenverloren, »sie war so hilflos damals. Ich bin so froh, dass ich sie zu mir geholt habe.« Liebevoll bewegte sie den Kopf hin und her und richtete ihren verklärten Blick ein paar Sekunden ins Leere. »Aber du willst ablenken«, schob sie hinterher.

»Als du damals zurückgekommen bist aus Graz? Wie hast du eigentlich von Brunos Tod erfahren?«

»Nach meiner Rückkehr auf die Fraueninsel«, sagte sie betrübt, »durfte nicht über seine Beerdigung gesprochen werden. Pater Bruno wurde ganz einfach ignoriert und seine Existenz vergessen. Sein Grab ist in der hintersten Ecke unseres Friedhofs, wie du weißt.« Sie machte eine kurze Pause und atmete tief durch. »Die jungen Nonnen wissen gar nicht mehr, wer dort liegt. Die Inschrift auf dem Kreuz ist fast verblasst.«

»Bei seiner Geschichte, kein Wunder!«

»Wir haben einen Sünder auf unserem Friedhof beerdigt«, seufzte sie.

»Sündiger Bock wäre treffender.«

»Erwin, lass diese gottlosen Bemerkungen!«, befahl sie streng. Sentlinger nahm wieder Platz an seinem Schreibtisch.

Schwester Irmentrud fuhr fort. »Was genau hat er gemacht in Thailand? Du hast ihn doch besser gekannt, diesen ... heiligen Schürzenjäger.«

»Besser gekannt? Was habe ich gekannt?«

»Na?«, fragte sie voller Ungeduld. »Was genau er dort wollte. In Thailand.«

»Musst du das wissen?«

Sie nickte grimmig und fordernd.

»Hmm, na gut. Offiziell sollte er wohl missionieren. Er hat das mit der Nächstenliebe aber wohl, sagen wir, sehr frei interpretiert.«

»Schwachkopf!«, schimpfte sie. »Komm zum Punkt!«

»Er hat dort mit einer ... einer Liebesdienerin ein Kind gezeugt. Einen Sohn, hieß es.«

»Allmächtiger!«, rief sie. »Und jetzt holt uns der Fluch ein!« Sie bekreuzigte sich. »Der Herrgott schickt uns eine schwere Prüfung. Einen Heiden und Gotteslästerer. Ein Kind der Sünde und des Teufels. Im Gewand einer Frau. Und das auf der Fraueninsel!«

»Passt doch«, entglitt es Sentlinger grinsend.

Schwester Irmentrud starrte ihn fassungslos an. Sie stand auf, nahm das Lineal vom Schreibtisch, ging auf ihn zu, presste die Lippen zusammen und schlug mehrfach mit dem Lineal in ihre Hand.

Sentlinger wurde puterrot und stammelte eine Entschuldigung. Noch immer hatte diese Frau Macht über ihn, und für kurze Zeit war er wieder der kleine Junge. Er sah ihre Augen blitzen und befürchtete, dass er sich wieder vorbeugen und ohne Widerspruch seine Strafe erwarten müsse, die sie sogleich zu vollstrecken drohte. Doch sie blieb, wo sie war.

Mit verkniffenem Gesicht kauerte Sentlinger eingeschüchtert und zusammengesunken in seinem Schreibtischsessel. Schwester Irmentrud setzte sich.

»Trude, so darfst du nicht über einen fremden Menschen reden«, stammelte er. »Er ist trotz allem ein Sohn der Kirche. Immerhin hat er …«

»Ein Sohn der Kirche?«, schrie sie ihn an. »Ja Kruzifix nochmal! Bist du denn von allen Heiligen verlassen?« Sie spie ihre Worte aus und geißelte Sentlinger mit ihren Blicken. »Dieser Kerl ist ein Bastard des Teufels, er wurde mit einer thailändischen Hure gezeugt!« Sie war außer sich und schlug wieder und wieder so vehement mit dem Lineal auf den Schreibtisch, dass die Teetasse umfiel.

Sentlinger stand auf, seine Haltung aber blieb devot und gebückt. »Trude, was soll ich tun? Ich kann da gar nichts machen. Es ist sicherlich legal, dass dieser Mann die Häuser gekauft hat.«

»Ahh!«, schrie sie laut. »Hör auf, dich wie Nasenschleim zu benehmen. Du bist Staatssekretär! Du musst etwas gegen all das unternehmen können!« Sie schnaubte vor Wut.

»Es würde meine Karriere arg belasten, Trude!«, sagte er kleinlaut. »Ich ... ich sitz momentan auf einem Schleudersitz.«

»Was ist los, Erwin?«, geiferte sie. »Hast du wieder Mist gebaut. Mit deinen ... gottlosen finnischen Hurensöhnen?« Sie verzog verächtlich das Gesicht.

»Trude«, beschwor er sie. »Ich kann nicht.«

»Und sag nicht immer Trude zu mir!«, keifte sie. »Irmentrud, Irmentrud, Irmentrud! Wann kriegst du das endlich rein in deinen plumpen Schädel?«

»Ja, deinen richtigen Namen hast du ja noch nie leiden können«, keifte Sentlinger jetzt zurück, »aber Trude ist der Name deiner Kindheit, auf den du getauft wurdest. Vergiss das nicht, Schwester!«

Sie atmete schwer. Danach wurde sie schlagartig ruhig. Ihr verbissenes Gesicht wandelte sich in eine Miene der Verzweiflung. »Wie kann dieser bunte Vogel überhaupt wissen, dass sein Vater bei uns beerdigt ist?«, fragte sie niedergeschlagen.

Sentlinger genoss es jetzt, sie leiden zu sehen. »Vielleicht weiß er es gar nicht. Vielleicht hat Gottes Hand ihn zu euch geführt.«

Ihr Gesicht nahm wieder diese Strenge an, die jedoch nicht mehr diese Unbehaglichkeit in ihm auslöste. Sie stand auf und starrte ihn an. »Du bist unverbesserlich, Erwin. Eines Tages wird Gott dich für deine sündigen Gedanken bestrafen. So sicher, wie das Weihwasser heilig ist! Hüte deine Zunge und bade sie im Aspersorium.« Dabei machte sie ein Kreuzzeichen.

»Was weiß denn ich, das ist ein Zufall! Keine Ahnung!«, sagte er schroff.

Sie schritt zur Tür, drehte sich kurz um und sagte abschließend: »Erwin, du musst den katholischen Herrenorden einschalten!« Sie verschwand ohne ein weiteres Wort.

Nachdem Schwester Irmentrud sein Büro wieder verlassen hatte, atmete er erleichtert auf. Dann stützte er sein Kinn in die Hände und begann leise zu kichern. Sein Kichern steigerte sich in lautes Gackern. Wie unwissend war doch seine Schwester! Dieser Haufen von versteinerten Zicken in diesem Frauenkloster! Sie ahnte nicht im Geringsten, wer Nuh Poo Tubkim wirklich war! Und wie nahe Sentlinger ihm stand. Das durfte sie auf keinen Fall erfahren. Er lachte. Nuh Poo hatte es tatsächlich gewagt, nach Deutschland zu kommen, ohne ihn zu informieren. Sentlinger schüttelte grinsend den Kopf und amüsierte sich köstlich. Dieser Teufelsbraten!

Auf der anderen Seite beunruhigte ihn das alles sehr. Denn je mehr er darüber nachdachte, desto klarer wurde ihm, dass er eventuelle Schwierigkeiten, die ihm dadurch erwachsen würden, kaum überschauen konnte. Seine Schwester hatte ihn klar zum Handeln aufgefordert. Und er wusste, das war so gut wie ein Befehl.

Sommerkleidchen

Nuh Poo Tubkim hatte in seiner Heimat eine Lücke geschlossen. Er hatte in Thailand eine Sekte gegründet, deren Jünger ausschließlich Katoeys waren. Und er war ihr Guru. Die Kombination aus seiner persönlichen Neigung, dem Geschäftssinn und seinem Charisma hatten ihn reich gemacht. Die Katoeys, wie man in Thailand Transsexuelle und Transvestiten nannte, lagen ihm zu Füßen. Seit jeher waren die Katoeys in Thailand zwar als dritte Geschlechtsform anerkannt, doch zunehmend waren sie wegen der westlich gesteuerten Sexindustrie in seinem Land in Bedrängnis geraten. Nuh Poo Tubkim aber hatte ihnen das gegeben, was die Weltreligionen ihnen beharrlich verweigerten, nämlich eine spirituelle Heimat.

Seine Sekte hatte Nuh Poo Tubkim aus Werten des Buddhismus einerseits und der Disziplin des Katholizismus andererseits erbaut. Die jeweilige Lehre über die Liebe hatte er zu seinen Gunsten umgedeutet. Das machte ihn so gut wie unangreifbar und äußerst erfolgreich. Jetzt saß Nuh Poo Tubkim in seinem neuen Haus auf der Fraueninsel und hielt Rat mit zehn seiner Katoeys, die um ihn herum auf dem Boden saßen.

»Wir brauchen also einen Ort in unserer Nähe, an dem wir das machen können«, sagte Guru Nuh Poo. »Ich plane eine große Bar mit Musik, schönen Getränken und außergewöhnlichen Speisen. Dort sollen sich alle wie zuhause fühlen. Es soll ein Ort sein, wohin unsere lieben deutschen und österreichischen Männer pilgern sollen. Sie können euch direkt hier in Deutschland verehren und sich von euch verwöhnen lassen. Wir holen noch mehr von uns hierher. Lauter liebe Katoeys.«

Ein Raunen ging durch den Raum, seine Jünger quiekten, freuten sich und klatschten in die Hände.

»Das wird wunderbar«, rief Nuh Poo und nickte begeistert mit dem Kopf. »Die Männer hier sind spendabel, fromm und lieben gern. Sie sind katholisch, so wie mein Vater es war. Und das heißt doch, dass sie das Lieben hier schon sehr früh lernen. Denn sie kommen zahlreich zu uns nach Thailand. Sie werden nun nicht mehr so weit zu reisen brauchen. Sie werden zu uns pilgern und teilhaben an unserem schönen Leben. Und Geld haben sie auch.« Nuh Poo sah jetzt zweien seiner Jünger besonders tief in die Augen. »Nun fehlt uns noch der richtige Ort«, sagte er zu den beiden.

Die zwei verneigten sich verschämt und geehrt zugleich. Alle wussten, dass sie in den Augen ihre Gurus etwas Besonderes waren. Thapakorn Kung und Boonipat Kosiyabong liebten sich ehrlich und innig. Seit sie sich über ihren Guru kennengelernt hatten, waren sie unzertrennlich. Sie stammten beide aus unterschiedlichen Provinzen. Thapakorn kam aus dem Osten an der Grenze zu Laos, Boonipat war im Norden in Lampang aufgewachsen. Als sie ihre Neigung entdeckten, wussten sie noch nichts voneinander. Schließlich kamen sie fast zur selben Zeit im Alter von etwa siebzehn Jahren nach Bangkok.

Sie gerieten schnell in die Prostitution und stürzten ab. Zwei sehr ähnliche Schicksale nahmen unabhängig voneinander ihren Lauf. Für wenig Geld sahen sich beide gezwungen, sich in einem billigen Bordell zahlungskräftigen Touristen hinzugeben. Italiener, Briten und Deutsche waren ihre Freier. Natürlich gab es auch Amerikaner, Franzosen und ein paar Österreicher.

Irgendwann hörten beide mit einem Abstand von einem halben Jahr von Guru Nuh Poo Tubkim, der sich um das Seelenheil der Katoeys kümmere. Sie gingen zu ihm, und Guru Nuh Poo schloss erst Thapakorn und später auch Boonipat in sein Herz.

Guru Nuh Poo hatte sie sogar auf eine Schule geschickt. Für sie war der Guru Retter, Vater und Gott zugleich. Und so ging es allen, die zu seinem engsten Kreis gehörten. Thapakorn war der Jüngste unter ihnen, weshalb er schnell von den anderen Jeab gerufen wurde, das Küken. Und Boonipat, der sich am liebsten frivol komisch ausdrückte und immer ein bisschen anzüglich wirkte, bekam den Rufnamen Muu, was so viel wie Schweinchen hieß.

Jetzt saßen Jeab und Muu mit verschränkten Beinen und in geblümten Sommerkleidchen vor ihrem Guru und hörten aufmerksam zu, was er ihnen zu sagen hatte.

Nuh Poo lächelte in die Runde. Direkt an Jeab und Muu gerichtet, sagte er: »Sucht nach einem richtigen Ort für unser Vorhaben. Es soll zwischen München und unserem Zuhause hier sein. Denn in München wohnen viele Männer, die uns besuchen möchten.« Nuh Poo sagte das sehr bedächtig. »Der Ort soll unserer würdig sein. Ich weiß, es muss diesen heiligen Ort geben. Er wartet auf uns und ist für uns vorbestimmt. Wir müssen ihn nur entdecken!«

Die anderen Katoeys applaudierten, warfen Jeab und Muu überschwängliche Handküsse zu und gratulierten den beiden Auserwählten. Sie umarmten und küssten sie. Jeab Thapakorn Kung und Muu Boonipat Kosiyabong hatten also von ihrem Guru den Auftrag bekommen, das Land zu erkunden und einen würdigen Ort zu finden, an dem der Guru seine Bar und sein heiliges Massageinstitut eröffnen konnte.

Lexikon

Jeab und Muu nahmen eine Kamera, eine Karte und ein Notebook mit. Sie bestiegen das kleine Fährschiff und stellten sich an den Bug, um im Fahrtwind das duftende Maiwetter zu genießen. Der Bootsführer und sein Matrose staunten über die beiden exotischen Mädchen in ihren hübschen Sommerkleidern, ihren dunklen Nylons und den ungewöhnlich großen, hochhackigen Schuhen. Jeab und Muu winkten ihnen freundlich lachend zu.

In Prien gingen sie an Land und bestiegen das Taxi, das Guru Nuh Poo bestellt hatte. Die Taxichauffeurin war eine dickliche ältere Dame, die sie sehr freundlich begrüßte und fragte, wohin denn die Fahrt gehen solle.

Muu bat sie auf Englisch, sie möge ganz einfach über Land Richtung München fahren. Sie würden ihr dann sagen, wenn sie anhalten solle, und Jeab drückte ihr hundert Euro Trinkgeld vorab in die Hand. »*It is a tip*«, sagte Muu freundlich lächelnd. Die Fahrerin war hocherfreut. »Na dann …«, antwortete sie und fuhr grinsend los.

Das Taxi fuhr nach Westen. Sie passierten südlich des Simssees das Ortsschild Riedering. Muu hatte das Notebook auf seinen Oberschenkeln und ein Internetlexikon aufgerufen. Deutsch-thailändisch. Nuh Poo hatte ihnen beigebracht, dass deutsche Wörter oft zusammengesetzt waren. Muu gab also das Wort ›Ried‹ ein. Sie konzentrierten sich auf den Bildschirm. Dort wurde das Wort ›Gok‹ ausgegeben, was auch so viel wie Rattan oder Schilf bedeutete. »*Gok?*«, fragte Jeab überrascht. »*Gok!*«, antwortete Muu und grinste. Beide nickten und wiederholten »*Gok!*«, lachten leise und schüttelten den Kopf. Nein, Riedering war nicht der richtige Ort für sie. Die Taxifahrerin drehte sich nur kurz um, lächelte mit und fuhr einfach weiter.

Sie überquerten den Inn. Als sie Rosenheim auf dem Schild sahen, gab Muu ›Rosen‹ ein. Wieder sahen beide gespannt auf den Bildschirm. Ein staunendes Raunen kam von beiden. »*Gulaap*, ah«, sagte Jeab und zeigte beiläufig auf die Blume seines Kleides. Sie nickten. Dann gab Muu ›heim‹ ein. »Ah, Rosen-heim, *Gulaap baan!*«, freute sich Jeab. ›Baan‹ stand für ›Haus‹ oder ›Heim‹. Trotz des schönen Namens fuhren sie weiter.

Nach einigen weiteren Versuchen mit den Ortsnamen Kolbermoor, Bad Aibling, Thalacker und Fuchsholz kamen sie schließlich zu einem weiteren Ortsschild. Muu tippte ›Tunten‹ ein. Wie elektrisiert schrie

Muu auf, so dass die Taxifahrerin auf die Bremse trat und den Wagen an den Straßenrand fuhr. Das Lexikon hatte ›Tunte‹ gefunden und das thailändische Wort ›Katoeye‹ angezeigt. Jeab riss die Augen auf und saß mit offenem Mund da. Jetzt schrien beide kreischend auf. »Tun-ten-hau-sen, *Katoeye baan!*«, schrie Jeab laut. »*Katoeye baan!*«, wiederholte Muu.

Am Ortseingang fuhren sie am Rathaus vorbei. Vor dem Rathaus standen an die dreißig Menschen in bayerischen Trachten.

»A bayerische Hochzeit«, sagte die Taxifahrerin lächelnd, verlangsamte das Tempo und hupte. Muu und Jeab sahen sie fragend an. »*Bavarian Wedding*«, sagte sie grinsend.

Jeab und Muu gaben ein lautes »Ahh« von sich und winkten und lächelten um die Wette. Sie sahen, wie gerade zwei Männer, die mit breiten ausladenden Hüten und langen braunen Trachtenjacken mit glänzenden Silberknöpfen sowie Lederhosen bekleidet waren, das Rathaus verließen und auf die Menschenmenge zugingen. Der eine hatte sich bei dem größeren eingehängt und hielt einen Blumenstrauß in der Hand. Sofort brach Jubel aus, und das Brautpaar wurde mit Reis beworfen.

»Jetzt heiraten a schon die Schwulen in Tuntenhausen«, sagte die Taxifahrerin unter Kopfschütteln. »Eingetragene Partnerschaft heißt des jetzt«, sagte sie zu Jeab und Muu und trat aufs Gaspedal.

Muu und Jeab lachten und konnten ihr Glück kaum fassen. Sie waren außer sich vor Freude. Das musste der Ort sein, den der Guru geweissagt hatte. Sie waren felsenfest davon überzeugt, ihren vorbestimmten Ort gefunden zu haben. Der Guru hatte wie immer Recht gehabt. Jeab legte der Taxifahrerin seine Hand auf die Schulter und bat sie, weiterzufahren. Sie wollten sich den Ort ansehen. *»Sightseeing ... Katoeye baan«*, rief Muu laut, fuchtelte mit der Hand und nickte der Fahrerin lächelnd zu. Sie nickte ebenfalls und fuhr langsam durch den Ort. Die beiden hingen mit den Köpfen aus dem Fenster und staunten über die wunderbaren Gebäude, die aufgeräumten Straßen und all diese sauberen Menschen.

Sie diskutierten aufgeregt, was sie gerade alles erlebten. Merkwürdig fanden sie, dass sie gar keine Katoeys entdeckten. Aber wahrscheinlich kleideten sie sich hier anders. Eben mit großen Hüten, langen Jacken und Hosen aus Leder, wie die beiden, die eben geheiratet hatten. Oder vielleicht waren sie alle getarnt, wenn sie ihre Häuser verließen. Sie kamen zu dem Schluss, dass sie hauptsächlich versteckt hinter den Mauern der Häuser leben würden.

Hinter der Ortschaft fuhren sie an einem großen Gasthof vorbei. ›Zur Schwemme‹ stand in altdeutschen Lettern über der Tür. Darunter ein Schild ›zu verkaufen‹.

»*For sale*«, übersetzte die Taxifahrerin.

»*Ah, for sale*«, sagte Muu zu Jeab. Muu tippte ›Schwemme‹ ein. »*Djam nuuan maak*«, las Muu vor.

Jeab staunte. Das Wort stand auch für Unbegrenztheit und Unendlichkeit. Das musste es sein. Sie hatten ihren heiligen Platz in einem heiligen Ort gefunden.

Sie stiegen aus, liefen um das Objekt herum, machten durch die Fenster unzählige Fotos von den Räumen und allen Schildern, auch vom Ortsschild. Dann ließen sie sich nach Prien zurückbringen, gaben der Taxifahrerin noch einmal reichlich Trinkgeld und bestiegen die Fähre. Sie umarmten sich und wussten, dass sie alles richtig gemacht hatten.

Loyalität

❦

Nachdem Adnan Curri erneut aus seinem Dorf geflohen war, tauchte er wieder in Tirana unter. Seine Mutter hatte er nie wiedergesehen. Das Gefühl der Ungerechtigkeit und der Hass gegenüber der heimatlichen Tradition in den ›Verwunschenen Bergen‹ Albaniens brannten sich mit jedem Tag tiefer in seine Seele.

In Tirana überließ er sich vollkommen seinen Herren. Sie unterrichteten ihn darin, wie man Menschen unterdrückt, erpresst und mit Messern tötet. Sie brachten ihm Techniken bei, wie man seine Zweifel und Skrupel durch meditative Übungen überwinden kann, wie man jedes Mitgefühl ausmerzt. Sie zeigten ihm, wie man Menschen zum Reden bringt. Nach einem weiteren Jahr in Tirana war er ein entwurzelter und anderer Mensch. Sie hatten ihm dabei geholfen, seine Gewissensbisse zu verbannen, die er nach Qamils Tod mit sich herumgetragen hatte.

Einer seiner Kameraden aus Tirana hatte es nach Wien geschafft. Petrit schickte ihm irgendwann Geld und genaue Informationen, wie auch er es nach Österreich schaffen könnte. Adnan hatte über die letzten beiden Jahre Deutsch gelernt und zögerte keinen Augenblick. Er floh aus Tirana über die Berge in den Kosovo und begab sich nach Priština, wo er Anfang Mai 2014 einen Schlepperbus bestieg. Er gab sich als Kosovo-Albaner und somit als Flüchtling aus, der keine Papiere besaß.

Der Bus brachte ihn nach Serbien. Östlich von Subotica in der nördlichen Provinz Vojvodina, kurz vor der ungarischen Grenze, überließen die Schlepper die Leute aus dem Bus sich selbst. Adnan tat das einzig Richtige, er setzte sich von der Gruppe der anderen Flüchtlinge ab.

In der Abenddämmerung schlug er sich nach Osten durch, wie es ihm sein Freund Petrit detailliert aufgeschrieben hatte. Bei der ersten Gelegenheit hielt er auf einer einsamen Straße einen Radfahrer an, der ihm entgegenkam. Er fragte ihn nach dem Weg. Der Mann begann freundlich, ihm die Strecke zu erläutern. Doch dann wurde er skeptisch und fragte, was er an der Grenze zu Ungarn wolle. Ohne zu zögern, schlug Adnan Curri den Mann mit einem Hieb vom Rad. Er ließ ihn bewusstlos am Straßenrand liegen, hob das Rad auf und setzte seinen Weg mit dem Fahrrad fort.

Bald kam er ans Ufer der Theiß, die er noch in Serbien bei Novi Kneževac über die einzige Brücke überquerte. Er folgte dem Lauf des Flusses nach Norden, wo er ihr eiskaltes Wasser schließlich durchschwamm, um unbemerkt auf die ungarische Seite zu wechseln.

Nach langem Fußmarsch kam er durchfroren und entkräftet ins ungarische Szeged. Am nächsten Morgen bestieg er einen Zug, der ihn nach zweimaligem Umsteigen nach Sopron brachte. Von dort aus passierte er schließlich die offene Grenze ins Burgenland. Endlich, er war in Österreich. Aus Klingenbach, dem ersten österreichischen Ort, rief er Petrit an, der ihn eineinhalb Stunden später mit einem Mercedes abholte und ihn herzlich begrüßte.

Mit Petrits Hilfe konnte er in Wien schnell Fuß fassen. Petrit besorgte ihm immer wieder Jobs, die mit Einbruch und Diebstahl zu tun hatten. Petrit riet ihm, den Menschen gegenüber härter und kompromissloser aufzutreten. »Wenn du keine Härte zeigst, verlierst du alles. Man muss die Härte in deinen Augen sehen.« Adnan begriff, was Petrit meinte, und lernte schnell, dass die Menschen ihn umso mehr fürchteten, je gnadenloser er sie ansah und je weniger er mit ihnen sprach.

Dann hatte Petrit ihn an Heimo Cerny vermittelt. Cerny, der Juwelenhändler, mochte Adnan vom ersten Augenblick an. Er schätzte seine klugen Augen und seine schnelle Auffassungsgabe. Für Cerny war er wie ein ungeschliffener Edelstein, den es zu bearbeiten galt.

Nach einem halben Jahr besorgte er ihm österreichische Papiere. Cerny wusste, dass er sich damit Adnan Curris immerwährende Loyalität gesichert hatte.

Cerny nannte Adnan nur bei seinem Nachnamen. »Curri, das klingt so wunderbar nach indischem Essen«, hatte Cerny lustvoll gesagt und sich die Hände gerieben. Gleich hatte er hinterhergeschoben, dass er, wenn er Curri sehe, sofort Appetit auf *Chicken Vindaloo* bekäme.

Schnell hatte Curri das Geschäftsmodell seines neuen Chefs kennengelernt. Ohne Cerny konnte man im deutschsprachigen Raum kaum Rubine verkaufen. Der Mann galt als Rubinexperte und verfügte am Markt über eine unbezahlbare Glaubwürdigkeit.

Curri hatte schnell festgestellt, dass Heimo Cerny kein sehr mutiger Mann war. Ja, arrogant war er, überheblich, geschäftstüchtig. Aber eben nicht sehr mutig. Curri erledigte jetzt für Cerny unangenehme Botendienste und andere Wege. Curri war fortan Cernys Mann für die groben Dinge. Im Herbst 2014 wurde Adnan Curri unwiderruflich Österreicher. Und ab diesem Zeitpunkt war er Cernys zuverlässigste Hand.

Thailandeiland

Als Jeab und Muu auf die Fraueninsel zurückgekehrt waren, zeigten sie vor, was sie gefunden hatten. Sie erzählten von Tuntenhausen, von der Hochzeit, von den netten Menschen dort und von der Schwemme. Sie zeigten Bilder und malten alles mit farbigen Worten und Formulierungen aus.

Der Guru lächelte. Die Blicke von Jeab und Muu hafteten an ihm. Als der Meister sie in den Arm nahm und sie herzte wie seine Kinder, lachten sie erleichtert. »Sei es so«, sagte er. Die anderen Katoeys konnten es kaum erwarten, ihre Begeisterung mit den beiden zu teilen, und gratulierten überschwänglich.

Nuh Poo wurde sofort aktiv. Er telefonierte mit Müller-Westermann und gab ihm den Auftrag, sich mit ihm vor Ort zu treffen und das Gebäude zu besichtigen.

Eine Woche später, nach kurzen Besprechungen und einer Verhandlung mit dem Eigentümer, wurde der Kaufvertrag für die ›Schwemme‹ unterschrieben.

Nuh Poo plante, die ›Schwemme‹ in Tuntenhausen sobald wie möglich wiederzueröffnen. Müller-Westermanns Innenarchitekt arbeitete Tag und Nacht. Alle Handwerker wurden vor Ort gebucht. Ihre Bezahlung war fürstlich, so dass sie auch gerne Sonderschichten einlegten. Nur mit dem Namen des Lokals war Nuh Poo nicht zufrieden. Aber es würde sich schon etwas ergeben, dachte er.

Einen Tag später erschien ein Polizist auf der Fraueninsel. Polizeihauptmeister Rödiger von der Wasserschutzpolizei verließ sein Boot und ging geradewegs auf das Haus von Nuh Poo Tubkim zu. Er klingelte und wartete. Der Leibwächter machte ihm die Tür auf.

»Ich möchte den Hausherrn sprechen«, sagte er.

Als er vor Nuh Poo stand, reichte er ihm die Hand und erklärte, dass er einen Antrittsbesuch mache, damit man sich kenne. Er habe ja schon viel von ihm gehört, dem Herrn Hausmayr, aber es wäre doch schön, wenn man sich auch mal gesehen hätte. Nuh Poo erwiderte freundlich lächelnd, dass ihn das sehr freue.

»Sagen S' mal, wie viele von euch gibt's denn da schon?«, fragte Rödiger.

Nuh Poo ließ den Polizisten nicht aus den Augen. »Was meinen Sie? Wie viele was?«, fragte er und lächelte erneut.

Polizeihauptmeister Rödiger räusperte sich. »Na, von den Madlbuben. Also, das erzählt man sich ja. Wie viel habt ihr da jetzt schon auf der Insel?«

»Das wechselt. Zehn Freundinnen wohnen eigentlich immer hier bei mir. Aber wir bekommen viel Besuch.« Er drehte sich um und fragte den Leibwächter: »Charlie, wie viele Besucherinnen haben wir gerade hier?«

Charlie trat einen Schritt nach vorn. »Heute werden es elf.«

»Immer wieder Gäste aus Thailand«, sagte Nuh Poo zu Rödiger. »Die reisen aber bald wieder ab. Warum fragen Sie?«

»Ka Wunder ned«, sagte er versonnen und sah auf seinen kleinen Notizblock, den er mehr aus Verlegenheit aus der Hosentasche gekramt hatte.

»Wunder, welches Wunder?«, fragte Nuh Poo neugierig.

»Na, dass die Leut' hier am Chiemsee die Fraueninsel jetzt schon Thailandeiland nennen ...«

Nuh Poos Blick erhellte sich. »Das ist es!«, rief er voller Freude und sah zu Charlie hinüber. Er war aufgesprungen. »Ja, das ist es! Wir haben einen Namen«, jubelte er und sah seine Katoeys der Reihe nach an. Sie applaudierten ihm. Charlie lächelte und sah zu Boden.

»Ich weiß nicht, ob das gut oder schlecht ist ...«, sagte Rödiger verwirrt, hob seine Hand zum Gruß an die Stirn, grinste schief und verließ sie wieder.

Nuh Poo und Charlie beobachteten durch ein Fenster, wie Rödiger auf dem Weg in Richtung Landesteg ging. »Ein guter Mann, dieser Polizist«, sagte Nuh Poo.

»Ihm ist der richtige Name zu unserem schönen Haus eingefallen. Er soll für zwei Monate eine Freikarte bekommen.«

Nuh Poo nahm sich drei Tage Zeit, um mit seinen deutschen Beratern die Werbestrategie für die Neueröffnung in Tuntenhausen abzustimmen. Charlie begleitete ihn auf Schritt und Tritt. Schließlich inserierten sie in allen Zeitungen, Käseblättchen und im Internet, kurz bevor eröffnet wurde:

Thailandeiland
Restaurant und Bar
Traditionelle Thai-Massage
Wir bedienen sieben Chakras

Im weiteren Text stand zu lesen: »Bei uns massieren nur thailändische Schönheiten mit Stiel.« Der Schreibfehler war die Idee von Müller-Westermann gewesen.

Nuh Poo hatte außerdem eine Fahne entworfen, die über dem Haus wehen sollte. Er erinnerte sich versonnen an seine Kindertage, als er ein Antiquariat in Bangkok entdeckt hatte, das auf alte Bücher über Europa spezialisiert war. Ihn hatten nur die Bücher über Deutschland interessiert. Oft hatte er in diesen Büchern geschmökert, den alten Kaiser gesehen, die stolzen Bärte und Pickelhauben bewundert. Immer wieder hatte er sich als Kaiser von Deutschland verkleidet und war durch das Bordell seiner Mutter stolziert. Er liebte dieses Bild, das er vom längst untergegangenen Deutschland hatte. Und er erinnerte sich daran, dass die Nationalfarben von Deutschland schwarz, weiß und rot gewesen waren. Das aber war ihm zu streng. Daher entschloss er sich, diese Farben zu modifizieren, sie sollten irgendwie pastelliger wirken. Ihm fiel das berühmte deutsche Speiseeis ein, das seine Mutter ihm zum ersten Mal mitgebracht hatte, als er sechs Jahre alt war. Es war eine deutsche Spezialität, die zur glorreichen deutschen Kaiserzeit erfunden und dem berühmten Fürsten Pückler gewidmet war. Die Flagge, die künftig über dem stolzen ›Thailandeiland‹ gehisst werden würde, sollte in diesen Farben wehen. Die riesige Trikolore in den Farben Schoko, Vanille und Erdbeere wurde am Eröffnungstag von Charlie hoch oben auf dem Dach gehisst und wehte seitdem würdevoll und weithin sichtbar an ihrem hohen Fahnenmast.

Das ›Thailandeiland‹ war von Beginn an ein Erfolg. Allabendlich strömten Transvestiten, Schwule, Lesben sowie Liebhaber und Liebhaberinnen von Transvestiten, Schwulen und Lesben aus ganz Bayern und Österreich hierher. Der Parkplatz hinter dem Haus war abgeschirmt. Die Bar und das Restaurant waren nur durch den Hofeingang zu betreten. Für die Einheimischen hatte Nuh Poo auf den Rat von Müller-Westermann vorn eine ganz normale Kneipe errichten lassen, an deren Theke sich vor allem die Landjugend die Biergläser in die Hand gaben. Die Fenster zur Straße hin waren abgedunkelt, ein breites Sichtfenster aber gestattete einen offen Blick in Bar und Restaurant.

Gewerbesteuer

Das Geschäft im ›Thailandeiland‹ lief prächtig. Nuh Poo Tubkim aber hielt sich am liebsten auf der Fraueninsel im Chiemsee auf. Er sah dem Treiben aus der Ferne zu. Er wusste, dass es besser war, ein Geheimnis aus seiner Person zu machen. Nur selten war er selbst Teil des Geschehens. Doch dann wurde ein wahrhaft imposanter Auftritt daraus.

»Da kommt er«, flüsterte der Waldmeier Sepp dem Moser Hansi zu. Sie saßen am Tresen in der Kneipe und beobachten, was draußen geschah. Ein Mercedes 600 Pullmann in metallic Gold fuhr vor und bog auf den Parkplatz hinter dem Haus ein. Der Sepp und der Hansi beobachteten, wie der Mercedes 600 auf einem Platz abgestellt wurde, der für VIPs reserviert war. Der Fahrer stieg aus und öffnete die Tür am Heck des Fahrzeugs. Dann stieg Nuh Poo Tubkim aus, in all seiner Üppigkeit.

In der Bar stoppte die Musik, und der Guru wurde über die Lautsprecheranlage angesagt wie ein Popstar.

Die Gäste und Bediensteten begrüßten ihn mit Applaus und bewunderndem Gejohle. Als er den Raum durchschritt, bedachte er jeden einzelnen Gast mit einem Kopfnicken.

»Pass auf«, sagte der Sepp. »Jetzt setzt er sich hin. Lang bleibt er nie.«

Nuh Poo bestieg wie immer, wenn er das Lokal besuchte, ein kleines, aber schmuckvolles Podest am Kopfende des großen Raums, auf dem ein vergoldeter Sessel mit einem Baldachin thronte. Alle Besucher beobachteten gebannt, wie Nuh Poo Tubkim sich auf dem schweren Brokatstoff breitmachte, als ob er Hof halten würde.

»Jo spinnt der? Is des der Bummipoll?«, fragte der Hansi.

»Der Wer?«

»Na der König von Thailand, Bummipoll heißt der doch.«

»Du meinst den B...h...umibol. Vielleicht is des sein warmer Bruder?«, vermutete der Sepp und kicherte sich weg.

Nach einer Stunde Audienz, in der man mit ihm persönlich reden konnte, erhob sich Nuh Poo Tubkim wieder von seinem Sitz und ging winkend und lächelnd mit rollenden Augen zur Tür. Die Leute waren verzückt von ihm.

Das ›Thailandeiland‹ in Tuntenhausen war inzwischen ein Magnet für die gesamte Region. Die Katoeys animierten die Gäste zum Trinken, ließen sich zu Getränken einladen und waren überaus charmant zu ihnen. Der thailändische Koch war eine Sensation. Einige nahmen die Katoeys, die hier kurz Mädchen genannt wurden, mit in ihre Massageabteile im oberen Stock. Manche Besucher blieben über Nacht. Die Zimmer waren fast immer ausgebucht. Alles lief natürlich legal. Nuh Poo berief sich auf die thailändische Massagelizenz, die jeder Katoey hatte. Was danach war, konnte niemand wissen. Das Wort Prostitution war im Umfeld des ›Thailandeiland‹ tabu. Und was die Mädchen an Nuh Poos gemeinnützigen eingetragenen Verein zur Hilfe thailändischer Waisen und sozial Gestrandeter spendeten, das war freiwillig.

Es hatte Proteste gegeben, ein ortsansässiger Verein hatte eine Demonstration organisiert, zu der viele Menschen aus München angereist waren. Mit dabei waren ein paar Nonnen von der Fraueninsel, vornan marschierte Schwester Irmentrud, die lauthals betete und verbittert gegen den Teufel ins Feld zog. Außerdem hatte die Heilsarmee gesungen.

Als Nuh Poo Tubkim Schwester Irmentrud deshalb sprechen wollte und ihr lächelnd gegenübertrat, war sie ihm mit finsterem Blick begegnet, hatte ihn einfach zur Seite gedrängt und war laut betend weitermarschiert, ohne ein Wort zu ihm zu sagen. Nuh Poo hatte das gewundert. In Thailand ging man mit dem Thema toleranter um. Er fragte sich, warum das so war. In der darauffolgenden Nacht hatten ein paar Burschen dann ein paar Fensterscheiben im ›Thailandeiland‹ eingeworfen, wobei auch Wände, Fenster und der Garten beschädigt worden waren.

Für all die folgenden Reparaturen beschäftigte Nuh Poo ortsansässige Handwerker. Nachdem er den Glaser, den Tischler, den Gärtner und den Maurer bezahlt und mit einem üppigen Trinkgeld verabschiedet hatte, brachte ihn das auf eine Idee. Er wies seine Leute an, in Zukunft nicht mehr im Großhandel zu kaufen, sondern Gebäck nur noch beim Bäcker vor Ort und die Getränke über ortsansässige Getränkemärkte zu beziehen. So machte Nuh Poo Tubkim es mit allen möglichen Handwerkern und Händlern. Sie alle waren in Tuntenhausen und Umgebung beheimatet. Dazu schickte er jedes Mal Jeab und Muu vor. Sie sprachen zwar nur sehr wenig Deutsch, aber Charme und Aussehen waren auf ihrer Seite. Alle hielten sie für zwei zwar überdrehte, aber überaus süße Mädchen. Sie bezauberten und entzückten jeden, mit dem sie redeten. Die eigentlichen Geschäftsverhandlungen führte Charlie anschließend.

Schnell hatten die Leute gemerkt, dass ihnen das neue Lokal am Ortsrand Geld einbrachte. Die Feindseligkeiten ebbten ab. Der Bürgermeister hatte seine anfänglich starken Protestnoten schon längst zurückgezogen. Schließlich hatte der Laden die Gewerbesteuer für den Ort erheblich verbessert. Und so war es gekommen, dass das ›Thailandeiland‹ einfach als exotisches Institut gesehen wurde. Nicht aber als Bordell, wie einige übereifrige Einheimische immer noch hinausposaunten.

Ordenspflicht

Als Sentlinger den kleinen Tagungsraum des Gasthofs Grundler betrat, saßen die Honoratioren der Gemeinde bereits an ihren Plätzen, darunter auch zwei Mitglieder des Vorstands des katholischen Herrenordens. Jeder von ihnen hatte einen Krug mit Bier vor sich stehen.

Abgehetzt sagte Sentlinger in die Runde: »Entschuldigt bitte, aber der Verkehr.«

Murrend nahmen die anderen seine Ausrede zur Kenntnis, obwohl jeder wusste, dass an diesem Abend so gut wie nichts los war auf den Straßen der Region.

»Was soll denn heute überhaupt besprochen werden?«, fragte Franz Paltinger, der Bürgermeister. »Wozu hast du uns geladen, Erwin?«

Sentlinger nahm Platz, bestellte ein Mineralwasser und legte seine Tasche ab. »Es ist euch allen zu Ohren gekommen, dass sich hier eine fremdartige Gastronomie breitgemacht hat. Ein thailändisches Restaurant mit angeschlossenem Massageinstitut.«

»Ja warst schon probieren, ob's denn auch gut is, des Massieren?«, frotzelte der stellvertretende Bürgermeister Viehwalder unter leisem Gelächter der Anwesenden.

»Bitte bleibt sachlich. Ich habe erfahren, dass dieses Etablissement neben zweifellos gutem Essen auch zwielichtige Dienstleistungen anbietet, die dem Ruf von unserem schönen Tuntenhausen trefflichen Schaden zufügen können.«

»Was denn für einen Schaden?«, rief der Gemeindekämmerer.

»Schaden an unserer heiligen Tradition, den Katholizismus zu wahren und zu schützen.«

»Erwin, die Zeiten ändern sich«, sagte der Bürgermeister. »Du weißt selbst, dass der Papst zu Toleranz aufgefordert hat. Andersgläubigen gegenüber.« Er räusperte sich. »Dieses Restaurant schadet unserer Gemeinde nicht, es ...«

Er kam nicht zum Ende, denn der Pfarrer mischte sich vehement ein. »Schweigt! Alle! Das alles passiert im Schatten unserer Basilika, einem der heiligsten Orte, die Bayern zu bieten hat. Es kann nicht sein, dass sich dort Schluder, Sünde und Verderben breit machen. Wir müssen etwas tun. Weihmiller, sag was.«

Weihmiller, der Chef des Ordnungsamts, wand sich. »Wir können nichts tun«, kommentierte er. »Der Gewerbeantrag ist vorschriftsmäßig eingereicht, der

Besitzer hat einen deutschen Pass, und alles, was dort gemacht wird, ist in bester Ordnung.«

»Trotzdem, es geht nicht, dass sich hier ein Bordell breitmacht«, schimpfte Sentlinger.

»Mit Verlaub, Erwin, aber es ist kein Bordell«, warf Weihmiller ein. »Prostitution ist nicht angemeldet und wird nach unserem Wissen dort auch nicht betrieben.« Er betrachtete Sentlinger herausfordernd.

»Hast einen Test g'macht, Weihmiller? Was ham sie denn dir genau massiert?«, rief Grundler, der Wirt.

»Dass du ned willst, dass jemand besser kocht als du, is ja klar, Grundler«, rief Viehwalder. »Du hast Angst um deine Knödel und dein Sauerkraut.«

»Sünde, Sünde!«, rief der Pfarrer. »Alles Sünde.«

»Nochmal, das ist ein ganz normales Restaurant. Und ein Gesundheitsbetrieb«, erläuterte Weihmiller. »Da ist nichts zu beanstanden.«

»A Puff is des, und nix anderes!«, schnarrte Grundler in derbem Tonfall.

»Und selbst wenn. Ein Bordell lässt sich in Deutschland nicht verhindern«, erläuterte Haarthaler, Schatzmeister des katholischen Herrenordens und Staatssekretär im Finanzministerium. »Unsere Gesetze fördern sowas ja direkt. Selbst wenn es so wäre, wir hätten kaum eine Chance, sowas zu verbieten! Deutschland ist mittlerweile europaweit das Eldorado für Bordellbetreiber.« Er lehnte sich zurück, kreuzte die Arme und starrte sein Bierglas an.

»Abgesehen davon, der Betrieb tut unseren Gemeindefinanzen außerordentlich gut«, warf der Kämmerer ein. »Der Fleischhacker lebt, die Bäckerei lebt, der Blumenhändler, der Gemüsetürke. Selbst der Matterer mit seinem heruntergekommenen Porzellanladen macht wieder Geschäfte. Was wollt ihr eigentlich? Das ist für uns das Beste, was passieren konnte!«

»Wir müssen handeln«, sagte Hartmut Eberling, ehemaliger Landwirtschaftsminister und Vorsitzender des katholischen Herrenordens. »Erwin hat Recht. Selbst schon der Anflug von Ruchlosigkeit schadet uns doch enorm. Ich sehe es als unsere Pflicht, diesen Leuten das Handwerk zu legen.«

»Handwerk is gut«, kicherte Viehwalder.

»Wenn ich bedenke, dass dort Männer in Frauenkleidern anderen Männern zutiefst sündhafte Freude anbieten!«, sagte der Pfarrer geifernd. »Allein der Gedanke, dass sich nacktes Fleisch gleichgeschlechtlicher Geschöpfe einander nähert und Dinge vollbringt, die der Herrgott niemals für gutheißen könnt.« Dabei trug er jedes Wort in gequältem Ton und mit angeekelter Miene vor.

»Geh, jetzt seien S' doch ned so empfindlich, Herr Pfarrer! Das gibt's doch jeden Tag in allen Klöstern rund um die Welt bei euch Katholiken«, sagte Peter Rauwald vergnügt, der Vertreter des Wirtschaftsforums, der im Nachbarort eingeheiratet hatte. Jeder wusste, dass er als fränkischer Protestant die katholischen Traditionen der Gegend für verlogen hielt. »Da könnt ihr vielleicht noch einiges lernen«, sagte er belustigt und erntete schadenfrohe Heiterkeit.

»Es hat doch gar keinen Sinn, weiter zu diskutieren«, warf der Bürgermeister mürrisch ein. »Ich lehne das komplett ab. Wir haben keine gesetzliche Grundlage, solange dort nicht nachweislich illegale Prostitution betrieben wird.«

»Meine Herren«, sagte Sentlinger laut, »ich beantrage eine Abstimmung darüber, wie wir weiter vorzugehen gedenken. Die Gemeinde könnte anstreben, dem Betrieb Thailandeinland die Lizenz zu entziehen.«

»Wir könnten ja alle mal hingehen und eine Testreihe machen«, schlug Rauwald amüsiert vor, »ob die da noch was anderes anbieten als nur gesundheitsfördernde Dienstleistungen.«

Der niedergelassene Arzt lachte. »Was der Gesundheit förderlich ist, das ist ja von Fall zu Fall verschieden.«

»Herr Doktor Trieben, was gibt's denn da zu lachen?«, fragte Hartmut Eberling scharf. »Sie betreuen doch als Hausarzt die Thailänder. Waren da ned zuletzt so ein paar von den Madeln bei Ihnen? Was wollten die denn?«

»Tut mir leid«, sagte Trieben und hob die Hände. »Die ärztliche Schweigepflicht verbietet mir, über meine Patienten zu reden.«

»Erwin, sei mal realistisch«, mahnte Bürgermeister Paltinger. »Das müssten wir sehr gut begründen. Und der Thai hat Müller-Westermann im Boot. Und der kennt die besten Anwälte. Vergiss es! Ich sehe da keine Chance.«

»Der Bürgermeister. So, so«, ätzte Grundler, der Wirt. »Auch schon verführt und dem schnöden Mammon hörig.« Enttäuscht winkte er ab.

Rauwald sah den Wirt an, dann den Pfarrer und schließlich Sentlinger. »Jetzt seid's doch mal ned so scheinheilig. Wenn die Deutschen es in Thailand treiben wie die Karnickel, das ist euch egal. Aber wehe, wenn es sich im schönen Bayern abspielt, huijuijui! Dann muss der Katholizismus herhalten, um die ... ›Eindringlinge‹ wieder aus dem schönen Bayernland zu vertreiben.«

»Wer da eindringt, sind ja wohl die Bayern, nämlich in die Thailänder«, rief Viehwalder dazwischen, suchte die Augenpaare der anderen Anwesenden grinsend ab und sorgte erneut für Gelächter.

»Wir verdienen alle genug an dem Laden«, fuhr Rauwald fort, »lasst sie gewähren. Ich bin überzeugt davon, irgendwann verschwinden die auch wieder. Also, gehen wir zur Abstimmung.«

Sentlinger stellte die Frage. »Also, verehrte Honoratioren der Gemeinde. Wollt ihr Schamlosigkeit und Sünde weiterhin dulden in unserem heiligen Bayern? Wollt ihr für Schimpf und Schande weiterhin den Weg geebnet sehen in unserem Land? Wollt ihr Moral und Sitte den Rücken kehren hier in Tuntenhausen? Dann sagt Ja und stellt euch gegen mich und den katholischen Herrenorden. Wollt ihr aber Anstand und Ehre, Keuschheit und Reinheit bewahren, dann sagt Nein und erhebt eure rechte Hand.«

Außer Sentlinger hoben der Pfarrer, der Vorsitzende und der Schatzmeister des katholischen Herrenordens sowie der Wirt die Hand.

»Grundler, du hast kei Stimmrecht net!«, beschwerte sich Viehwalder. Der Wirt senkte seine Hand und verließ schnaubend den Raum.

Sentlinger beäugte einen nach dem anderen. Doch sie blieben standhaft.

»Erwin, es hat keinen Sinn«, sagte der Bürgermeister. »Ich weiß nicht, was dich in dem Fall antreibt.«

»Wird wohl seine heilige Schwester sein«, spottete Viehwalder. »Sie verlangt wohl von ihm, den Teufel mit unserer Hilfe zu vertreiben.« Gelächter setzte ein.

»Erwin, es bringt nichts«, sagte der Bürgermeister und versuchte zu beschwichtigen. »Sieh es ein. Wir werden nichts tun können, was unserem Gewerberecht wiederspräche.«

Sentlinger ließ die Hand sinken. Er seufzte und warf den anderen enttäuschte Blicke zu. Er fühlte sich und seine Sache verraten. Wortlos stand er auf, nickte und verließ frustriert den Raum.

Liese

Sentlinger stand am Fenster und sah hinaus. Die Niederlage gestern hatte ihn arg gebeutelt. Er hatte sich ausgemalt, in Tuntenhausen eine Front schaffen zu können, so dass Nuh Poo von selbst aufgeben und Deutschland und damit auch die Fraueninsel wieder verlassen würde. Er dachte mit Grauen daran, wie er seiner Schwester beibringen sollte, dass er keine Unterstützung gefunden hatte.

»Irgendwas stimmt doch nicht. Was ist Ihnen denn über die Leber gelaufen?«, fragte Liese, als sie Sentlinger den Morgentee brachte.

Sentlinger sah geknickt zu Boden, die Hände auf dem Rücken verschränkt. »Manchmal muss man Niederlagen einfach hinnehmen. Die Abstimmung von gestern steckt mir immer noch in den Knochen.«

»Worum ging es denn?«, fragte sie, ohne zu neugierig wirken zu wollen.

»Eine üble Sache, da sind ein paar Leute aufgetaucht, die unbayerische Umtriebigkeit zeigen. Wir müssen das verhindern. Ich werde darum kämpfen, auch wenn wir vom Herrenorden mit meinem Antrag unterlegen sind.« Dann sah er wieder zum Fenster hinaus. Liese beobachtete ihn kurz, sah zu Boden und verließ den Raum.

Sentlinger war kein Politiker, der sich gern den Massen hingab. Er arbeitete lieber im Hintergrund. Und sein Ministerpräsident wusste das zu schätzen. Sentlinger ließ niemand gern an sich heran. Es gab nur wenige Ausnahmen: seine Schwester, seine Sekretärin und seine Ärztin. Zu ihnen hatte er ein mehr oder weniger früherotisches Verhältnis. Aber das sollte niemand von ihnen wissen.

Andere Menschen waren und blieben ihm fremd. Vor vielen hatte er sogar Angst. Sexuelle Gefühle versuchte er erst gar nicht zu zeigen, obwohl er sie hatte wie jeder andere Mensch. Aber er empfand sie als peinigend. Der bloße Gedanke an Sex bereitete ihm Unbehagen. Deshalb ging er lieber zu Prostituierten, die konnte er sogleich wieder verlassen, bevor er sie hassen musste. Aber seine Neigungen hatten sich im Laufe seines Lebens gewandelt. Denn in den letzten Jahren hatte sich in ihm zunehmend die Zuneigung zu Männern durchgesetzt, wenn sie wie Frauen aussahen. Das war der Grund, warum er bis heute ledig geblieben war. Er lächelte bei dem Gedanken, wie wunderbar es ihm jeweils ergangen war, wenn er sich in Thailand bei Nuh Poo Tubkim aufgehalten hatte.

Die Minuten des Innehaltens waren vorbei. Der tägliche Kampf konnte beginnen. Er setzte sich an den bulligen Schreibtisch, nahm eine Nagelfeile aus der Jacketttasche und feilte sich die abgekauten Nägel, so gut es ging. Dann rief er: »Liese, was haben wir heute?«

Um seine Stimme souverän zu halten, klang er unfreundlich. »Liese, wo bleibst du denn?«, schimpfte er. Nach dem Streit mit seiner Schwester und seiner Niederlage von gestern Abend spürte er jetzt ein nicht enden wollendes Verlangen. Liese! Ein wonniger Schauer überkam ihn.

Liese betrat erneut sein Büro. »Bin doch schon da«, sagte sie lächelnd. Sentlinger schluckte leise und war aufgewühlt. Er beobachtete sie aus den Augenwinkeln heraus. Sie war Ende Vierzig und trug mittellanges, fast schwarzes Haar. Ihr Gesicht zeigte die ersten Falten, ihre Haut war fahl. Während der Arbeit war sie ungeschminkt, weil Sentlinger sich vor ein paar Jahren anzüglich dazu geäußert hatte. Ihre blauen Augen versteckte sie hinter einer altmodisch großen Brille. Ihre wohlgeformten Beine waren heute mit einem langen, eng anliegenden Rock bekleidet, der an der Seite geschlitzt war. Bei jedem ihrer Schritte wurde ihre Wade sichtbar, die in einem glänzenden Nylonstrumpf steckte. Sie trug außerdem eine bis zum Hals geschlossene dunkelblaue Bluse. Und gerade das machte Sentlinger fast verrückt.

»Setz dich«, sagte er. Sie ging hinüber zu dem Stuhl vor seinem Schreibtisch. Heute würde er es versuchen. Liese musste doch förmlich überschäumen vor verdrängter Lust. Seine Phantasie geiferte. Dann, wie auf einer milchigen Leinwand, sah er seine Schwester für den Bruchteil einer Sekunde aufblitzten, deren Protest er sogleich mit einem heftigen Zungenschnalzen und einer ungewollten Wischbewegung aus seinem Kopf verscheuchte. Er wandte sein Gesicht ab, doch Liese hatte sein Gedankenruckeln bemerkt.

»Liese, heute hast du etwas Wunderbares angezogen. Deine Schuhe, so schön elegant.« Sein Lächeln war teigig wie Hefe.

»Äh«, sagte Liese verlegen, »die hatte ich ja letzte Woche schon an.« Sie ließ sich seine Anzüglichkeiten gefallen und beobachtete ihn, wie ein Geißlein den bösen Wolf angesehen haben mochte.

»Ehrlich?«, fragte Sentlinger aufgesetzt freundlich. »Ich muss Zwetschgen vor den Augen haben«, sagte er und lachte viel zu laut und so künstlich wie ein Wackelpudding. »Schön, Liese, das passt so ... so hübsch zu deinen Beinen.« Gerade wie der Rohrstock seiner Schwester stand er jetzt da und schlug die Hände zusammen wie ein senil gewordener Patriarch.

Liese sah kurz zu Boden und fragte dann: »Was kann ich heute tun, Herr Staatssekretär?« Die Peinlichkeit, die sie empfand, war ihrer Stimme anzumerken.

»Nun mal langsam mit den jungen Pferden ...« Er lächelte sie an, doch seine Freundlichkeit hatte etwas Bedrohliches. »Wir haben ja Zeit.« Mit einem verklärten Gesicht, das ihr beinahe Angst machte, und federndem Gang ging er unbeholfen auf sie zu.

Liese stand auf und wich einen Schritt zurück. Sie stolperte. »Ich muss noch viel erledigen. Ihre Arztrechnungen und die Gastronomieabrechnungen müssen bezahlt werden.« Liese wusste, dass es sich um Rechnungen aus zweifelhaften Begegnungen handelte. Er ließ sich tatsächlich diese Rechnungen zusenden. Kreditkarten konnte er nicht ausstehen. »Und, ein ... « Sie hob ihre Brille und sah auf einen Zettel, den sie unter ihrem Block festhielt, »... ein Herr Hausmayr hat angerufen.«

Schlagartig wurde Sentlinger aus seinem Zustand herausgerissen. Er räusperte sich. »Ah, ja? Dann machen Sie mal«, brummte er und schnalzte mit den Lippen.

Liese verließ sein Büro und atmete hörbar auf.

Leidenschaft

Sentlinger betrat das ›Thailandeiland‹ durch den Hintereingang, wo er diskret von Charlie empfangen wurde. Charlie hatte trotz des beträchtlichen Gewichts ein schön geschnittenes, sanftes Gesicht. Heute hatte er sich geschminkt, trug eine weite geblümte Bluse, eine fliederfarbene Hose und feine Wildlederschuhe. Er lächelte, als er Sentlinger sah. »Schön, dich wiederzusehen, mein Meister.« Er verneigte sich vor ihm. »Der Guru ist nur wegen dir heute wieder hergekommen«, sagte Charlie und strahlte ihn an.

Sentlinger durchfuhr ein Schauer. Ihm war die Begegnung mit Charlie unangenehm.

Charlie nutzte den Wirbel um den Guru, der sich gerade mal wieder feiern ließ, um Sentlinger unbemerkt in ein Etablissement im ersten Stock zu führen. Hier wurde er von Jeab und Muu empfangen. Als Sentlinger die beiden sah, verschlug es ihm den Atem. Sie lächelten ihn an und strahlten um die Wette. Wie schön sie waren, dachte er. Ihr Anblick traf ihn bis ins Mark.

Beide trugen Frauenkleidung, wie man sie in einem Haus wie diesem erwarten würde. Sie waren dezent geschminkt und bewegten sich so, dass kein Mensch vermuten würde, dass es sich um zwei Männer handelte. Allein das Wissen darum aber machte Sentlinger schier verrückt. Perfekte Ladyboys, dachte er, wunderschön. Sein Gesicht verklärte sich, und in ihm begann die Leidenschaft zu rasen.

Charlie bemerkte seine Verzückung und fragte: »Können wir dir etwas Gutes tun?«

Sentlinger schreckte auf. Diese plötzliche Unterbrechung ließ ihn aus seinen Gedanken fallen. Er stammelte: »Ähh ... nein ... nichts.« Er schluckte trocken.

»Einen Drink?«, fragte Charlie.

»Ja, das wäre gut. Bring mir ein Bier.«

Schnell gab Charlie den beiden ein Zeichen. Sie lächelten höflich, drehten sich um und verschwanden.

Charlie ging einen Schritt auf ihn zu. »Es freut mich, dir wieder dienen zu können. Wie geht es dir, Meister?«, fragte er mit demütigem Blick.

Sentlinger war sichtlich nervös. »Gut, danke, Charlie. Schön auch, dich zu sehen.« Er drehte sich zum Fenster und fragte: »Seit wann bist du hier?«

Charlie ging einen Schritt zurück und sagte leise: »Seit der Guru angekommen ist. Ich wollte mich schon früher ...«

Sentlinger schoss herum. »Wage es nicht, mich hier zu kontaktieren!«, herrschte er ihn an. »Wenn wir was miteinander zu schaffen haben, dann melde ich mich bei dir. Verstanden? Du hältst dich zurück.«

Charlie nickte und sah zu Boden.

»Und jetzt lass mich alleine!«

Charlie nickte erneut, verneigte sich und verließ den Raum. Unmittelbar danach klopfte es an der Tür. Jeab und Muu kamen mit einer Flasche Mineralwasser und einem Bier zurück. Sentlinger spürte, wie sein Kreislauf wieder angeworfen wurde. Er ließ sie die Getränke auf den kleinen Tisch stellen und nahm in einem der Plüschsessel Platz. Als Jeab sich zum Tisch hinabbeugte, streichelte Sentlinger ihm vorsichtig mit der linken Hand über den Oberschenkel. Jeab lächelte. Muu kam hinzu, stellte das Bier ab und streichelte Sentlingers Wange. Sentlinger fuhr auch ihm mit der anderen Hand unter den Rock und erfasste die Vorderseite von Muus Slip. Dort spürte er die Wölbung, die den Unterschied zwischen einer Frau und diesem für ihn wundervollen Geschöpf klarstellte. Sentlinger war derart verzückt von den beiden Katoeys, dass er nicht merkte, dass die Tür aufging und Nuh Poo Tubkim hereinkam.

»Lass dich umarmen, mein lieber Freund«, sagte er überschwänglich und ging auf Sentlinger zu. »Wir haben uns lange nicht gesehen, und ich bin froh, dass wir uns hier treffen können. Wie schön es ist, dich zu sehen.«

Sentlinger fuhr hoch, drängte die beiden Katoeys zur Seite und sortierte sich schnell.

»Ich sehe, meine beiden schönsten Mädchen haben dich bereits herzlich empfangen, so wie es dir, mein alter Freund, gebührt. Und Charlie hast du sicher auch schon begrüßen können.«

Sentlinger stand wie angewurzelt da und stopfte sich das Hemd in die Hose. Nuh Poo kam auf ihn zu und umarmte ihn.

»Wie geht es dir, Erwin?«

»Gut, sehr gut, bei dem Empfang!«, sagte Sentlinger süffisant und betrachtete die beiden Katoeys, die ihn immer noch anlächelten.

»Ja, die beiden sind meine Schätze«, sagte Nuh Poo und verdrehte verzückt die Augen. »Sie sind mir die Liebsten. Magst du sie auch?«

Sentlinger überkam eine Wallung. Wie wunderbar sie waren. Er nickte und schluckte dabei.

Nuh Poo grinste ihm schelmisch zu und hob den Finger. »Du bist kein Kostverächter, oder wie sagt man? Du magst die beiden, oder?«

Sentlinger nickte verhalten. Er nahm sich wieder zusammen. Ein paar Sekunden sagten beide nichts. Nuh Poo spürte, dass eine eigenartige Spannung in der Luft lag. Dann platzte es aus Sentlinger heraus: »Poonish, wie kommst du dazu, einfach hier aufzutauchen? Bist du verrückt geworden? Was treibst du hier?«, fragte er zischend. »Und gerade hier in Tuntenhausen! Das ist der Sitz des katholischen Herrenordens! Und ich bin der Ehrenvorsitzende.«

»Was bedeutet das?«, fragte Nuh Poo lächelnd.

»Das ist ein heiliger Ort. Einer der heiligsten Orte Bayerns. Ihr müsst hier wieder weg.«

Nuh Poo gab den beiden Katoeys ein Zeichen, woraufhin sie sich lächelnd zurückzogen.

»Bitte setzt dich«, sagte der Guru und bot Sentlinger wieder einen Platz an, bevor er sich theatralisch in den anderen Sessel fallen ließ. Dann breitete er die Arme aus. »Ich bringe euch lieben Deutschen meine Mädchen hierher. Ihr braucht nicht mehr zu reisen. Verstehst du, Erwin? Ihr könnt jetzt alles hier bei euch haben.« Er glänzte über das ganze Gesicht und rollte enthusiastisch mit den Augen.

»Aber die Deutschen wollen nach Thailand reisen, wir wollen das hier nicht haben.«

Nuh Poo lächelte sanft. »Aber Erwin, sieh doch, wie sie alle kommen. Das Haus ist voll, meine Mädchen sind gefragt. Als Gesprächspartner und Gesellinnen. Sie sprechen ein bisschen Deutsch, sie sind ausgebildet. Ich habe ihnen alles beigebracht über das Land und seine Männer. Was die Deutschen so mögen.«

»Poonish, hör zu, das ist doch etwas ganz anderes, ob du das in Thailand machst oder hier bei uns! Bitte hör auf damit. Das gibt einen Skandal.«

»Wieso Skandal? Was heißt das? Ich habe Familie hier, und die möchte ich bald kennenlernen. Du wirst mich zu ihnen führen, so wie du es mir versprochen hast, als ich noch ein kleiner Junge war.«

Sentlinger räusperte sich. »Ja, das ist schon lange her. Damals habe ich mich um dich gekümmert, weil dein Vater ein guter Freund von mir war und ich das deiner Mutter versprochen hatte. Aber jetzt?«

Nuh Poo beugte sich vor. »Versprochen? Geschworen hast du es. Beim Tod meines Vaters. Ich will sie alle kennen lernen.«

Sentlinger baute sich vor Nuh Poo auf und musterte ihn von oben bis unten. »So kann ich dich doch nicht vorstellen. Das wollen deine Verwandten doch ... gar nicht.«

»Warum weigerst du dich?«, fragte Nuh Poo verärgert.

Sentlinger seufzte. »Sie leben ja alle nicht mehr. Bis auf die Schwester deines Vaters. Aber die will dich nicht sehen«, log er. Sein Gesicht wurde hart. »Sie weiß um deine Leidenschaften, und damit will sie nichts zu tun haben.«

Nuh Poos Ärger verwandelte sich in Traurigkeit.

Sentlinger hob die Schultern und schwieg.

Nuh Poo lehnte sich zurück und senkte den Blick. Er atmete tief durch. »Für die Rubine, die du regelmäßig bei mir abgeholt, dann in deinem Diplomatengepäck mitgenommen und ihnen übergeben hast, dafür war ich ihnen gut genug. Fast jedes zweite Jahr warst du bei mir, seit ich diese Steine habe. Reich müssen sie damit geworden sein. Und jetzt wollen sie mich nicht einmal sehen?« Er lauerte auf Sentlingers Reaktion.

Sentlinger breitete die Arme aus und lächelte gequält. »Sieh mal, Poonish, es ist so. Ich habe die Rubine jedes Mal in ihrem Auftrag verkauft, und das Geld ist mittlerweile ausgegeben. Einfach weg.«

»Soll ich dir das wirklich glauben, Erwin? Ich habe auch immer dafür gesorgt, dass es dir gut ging, wenn du in Bangkok warst, dir immer angenehme Liebschaften besorgt. Du hast auch ein paar Rubine bekommen. Und Charlie, dein Liebling, war er nicht immer gut zu dir?«

»Charlie«, zischelte er. »Lass mich in Ruhe mit Charlie. Er soll mich hier nicht ansprechen. Sorg dafür, dass er sich zurückhält. Wenn mich jemand mit ihm sehen würde ...«

»Aha, ist er dir nicht mehr genehm?«, fragte Nuh Poo streng. »Du hast es immer gut gehabt durch ihn, durch mich und durch meine Mutter!«

Sentlinger antwortete jetzt sanfter. »Du darfst das nicht falsch verstehen, Poonish, in Deutschland ist das alles anders. In Thailand ist ... das nicht so schlimm, was dich angeht.« Sentlingers Stimme wirkte gehetzt. »Deutschland ist da eher ... nicht so tolerant. Eher verstockt, konservativ, sehr verschämt. So etwas hat bei uns keine Tradition! Darum reisen so viele deutsche Männer ja nach Thailand.«

»Und wieso hast du mir das früher nicht erzählt?«, fragte Nuh Poo vorwurfsvoll.

»Weil ich dich schonen wollte. Ich wollte dich nicht verletzten. Ich habe ja nicht ahnen können, dass du tatsächlich mal hierherkommst. Und jetzt auch noch mit einem ganzen Tross von Katoeys.« Er lachte kraftlos. »Ja geht's denn noch?«

Nuh Poo machte ein beleidigtes, aber stolzes Gesicht. Er stand auf und sagte zu Sentlinger: »Du redest Unsinn. Die Deutschen lieben uns. Ich werde dir zeigen, dass du Unrecht hast. Melde dich, wenn du dich wieder gefangen hast. Du weißt, die Liebe ist das größte Geschenk, das uns mein Vater mitgegeben hat.«

»Hör zu, Poonish, ich bekomme Druck von allen Seiten. Deine Familie will dich nicht sehen. Auf der Insel mögen sie nicht, dass du dort Häuser gekauft hast. Sie wollen euch nicht haben.«

»Viele Menschen dort sind freundlich zu uns. Bis auf diese Nonnen.«

»Ja!«, zischte Sentlinger, »und ganz vornweg meine Schwester.« Das war ihm herausgerutscht. Er räusperte sich.

»Deine Schwester? Wer ist deine Schwester?«, fragte Nuh Poo drängend.

»Na ja, die stellvertretende Chefnonne, Schwester Irmentrud.«

»Dann kann ich doch sicher mit ihr reden«, sagte Nuh Poo.

»Ich denke, das ist keine gute Idee. Sie führt doch die Proteste gegen dich an«, erklärte Sentlinger mit bedauerndem Blick. »Poonish, sei vernünftig. Zieh dich zurück.«

Nuh Poo saß geknickt vor ihm. Und irgendwie tat er Sentlinger leid. Doch jetzt war der rechte Moment, dachte Sentlinger, um das Thema anzuschneiden, weswegen er eigentlich hergekommen war. »Und außerdem machst du Dinge, die du nicht tun solltest. Du verkaufst Mogok-Rubine. Illegal. Richtig?«

Nuh Poo sagte nichts. Dann beugte er sich leicht vor und fragte: »Wieso sagst du das?«

»Cerny hat mich um Hilfe gebeten. Er vermutet, dass du dahintersteckst.«

»Woher will er das wissen?«

»Poonish! Er kennt jeden, der sich mit Rubinen beschäftigt. Jeden Käufer, jeden Händler, jeden Hehler. Und wenn er ein paar Hehler befragt, dann wird aus seiner Vermutung bald Gewissheit.«

»Na und?« Nuh Poo lächelte.

»Dann bekommst du Schwierigkeiten.«

»Ich hab schon viele Geschäfte mit Cerny gemacht. Er hat immer zu wenig bezahlt. Ich habe auch ihm die Mogok-Steine angeboten. Er wollte mir nur geringfügig mehr dafür zahlen als für vietnamesische oder thailändische Rubine, obwohl sie das Vielfache wert sind. Cerny ist ein Halsabschneider. Und deshalb nehme ich es selbst in die Hand.«

»Cerny wird dich fertig machen.«

»Wird er nicht. Ich habe so viel Material gegen ihn gesammelt, das wird ihm nicht im Traum einfallen.«

»Du könntest ein Joint Venture mit ihm machen. Schließt euch zusammen.«

»Niemals!« Nuh Poo wurde wütend. »Er hat dich vorgeschickt, um mich weich zu klopfen. Willst du mich etwa verraten?«

»Sei nicht dumm, Poonish. Du könntest ...«

»Nichts werde ich! Immer, wenn Cerny nach Bangkok kam, dann kam er regelmäßig zu mir. Er hat mir dann erst mal Grüße von dir bestellt und wollte die schönsten Mädchen und Katoeys haben. Für sich und seine Begleiter. Gratis. Als Rabatt, wie er sich ausdrückte. Cerny ist ein Schwein.«

»Was hat er dir getan?«

»Zuletzt, als er bei mir war, hat er meine Mädchen wie immer schlecht behandelt. Aber da hat er es zu weit getrieben. Cerny hat meine liebe Gwendola so lange geschlagen, bis sie fast tot war. Einfach so, weil es ihm Spaß gemacht hat. Und weißt du was? Er hat nur gelacht. Immer wieder. Er ist ein brutales Schwein. Ich habe ihn schließlich hinauswerfen lassen. Von Charlie und ein paar anderen. Seitdem hat Cerny Hausverbot.«

»Sowas passiert doch laufend, oder? Sie sind halt manchmal ein wenig zu leidenschaftlich, die Liebhaber«, sagte Sentlinger und grinste schmaläugig.

»Es gibt Grenzen, Erwin. Sowas dulde ich nicht. Charlie hat Cerny eine verpasst. Er wollte mir dann noch«, er hob die Hände und schrieb zwei Gänsefüßchen in die Luft, »›seinen Albaner‹ auf den Hals schicken, wie er sich ausdrückte.« Er zischte. »Lächerlich!«

»Er hat also mit dir noch eine Rechnung offen. Glaub mir, der Mann ist gefährlich.«

Nuh Poo Tubkim betrachtete Sentlinger, legte ihm eine Hand auf die Schulter und sagte leise: »Glaub mir, Erwin, ich auch.«

Gile

Einen Tag später empfing Nuh Poo Tubkim in seinem Haus auf der Fraueninsel eine Frau, die er noch nie gesehen hatte. Gile Winter war groß gewachsen, drahtig und ihr pechschwarzes Haar war kurz geschnitten. Ihre bohrenden Augen funkelten stahlblau. Sie trug schwarze Röhrenjeans und eine ebenso schwarze Jacke.

Er ging auf sie zu und umarmte sie freudestrahlend, als sie den Salon betrat. »Meine liebe Cousine, lass mich dich in meine Arme schließen! Lass dich herzen! Wie ich mich freue, dich endlich kennenzulernen.«

Nuh Poos Erscheinungsbild und seine überschwängliche Begrüßung irritierten Gile. Erst als er sie anschmachtete und die Arme erneut auffordernd ausbreitete, fiel sie ihm um den Hals.

»Wie schön, dir endlich persönlich zu begegnen, Gile. Lass dich ansehen!« Er hielt sie an den Schultern mit ausgestreckten Armen auf Abstand und betrachtete sie eingehend. »Schön bist du. Groß bist du. Und stark.«

Sie erwiderte sein Lächeln nur kurz. »Ich hatte eine gänzlich andere Vorstellung von dir.« Fast prüfend sah sie ihm in die Augen. »Aber es ist gut, wie es ist. Ich freu mich, dich zu sehen.«

»Hast du alles vorbereitet, Gile?«

»Ja, es ist alles organisiert. Ich habe diesen Lenzen kontaktiert. Im Prinzip können wir jederzeit anfangen. Die Schleiferei ist bereit. Es ist eine Maschine, die es nirgendwo sonst auf der Welt gibt, ein Prototyp, wie er mir am Telefon versicherte. Er will fünf davon bauen. Nach einem Jahr haben sich die Maschinen locker amortisiert!«

»Das ist großartig, was du da entdeckt hast. Scheint ja eine unglaubliche Maschine zu sein.«

»Ja, wenn das alles stimmt, was er mir versichert hat, dann wird unser Gewinn enorm sein, lieber Vetter.«

»Liebe Gile, ich bin froh, dass auch du endlich zu deinem Recht kommen wirst.«

»Sentlinger hat uns die ganzen Jahre über betrogen. ›Den lieben Onkel Erwin‹ haben wir ihn immer genannt«, zischte sie verächtlich. »Dabei war er nie mit uns verwandt. Fast nichts hat er uns von dem gegeben, was für uns bestimmt war.«

»Das betrübt mich sehr, Gile. Ich habe ihm über all die Jahre vertraut. Ich bin sehr froh, dass du mich ausfindig gemacht und kontaktiert hast.«

»Na ja, erst hab ich mich ja gar nicht getraut. Aber als ich von einem meiner Freunde, einem eifrigen Weltenbummler, erfahren habe, dass es in Thailand einen Mann gibt, der angeblich von einem katholischen Priester gezeugt worden ist, da dachte ich, das muss dann wohl mein Cousin sein. Der Sohn von meinem Onkel Bruno.«

»Tja, und dann hast du mich ja gefunden.«

»Ja, nachdem sich mein Freund das Telefonbuch von Bangkok angesehen hatte, und dort tatsächlich einen Eintrag ›Hausmayr‹ fand.«

»Und dann kam dein Brief.« Er nickte und lächelte.

»Klar, ich musste einfach wissen, ob es dich wirklich gibt.« Mit schnippischer Stimme fügte sie hinzu: »Der liebe Onkel Erwin ...«, sie senkte ihre Stimme wieder, »... hat uns immer nur erzählt, dass du tot wärst.«

Nuh Poo fauchte. »Und mir hat er immer versichert, er verkaufe all die Rubine, die er im Diplomatengepäck mit nach Deutschland nahm, nach Wien an Heimo Cerny und würde euch das Geld geben.«

»Tja, wie wir jetzt wissen, hat er das ja auch gemacht, die Rubine an Cerny verkauft,« Gile schäumte, »aber das Geld zum allergrößten Teil wohl selbst behalten.«

»Und ich hab mich immer gewundert, dass nie ein Dankesschreiben von eurer Familie kam.«

Gile sah ihn traurig an. »Wie hätten wir wissen sollen, dass du uns so großzügig bedacht hast. Er hat uns nicht mal deine Adresse gegeben, dieser Schurke!«

Nuh Poo strich tröstend mit dem Handrücken über ihre Wange. »Ich dachte, dass es für euch als Ausgleich dafür stand, dass ihr mir zuvor die Ausbildung bezahlt hattet.«

»Ja, damals hatten wir noch Geld in der Familie. Aber deine Ausbildung haben meine Eltern nur bezahlt, damit Ruhe ist und nichts bekannt würde von deiner Existenz«, sagte sie betrübt. »Ich hab mich immer dafür geschämt, dass sie dich ansonsten verleugnet haben. Man durfte nicht über dich reden.« Sie sah zu Boden.

Nuh Poo nahm sie erneut in den Arm. Sie löste sich sanft. »Es war ihnen ... peinlich, verstehst du?«

Er nickte und wusste, was sie meinte.

»Aber als mein Vater starb, ist seine kleine Fabrik zugrunde gegangen, meine Mutter war unfähig, sie weiter zu führen. Wir waren fast mittellos. Meine Mutter lebt jetzt in einem Altenheim. Sie ist vollkommen umnachtet, sie erkennt mich nicht mehr. Sie braucht dringend Hilfe.«

»Gile, hör zu. Erwin Sentlinger hat uns alle betrogen. Er wird seine Strafe bekommen. Du sollst jetzt für mich arbeiten. Wir werden hier in Deutschland reich werden. Mach alles, wie wir es besprochen haben. Hol diese ...«, er setzte eine grinsende Grimasse auf, »... diese Früchte hierher. Und danach fährst du nach Idar-Oberstein.«

Gile Winter nickte. »Okay, das mach ich.«

»Und noch etwas für dich.« Er überreichte Gile eine Aktenmappe. »Das hier wird dir vielleicht irgendwann mal weiterhelfen.«

Sie sah sich die Mappe staunend an, grinste finster und nickte.

Nuh Poo Tubkim stand vor ihr und hatte die Hände zusammengelegt. »So, liebe Gile, jetzt kannst du einen Wunsch äußern. Worauf stehst du? Möchtest du eines meiner Mädchen gern haben? Such dir eines aus.«

Gile starrte ihn wie entwaffnet an. »Lieber Cousin, das ist äußerst lieb von dir. Aber du musst wissen, dass ich zwar auf Mädchen stehe. Aber sie dürfen unten drunter nicht doch aussehen wie ein Mann. Das gefällt mir nicht. Schon seit meiner Kindheit gefällt mir das nicht.«

Abscheu

❀

Curri saß im Flugzeug nach München. Es war Nachmittag, in einer Stunde würde er in Erding landen. Cerny hatte ihn damit beauftragt, einen unliebsamen Konkurrenten einzuschüchtern, der in Bayern Rubine erster Mogok-Qualität anbot und den Hehlermarkt anständig aufgewirbelt hatte. Und das konnte sich Cerny auf keinen Fall bieten lassen.

Einschüchtern, bedrohen und Angst verbreiten, das hatte Curri in Tirana gelernt. Als Erstes jedoch sollte er sich mit Erwin Sentlinger treffen, das war der Name des Kontaktmanns. Cerny hatte ihm noch ein paar Details zu Sentlinger erzählt. Dass er beste Beziehungen zu Thailand hatte, dass er dort einer homosexuellen Liebschaft nachgegangen war und dass er eine Schwester hatte.

Am Flughafen mietete er einen VW Touareg und bretterte in Richtung München, wo er am nördlichen Stadtrand ein einfaches Hotel gebucht hatte. Er stellte seine Sachen ab, sah auf die Uhr und fuhr gleich weiter.

Das Navigationssystem leitete ihn sicher durch die Innenstadt, bis er in der Hofangerstraße im Münchener Osten ankam.

Als Curri das chinesische Restaurant betrat, sah er sich kurz um und erkannte Sentlinger sofort. Er saß am Ende des Raums an einem Tisch und las Zeitung. Sein Gesicht verbarg sich zwar halbwegs, doch Cerny hatte Curri ein Bild von ihm mitgegeben.

Curri setzte sich unaufgefordert dazu. Sentlinger musterte ihn mürrisch und murmelte: »Was soll das? Wollen Sie sich nicht vorstellen?«

»Nein. Sie wissen, was wir zu bereden haben. Also.«

Sentlinger faltete die Zeitung zusammen. »Ich weiß zwar nicht, wo Sie herkommen, junger Mann, aber Manieren hat man Ihnen da nicht gerade beigebracht.«

»Da, wo ich herkomme, sind Manieren hinderlich. Wenn du da Manieren zeigst, bist du bald ein toter Mann. Können wir jetzt weitermachen?«

Sentlinger stutzte, nickte aber dann. »In Ordnung. Möchten Sie was trinken?«

Curri schüttelte kurz den Kopf.

»Das hier ist ein unauffälliger Ort«, sagte Sentlinger lächelnd im Plauderton, »wo man sich ungestört unterhalten kann.« »Hier kennt mich niemand, was in München gar nicht so einfach zu finden ist«, fügte er hinzu.

»Lassen Sie diesen selbstverliebten Scheiß und kommen Sie zum Punkt«, sagte Curri barsch.

Sentlingers Lächeln gefror. »Also gut. Sie erfahren von mir alles über den Mann, um den es geht. Er heißt Nuh Poo Tubkim-Gongutih, in Klammern führt er noch den Namen Hausmayr. Er ist Thailänder. Stammt aus Bangkok. Er ist ... sagen wir einmal ... ein außergewöhnlicher Mensch. Ein sehr außergewöhnlicher Mensch.« Sentlinger sagte das etwas gespreizt.

»Können Sie das konkreter beschreiben?«, fragte Curri, ohne eine Miene zu verziehen.

»Er hat sein Geschlecht nach außen hin ... ähh ... geändert. Er ist ein ... ein Transvestit. Verstehen Sie? Kleidet sich wie eine Frau. Und benimmt sich größtenteils auch so.«

Curri spürte, wie sich Abscheu in ihm regte, ließ sich aber nichts anmerken. »Und?«, sagte er kalt.

»Ja, nichts und. Ich habe ihn nur beschrieben. Daran werden Sie ihn erkennen, Herr ...«

»Herr X. Nennen Sie mich Herr X.«

»Herr X aus ...«

»Aus Wien.«

»Aha, aber Sie stammen doch nicht aus ...«

»Egal, Mann. Ich bin Österreicher. Klar?« Curris Tonfall wurde noch unfreundlicher. »Was haben Sie mir noch zu sagen?«

Sentlinger beugte sich leicht vor, hob die Hand an den Mund und räusperte sich konspirativ. »Der Mann soll eingeschüchtert werden. Nur eingeschüchtert.

Verstehen Sie? Er soll Angst bekommen, er soll das Land verlassen. Können Sie das?«

Curri zischte. »Ob ich das kann?«, sagte er leise. »Natürlich kann ich das. Wo finde ich ihn?«

Sentlinger sprach jetzt sehr leise. »Gehen Sie ins Thailandeiland in Tuntenhausen, etwa vierzig Kilometer südöstlich von München. Das ist ein Bordell, das er betreibt. Dort können Sie nach ihm fragen. Erwähnen Sie aber auf keinen Fall meinen Namen. Haben Sie verstanden? Auf keinen Fall meinen Namen nennen. Sie müssen ganz von sich aus herausfinden, wie Sie ihn kontaktieren können. Zwischen ihnen und mir darf es keine Verbindung geben. Zur Not befindet er sich auf der Fraueninsel im Chiemsee. Aber dort ist das alles zu auffällig, denn die Insel ist sehr klein und ständig von Touristen überflutet. Dort bekommen alle alles mit. Also: ins Thailandeiland. Am besten noch heute.«

Scham

Curri betrat das ›Thailandeiland‹, ging an die Bar und bestellte sich einen Gin Tonic. Zwei Mädchen näherten sich mit wiegenden Hüften und lächelten lasziv. Sie streckten die Hände nach ihm aus und machten Anstalten, ihn anzufassen. Curri merkte beim ersten Hinsehen, dass es sich um Transvestiten handelte. Entsetzt und ruppig lehnte er ihre Avancen vehement ab. »Verschwindet!«, schnauzte er. »Weg von mir. Ihr ekelt mich an!« Die beiden machten sich davon.

»Hey, Barkeeper!«, rief er. Der Mann hinter der Bar zuckte zusammen. Er war stark geschminkt, trug kurze Haare, ein Glitzerhemd, lange Ohrringe und eine dunkle Hose mit roten Stöckelschuhen. »Was kann ich für dich tun«, fragte er verängstigt in stark gebrochenem Deutsch.

»Wo ist Nuh Poo Tubkim?«

»Nicht hier. Nur selten hier.«

Curri schob ihm eine kleine Karte mit einer Telefonnummer zu. »Sag Nuh Poo Tubkim, er soll mich anrufen. Es ist ernst. Sag ihm, Cerny schickt mich.«

Curri verließ das ›Thailandeiland‹ und fluchte vor sich hin. Das hatte er nicht erwartet. Lauter Transvestiten, abstoßend! Warum machte dieser Kerl das? Das war doch viel zu auffällig, dachte er. Andererseits eine gute Tarnung für den Rubinschmuggel. Jedenfalls war die Aufmerksamkeit sicherlich so sehr auf diesen Laden hier gepolt, dass die Behörden wohl kaum auf die Idee kämen, nach Rubinen zu suchen.

Aber all diese widerlichen Typen! Er sah kurz zurück auf das Gebäude und spürte das Unbehagen, das sich in ihm regte. Ein Schauer lief über seinen Rücken, als er ins Auto stieg. In starrer Haltung hielt er sich am Lenkrad fest und raste Richtung München.

Frisch geduscht lag Curri auf seinem Hotelbett. Diese Kreaturen, die er im ›Thailandeiland‹ gesehen hatte, wollten ihm nicht aus dem Sinn gehen. Ekelerregend, diese eitlen Pfauen. Wie konnten sich Männer nur soweit herablassen? Sich freiwillig in Frauenkleider stecken. Ihr Geschlecht einfach wechseln. Und dann dieses aufgesetzte Getue! Curri ereilte eine Art fremder Scham, als er an diese Kerle dachte.

Die Schmach, die er durch Qamil erfahren hatte, bahnte sich jetzt wieder ihren Weg. Beklommenheit und diffuse Angst ergriffen ihn. Seltsam, dieses Gefühl der Ablehnung, diese Machtlosigkeit einer Tatsache gegenüber, die er seit Jahren zu verdrängen versuchte. Immer wieder kam sie zurück, diese furchterregende Empfindung. Er und Qamil, ihre Kindheit, die so glücklich verlaufen war. Bis zu dem Tag, an dem ihre Mutter diese bittere Entscheidung getroffen hatte, die ihm und Qamil all ihre Unschuld geraubt hatte.

Curri spürte schmerzhaft, wie er wieder in ihm fraß, dieser Wunsch, diesen verfluchten Tag in seiner Kindheit niemals erlebt zu haben. In ihm wühlten Abscheu, ja Verachtung und Hass und erzeugten eine plagende Hilflosigkeit, die ihm die Orientierung nahm. Den bloßen Gedanken an das, was Qamil ab diesem Tag so komplett verändert hatte, durfte er gar nicht erst zulassen. Und er hatte es immer wieder geschafft, diese Erinnerung in einem diffusen Nebel zu verstecken.

Plötzlich spürte er einen Schmerz unterhalb seiner Brust. Er sehnte sich nach Wärme, er lechzte nach einer Stimme, die ihn trösten könnte. Wo war seine Mutter gewesen? Sie hatte ihn verraten, geopfert an das Dorf, an die Tradition und an Qamil. Er sah die Bilder wieder vor sich. Fast jeden Tag quälten sie ihn. Nachdem er Qamil getötet hatte, war Adnan davongelaufen, erneut davongelaufen. Manchmal vermisste er ihn so sehr, dass Qamil immer wieder im Gewand der frühen Kindheit lächelnd an ihm vorüberzog, wenn er die Augen schloss.

Curri rollte sich zusammen wie ein kleiner Junge. Einem Embryo gleich lag er auf seinem Bett. Seine

Hände hatte er zwischen die Oberschenkel gesteckt und versuchte, sich zu wärmen. Sehnsucht befiel ihn, Sehnsucht nach einer Befreiung. Er wusste nicht, was ihn erlösen könnte. Oder wer? Das Gefühl von Einsamkeit würgte seine Seele wie eine sich zuziehende Drahtschlinge. Curri setzte sich auf, schrie und trat gegen den kleinen Schrank neben seinem Bett. Dann stützte er sein Gesicht in die Hände, warf sich zurück auf die Matratze und lag wie gelähmt da. Heiß und kalt wurde ihm. Er schluchzte, sein Mund zitterte. Tränen schossen ihm in die Augen. Und es schien ihm einmal mehr, dass er aus dem Käfig seiner Erinnerungen niemals würde ausbrechen können.

Grabstein

Lars Simon sperrte die Tür zu dem alten Menck M 154 auf, ein Kraftpaket mit einem Gewicht von neunundvierzig Tonnen. Er bestand aus einer verrosteten gelben Blechkabine, einem riesigen Raupenträger und einem zwölf Meter langen Stahlausleger, der an Drahtseilen befestigt war. An einem Stahlseil hing eine große Greiferschaufel, mit der er jeweils zwei Kubikmeter von dem tropfnassen Kies aus der Grube ziehen konnte. Die Technik in der Kabine war aus den siebziger Jahren, aber alles funktionierte weitgehend reibungslos.

Simon brauchte nicht viel Schlaf. Morgens hielt ihn nichts im Bett. Das war ein Segen für ihn, denn so konnte er mehr arbeiten als andere. Das hatte ihm schnell diesen Job verschafft, als er vor dreieinhalb Jahren aus dem kleinen Nest Bollewick in Mecklenburg-Vorpommern nach Bayern gekommen war. Auch dort hatte er Kies gebaggert.

Jetzt war es halb sieben. Seit drei Tagen war es hochsommerlich schwül, aber ein Gewitter wollte sich nicht bilden. Regen verharrte in tiefhängenden Wolken, doch er fiel nicht. Der Baggersee lag wie ein Spiegel vor ihm. Nichts kräuselte seine Oberfläche. Simon gähnte und hielt sich die Hand vor den Mund, so hatte er es gelernt. Dann startete er den Motor. Er zog an dem Hebel, der die Winde mit dem Drahtseil in Bewegung setzte. Das Seil zog gemächlich an dem Ausleger, an dem die riesige Schaufel befestigt war. Langsam hob sich die Schaufel vom Boden.

Heute war wieder der Tag, an dem er den Standort des Baggers verändern sollte. Er versetzte das große Gerät mit der Kettenraupe etwa zwanzig Meter nach Osten. Dann stieg er aus, prüfte den Standort des Baggers und stieg wieder in die Kabine. Danach drehte er den Bagger auf dem Untergestell und senkte den Ausleger und die Schaufel sehr langsam ab, bis sie unter Wasser den Grund berührte. Er bewegte die Schaufel so vorsichtig, dass sie den Kies am Grund des Sees behutsam aufnahm, aber das Sediment kaum aufwühlen würde. Er bediente einen anderen Hebel, und die Schaufel wurde sehr langsam aus dem Wasser gehoben.

Das Wasser fiel in einem breiten Schwall aus der Schaufel nach unten und zerstörte die Gleichmäßigkeit der Seeoberfläche. Ringe breiteten sich aus wie Heiligenscheine. Gleich würde er den Kies sehen. Doch diesmal war es anders.

Als das Wasser fast abgelaufen war, sah Simon zuerst bunte Blumen. Dann erkannte er es deutlich. Es waren keine echten. Sie waren auf Stoff gedruckt. Zwei Sommerkleider. Und in ihnen steckten zwei Mädchen, die an einen großen Stein gefesselt waren. Simon schluckte. Mit offenem Mund betätigte er die Bremse, die das Seil zum Stillstand brachte. Er stand auf und konnte nicht glauben, was er sah. So stand er eine halbe Minute, starr vor Schreck. Dann hob er die Schaufel noch ein Stück an und schwenkte den Bagger nach links.

Als er die Schaufel abgesetzt hatte, machte er den Motor aus, kletterte die Leiter hinab und lief zum Bulldozer. Er warf den Motor an, fuhr die Schaufel des Bulldozers nach oben und kletterte hinein. Er richtete sich auf und betrachtete die beiden. Sie trugen dunkle Mädchenschuhe und hatten schwarze Haare. Ein dunkles Seil war um ihre Körper gebunden. Ihre Gesichter sahen aus, als lebten sie noch. Gar nicht so, wie er sich Wasserleichen vorgestellt hatte. Bleich und schön waren sie. Zwischen ihnen war eine dunkle Steinplatte. Von der Form her war das ein Grabstein.

Er stieg von der Bulldozerschaufel in die Baggerschaufel. An das eine Mädchen kam er nicht heran, weil der Grabstein schräg auf ihr lag. Das zweite sah er sich genauer an. Schwarzblaue Haare, leichte Mandelaugen. Eine Asiatin. Das rechte Ohrläppchen war verletzt. In dem anderen Ohr funkelte etwas. Ein roter

Stein. Er berührte das linke Ohr des Mädchens. Wahrscheinlich billiger Strass, dachte er.

Plötzlich rülpste das Mädchen. Er erschrak heftig. »Sie lebt!«, entfuhr es ihm. Er versuchte sie wiederzubeleben, indem er den Körper in Höhe des Brustkorbs immer wieder gegen den Grabstein drückte. Doch es kam nur Wasser aus ihrem Mund. Dann stieg er in Panik herunter, rutschte aus und hielt sich dabei am Schuh des zweiten Mädchens fest, um nicht zu fallen. Schließlich erreichte er wieder den Boden der Bulldozerschaufel. Es war jetzt halb acht.

Polizei!, dachte er. Er musste die Polizei rufen. Er kletterte hinab und rannte zu seinem Auto. In dem Moment kam sein Chef angefahren und stieg aus.

Er stutzte, kam auf Simon zu und fragte: »Was ist denn das, Simon?«

Simon rief: »Chef, zwei Leichen! Hab ich grad gefunden!«

»Gefunden?«, flüsterte der Chef.

»Tote. Tote Leichen!«, stammelte Simon atemlos. »In der ... Baggerschaufel! Zwei tote Mädchen, mausetot!«

Der Chef schwieg einen Augenblick. »Und um das zu sehen brauchst du einen Bulldozer? Woher hast du die, Simon?«

Aus irgendeinem Grund wurde Simon nervös und stotterte. »Aus dem ... See gebaggert.« Simon überschlug sich fast mit der Stimme. »Gefesselt. An ... einem Grabstein ... festgebunden!«

Sein Chef stand ungläubig vor ihm. Simon lief ein Schauer über den Rücken. Er glaubte ihm nicht. Simon wurde rot, Scham stieg in ihm hoch. Er schämte sich für eine Tat, die er gar nicht begangen hatte. Nervös rief er: »Hey, Chef, ich war das nicht!« Heftig schüttelte er den Kopf.

»So ein Mist«, schimpfte der Chef. Und das kurz vor dem Wochenende. Scherereien konnte er gar nicht gebrauchen. Dann sah er zu der Baggerschaufel hinauf, wo er die Füße der beiden Mädchen erkennen konnte. »Simon, Simon. Da muss ich wohl die Polizei rufen.«

Mass

Sperber hatte sich einen Job aus der Zeitung gesucht. Vor ein paar Wochen war er in einer Spielhölle gelandet und sollte dort die Computer miteinander vernetzen. Dieser Job stank ihm gewaltig. Der Besitzer war ein Riesenidiot. Arrogant, blöd und neureich. Dabei war der Kerl auch noch erfolgreich. Er hatte Sperber nach vierzehn Tagen wieder vor die Tür gesetzt. Und das nur, weil Sperber den großspurigen Internetauftritt dieser Zockerbude auf die Website der Fachstelle Glücksspielsucht der deutschen Caritas umgeleitet hatte. Leute ohne Humor konnte Sperber ohnehin nicht leiden.

Jetzt hatte er endlich wieder Zeit. Es war ungewöhnlich warm für einen Tag im Juni. Die Kastanien blühten noch, die Blumenbeete waren eine bunte Pracht, und die Damen gingen ärmellos. Es gab wieder Schweinshaxn und literweise Bier unter schattigen Bäumen. Es roch nach Gebratenem und nach Rosen. Kinder lärmten, Radfahrer sausten vorbei, und die Registrierkassen in den Biergärten klingelten. Was für eine Stadt!

Sperber trank die zweite Mass. Freitagmittag. Ihm gegenüber saß Anne Arendt. Sie war zwar bereits in die Jahre gekommen, aber immer noch eine gefragte Schauspielerin. Und sie war Besitzerin des Kunstcafés ›Punkt und Pinsel‹ in der Münchner Innenstadt. Sie mochte Sperber nicht nur, weil er Stammkunde bei ihr war. Sie waren seit der Geschichte mit dem Kongokönig in der Staatskanzlei letzten Winter eng befreundet.

Sie liebten es, sich an einem solchen Tag im Michaeligarten zu treffen. Gewöhnlich setzten sie sich direkt an den Ostparksee. Doch heute brannte die Sonne gnadenlos. Deshalb wählten sie einen Tisch unter den sattgrünen Bäumen. Irgendwie knisterte es ständig zwischen den beiden. Sperber wusste nicht, ob ihre Anziehungskraft in Sachen Weiblichkeit oder ihre merkwürdige Seelenverwandtschaft mehr wog. Jedenfalls war aus ihrer Begegnung eine intensive Freundschaft geworden.

Wenn sie hier waren, trank sie genau so viel Bier wie er. Jetzt waren ihre Masskrüge wieder leer. Sperber ging zum Ausschank, um zweimal Nachschub zu besorgen. Heute war viel Betrieb. Vor ihm stand ein junger Mann an der Theke, der sich mit den Gepflogenheiten hier offensichtlich nicht auskannte. Er sah sich verwirrt um und sprach den Kellner hinter der Zapfanlage an. Der Kellner zapfte auf Vorrat, eine Mass nach der anderen. »Entschuldigen Sie, ...«, sagte der junge Mann freundlich und kleinlaut in unverkennbar norddeutschem Akzent.

»Zum Entschuldigen gibt's da nix!«, unterbrach ihn der Kellner mit dem auffälligen Zwirbelschnurrbart leidenschaftslos.

»Äh ... ich hätte gern einen halben Liter Bier.« Der Kellner hielt kurz inne, starrte ihm emotionslos in die Augen und fragte: »Hast a Krankenschein?« Ohne eine Miene zu verziehen zapfte er weiter. Offensichtlich hatte der junge Mann ein Sakrileg begangen.

Sperber zwinkerte dem verdutzten Mann zu, überholte ihn und nahm zwei Mass von der Zapfstelle. »Trinken statt Nippen!«, empfahl er und ging zur Kasse.

Die Kassiererin nannte den Preis und hielt die Hand auf.

»Ab wie viele Mass gibt's eigentlich Gruppenermäßigung?«, fragte Sperber.

»Da musst scho noch a Weile trinken«, sagte sie mit spöttischem Ton. »Gruppenermäßigung gibt's erst ab Bauchumfang von a Meter achtzig!«

Sperber sah an sich hinunter und bezahlte. Sein Handy klingelte. Er hielt die zwei Mass in einer Hand und nahm es aus der Tasche. Martha. Ausgerechnet jetzt! Seit zwei Monaten hatte die Frau Oberkommissarin sich nicht gerührt.

»Wir brauchen dich, Fritz!«, krächzte es aus dem Gerät. Er knallte die Krüge auf den Tisch. Anne bekam einen Spritzer Bier ab und wich zurück.

»Aber nicht jetzt!«, brummte Sperber ins Handy und hob seine Mass hoch. Er trank einen Schluck und blinzelte in die Mittagssonne. Anne stützte ihren Kopf auf die rechte Hand und machte ein motziges Gesicht.

»Doch. Es ist dringend.« Martha klang fest entschlossen.

»Lass mich erst austrinken!«

»Hast du nicht mal erzählt, dass du in Thailand und Myanmar warst? Rubine finden und so.«

»Das hab ich dir schon erzählt?«, fragte Sperber überrascht. »Pah! Fünfundzwanzig Jahre her! Aber das hab ich dir, glaub ich, noch nicht erzählt. Kennst du schon die Geschichte aus der Antarktis, wo ich mit einem Pinguin über den Schnee ...« Weiter kam er nicht.

»Hey, Fritzzz ...«, sie zischte das Z wieder so wunderbar, dass ihm seine Nackenhaare augenblicklich zu Berge standen. Das brachte nur Martha fertig. »Jetzt keine Geschichten. Es sind zwei Morde passiert. Und das hat vielleicht was mit Rubinen zu tun, könnte zumindest sein«, erklärte Martha.

Sperber schwieg. Dann grunzte er ein »Okay, ich höre!« ins Telefon.

»Also gut. Sagen wir in einer Stunde.«

»Aber Alkohol ist in der Ausübung von dienstlichen

Tätigkeiten nicht erlaubt«, sagte Sperber entschuldigend. »Da kann ich ja jetzt nicht ...«

»Okay, wir machen eine Ausnahme. Ich hole eine Genehmigung vom Chef ein«, scherzte Martha. »Fritz, der Huber Ernstl holt dich ab. Und dann fahrt ihr direkt zum Tatort. Zwei tote Mädchen. Wahrscheinlich aus Thailand. Mit Rubinen oder sowas im Ohr.«

»Oder sowas?«

»Na ja, sicher is nix. Aber du sollst dir das mal mit ansehen. Vielleicht ist das wieder ein Job für dich.«

»Wohin?«, fragte er.

»Ab in den Süden«, rief Martha. »Die örtliche Polizei hat uns verständigt. Sie müssen den Fall aber dem LKA übergeben.« Dann legte sie auf.

Sperber sah das Telefon an wie einen Duschkopf, aus dem kein Wasser floss.

»Du muss ... muss jetz doch nich weg, oder?«, lallte Anne Arendt, wobei ihr Kopf aus ihrer stützenden Hand rutschte, den sie jedoch gleich wieder hochhob.

»Doch! Ich muss wieder Mörder fangen«, sagte Sperber entschlossen.

»Wen hat es erwischt?«, fragte Anne Arendt und schluckte auf.

»Zwei Mädchen, Thailand oder so«, antwortete er. Dann hob er seine Mass, prostete ihr zu und sagte lächelnd: »Aber eine halbe Stunde haben wir noch.«

Kasterl

Am frühen Morgen stand der Guru still betend vor dem Grab von Pater Hausmayr, dem Grab seines Vaters. Er hatte sich aus seinem Haus geschlichen, aus dem jede Fröhlichkeit gewichen war. Er vermisste seine Lieblingsjünger seit zwei Tagen. Wo waren Jeab und Muu? Spurlos verschwunden. Er war traurig und hatte Angst um die beiden. Sollten sie sich abgesetzt haben? Aber warum? Verschwunden waren sie, in einem fremden Land auf sich gestellt. Er betete zu seinem katholischen Gott, obwohl er die Gebete nicht so richtig kannte. Aber er hatte sich selbst welche gemacht. Der Gott seines Vaters würde ihn schon verstehen, dachte er.

Als er in sein Haus zurückkehrte, war er sofort umringt von seinen Jüngern, aber so recht wollte er sie alle nicht sehen. Sie waren kein Ersatz für seine beiden Lieblinge.

»Wir müssen etwas unternehmen«, sagte er zu Charlie.

Am selben Tag noch begab er sich zur Polizei nach Prien. Charlie begleitete ihn. Nuh Poo betrat die Polizeiwache der Wasserschutzpolizei und traf auf Polizeihauptmeister Rödiger, der ihn freundlich begrüßte. »Ah, der Herr Hausmayr aus Thailand. Ja, das ist ja eine nette Überraschung.«

Nuh Poo war gar nicht fröhlich zumute. Er erklärte Rödiger, dass er zwei Freundinnen vermisste.

»Gleich zwei?«, fragte der Polizist und grinste eigenartig.

Nuh Poo nickte.

Wie sie aussahen, wollte Polizeihauptmeister Rödiger wissen.

»Wie Mädchen, schöne Mädchen«, lächelte Nuh Poo und verneigte sich leicht. Er legte zwei Bilder von Jeab und Muu auf die Theke, auf dem beide ihr zauberhaftestes Lächeln zeigten. »Aus Thailand«, setzte Nuh Poo hinzu.

»Wär ich nicht drauf gekommen«, sagte Rödiger wie aus seiner Dienstpistole geschossen.

Nuh Poo nickte. »Sie kennen uns ja bereits.«

»Ähhh ..., ja, ... wie soll ich sagen. Von welchem Geschlecht ... tja, wie soll ich es formulieren?« Er kratzte sich am Kinn und danach am Kopf.

»Beides«, sagte Nuh Poo ruhig.

Polizeiobermeister Rödiger war deutlich überfordert. »Ja was sind das denn jetzt? Buben oder Madln?«, wollte er genau wissen. »Ausschaun tun s' als wie zwei

Madln«, sagte Rödiger und tatschte mit der Rückseite seiner Finger auf die beiden Bilder, »aber trotzdem sind's Buben? Wie geht denn des?«, fragte er grantig.

Nuh Poo sah ihn an und hob die Schultern. »Beides!« Er blieb dabei.

»Wie schaun s' denn«, er fasste sich kurz zwischen die Beine, »da unten aus?«

Nuh Poo lächelte, sagte: »Wie du!«, und nickte. Dann fasste er sich mit beiden Händen an die Brust. »Aber hier nicht wie du!«

Das mochte Polizeimeister Rödiger eigentlich nicht gern hören. Er sog mit verzerrtem Mund die Luft ein, als hätte man ihm eine heiße Nadel in den Zahn gebohrt. »Des scheint's ja zu geben in Thailand«, sagte er streng, räusperte sich und schüttelte den Kopf. »Aber bei uns da in Bayern?« Er sah auf und musterte Nuh Poo. »Solche Paradiesvögel ..., die gibt's da ned! Das kann i ned ankreuzen. Da gibt's ein Kasterl zum Ankreuzen für Männlich und eines für Weiblich. Für ... äh, interdisziplinär haben wir keines. Na. I schreib ... zwei ... zwei Madln. Und Schluss is.« Rödiger legte den Stift auf das Papier.

»Was wissen S' sonst noch?«

»Was meinen Sie?«, fragte Nuh Poo.

»Wo sie g'wesen sind, was sie unternommen haben, wann S' die beiden zuletzt gesehen haben?«

»Ich weiß gar nichts ... nichts! Sie sind gefahren mit dem Schiff und dann ... einfach weg.«

Rödiger beobachtete ihn skeptisch. »Na gut. Wenn ich was hör, meld ich mich bei Ihnen, ... Herr ... äh, Gongutih ...«, Rödiger hob kurz seine Brille und las »... in Klammern Hausmayr.«

»Sagen Sie Hausmayr, das reicht.« Nuh Poo verneigte sich erneut, bedankte sich höflich und wandte sich zum Gehen. »Das ist der Name meiner deutschen Familie.«

Kaffeetasse

Der dunkle Dienstwagen des Landeskriminalamtes bog in die Einfahrt zur Kiesgrube ein und wirbelte eine mächtige Staubwolke auf. Ernst Huber, einer der beiden Assistenten von Martha Kieninger, stoppte den Wagen kurz vor der Blechbaracke.

Sperber wollte das Beifahrerfenster schließen, doch da hatte der Staub ihn bereits eingehüllt. Sein Mund wurde trocken. »Uff«, schnalzte er angewidert. »Das schmeckt wie zehn Jahre abgestandener Liga-Keks!«

Huber setzte seine Sonnenbrille auf, öffnete die Tür, und sagte: »A Biergarten is das ned, Fritz!«

»Zu viel Sonne, zu trocken und zu trostlos«, bestätigte Sperber.

Sie schlenderten auf die Baracke zu. Huber ging zwei Stufen hinauf, klopfte an die Tür und trat ohne Aufforderung ein. Sperber folgte.

»LKA, Kommissar Huber«, sagte er kurz und bündig und hielt seinen Ausweis hoch.

Der Raum war ziemlich heruntergekommen. Auf dem Tapeziertisch in der Mitte lagen verstaubte Pläne wild durcheinander. An der Decke hing eine nackte Glühbirne, die nach Staub stank. In der Ecke standen ein Besen und eine Schaufel, auch verstaubt. Auf einem schmutzigen Tisch an der Wand stand eine Rolle Toilettenpapier, in nächster Nähe eine henkellose Kaffeetasse mit Bayernfahne und Löwe bedruckt. Daneben lag eine Plastiktüte eines Discounters. Ein Wasserhahn tropfte. An dem zweiten Schreibtisch unter dem Fenster saß ein bulliger Mann in Lauerstellung.

»Wer ist hier der Chef?«, rief Huber.

»Ich bin das«, sagte der Mann am Schreibtisch laut, als müsste er sein Revier verteidigen. Er erhob sich aus dem alten vierbeinigen Bürosessel, der mit ausgebleichtem braunem Cord bezogen war. Der Bezug hatte einen Riss, so dass grüngelber Schaumstoff aus der Sitzfläche hervorquoll.

»Wer hat die Leichen gefunden, Herr ...«, fragte Sperber.

»Ederer, Max Ederer.« Ederer reichte Sperber die Hand.

»Also wer hat sie gefunden?«

»Das war mein Baggerführer.«

»Wo ist er, und hat er einen Namen?«, fragte Huber.

»Simon, Lars Simon heißt er. Kommt aus Meck-Pomm, aber so ganz in Ordnung.«

»So, was heißt so? Wie ist er denn nicht in Ordnung, wenn er so in Ordnung ist?«, fragte Sperber.

»Äh, na ja, so halt«, sagte Ederer und zuckte die Schultern.

»Ah, so halt!«, widerholte Huber laut. »Kennen wir ja, der Ossi an sich, schwieriger Fall, oder?«

Ederer fühlte sich durch Huber bestätigt. »Ja, genau. Immer anders wollen s' sein, die Ossis. Reden tun s' so g'schwollen, und die Lippen kriegen s' auch ned auseinand'. Mei Frau, wissen S', die hat letztens mit dem so einen Ärger g'habt. Er tat einfach so, als würd er koa Bayerisch ned verstehen können. Komischer Vogel, das sag ich Ihnen!«

Ederer ging zur Kaffeemaschine und goss sich eine dickflüssige Brühe aus einer lange nicht gespülten Glaskanne ein, die anscheinend schon seit Stunden auf der Warmhalteplatte stand. Als seine Kaffeetasse voll war, zeigte er mit dem restlichen Schluck der Kanne auf Sperber und fragte: »Äh, wollen S' einen Kaffee?«

Sperber lehnte höflich dankend ab. Ederer zog die Brauen zusammen, schüttelte kurz den Kopf und stellte die fast leere Kanne zurück auf die heiße Platte.

»Ja und den Freistaat ham s' uns ja auch geklaut. Freistaat Ossiland. Dass i ned lach!«, sagte Ederer im Plauderton und fixierte Huber um Zustimmung heischend.

»Meck-Pomm ist kein Freistaat, bloß Sachsen und Thüringen.«

»Is doch alles gleich. Ossi is Ossi, oder?«, rief er laut und haute Huber dabei auf die Schulter. »Bei uns, da is einfach nix mehr so, wie es war. Erst sind die Türken gekommen …«

»… dann die Preußen und die Ossis«, sagte Sperber.

»Und jetzt kommt auch noch die halbe Welt«, setzte Ederer hinzu. »Wer weiß, woher die beiden Madln kommen? Sagen tun s' jedenfalls nix mehr, weil tot.« Er stellte seine Tasse auf den Tisch.

»Wo sind denn Ihre toten Mädels?«, fragte Sperber.

»Meine?« Ederer fixierte Sperber irritiert und antwortete schließlich: »Meine sind des ganz und gar ned.« Er schüttelte vehement den Kopf und deutete aus dem schmutzigen Fenster. »Da drüben in der Baggerschaufel, wo das Polizeiauto steht. Da sind s'. Mausetot!«

»Ich hoffe, Sie haben am Tatort nichts verändert?«, fragte Huber.

»Ich hab nichts angefasst«, antwortete er schnell, hob die Hände und signalisierte Unschuld.

»Und Ihr Ossi?«, fragte Sperber.

»Ob Simon was verändert hat?« Ederer legte die Hände auf die Brust, ließ sie nach außen schnellen und verzog die Mundwinkel. »Aber wo der Bagger und der Bulldozer hinkommen, da bleibt nichts unberührt.« Dann hob er die Schultern, gerade so, als hätte ein kleiner Junge versehentlich einen Turm Raviolidosen umgeworfen. »Aber seien S' bitte lieb zu ihm. Der Simon hat's nicht leicht. Er hat von Geburt an ein schlechtes

Gewissen, kommt mir vor. Obwohl er keiner Fliege was zuleide tun kann.«

Leiterfall

Huber und Sperber verließen die Baracke und fuhren zum Bagger. Sperber stieg aus, kämpfte sich spuckend durch die Staubwolke und grüßte den Polizisten, dessen Kollege auf einen Mann in Arbeitskleidung einredete. Der Polizist rief ihm entgegen: »Das ist der Totenfinder«, und zeigte auf Simon.

»Aber nicht der Totenmacher!«, rief Simon schnell. Er sah reichlich betrübt drein.

Der zweite Polizist drehte sich um und war eine Polizistin. Sie kam auf Sperber zu und sagte: »Herr Kommissar, Herr Simon hat uns alles erzählt.«

Sehr beflissen, dachte Sperber, fehlt noch, dass sie ihr Abi-Zeugnis vor sich herträgt.

»Ich bin kein Kommissar.«

»Äh, was tun Sie dann hier?«

»Ermitteln.«

»Sind Sie Polizist?«

»Nein«, sagte Sperber und grinste sie an.

»Dann haben Sie hier nichts verloren«, meinte die Polizistin streng.

»Doch, hab ich wohl. Fragen Sie den da, das ist der Kommissar«, antwortete Sperber und zeigte beiläufig auf Huber, ohne sie weiter anzusehen.

»Geht schon in Ordnung«, rief Huber ihr zu, »das ist der Herr Sperber Fritz, unser wissenschaftlicher Berater«, klärte er die Kollegen auf, während Sperber sich den riesigen Bagger von unten genauer ansah. Dabei blinzelte er, breitbeinig mit Händen in den Hüften, nach oben und versuchte, die Größe des Ungetüms zu erfassen.

»Also«, setzte die Polizistin von neuem an, »der Herr Simon ist in seine Raupe gestiegen …«

»Das ist keine Raupe, das ist ein Bagger!«, unterbrach sie der Polizist, der neben ihr stand und auf den Boden sah.

»Ja, aber das Ding steht doch auf einer Raupe«, antwortete sie.

»Aber das Gerät ist zum Baggern da und nicht zum Raupenfahren, deshalb heißt das dann Bagger«, bemühte sich der Polizist wie ein pensionierter Lehrer, der glaubte, seiner Frau erklären zu müssen, wie der Staubsauger funktioniert. Er schüttelte leicht den Kopf und warf Sperber einen konspirativen Blick zu. Die Polizistin reckte ihren Kopf von unten links in sein Blickfeld und sagte: »Aber fahren mit der Raupe tut es doch.«

»Aber nicht hauptsächlich«, bemühte sich der Kollege. »Hauptsächlich baggert man damit. Und daher ist es ein Bagger und keine Raupe!«, sagte er und lächelte gequält.

»Aber das Ding da fährt auch, wenn kein Bagger drauf ist. Ohne Raupe kann der Bagger aber nicht mehr baggern, wo er soll«, keifte die Polizistin zurück.

Der Polizist war jetzt ärgerlich und kurz vorm Explodieren. Sperber zog eine Augenbraue hoch, sah in die Luft und fragte: »Ja, und was hat Simon in dem Raupenbagger gemacht?«

Die beiden stutzten. Der Polizist plusterte enttäuscht die Backen auf, die Polizistin wollte was sagen, brachte aber nichts raus.

»Wissen Sie was, wir fragen Herrn Simon besser selbst«, sagte Sperber, ließ die beiden stehen und ging mit Huber auf Simon zu.

»Sie sind also Herr Lars Simon«, stellte Sperber ohne Umschweife fest. Simon nickte mit zusammengepressten Lippen, ohne ein Wort zu sagen.

»Erzählen Sie uns mal, was passiert ist.«

»Ja nüscht! Ich hab bloß die beiden Mädels da ausgebaggert«, sagte er immer noch sichtlich schockiert.

Huber sagte: »Das ist aber schon allerhand, wie ich finde.« Er befragte ihn weiter, und Simon berichtete die Einzelheiten akribisch, als würde er ein Amtsprotokoll vorlesen.

»Sie reden wie ein Aktenordner«, sagte Sperber und betrachtete ihn prüfend.

»Ich komm aus der ehemaligen DDR, das haben wir dort gelernt. In der Schule schon«, antwortete Simon beflissen. »Rapport nannte man das.«

»Das kann man genauso aufschreiben wie gesprochen. Mit jedem Punkt und jedem Komma«, bemerkte Huber.

»Ja, mach mal«, sagte Sperber und ging zu der Baggerschaufel. Er streifte sich Latexhandschuhe über und kletterte vorsichtig die Aluleiter hoch, die jemand dorthin gestellt hatte. Als er oben ankam, hielt er sich am Rand der Baggerschaufel fest. Eines der toten Mädchen lag jetzt genau vor ihm. Dunkle Haare, volle Lippen, das Kleid enganliegend. Das rechte Ohrläppchen war eingerissen. In dem anderen Ohrläppchen war zwar ein Loch, aber kein Ohrring. Das Mädchen hatte die Hand auf ihr Herz gedrückt. Sperber gelang es, vorsichtig die Faust zu öffnen. Das Mädchen hatte sich offensichtlich den Ohrring herausgerissen und ihn auf die Brust gepresst. Er nahm den Ohrring vorsichtig mit zwei Fingern hoch und hielt ihn gegen das Licht. Es war ein in Silber gefasster, funkelnder Rubin von dunkelroter Farbe mit einem Blaustich. Taubenblut. Ein außergewöhnlich schöner Stein in Tropfenschliff.

Er betrachtete das asiatische Profil des toten Mädchens genau. Dabei fielen ihm ein paar kaum sichtbare Bartstoppeln auf. Toten wächst der Bart weiter. Ein Mädchen? Er hob das Kleid des Mädchens an. Es trug einen enganliegenden Schlüpfer. Er zog den Schlüpfer vorsichtig ein Stück tiefer. Das Mädchen hatte männliche Geschlechtsteile. Verdammt! Ein Katoey!

Sperber stieg die Leiter hinab. Huber kam auf ihn zu und zeigte ihm einen Ohrring. »Hatte sie wohl im Ohr. Das hat die beiden Kollegen stutzig gemacht. Sie glauben, es ist ein Rubin.« Huber ließ den Stein vor Sperbers Augen hin- und herpendeln. »Die Deppen haben ihn angefasst ohne Handschuhe.«

Sperber verdrehte die Augen. Dann hielt er den anderen Rubin hoch, den er dem toten Katoey aus der Hand genommen hatte, und ließ ihn vor Hubers Augen pendeln. Schließlich sagte er zu Huber: »Verdammt ungewöhnliche Unterwäsche.«

»Wieso?«

»Schau selber nach.«

Huber setzte einen fragenden Blick auf, gab Schröder den Ohrring und ging zur Leiter. Nachdem er sie hochgeklettert war, hob er den Rock der Toten hoch. »Oh Gott!«, entfuhr es ihm. »A Madl mit Schniedl!«, rief er aufgebracht und rasselte die Leiter hinunter.

»Ein Leiterfall ist nicht irgendeine Sache, kommt gleich nach dem Fenstersturz«, sagte Sperber grinsend und kreuzte die Arme.

»Fritz, du Arsch!«, rief Huber am Boden liegend. »Mich so zu verscheißern!«

»Jetzt tu nicht so, als hättest du davon zum ersten Mal gehört, Huber«, sagte Sperber verwundert. »Denk an Penelope!« Sperber sprach den Kollegen an, der sich vor Gericht auf spektakuläre Weise das Recht erkämpft hatte, sein Geschlecht selbst zu bestimmen. Seither war er eine Kollegin und hieß Penelope, trotz Stoppelbart, Schuhgröße 45 und einer Körperlänge von immerhin 198 Zentimetern.

»Ja, dem Penelope schau i ja ned untern Rock, du Sauhund!«, schimpfte Huber aufgebracht.

»Huber, du bist ein Phobiker!«, frotzelte Sperber weiter. »Hast' Angst vor fremden Schniedeln?«

Huber zog es vor zu schweigen und reinigte sich Hose und Schuhe.

»Den hat das Mädel in der Hand gehalten«, sagte Sperber zu den beiden Polizisten. Er hielt den Stein zwischen Daumen und Zeigefinger gegen das Licht. »Wunderbar, ein Rubin erster Güte! Locker dreieinhalb Karat. Perfekter Tropfenschliff. Eingefasst in Silber. So was sieht man nicht oft. Gibt es sehr selten auf der Welt. Mann oh Mann!« Sperber ließ den Stein nicht aus dem Blick.

»Was ist so was wert?«, fragte Huber.

Sperber sah ihn an. »So was?«, sagte er schnalzend. »So was ist ein Taubenblutrubin. Der ist seltener und wertvoller als ein reiner Diamant gleicher Größe! Der hier ist wohl einige zehntausend Euro wert!«

Huber schluckte und pfiff durch die Zähne.

»Diese Reinheit gibt es nur in Mogok, in Birma. Sehr selten, diese Qualität.«

»Birma? Irgendwo hinter Indien, oder?«, fragte Huber ehrfürchtig.

»Oder vor Indien. Je nachdem, aus welcher Richtung man kommt.«

Huber zischte. »Und was sagt uns das?«, fragte er.

»Das sagt uns«, antwortete Sperber, »dass wir es hier mit bemerkenswerten Menschen zu tun haben. So was trägt nicht jeder am Ohr.«

Huber wandte sich an die Polizisten. »Wird irgendwer vermisst, auf den die Beschreibungen passen könnten?«

Der Polizist zögerte. »Nja, da war eine merkwürdige Vermisstenmeldung. In Prien am Chiemsee. Hat der Kollege Rödiger aufgenommen. Aber da handelt es sich um Mädchen. Zwei thailändische Mädchen.«

»Wieso sagen Sie das nicht gleich?«, herrschte Huber ihn an.

»Na ja, wollt ich ja, aber als ich eben hörte, dass ihr da ... na ja, Schniedl g'sehn habt, stimmt doch, oder? Da hab ich gedacht, das passt ja nun gar nicht.«

Huber strafte die beiden mit einem strengen Blick und stützte die Hände in die Hüften. Als er gerade erneut losschimpfen wollte, sagte Sperber: »Lass gut sein, Kollege. Is ja auch wirklich nicht einfach, mal einen Moment das Hirn einzuschalten, oder?«

»Ich hab damit nichts zu tun«, sagte die Kollegin

und hob die Hände. »Ich wollte gleich was sagen!«

»Und wieso haben Sie nichts gesagt?«, fragte Sperber herausfordernd.

Huber wandte sich an die zwei Polizisten und sagte mürrisch: »Und ihr zwei Vögel, ihr seht euch jetzt mal um hier. Und dann schreibt mir einen sauberen Bericht. Das werdet ihr ja wohl zusammenbringen. Ist das klar?«

Der Polizist nickte und wandte sich um zum Gehen. Seine Kollegin folgte ihm, immer noch sauer. »Siehst'?«, keifte sie ihn an. »Hab ich dir's ned gleich gesagt? Des könnten die beiden Mädels sein? Aber du weißt ja immer alles besser«, setzte sie schnaubend hinzu.

»Und du? Immer hast was zu meckern. Mit dir zusammenzuarbeiten ist wirklich eine Qual«, sagte der Polizist, winkte unzufrieden ab und ging zum Wagen.

»Glaubst du, die zwei können einen einheitlichen Bericht schreiben?«, fragte Sperber und sah ihnen hinterher.

»Das werden sie wohl zusammenbringen!«, sagte Huber ärgerlich. »Ansonsten sorg ich persönlich dafür, dass sie in die Abteilung für Verkehrserziehung versetzt werden. Als Kasperle und Krokodil.«

Blechdosn

Sperber kam um halb neun in Marthas Büro. Oberkommissarin Martha Kieninger war Ende vierzig, hochgewachsen, schlank, trug wie immer unauffällige Kleidung, aber schicke Schuhe. Ihr dunkles Haar war hochgesteckt. Alles zusammen passte zu dem überzeugenden Blick über ihre schmale Brille hinweg und zu ihrem festen Händedruck. Mit der kann man Elefanten klauen, hatte Sperber bei ihrer ersten Begegnung gedacht. Damals hatten sie gemeinsam ihren ersten Fall gelöst, den Mord an einem kongolesischen Prinzen, den jemand gemeinsam mit dessen belgischer Freundin nackt in die Kampenwand gehängt hatte.

»Gibt's was Neues?«, fragte Sperber laut. Martha schob ihre Brille nach unten und sagte: »Der Herr Silikon Fritz ist wieder da, na, wie schön!«, frotzelte sie.

Sperber seufzte. Schon wieder dieser verdammte Spitzname. »Lang nicht gesehen, Martha. Du treulose Tomate hättest dich ja viel früher mal melden können. Was macht die Kunst?«

»Die Kunst? Das willst du wirklich wissen? Geh doch zu deiner Anne, in ihr Kunstcafé. Die kann dir Kunst bieten«, zischte sie zickig.

»Eifersüchtig?«, fragte Sperber und lachte. Er setzte sich auf die Schreibtischkante und schaute sie herausfordernd an.

»Hau ab, du Windhund!« rief sie und gab ihm einen Stups. »Wenn du dich wieder einschleimen willst, dann musst du früher aufstehen!«, fauchte sie. »Hör zu, Fritz, i hab di ned engagiert, weil mir deine Lädschn so gut g'fällt ...«

»Bitte was?«

Martha beugte sich leicht vor. »Dein G'sichterl! Dein Gesihiiicht!«, fügte sie mit geweiteten Augen hinzu. »Capito?«

Sperber nickte amüsiert.

»Sondern weil du mir voriges Jahr erzählt hast, dass du mal was mit Rubinen zu tun hattest. Bild dir also bloß nix ein.« Sie machte eine Pause und nahm den Oberkörper zurück. »Du hast da mal Exploration und so gemacht, in Asien. Stimmt doch, oder?«

»Ja, in Birma. Heute heißt das ja Myanmar. Das war eine heiße Partie damals, kann ich dir sagen.«

»Hast wohl hauptsächlich Birmaninnen vertröstet?«, schnarrte sie verächtlich.

Sperber ignorierte ihre Anspielung. »Das heißt Burmesinnen. Aber eigentlich bin ich zu dir gekommen, weil ich fragen wollte, was die Untersuchung an den beiden thailändischen ... Jungs ergeben hat.«

Martha sah ihn lange an und nickte dann. »Okay, später. Jetzt will ich erst was wissen. Weißt du Näheres über die roten Steine?«, fragte Martha.

Sperber grinste, als Martha ihn wieder ganz normal ansprach. »Okay, Martha, du bist ein Schatz, lass uns sachlich sein.« Sperber stand auf. »Zu den Steinen: Es sind tatsächlich Taubenblut-Rubine. Die sind teurer als Diamanten. Die edelsten Steine, die die Erde hervorbringt.«

»Fritz, erklär mir, warum nur reiche Tussis und nicht ich solche Klunker um den Hals hängen haben.«

In dem Moment betraten Franz Huber und Ernst Huber den Raum, weder verwandt noch verschwägert, auch Huber eins und Huber zwei genannt. Marthas Assistenten waren wie immer gut herausgeputzt, ihre Muskeln pausten sich unter ihren weißen T-Shirts durch. »Na Servus, der Fritz. Was hat er denn entdeckt?«, sagte Huber eins in sarkastischem Ton.

Sperber grinste und blieb sitzen. »Wärst du früher da gewesen, hättest du es mitbekommen, Franzl.«

Martha sagte: »Weiter, Fritz.«

Er lehnte sich zurück und verschränkte die Hände hinter dem Kopf. »Eigentlich ist es nur Aluminium«, sagte er.

»Aluminium? Wie jetzt?«, fragte Huber eins.

»Na ja, Rubine, sie bestehen hauptsächlich aus Aluminium, oxydiert und unter hohem Druck gepresst.« Dabei machte er eine Handbewegung, als würde er einen Schneeball formen. Er betrachtete die drei der Reihe nach. Sie schauten ihn verständnislos an.

»Rubine bestehen aus Aluminiumoxyd. Chemische Summenformel Al zwei O drei. Also zwei Teile Aluminium, drei Teile Sauerstoff. Das ist alles.«

»A z'samma 'quetschte Blechdosn?«, fragte Huber zwei aufgeregt.

»Mit feinen Beimengungen von Chrom oder Eisen«, erläuterte Sperber. »Je nach Reinheitsgrad. Taubenblut-Rubine haben ihre Farbe vom Chrom.«

»Meine Dosn sind heut auch noch Dosn, auch wenn i drauf'treten bin!«, gurgelte Huber zwei.

»Also, ganz so einfach ist es nicht«, bemerkte Huber eins. »Da brauchst' halt noch Hitze und Druck. Und Zeit, stimmt's, Fritz?«

»Ja, in etwa schon, Franz. Viel Zeit, können schon mal Millionen Jahre sein, und die hat er nicht, der Ernst.« Sperber grinste.

»So lang lebst selbst du ned, mein Freund«, sagte Huber eins zu Huber zwei.

»Aber was macht die Taubenblut-Rubine so begehrlich, wenn sie nix anders sind als a Blechdosn?«, fragte Martha.

»Tja«, sagte Sperber und kratzte sich mit der rechten Hand am Kopf. »Das Glitzern, ihre Einzigartigkeit, die reine Farbe. Diese Attribute lösen wahre Jubelstürme bei Liebhabern funkelnder Kristalle aus. Aber die Begehrlichkeit wird am Ende vom Preis bestimmt. Und umgekehrt. Je teurer ein Edelstein, desto mehr wird er begehrt. Und das wiederum ist direkt abhängig von der Seltenheit eines Edelsteins.«

Martha nickte. »Ja, und wo überall findet man dieses Taubenblut?«

Sperber sah sie ein paar Sekunden lang an. »Hier ist der springende Punkt: Die richtig wertvollen Steine gibt es nur in Birma.«

»Wer kommt an sowas ran?«, fragte Martha.

Sperber pustete die Luft aus und verzog die Augenbrauen. »Das ist die schwierigste Frage. Rubine von dieser Klasse und Qualität kommen nur in Mogok vor. Da habe ich damals mal gearbeitet. Hammergegend!« Er lachte grimmig. »Alles unter Kontrolle der Militärs. Erst hat das Regime die Rubine rar werden lassen, indem es sie kontrolliert und eingeschränkt ausgeführt hat. Um die Preise zu erhöhen. Dann hat das Militär sie außer Landes schmuggeln lassen. Um prächtig daran mitzuverdienen.«

»Wohin werden sie geschmuggelt?«

»Hauptsächlich nach Thailand. Da werden sie geschliffen und verkauft. Aber gute Schliffqualität, die ist selten geworden. Sowas kann man viel besser in Europa machen.«

»Wo?«

»In Antwerpen. Oder in Idar-Oberstein. Hat aber den Knackpunkt, dass es in Europa immer teurer wird, weil das nur wenige Spezialisten beherrschen. Und jetzt machen die das in Thailand mit Billigkräften.«

»Und das funktioniert?«, fragte Martha.

»Na ja, ganz so perfekt sind sie nicht.«

Martha nickte. »Und Birma ist wirklich das einzige Land mit solchen Steinen?«, fragte Huber eins.

»In dieser Qualität, eindeutig ja. Es gibt auch Rohrubine in Thailand und Vietnam mit ähnlicher Farbe und ähnlicher Reinheit. Doch eben nur ähnlich. Die sind viel billiger. Damit werden betrügerische Geschäfte gemacht. Es gibt sogar synthetisch hergestellte Rubine, die als Taubenblut verkauft wurden. Aber ein guter Fachmann erkennt das.«

»Wie jetzt? Wie kann ich den Unterschied sehen?«, fragte Huber zwei.

»Na, den Unterschied siehst doch selbst du, Ernstl, zwischen einem reinen Rubin und einer zusammengetretenen Blechdose, oder?«, sagte Huber eins trocken.

»Ah so, ja, des is einleuchtend«, gab Huber zwei zurück und kratzte sich am Kinn.

Sperber fuhr fort. »Zum Beispiel Thailand. Thailand verfügt wie gesagt über Edelsteine, die denen aus Birma ähnlich sind, wenn sie auch an deren Qualität nicht herankommen. Viele thailändische Schleifereien holten sich aber noch billigere aus Vietnam. Weil es aber für Kunden im Westen lange Zeit so gut wie unmöglich war, an Taubenblut-Rubine aus Mogok in Myanmar heranzukommen, wollten europäische und amerikanische Händler zumindest Rubine aus Vietnam anbieten. Klar, um die Nachfrage am Markt zu bedienen. Das ist alles ein wenig durcheinandergeraten.«

»Wieviel Geld kann man damit verdienen?«, fragte Huber eins.

Sperber lehnte sich erneut zurück. »Ich will mal so sagen: Nach dem Rauschgift- und Waffenhandel ist der Schmuggel mit Edelsteinen der lukrativste Markt. Und wer Taubenblut direkt aus Birma hierher schmuggelt, der hat eine Verdienstspanne von etwa tausend Prozent.«

Huber zwei ließ einen Pfiff hören. Martha blies die Luft aus. »Okay, Leute, lasst uns mal über die Toten reden. Die Obduktion hat gezeigt, dass eine der beiden ertrunken ist. Die andere war vorher schon tot. Herzstillstand. Und beide hatten Brandverletzungen. Strommarken am Hals.«

»Elektroimpulswaffe?«, fragte Huber eins.

»Was bitte?«, fragte Sperber.

»Elektroschocker«, ergänzte Martha. »Ja, sehr wahrscheinlich. Anscheinend hatte eine der beiden Toten eine Herzschwäche. Und hat es nicht überlebt. Die andere hat mehrere Marken, ist also anscheinend mehrfach malträtiert worden.«

Sperber machte ein angeekeltes Gesicht. »Wer macht denn sowas? Das ist ja ...«

»... Folter«, sagte Huber zwei. »Sowas haben die Amis im Irak g'macht.«

»Man hat die beiden zusammengebunden und mit dem Grabstein versenkt«, sagte Martha. »Aber wieso waren die an einen Grabstein gebunden?«

»Dazu braucht man Kraft«, sagte Huber zwei.

»Laut Spurensicherung waren am Tatort keine Spuren zu finden«, erläuterte Martha. »Weder am Ufer noch an den Leichen. Der Bagger und der Bulldozer haben wohl alle Spuren verwischt, wenn es denn welche gab. Und die Leichen, die lagen zu lange im Wasser.«

»Der Grabstein ist übrigens aus Diorit«, sagte Sperber.

»Was ist das?«, wollte Martha wissen.

»Na ja, eigentlich wird er als Granit gehandelt, aber geologisch gesehen ist es ein Diorit. Das schränkt zumindest die Herkunft ein.«

»Hilft uns das weiter?«, fragte Huber eins.

»Ich hoffe es. Heutzutage werden allerdings viele Natursteine in Indien und anderen Ländern gewonnen und kommen mit Schiffen nach Europa. Sie werden überall gehandelt. Aber vielleicht weist der Grabstein auf einen lokalen Händler hin«, sagte Sperber und hob die Schultern.

»Sieh dir das näher an, Fritz«, sagte Martha.

Sperber nickte. »Mach ich. Was ist mit der Vermisstenmeldung aus Prien?«, wollte er wissen.

»Also, zwei Thailänderinnen wurden als vermisst gemeldet. Und zwar von einem gewissen Hausmayr. Hat Häuser auf der Fraueninsel gekauft. Genaues wissen wir nicht. Ich hab mit einem Kollegen Rödiger in Prien gesprochen. Er hat da irgendwas von ungewöhnlich und außerordentlich gefaselt. Genau verstanden hab ich ihn nicht. Da muss jemand hin.«

Martha wandte sich an Sperber. »Fritz, noch eine letzte Frage. Wer kennt sich gut aus mit Rubinen?«

»Na ich«, antwortete er.

»Ja, schon, aber ...«

»Wo gibt's Experten für Edelsteine?«, unterbrach Huber eins ihre Frage. Martha sah ihn scharf an und übernahm wieder. »Wie können wir wirklich sicher sein, dass es sich bei den Steinen der beiden Toten um echte Taubenblut-Rubine handelt?«

»Nix für ungut, Fritz, aber Juwelier bist du ja nicht.« Huber eins beobachtete Sperber herausfordernd.

»Is schon recht«, sagte Sperber. »Ich hab die Steine zwar unters Mikroskop gelegt und sie untersucht. Aber wenn meine Meinung für die Dame und die Herren nicht ausreicht ... Gut.« Sperber zog die Mundwinkel herab, sah zu Boden und hob die Hände.

»Nicht beleidigt sein, Fritz. Hier geht's ums Ganze, nicht um deine verletzte Seele!«, sagte Martha streng.

Sperber atmete durch. »Ja, ja«, sagte er gelangweilt.

»Also, Fritz, wo finden wir so einen?«

»Ich weiß schon wo«, sagte Sperber gereizt. »Der beste Fachmann von allen. Wir können uns dort eine Expertise holen und die Steine einschätzen lassen.«

»Bei wem?«, fragte Martha.

»Es gibt nur einen wirklichen Experten, der das felsenfest beurteilen kann. Und der sämtliche Hintergründe des Rubingeschäfts rund um den Globus kennt. Der Juwelenhändler Heimo Cerny aus Wien.«

Martha zog die Brauen hoch. »Wien?«

»Ja, Wien. Singerstraße. Cerny kontrolliert von seinem Edelsteinkontor aus den gesamten deutschsprachigen Markt für Rubine. Der Kerl hat diesbezüglich Kenntnisse, über die sonst niemand in Deutschland, in Österreich oder der Schweiz verfügt. Glaub mir, Martha, der kennt jede Mine und jeden Händler weltweit. Und wenn es etwas Neues zu entdecken gab oder gibt, dann war er dort, um sich ein Bild zu machen. Wenn einer weiß, worum es geht in der Welt der Rubine, dann Cerny.«

Martha stand auf, sah Sperber lange an und sagte dann in die Runde: »Okay, dann auf, meine Herren. Franzl, du kümmerst dich ums Büro. Fritz, Ernstl und ich fahren zum Chiemsee. Und anschließend geht's für euch zwei weiter nach Wien. Ok?«

Alle drei nickten. Dann wandte sie sich noch einmal an Sperber und Huber zwei. »Und damit das klar ist: Das Land Bayern bezahlt keinen Damenbesuch im Hotel!«

Fraueninsel

Haben Sie ihn über alles informiert?«, fragte Martha Polizeihauptmeister Rödiger, der das Boot steuerte.

»Ja«, schrie Rödiger gegen den Motorenlärm an. »Ich hab Hausmayr erzählt, dass wir die beiden Toten gefunden haben, und ihm Bilder gezeigt. Er hat sie eindeutig identifiziert.«

»Wie hat er reagiert?«, fragte Sperber gegen die Sonne blinzelnd.

»Zutiefst erschüttert«, rief Rödiger über die Schulter. »Er hat sich den Mund g'halten und hätt fast g'weint. Wie a Mama«, sagte er spöttisch.

»Weiß er, wo wir die beiden gefunden haben?«

»Ja, das weiß er. Er hat keine Ahnung, wie sie dort hingekommen sind.«

Martha nickte. Das Boot legte an dem kleinen Steg der Fraueninsel an. Martha, Sperber und Huber zwei winkten dem Polizisten, stiegen aus und gingen mit klappernden Schritten über die Holzbohlen an Land.

»Nach dreihundert Metern links. Die weißen Häuser. Könnt ihr gar ned verfehlen!«, rief Rödiger ihnen hinterher.

Sperber drehte sich noch einmal um und winkte Rödiger dankend zu.

»Das ist ja wohl die perfekte bayerische Postkartenidylle.« Sperber staunte. Blumen, herausgeputzte Häuser, gepflegte Wege, soweit er sehen konnte. Kunsthandwerker und Maler boten ihre Werke an. Touristen schlängelten sich die Wege entlang. Sie schlenderten den Massen hinterher und kamen schließlich zu den Häusern, die auffällig weiß lackiert waren. Vor dem ebenso weiß gestrichenen Zaun waren etwa zwanzig Nonnen versammelt mit einem großen Transparent. Auf dem stand in deutlichen Lettern geschrieben: »Keine Teufel auf unserer heiligen Insel!« Die Nonnen hielten Rosenkränze in Händen und murmelten nach, was die Sprecherin vorbetete. »Gegrüßet seist Du, Maria, voll der Gnaden, ...«

»Hier muss es sein«, sagte Sperber.

»Dann hoffen wir mal, den Guru und seine Jünger hier anzutreffen«, sagte Martha. »Wenn die barmherzigen Schwestern ihn nicht schon verjagt haben.«

Eine große und kräftige Nonne kam ungewöhnlich rasch und tapsig den Weg herauf. In ihren Händen hielt sie einen Rosenkranz, sie sah zu Boden und betete flüsternd vor sich hin.

Sperber ging auf sie zu und sprach sie an. »Entschuldigen Sie bitte, Schwester. Sie sind doch auf der Insel zuhause. Wohnen hier vielleicht die Herrschaften aus Thailand?« Er zeigte auf die weißen Häuser.

Die Nonne schreckte auf und blieb wie angewurzelt stehen. Ihr überaus großer Kopf zeigte zwei tiefe, dunkle Augenhöhlen, eine kräftige Nase, einen breiten Mund und ein energisches Kinn. Sie starrte Sperber mit aufgerissenen Augen an, als wäre er eine Erscheinung direkt aus der Hölle. Sie ließ ihn nicht aus den Augen, bekreuzigte sich dreimal mit fast tellergroßen Händen und stammelte ängstlich: »Neinasechz'g-Leiterwogen-voller-kohlschwoarzer-Teifeln-zifix!« Das ›Zifix‹ spie sie ihm fast entgegen, wobei sie ihren Kopf nach vorn schnellen ließ.

Sperber sah ihr hinterher, als sie zielstrebig auf die Vorbeterin zueilte und ihre Hand nahm. Sie drückte die Hand an ihre Stirn, küsste den Ring an deren Mittelfinger und reihte sich in die Gebetsmühle ihrer Mitschwestern ein.

Martha ging auf die Vorbeterin zu. »Gestatten? Kieninger«, sagte sie und zeigte ihren Ausweis. »LKA«.

Die Nonne sah auf und war sichtlich erzürnt. »Sie stören unsere Gebete! Sind Sie Christin?«

»Das spielt keine Rolle. Wie ist Ihr Name?«, fragte Martha.

»Ich bin Schwester Irmentrud.«

»Was machen Sie hier?«

»Wir vertreten unseren Herrn«, entgegnete Schwester Irmentrud schroff.

»Und wir vertreten das Gesetz«, gab Martha kurz zurück.

»Was Sie hier tun, ist Nötigung, ist Ihnen das klar?«, fragte Sperber. »Man könnte Ihnen das sogar als offenen Rassismus auslegen.«

»Warum? Wie kommen Sie darauf? Gegen wen machen wir rassistische Äußerungen?« Schwester Irmentruds Kopf war nach vorn geschnellt wie eine Viper.

»Ich gehe davon aus, gegen die Menschen aus Thailand, die hier wohnen«, sagte Martha.

»Wer sagt Ihnen das? Wir demonstrieren gegen den Teufel. Und wir wollen eben nicht, dass er auf unsere Insel kommt«, geiferte Schwester Irmentrud voller Zorn. »Das richtet sich nicht gegen Menschen, sondern gegen den Leibhaftigen.« Sie wendete sich abrupt ab und betete an der Stelle weiter, wo sie zuvor unterbrochen worden war.

Adnan Curri hatte alles durch den Blütenvorhang der Forsythien beobachtet, die am Wegesrand standen. Er war kurz vor Martha, Sperber und Huber angekommen. Eigentlich, um Nuh Poo Tubkim aufzusuchen. Doch als er eintraf, standen die demonstrierenden Nonnen genau vor dem Haus des Gurus. Weil er kein Aufsehen erregen wollte, hatte Adnan sich dazu entschieden, abzuwarten. Er hatte sich abseits auf eine Bank gesetzt und belauerte das Geschehen unauffällig im Schutz der Sträucher. Anfangs grinste er hämisch, als er beobachtete, wie die Vorbeterin sich und ihre Mitschwestern gegenüber dieser Frau und ihren Begleitern verteidigte und gestikulierte. Waren das Polizisten? Dann wuchs Adnans Faszination für diese Nonne, ganz allmählich spannte sich sein Körper an. Wie sie sich bewegte, wie präsent sie war! Wie unerschrocken, stark und bestimmend sie war, wie groß und kraftvoll. Er beugte sich vor, nahm seine Sonnenbrille ab und musterte diese Frau im Nonnengewand genauer. Ihre Hände waren so vollkommen, jede Bewegung passte. Und dann dieses strenge, aber wunderschöne Gesicht. Engelsgleich. Ein zürnender Engel. Diese Nonne hatte etwas Magisches. Adnan richtete sich erschrocken auf. Irgendetwas passierte mit ihm. Er schüttelte kurz den Schauer ab, der ihn durchlief, setzte seine Sonnenbrille auf und ging zurück zum Landesteg.

Elefantenkopf

Martha wandte sich von den Nonnen ab, stützte die Hände in die Hüften und sagte zu Sperber: »Was muss eine Frau erfahren haben, um freiwillig in ein solches G'wand zu steigen?«

»So eine Pinguinkluft würde dir auch gut stehen, meinst du nicht?«, sagte Sperber unter dem lauten Beten der Nonnen.

»*It's nice to be a mannequin, but blessed to be a penguin*«, fügte Huber in breitem, bayerischen Englisch hinzu.

»Danke, zu nett von euch«, gab Martha gereizt zurück. »Sollte ich mich mal als Pinguin verkleiden, dann mach ich euch zu meinen Begleitmakrelen, die ich bei Bedarf mit Schuppen und Schwanz verspeisen werde.« Unter dem Gemurmel der Nonnen ging sie zielstrebig auf die weißen Häuser zu. Sperber und Huber folgten ihr.

»Mann, diese tapsige Nonne könnte glatt einen Boxkampf gewinnen, mit den Händen und dem Riesenkopf«, sagte Sperber leise zu Huber.

»Kannst' mir erklären, was das mit dem Leiterwagen sein sollte?«, fragte Huber.

»Die Nonne hat steirisch geredet«, sagte Sperber. »Da gibt's die Perchten, die um die Jahreswende den Winter austreiben. Viele Kinder halten sie für Teufel, vor allem, wenn sie in der Gestalt von Geißen mit langen Hörnern auftreten. Und oft lassen sich da welche auf Leiterwagen durchs Dorf ziehen oder schieben.«

»Und jetzt hat sie wohl diesen Guru und seine Jünger gesehen und sie irgendwie verwechselt und ihnen Hörner aufgesetzt«, meinte Huber.

»Ein bisschen Aberglauben is ja immer dabei, grad bei den Katholiken«, sagte Sperber.

Über der Eingangstür des linken Hauses hing eine große weiße Papiergirlande.

»Ist da Kinderkommunion?«, fragte Huber.

»Weiß ist in Thailand die Farbe der Trauer«, sagte Sperber leise.

»Und Kinderkommunion? Gehen die da in schwarz?«, fragte Huber.

Martha gab Huber einen Klaps. »Sei jetzt mal ernst, Ernst!« Martha klopfte an die Tür. Sie wollte gerade zum zweiten Mal anklopfen, da wurde die Tür geöffnet. Ein hochgewachsener Mann asiatischer Herkunft in einem weißen Anzug mit kurz geschorenem Kopf stand am Hauseingang und fragte, wer sie seien. Martha antwortete: »Bayerisches Landeskriminalamt,

Oberkommissarin Martha Kieninger.« Sie streckte die Hand aus. »Die Kollegen Kommissar Huber und Doktor Sperber. Wer sind Sie?«

»Nennen Sie mich Charlie.«

Martha nickte. »Gut. Wir möchten gern den Hausherrn sprechen.«

»Kommen Sie!« Charlie führte sie in einen großen Vorraum. »Warten Sie bitte, ich melde Sie an«, sagte er in nahezu perfektem Deutsch, senkte kurz den Kopf und verschwand.

»Überlasst mir das Begrüßungsritual«, sagte Sperber leise. »Haltet euch einfach im Hintergrund, bis ich dir ein Signal gebe, Martha.«

Martha nickte. Kurz darauf öffnete sich eine Flügeltür, und Charlie trat erneut zu ihnen. »Der Meister ist sehr traurig. Wir alle sind sehr traurig. Nehmen Sie bitte Rücksicht.« Charlie verneigte sich kurz und bat sie, ihm zu folgen. Sperber ging vornweg.

Sie wurden in einen Salon gebracht. Nuh Poo Tubkim saß auf einem langen weißen Sofa, vor dem ein niedriger weißer Tisch mit Goldverzierungen stand. Er war weiß gekleidet, wie alle anderen im Raum. Neun Mädchen saßen um ihn herum auf glänzenden, bunten Kissen, die auf dem Boden verteilt waren. An den weißen Wänden hingen zwischen kugelförmigen Lampen bunte Stoffbahnen bis zum Boden. Hinter ihm, in der Mitte der Wand, prangte die Büste eines Elefantenkopfs, der aus dunklem Holz gearbeitet war. In einer

Ecke des Raums war eine Art Altar eingerichtet, auf dem verschieden große Kerzen brannten. Rechts und links stand je eine Staffelei, die jeweils ein Bild der ermordeten Katoeys hielten und mit weißen Girlanden geschmückt waren.

Nuh Poo Tubkim und die Mädchen standen auf. Charlie blieb im Hintergrund stehen. Sperber ging auf den Guru zu und begrüßte ihn mit einem Wai, indem er die Hände in Brusthöhe zusammenfaltete und eine kleine Verbeugung machte. Martha reagierte sofort und machte das Gleiche, Huber streckte dem Guru die Hand entgegen. Der reagierte mit zurückhaltendem Lächeln. Huber zog irritiert seine Hand zurück, tat jedoch dann, was von ihm erwartet wurde. Er faltete die Hände vor der Brust und verbeugte sich etwas zu überschwänglich. Dann erst erwiderte der Guru den Wai, indem er jedem gegenüber mit ebenso gefalteten Händen eine kurze Verbeugung machte.

»*Sawadtii khap,* verehrter Herr Hausmayr«, sagte Sperber, immer noch leicht vorgebeugt. »Es ist uns eine große Ehre, Ihnen begegnen zu dürfen, auch wenn heute ein sehr unglücklicher Tag ist. Ihr Haus trägt Trauer. Wir hoffen daher, Sie nicht allzu sehr stören zu müssen.«

»Kommen Sie, nehmen Sie Platz«, antwortete der Guru lächelnd, aber mit traurigen Augen. Die Mädchen um ihn herum grüßten ebenfalls ehrerbietig. Sperber reagierte mit einem einfachen Nicken. Der Guru wies den Dreien einen Platz auf den Kissen zu.

»Herr Hausmayr, können Sie uns etwas über die beiden Mädchen erzählen? Sie haben sie als vermisst gemeldet. Aber was haben die beiden hier in Bayern gemacht?«, fragte Sperber.

»Sie haben mich besucht«, sagte der Guru. »Es waren liebe Mädchen.«

»Wir haben ein wenig nachgeforscht«, sagte Martha. »Sie betreiben ein ... Etablissement in Tuntenhausen. Ist das richtig?«

Nuh Poo stutzte, sein Gesicht fror ein. Er beugte sich zu Sperber und flüsterte ihm etwas ins Ohr. Dann beugte er sich zurück und sah Sperber erwartungsvoll an.

»Nein, Sie müssen ihr nicht antworten. Sie können mir antworten«, sagte Sperber zu ihm und lächelte.

Martha war kurz davor, zu explodieren, nahm sich jedoch zusammen.

Nuh Poo flüsterte Sperber erneut etwas ins Ohr. Aber so laut, dass Martha und Huber es mithören konnten. »Es ist ein Massagehaus. Mit gut geschulten Fachkräften. Unsere Mädchen sind speziell ausgebildet.«

»Ja, des hammer uns gedacht, dass die besonders gut ausgebildet sind!«, sagte Huber und grinste frech.

Sperber wahrte den Schein und flüsterte das alles an Martha weiter. Martha wiederum näherte sich

Sperbers Ohr und sagte sehr laut, dass alle es hören konnten: »Frag den Herrn, ob das ein Puff ist!« Sperber erschrak, hielt sich das Ohr zu und warf Martha einen vorwurfsvollen Blick zu. Dann sah er weg und flüsterte ebenfalls wieder zum Schein Nuh Poo Tubkim etwas zu laut ins Ohr: »Frau Oberkommissarin Kieninger möchte wissen, ob es sich um einen Massagesalon handelt oder um ein Restaurant.«

Der Guru antwortete: »Sagen Sie ihr, es ist ein Massagerestaurant. Spezialität in Thailand. Und sehr beliebt bei deutschen Touristen.« Er nickte und lächelte.

»Ich soll dir sagen …«

»Ja, hör auf, ist schon angekommen«, fauchte Martha und stand auf. »Schluss mit dem Spielchen. Wenn Sie wollen, dass wir Sie ernst nehmen, dann passen Sie sich bitte unseren Gepflogenheiten an und reden Sie mit mir«, sagte Martha streng zu Nuh Poo.

Sperber war jetzt ebenfalls aufgestanden. »Sie ist der Boss, Herr Hausmayr. Sie bestimmt, wo es lang geht.«

»Also, wieso trugen die beiden, äh … Herren mit den Sommerkleidern, warum trugen sie Rubine von derart hohem Wert?«, fragte Martha.

»Echte Taubenblut-Rubine«, ergänzte Sperber.

Der Guru sah zu Boden. »Ein Geschenk von mir. All meine Freundinnen haben diese Geschenke. Sie arbeiten für mich, und ich beschütze sie. Die Rubine sind

Steine, die ihnen ihren Mittelpunkt zurückgeben. Sie machen stark.« Er nickte kurz.

»Aber die sind tausende Euro wert. Soviel für einfache Arbeiter?«, mischte sich Huber ein.

»Einfache Arbeiter sind gute Menschen. Gute Menschen haben gute Beschützer verdient. Taubenblut ist ein heiliger Stein. Sie beschützen sie.«

»Sagten Sie schon. Hat aber nicht so viel genutzt. Jetzt sind sie tot«, stellte Martha nüchtern fest.

Jetzt richtete der Guru seinen Blick direkt auf Martha. Er trat einen halben Schritt vor. »Sie sind keine gute Frau. Sie sind eine böse Frau. Gehen Sie. Verlassen Sie mein Haus!«, sagte er wie ausgewechselt. »Sie verletzen unsere Würde!«

Charlie stand jetzt brummend neben ihm. Der Guru fasste ihn beim Arm und hielt ihn zurück.

»Charlie, begleite die Leute hinaus«, sagte Nuh Poo traurig und drehte sich weg.

Sperber versuchte die Situation zu retten. »Herr Hausmayr, entschuldigen Sie bitte. Es wird nicht wieder vorkommen.« Er machte erneut einen Wai und verneigte sich kurz. Dann gab er dem Guru eine Karte mit seiner Telefonnummer. »Falls Ihnen etwas einfällt, Sie können mich jederzeit erreichen.«

Der Guru wies Charlie an, die Karte entgegen zu nehmen und nickte.

Sperber verneigte sich ein letztes Mal, drehte sich um und schob Martha rückwärts vor sich her. Sie setzte ein mürrisches Gesicht auf, drehte sich weg und stob wie ein Wirbelwind hinaus. Huber folgte dicht dahinter.

»Na bravo, Frau Kulturspezialistin«, sagte Sperber ärgerlich. »Das hat ja bestens geklappt.«

»Wenn der hier Wurzeln schlagen will, dann soll er erst mal lernen, sich Frauen gegenüber respektvoll zu verhalten! Und außerdem, er ist Deutscher«, rief sie verärgert.

»Wenn er hier ist, muss er erst mal Wurzeln schlagen können, aber die hat man ihm abgehackt, Martha. Man hat zwei seiner Freundinnen umgebracht. Da kann er nicht mit dir reden wie mit einer Vertrauten. Und in Thailand gebietet es der Respekt fremden Frauen gegenüber, einen schamvollen Abstand zu pflegen. Das mag uns zwar kindisch vorkommen, aber das war keine Respektlosigkeit dir gegenüber, sondern das Gegenteil.«

Martha dampfte vor Wut. Sie stob durch den Pulk betender Nonnen und walzte mit riesigen Schritten den Weg entlang in Richtung der Anlegestelle, wo Rödiger mit dem Boot auf sie wartete. Plötzlich blieb sie stehen und drehte sich um. Sie stützte die Hände in die Hüften. »Okay, Fritz«, rief sie, »ich hab die Lage nicht richtig erkannt. Gibt es eine zweite Chance?«

»Ja, die gibt es. Aber lass mich das vielleicht allein machen. Ich weiß, wie ich ihn nehmen kann.«

Martha blieb stehen und sah ihn eindringlich an. »Fritz, sag mir, wonach wir suchen.«

Sperber machte einen spitzen Mund und pfiff leise. Er kratzte sich am Kopf. »Martha, eines weiß ich sicher: Es hat was mit Sex zu tun. Mit Eifersucht, mit Liebe und mit Körperlichkeit. Im Zweifelsfall ist Sex auch immer Geld. Wenn wir uns davon leiten lassen, kommen wir den Sachen auf die Spur.«

»Dieser Guru hat ein Geheimnis«, sagte Martha. »Und das hat ihn hierhergebracht. Wir müssen herausfinden, welche Vergangenheit dieser Kerl hat.«

Gabelfrühstück

Huber zwei schnarchte seit einer Stunde im Railjet der Österreichischen Bundesbahnen. Kurz hinter Linz war er eingeschlafen. Nacheinander regten sich die Fahrgäste über Hubers Lautstärke auf.

»Ja hört der Kerl denn nicht auf?«, schimpfte ein Mann Mitte sechzig. »Können Sie den nicht wecken?«, fragte er barsch.

Merkwürdig, dachte Sperber. Der Kollege schnarcht, und ich werde ausgeschimpft, nur weil ich neben ihm sitze. »Wieso ich. Ich kenn den gar nicht«, sagte Sperber und sah zum Fenster hinaus, wo der Wienerwald an ihm vorüberflog. Besser in den Wald hineinsehen als in bösartige Augenpaare, von denen er umringt war. Huber schnarchte weiter.

»Ja gibt's denn des?«, rief eine Frau eine Sitzreihe hinter ihnen. »Da kann man ja nicht einmal gescheit lesen!«

Sperber drehte sich um und sah zwischen den beiden Sitzen hindurch auf ein grantiges Gesicht, das unter einer helmartig gefestigten, aschblonden Frisur einer dunkel gebeizten Faschingsmaske glich. Das Gesicht musste vor langer Zeit einmal hübsch gewesen sein, bevor es unter einer Sonnenbank eingetrocknet war.

»Wenn Sie nicht lesen können, da kann aber niemand was dafür. Das hätten Sie als junges Mädchen doch schon lernen können«, sagte Sperber trocken. Die Frau rang kurz nach Luft, aber Sperber hatte sich bereits umgedreht und verfolgte wieder die Bäume.

Gott sei Dank war die Fahrt bald vorüber. Hinter Mauerbach gab Sperber Huber einen heftigen Stüber, worauf Huber einen so lauten Schnarcher losließ, dass die Leute vor ihnen heftig erschraken. Eine Frau schrie vor Schreck auf.

»Jetzt ist er wach«, sagte Sperber und deutete auf Huber, der sich verschlafen räkelte.

Ein junger Mann drehte sich um und sagte: »Beim nächsten Mal, der Herr, buchen S' gleich an Viehtransporter, bittschön.«

»Ja hat der 'n Vogel!«, sagte Huber zu Sperber. Sperber hob beide Hände und zwinkerte ihm zu.

Es war halb zwölf. Endlich Wien-West. Sie warteten fünf Minuten am Bahnhof, weil sie von einem Major Kobelka der Österreichischen Staatspolizei abgeholt werden sollten. Doch es kam niemand. Sperber hob die Schultern, gab Huber ein Zeichen und ging vor das neue Bahnhofsgebäude.

Sie bestiegen ein Taxi. Sperber saß vorn und sagte zum Fahrer. »Zu den ›Drei Hacken‹, bitte.«

»Gern, aber da kriegt's wohl kaum an Platz.«

»Reserviert«, sagte Sperber.

»Was ist denn das, drei Hacken?«, fragte Huber.

»Das ist ein Traditionsbeisl. Kenn ich von früher. Cerny will uns dort treffen. Warst du schon mal in Wien, Huber?«

»Ned dass i wüsst«, gab der gelangweilt zurück und gähnte.

Das Taxi hielt in der Singerstraße im ersten Bezirk. Vor dem Lokal war unter grün-weiß gestreiften Markisen ein Schanigarten aufgebaut. Jeder Tisch und jeder Platz waren bereits besetzt. Die Sonne schien. Es duftete nach Gulasch und Kraut, nach Wurzelgemüse und nach Kümmel. Als sie das Lokal betraten, kam ein Kellner mit langer grüner Schürze auf sie zu. »Haben die Herrschaften reserviert?«, fragte er blasiert. »Ja, wir sitzen bei Herrn Cerny. Der erwartet uns.«

»Meinen S' den Herrn Kommerzialrat? Jo des is natürlich was anderes. Kommen S' mit, die Herrn«, sagte der Kellner mit einer leichten Verbeugung, ging voran und durchquerte das gesamte Gasthaus bis in den letzten Raum. Am Fenster standen zwei weiß gedeckte Tische. Die untere Hälfte der Wand war mit dunkelbraunem Holz vertäfelt. Darüber war sie bis an die Decke des niedrigen Rundgewölbes schneeweiß getüncht. Auf dem Weiß prangte ein Ölgemälde in barocken Farben. Das Bild zeigte einen Erntereigen mit Schimmeln, einem Reiter, schwelgenden Damen in einer blumenverzierten Kutsche, einen Wagen mit Blumengebinden und wirkte so angefüllt und üppig, wie es in dem Lokal nach Essen roch.

An dem Tisch, der dem Fenster am nächsten war, saß ein wohlbeleibter Herr auf einem einfachen Holzstuhl, der zu dem Bild und dem Duft in dem Lokal zu gehören schien. Er hatte eine große weiße Serviette um seinen Hals gebunden. In dem Moment stülpte er seine Oberlippe weit nach oben, als wolle er verhindern, dass sein opulenter Schnurrbart mit dem großen Stück Gulasch in Kontakt geriet, in das er gerade genüsslich hineinbiss.

Der Kellner ging auf den Mann zu und sagte: »Ihre Gäst', Herr Kommerzialrat«, und machte eine tiefe Verbeugung.

Cerny legte die Gabel auf den Tellerrand, wischte sich den Mund ab und trank einen Schluck von seinem Bier. Er stand auf, wobei sein Bauch kurz die Tischdecke mitnahm, und breitete die Arme aus. »Ahhh, die Herren aus dem schönen München. Hungrig seid's, gell?« Er schüttelte kräftig und enthusiastisch ihre Hände, grinste über das ganze Gesicht und bot ihnen einen Platz am Tisch an. Der Kellner nahm den beiden die Jacken ab und hängte sie an den einfach gearbeiteten Kleiderständer, der am Fenster neben dem Tisch stand.

»Geh, Herr Lechner, bittschön zwei Gulasch und zwei Seiderl Bier!«, bestellte Cerny, bevor die beiden einen anderen Wunsch äußern konnten. Der Kellner nickte beflissen und machte auf dem Absatz kehrt. »Hervorragender Mann, der Herr Lechner. A bisserl frech manchmal, aber gewitzt und der beste Mann im Lokal«, schwärmte Cerny. »Wissen S', i bin da jed'n Tag. Z'meist zum Gabelfrühstück.«

»Äh, Gabelfrühstück, was ist denn das?«, fragte Huber.

»Die Mahlzeit nach dem Frühstück.« Cernys Wangen leuchteten rot wie ein Granatapfel. »Und vor dem Mittagessen. Wenn der Magen knurrt, so um Zehne. A Gulasch. Zwischendurch, nicht viel. Aber so a bisserl a Gaumentratzerl.«

Hubers Gesichtsausdruck glich dem einer Ente, die ziellos umherschwimmt.

»Aber heut hab i g'wartet auf Sie zwoa. Jetzt knurrt er schon anständig laut«, sagte Cerny und tätschelte lachend seinen Wanst, der einen halben Meter vor ihm auf seinen Oberschenkeln zu liegen schien. »Des Gulasch is grandios hier im Beisl. Wunderboar!«, rief er. »An Kümmel, an Zwiefel!« Cerny machte einen Kussmund, legte Daumen und Zeigefinger ringförmig an die geschürzten Lippen, ließ sie nach vorn schnellen und machte ein Schmatzgeräusch.

In dem Moment brachte der Kellner die beiden tiefen Teller mit je vier Stücken dunkel geschmortem

Rindfleisch und dunkelrotem Fleischsaft, auf dessen Oberfläche helle Fettspiegel glänzten. »Hmmm, dieser Duft, als wia im Himmelreich«, schwärmte Cerny mit geschlossenen Augen, griff dann zum Bier und prostete den beiden fröhlich zu. »Prosit, meine Herrn, bittschön langsam essen und Zeit nehmen. Uns vertreibt da niemand. Den Tisch hab i 'kauft letztes Jahr.« Unter einem leisen »Ahh« brach er eine Semmel durch und rieb mit ihr den letzten Rest des Fleischsafts aus seinem Teller. Dann trank er den letzten Schluck von seinem Bier und sah den beiden beim Essen zu.

»Ich weiß nicht, ob Sie sich an mich überhaupt erinnern können, Herr Cerny«, sagte Sperber schmatzend. »Es ist schon ein paar Jährchen her.«

»Doch, sicher, Ihr G'sicht könnt ich doch nicht vergessen, Herr Spatzerl.«

»Sperber. Sperber ist mein Name.«

»Sperber, kloar, ja sicher, Sperber.« Er wandte sich um. »Geh bittschön, Herr Lechner, bitte bringen S' uns a Flascherl Römerquelle und a Bouteillen vom Grünen Veltliner.«

»Zum Tafelspitz?«, fragte der Kellner.

»Na, bittschön jetzt!«, sagte Cerny mit einem gespreizten Unterton. »Wir wollen ja nicht, dass wir eintrocknen da am Tisch.«

Johnnie Walker

Cerny konnte sich einen kleinen Rülpser nicht verkneifen, währenddessen er die Serviette zum Mund führte. »Und wo hammer uns kenneng'lernt, i und der Herr Sperber?«

»München, Mineralientage. Zehn Jahre her. Ich war an Ihrem Stand. Wir haben uns über Taubenblut-Rubine unterhalten. Erinnern Sie sich? Ich hab Ihnen erzählt, dass ich vor längerer Zeit in Birma war, in Mogok.«

Cerny stieß auf. »Hups«, sagte er hinterher. »Mogok. Sie waren in Mogok? Ja, ich erinnere mich. Ja, ja, diese Haudegen-G'schicht.«

»Sie wollten mir Rubine abkaufen, Taubenblut-Rubine.«

»Ja, ja, aber Sie hatten keine, richtig?«

»Genau. Ich arbeite mittlerweile für das bayerische Landeskriminalamt. Mein Kollege Kommissar Huber und ich, wir sind hier, weil wir in Bayern zwei äußerst merkwürdige Mordfälle haben, die irgendwie mit Taubenblut zu tun haben.«

In dem Moment betrat ein Mann den Raum, der vor lauter Unauffälligkeit so auffällig war, dass alle Gäste ihre Blicke auf ihn richteten. Seine Augen waren von einer Sonnenbrille mit dunkelblauen Tropfengläsern verdeckt, er war unrasiert, hatte dunkelblondes, langes und lockiges Haar und trug einen wadenlangen, dunklen Mantel, in dessen Tasche er seine Hände tief vergraben hatte. Aus den Röhren seiner Jeans schauten reichlich verzierte Angeber-Cowboystiefel aus dunkelrotem Leder heraus, und hinter seinem schneeweißen Leinenhemd ruhte ein beachtlicher Bauch. Er kam direkt zu ihrem Tisch. Mit einer tiefen, rauchigen Stimme fragte der Mann, ohne sich vorzustellen: »Sperber, Huber?«

Sperber und Huber nickten.

»Und wer stört uns so vehement?«, fragte Cerny ruhig und gelassen, aber gezielt überheblich, ohne den Mann anzusehen.

»Des is Wuascht. I bin da derjenige, der anschafft, und ohne mi wird da gar nix g'redet, is des klar?«

»Gestatten«, sagte Sperber zu Cerny. »Das ist, so nehme ich an, der Herr Major Kobelka von der Staatspolizei Wien. Er wollte uns eine Stadtführung durch Wien geben. Aber er war nicht am Bahnhof zum verabredeten Zeitpunkt. Dann sind wir eben gleich zu Ihnen, Herr Kommerzialrat.« Sperber nickte hämisch.

»Verschlafen?«, fragte Huber. »Oh, das kann ich verstehen. Ich bin im Zug auch eingeschlafen heut

Morgen. Also, von uns aus, alles okay, Kollege.« Belustigt hob er die Hände zum Friedensangebot.

»Was hat er g'sagt?«, fragte Kobelka so langsam, als wären seine Worte aus Kaugummi. »Kummt doher, braucht mei *Advisement* und wird unverschämt. Kannst gleich wieder heim in dei g'schissenes Bayern, du Trottel!«

»Ah, a echter Rassist, oder wie jetzt?«, konterte Huber. »Bei uns werden die zu Müsli verarbeitet.« Er machte eine kurze Pause und richtete sich auf. »Hat dir einer ins Gehirn gekotzt?«, schnauzte Huber und stand jetzt direkt vor ihm.

Kobelka nahm seine Brille ab und steckte sie in die Tasche. Zwei funkelnde, verquollene Augen nahmen Huber ins Visier.

»Major«, sagte Sperber. »Wollen Sie jetzt die Panzerfaust auspacken und unseren Herrn Kommissar Huber zum Fenster hinausballern? Oder wollen Sie sich nicht lieber dazusetzen und ein Gulasch mit uns genießen?«

»Ihr Ärsch wollt am Bahnsteig g'wesen sein? Mi versetzt ma net, kloar? I woar rappzapp um halber zwölfe am Bahnhof. Und wer woar net dort? Die Herren Kollegen aus dem schönen Nachbarland.«

»Bahnsteig 6?«, fragte Huber, der seine Nase immer noch etwa nur zwanzig Zentimeter von Kobelka entfernt hatte.

»Bahnsteig 6!«, sagte Kobelka unwirsch und mit Nachdruck.

Huber wedelte mit der Hand die Luft von Kobelkas Atem weg und verzog das Gesicht. »Uaa, da is aber der Johnnie Walker mit dir unterwegs g'wesen.«

»Wien-Westbahnhof?«, fragte Sperber und grinste kaum merkbar.

Kobelka schwieg. Man sah, wie er den inneren Rückzug antrat und in seinem Kopf etwa zehnmal ›Scheiße‹ zu brüllen schien. »Westbahnhof?«, fragte er kleinlaut an Sperber gerichtet und trat einen Schritt zurück.

»Und Sie, Herr Kobelka, waren am Südbahnhof, was?«, fragte Sperber. »Der ja seit kurzem Hauptbahnhof heißt.«

»Und deshalb glaubt der Herr Major, dass jetzt alle Züge da ankommen.« Huber versuchte sein Lachen zu unterdrücken. »Der Zug von München kommt aber halt nicht von Süden«, platzte er heraus und lachte dreckig. »München liegt im Westen, Kobelka. Im Westen. Daher kommt der Zug am Westbahnhof an.« Er tippte sich mit seinem Finger an den Kopf.

»Haben wir Ihnen alles zugeschickt, mit einer E-Mail, Herr Major«, sagte Sperber. »Wien-Westbahnhof.«

»Wer lesen kann, ist deutlich im Vorteil.« Huber konnte seine Freude nicht verbergen.

Cerny rief den Kellner. »Ein Gulasch für den Herrn Major. Und ein Seiderl Bier, bittschön.«

»Bringen S' mir gleich a Krügerl!«, rief Kobelka dem Kellner zu.

Kobelka setzte sich. »Also, was wird hier verabredet?« Dabei verbreitete sich der Hauch von bereits am Vortag halb verdautem Alkohol über dem Tisch.

»Bisher hammer nix g'redet, nichts, der Herr Major«, sagte Cerny. »Denn wir haben ja alle brav auf Sie und Ihren ... exzellenten Auftritt g'wartet.« Er grinste süffisant.

Das Gulasch und das Krügerl Bier wurden gebracht. Kobelka machte sich sofort daran, das Bier zu dezimieren.

»Können wir denn jetzt weiter machen?«, fragte Sperber und lächelte gequält. »Der Herr Kobelka ist ja jetzt wieder erfrischt, wie es scheint.«

Kobelka setzte das Bier ab, funkelte ihn mit verquollenen Augen an und aß verächtlich sein Gulasch.

»Also, Herr Kommerzialrat«, sagte Sperber. »Wir brauchen Ihre Meinung, ob es sich um echtes Taubenblut handelt. Niemand kennt sich so gut aus wie Sie, wenn ich das sagen darf.«

Kobelka senkte den Löffel. »Sagt's, Burschn, wollt's mi pflanz'n? Echtes Taubenblut? Seid's deppert?« Seine Augen waren kurz davor, aus dem Schädel in sein Gulasch zu fallen. »Ihr wollt's mir erzählen, für so an Scheiß seid's bis Wien 'kommen? Um a bisserl Blut von einer Luftrattn anzuschaun?«

Cerny rückte seinen Sitz zurecht und räusperte sich. »Herr Major, i hab schon a g'wisses Verständnis für Ihre Dienstverpflichtungen am gestrigen Abend und dass Sie hier a bisserl verwirrt aufschlagen. Aber hörn S' jetzt einmal zu. Taubenblut sind die wertvollsten Rubine, die es gibt. Und aus!«

Das saß. Kobelka nahm eine Semmel, brach sie durch und rieb seinen Teller aus. Immer noch grimmig wie ein angeschossener Grizzly.

Der Kellner brachte die Flasche Grünen Veltliner, das Mineralwasser und entsprechende Gläser für vier Personen. »Nur drei Weingläser«, sagte Cerny schneidend. »Der Herr Major ist im Dienst.« Dann fuhr er freundlich fort: »Und jetzt den Tafelspitz, bittschön!« Der Kellner nickte und ging.

»Also, könnten Sie das für uns machen?«, fragte Sperber Cerny.

»Ja, wenn Sie ein Exemplar bei sich haben. Gern.« Cerny rieb sich die Hände. »Da gehen wir später ins Kontor. Des is ja nicht weit. Ich fall ja sozusagen jeden Tag hier ins Beisl hinein.« Cerny grinste. »Mei Arzt hat mir schon g'raten, den Firmensitz zu verlegen, in die Puszta, damit i nimmer herfind zu die ›Drei Hacken‹.« Er lachte behäbig.

Dann wurde er wieder ernst und versicherte Sperber: »Ein echtes Taubenblut hab i lang nimmer g'sehn.« Aufgeregt fügte er hinzu: »Schaun S', da krieg i feuchte Händ.« Wie zum Beweis legte er seine Handrücken auf den Tisch, so dass Sperber und Huber die glänzenden Innenflächen sehen konnten.

Kobelka nahm sich Hubers Weinglas, schenkte sich Veltliner ein und trank. »So, und jetzt einmal zur Sache, meine Herren«, raunzte er. »I will jetzt wissen, was hier g'spielt wird. Ihr seid's hier in Österreich. Und i bin die Polizei.«

»Und ich dachte, du kommst von der Winzergenossenschaft«, sagte Huber, lachte spöttisch und fixierte das Weinglas in Kobelkas Hand. »Ist der Herr Major ned im Dienst, oder was ist los?«

»Herr Kommerzialrat, darf ich Sie fragen, von wem Sie Ihre Rubine beziehen?«, fragte Sperber.

Cerny war überrascht über diese Direktheit. Er lehnte sich zurück und fragte mit pikiertem Gesichtsausdruck: »Muss i des beantworten?«

Kobelka nahm jetzt Cerny direkt ins Visier, schloss langsam seine Augenlider und öffnete sie ebenso langsam wieder. »Sehen S', Herr Kommerzialrat, es is besser, wenn Sie es gleich machen. Das Amtshilfeabkommen mit der bayerischen Polizei. Und Ihre Offenlegungspflicht jeglicher Umsätze. Es wäre also ein wunderbares Signal an uns, dass Sie gern mit den österreichischen Behörden zusammenarbeiten und für Ihr Land nur das Beste wollen, wenn Sie es uns direkt sagen, bevor ...« Kobelka fixierte Cerny, trank dabei das Glas Wein aus und schenkte sich ein weiteres ein.

Cerny verstand. »Tja, das ist unterschiedlich«, sagte er an Sperber gewandt. »Momentan beziehe ich fast alles, was ich an hochqualitativen Rubinen bekomme, von einem Konsortium aus Berlin.« Cernys Ton war deutlich abweisender geworden.

»Von wem genau und wer steckt dahinter?«, fragte Sperber.

»Dahinter stecken seriöse thailändische Geschäftsleute.«

»Gut«, sagte Sperber. »Soweit sind wir schon. Sie waren früher oft in Vietnam. Warum beziehen Sie die Steine nicht direkt von dort?«

Der Kellner brachte mithilfe einer Kollegin vier vorgewärmte Teller und stellte einen großen kupfernen Topf mit Tafelspitzbrühe und fein geschnittenem, gekochtem Rindfleisch in die Tischmitte. Dazu wurden geröstetes Brot, Semmelkren, gekochte Markscheiben, Wurzelgemüse und Petersilienkartoffeln serviert.

»Die Herrn, bedienen Sie sich, bittschön«, sagte Cerny höflich. »Betrachten Sie des als Gabe des Edelsteinkontors.« Er verneigte sich leicht den Anwesenden gegenüber.

Bevor irgendjemand etwas sagen konnte, war Kobelka bereits dabei, seinen Teller zu füllen.

Sperber stellte seine Frage erneut: »Also, Herr Kommerzialrat. Warum über Deutschland und Thailand und nicht direkt aus Vietnam?«

Cerny nahm Sperbers Teller und gab ihm zwei Scheiben Tafelspitz mit Brühe. Er legte noch zwei Kartoffeln und Karottenstücke dazu und gab ihm den Teller zurück. »Danke«, sagte Sperber.

Cerny setzte an: »Wissen S', Rubine direkt aus Vietnam zu beziehen, ist so gut wie unmöglich.«

»Warum?«, fragte Huber.

»Aufgrund der ausufernden Vertragswerke. Die sind ja so deppert! Selbst Amerikaner, Kanadier und Briten sind ratlos und daran gescheitert, obwohl die ja an umfangreiche Verträge gewöhnt sind. Die Deutschen haben sich noch schneller zurück'zogen, weil sie a ganzes Heer von Übersetzern und Anwälten beschäftigen mussten, um die Verträge halbwegs durchschaubar zu halten. Außerdem ist die Unzuverlässigkeit vor Ort legendär. Handschlagqualitäten gibt's nicht. Irgendwann sind den Vietnamesen daher die Kunden aus'gangen. Dann sind s' nach Thailand und haben dort den Markt aufg'rollt. Doch auch dort haben s' versagt und nur noch mindere Qualität g'liefert.«

»Und das gute Material aus Vietnam? Was ist damit?«, fragte Sperber.

»Das wird von der Thai-Mafia aufgekauft und mit großem Gewinn in alle Welt exportiert«, mischte sich Kobelka ein.

Die anderen drei sahen ihn erstaunt an.

Kobelka schüttelte den Kopf und schob hinterher:

»I weiss des von einem Kollegen in Berlin. Der kummt jed's Joahr zu meine Eltern auf Urlaub, in Oberösterreich. Der hat da in Berlin mit organisierter Kriminalität zu tun. Die Thai-Mafia, das sind ganz Ausgefuchste. Die zupfen di auseinand', des 's nur so kracht. Bevor du g'schaut hast, bist' gevierteilt und in irgendeinem Fluss von an Siam-Krokodil aufg'fressen.« Zur Bestärkung schob er sich eine halbe Scheibe Tafelspitz in den Rachen und nickte heftig.

»Mit denen hab ich nichts zu schaffen!«, sagte Cerny. »Meine Geschäftsbeziehungen in Berlin sind absolut seriös! Und meine Zahlen sind alle in Ordnung.«

Kobelka legte Messer und Gabel zur Seite und warf Cerny einen leidenschaftslosen Blick zu. »Der Herr Kommerzialrat werden verzeihen, dass i des erst glaub, wenn i den Wein 'trunken und den Tafelspitz auf'gessen hab, wenn Sie die Steinderl von den beiden Herren überprüft und wenn unsere Experten in Ihre Bücher g'schaut haben.«

Fleischeslust

Schwester Irmentrud fühlte sich kraftlos. Seit Tagen schon hatte sie mit ein paar Mitschwestern diese Mahnwachen vor dem Haus des Gurus organisiert. Sie litt unter der Vorstellung, dass all ihre bösartigen Gefühle, ihre Wutausbrüche und ihre unkontrollierten Handlungen schwere Sünden vor dem Herrn waren.

Das Gespräch mit ihrem Bruder bereitete ihr immer noch Unbehagen. Seit ewigen Zeiten ging das so. All ihre Kraft hatte sie in die Erziehung ihres jüngeren Bruders gesteckt. All ihren Glauben hatte sie aufgebracht, für ihn zu beten. Und was war aus ihm geworden? Ein scheinheiliger Saukerl, der es mit Prostituierten trieb.

Über all die Jahre hatte er versucht, ihr gegenüber all das geheim zu halten. Und sie hatte geschwiegen. So etwas konnte sie nicht ansprechen. Nein, das ging nicht. Diese Unkeuschheit, das hätte sie niemals über die Lippen gebracht. Sie hatte lieber für ihn gebetet. Und sie betete immer noch für ihn. Und für sich.

Schon als Mädchen hatte Trude darunter gelitten, dass ihre Mutter eine übersteigerte Leidenschaft für Männer hegte. Doch spätestens mit ihrer Reifung zur jungen Frau hatte Trude gespürt, dass ihre Mutter diese Leidenschaft an sie übertragen hatte. Seither hatte sie sich fast jeden Tag für ihre sündhaften Gedanken gegeißelt, so dass ihr Rücken mittlerweile voller Striemen war. Später geißelte sie sich wegen anderen Verfehlungen. Sie war bereits so sehr an das Klatschen der Lederriemen gewöhnt, dass sie gar nicht mehr anders konnte. Und diese Striemen, die ihr die Lust austreiben und sie ihre Sünden spüren lassen sollten, hatte sie vor ein paar Stunden wieder aufgefrischt. Schmerzverzerrt schob sie ihren Habit zurecht.

Nur ein Mann hatte bisher diese Striemen zu Gesicht bekommen. Dieser Mann, so glaubte sie, war ihr von ihrem Bruder genommen worden. Sie glaubte fest daran, dass dieser Mann der einzige war, der sie wirklich geliebt hatte. Und den sie über alles geliebt hatte. Sie waren füreinander bestimmt gewesen, so sagte sie sich jeden Tag. Sie lächelte, als sie an ihn zurückdachte, wie er in ihrer Erinnerung wieder zu Bildern wurde. Dieser groß gewachsene Mann mit den sehnigen Armen, diesen funkelnden Augen und dem ausgemergelten Gesicht. Diese eleganten Bewegungen, die er unter seinem langen Talar verbarg und die sie nur erahnen konnte. Allein die Erinnerung an ihn genügte, ihr einen Schauer über den gesamten Körper zu jagen. Noch jetzt, nach all den Jahren, war es so. Und das war ihr Geheimnis.

Leise zog sie ihren Mantel über und ging auf den Friedhof, so wie sie es fast jeden Abend machte. Die anderen Nonnen kannten ihr Ritual, an dem einen oder anderen Grab zu verweilen und ein Gebet zu sprechen. Ihr wurde daher eine außerordentliche Frömmigkeit zugesprochen, und ihre Mitschwestern achteten sie deshalb besonders.

An einem bestimmten Grab blieb sie immer etwas länger stehen. Das Grab in der hinteren Ecke. Seit Jahren machte sie das so. Junge Nonnen fragten sich zwar insgeheim, wieso es gerade dieses Grab sei, aber offen Fragen zu stellen traute sich niemand.

Schwester Irmentrud stand vor dem Grab von Pater Bruno Hausmayr und betete. Der Gedanke, dass auch dieser Guru hier ab und zu verweilte, zerriss sie fast. Es war bereits dunkel geworden, sie fühlte sich unbeobachtet. Sie kniete sich auf den Randstein, faltete die Hände und sah zu den ersten Sternen empor, die allmählich am Himmel sichtbar wurden. »Vater im Himmel, schließ deinen Sohn in deine Arme und lass mich für seine Sünden büßen, denn er selbst hat diese Sünden nicht verschuldet, sondern es war mein eigenes Fleisch, mein Bruder, der die Sünde damals in sein Herz trug. Vergib Pater Bruno seine Fleischeslust, die er an falscher Stelle zuließ, doch ich konnte ihm in unserer von dir gewollten heiligen Verbindung in der

Ferne nicht dienstbar sein. Nimm mein Blut, oh Herr, und schenke mir die Kraft, jene Buße zu tun, die du mir auferlegen wirst ...« Sie schreckte hoch. Ein Geräusch. Aus den Sträuchern. Da war jemand. »Hallo!« Sie stand auf. »Hallo, ist da jemand?«

Langsam ging sie auf die Stelle zu, von wo aus das Geräusch gekommen war. Als sie näherkam, trat ein Schatten aus dem Dunkel der Umgebung hervor. Ein Mann. Ein dunkelhaariger Mann. Sie blieb stehen. Dieser Mann war keine Erscheinung, wie sie anfangs glaubte. Dieser Mann war Wirklichkeit. Aus Fleisch und Blut. »Wer sind Sie? Was wollen Sie? Ich habe keine Angst vor Ihnen«, rief sie mit leicht zittriger Stimme.

»Sie brauchen keine Angst zu haben.«

»Was tun Sie hier?«

»Ich habe Sie beobachtet«, sagte der Mann sanft.

»Warum beobachten Sie mich?«, fragte sie verschreckt.

»Bitte schicken Sie mich nicht weg. Weil ..., weil ich ..., weil ... Sie sind sehr stark ... und mutig. Ihr Protest dort vor dem weißen Haus ist ... Na ja, Sie stehen dort so stark wie unsere ... wie unsere liebe Madonna.«

Sie lächelte etwas verlegen. »Was machen Sie denn hier?« Sie ging einen Schritt auf ihn zu. Seine warme Stimme mit dem deutlich südeuropäischen Akzent und der schüchterne Blick verursachten ihr Gänsehaut.

»Ich wollte sehen, wo dieser Guru wohnt, wollte sehen, was er hier macht. Da hab ich Sie mit Ihren Mitschwestern gesehen, als Sie dort protestiert und mit dieser Frau geredet haben.«

Schwester Irmentrud ging noch einen Schritt auf ihn zu und stand jetzt mit ihm im Schatten der Bäume, niemand konnte sie beobachten. Sie streichelte seine Wange. »Sie sehen müde aus.«

»Ich dachte, dass ich Sie kenne«, sagte er. »Aber das stimmt wohl nicht.«

Sie betrachtete ihn sehr genau. Dieses Gesicht, diese Figur, diese Bewegungen. »Sie erinnern mich sehr an jemanden, den ich früher gekannt habe. Wie heißen Sie?«, fragte Irmentrud.

»Adnan«, hauchte er leise.

Irmentrud lief ein Schauer über den Rücken. Diese Stimme! »Adnan, was für ein schöner Name. Was tun Sie hier, Adnan.«

»Ihnen begegnen.«

Sein Anblick und der Klang seiner Stimme gingen ihr durch Mark und Bein. Sie fühlte sich, als würde sie schmelzen. »Ich meine«, sagte sie verlegen lächelnd, »was haben Sie hier auf der Insel zu tun?«

»Der Guru, er tut Dinge, die ich verhindern muss.«

Schwester Irmentrud nahm seine Hand. »Der Guru. Dieser Antichrist. Was hat er Ihnen getan?«

»Er bringt das Böse hierher. Ein Mensch, der einfach sein Geschlecht wechselt, wenn es ihm gefällt, trägt das Abtrünnige in sich«, fauchte Adnan.

Schwester Irmentrud sah das Glühen in seinen Augen und trat einen halben Schritt zurück. »Was ist los mit dir?«, fragte sie und zog die Augenbrauen kraus. »Woher weißt du so gut über das Böse Bescheid?«

»Ich weiß es.«

»Er scheint unser gemeinsamer Gegner zu sein«, sagte sie mit bebender Brust.

»Ich muss wissen, was er vorhat.«

»Dann musst du diesen Charlie beobachten«, antwortete sie mit aufgerissenen Augen. »Er ist seine rechte Hand. Charlie erledigt alles für ihn. Häng dich an ihn ran!« Sie fasste ihn bei den Händen. Als ihre Rechte seinen linken Arm ertastete, der aus dem Ärmel seines Hemds herausragte, spürte sie eine langgestreckte Narbe. Sie krempelte den Ärmel weiter hoch und erkannte noch mehr Narben. Dann am anderen Arm. »Was ist das?«, fragte sie erschrocken.

Adnan zog langsam sein Hemd aus. Er drehte sich um. Der Rücken war übersät mit Narben, die offensichtlich von Schlägen herrührten. Dann zeigte er ihr seine Beine. Irmentrud war sprachlos und erkannte das Leid, das sich in seinen feuchten Augen widerspiegelte. »Oh mein Gott!«, flüsterte sie. »Was hat man dir angetan?«

Vorsichtig streifte sie sich Kutte und Unterkleid von Schultern und Armen, während sie sich umdrehte. Sie zeigte ihm die Narben und Wundmale ihrer eigenen Geißelungen mit traurigem Blick, als hätte jemand anderer ihr das angetan. Adnan fasste sie an den Schultern und drehte sie zu sich. Er hatte Tränen in den Augen. Er drückte sie sanft an sich, ohne ein Wort zu sagen.

Schwester Irmentrud fühlte sich mit einem Mal jung. Sie spürte, wie die Säfte durch ihren Körper schossen. Ein Mann, der in ihr all das auszulösen schien, wie sie es bisher nur vor langer Zeit bei Pater Hausmayr gespürt hatte. Ein Mann, der sie wirklich tief berührte. So lange war sie enthaltsam gewesen, so lange hatte sie beinahe täglich an die schöne Zeit damals gedacht und alles in sich aufgestaut. Jetzt, da dieser Fremde vor ihr stand, konnte sie dieses tiefe, archaische Verlangen nicht mehr unterdrücken. Ohne weitere Worte, ohne zu fragen, wer er wirklich war, gab sie sich diesem Mann hin. Und sie spürte die tiefe Sehnsucht danach, dass dieser Mann stärker sein möge als ihre ungezügelte Boshaftigkeit.

Quelle

»Wie war's in Wien?«

»Die Rubine sind definitiv aus Mogok. Taubenblut«, sagte Sperber und grinste selbstzufrieden. »Bestätigt vom ersten Fachmann am Platz.«

»Und hungrig sind wir auch nicht geblieben«, ergänzte Huber zwei, der gerade das Büro betrat. »Mein Gott, können die essen und saufen. Und das schon z' Mittag.«

»Und ihr wart natürlich im Dienst und habt nicht getrunken.«

Beide schüttelten mit Unschuldsmiene die Köpfe. »Natürlich nicht«, sagte Sperber.

Martha sah sie streng an. »Also, bitte einen Rapport, wie unser Herr Simon sagen würde.«

»Cerny hat meine Vermutung bestätigt. Wir wissen jetzt sicher, dass es sich um sündhaft teure Rubine handelt, die man an den Ohren von solchen«, Sperber stockte kurz, »solchen Mädchen kaum vermuten würde.«

»Wer versenkt derart teure Rubine in einem See?«, fragte Martha.

»Jemand, der ahnungslos ist und diese Steine für wertloses G'lump hält«, schlug Huber eins vor, der inzwischen dazugekommen war.

»Oder jemand, der damit etwas ausdrücken will«, ergänzte Huber zwei.

Sperber runzelte die Stirn. »Wenn wir jemanden finden, der solche teuren Steine kauft, dann kann der uns vielleicht etwas über die Herkunft verraten. Cerny jedenfalls hat solche Steine nicht im Handel, wie er uns versichert hat. Und er wusste auch angeblich nicht, aus welcher Quelle sie stammen könnten.«

»Glaubt ihr ihm das?«, fragte Martha und sah Huber und Sperber nacheinander an. Huber zuckte mit den Schultern.

»Ich glaube ihm«, sagte Sperber, »dass er keine solchen Steine hat. Aber dass er nicht weiß, wo sie herkommen könnten ... Da bin ich mir nicht sicher, ob er das nicht doch weiß. Und ich glaube, dass er sich darum bemüht, diese Steine zu bekommen. Er wäre ein schlechter Rubinhändler, wenn er diese erstklassige Ware nicht haben wollte.«

»Also, die Frage lautet: Wer kauft teure Rubine? Und kann man das auf eine definierbare Gruppe einschränken?«, fragte Martha in die Runde.

»Erst mal kann man ja sagen, Leute, die Geld haben«, schlug Huber eins vor.

»Kann man auch stehlen«, meinte Huber zwei.

Martha nickte.

»Aber vielleicht sollte ich mal herausfinden, welche Eigenschaften Rubinen nachgesagt werden. Im mystischen Sinne.«

»Wie meinst du das, Fritz«, fragte Martha mit skeptischem Blick.

»Warum verzehren sich Menschen nach Edelsteinen? Wie Ihr wisst, bestehen Rubine rein chemisch betrachtet aus nix anderem als Aluminium und Sauerstoff, Diamanten aus nichts anderem als reinem Kohlenstoff. Die Erde ist rappelvoll von diesen Elementen. Und trotzdem sind Leute bereit, Unsummen dafür zu zahlen, wenn sie in der Form solcher Steine vorliegen. Menschen morden sogar dafür. Und warum? Weil diese Steine in einigen Menschen tiefste Instinkte ansprechen. Vielleicht gibt es also außer dem Geldwert Beweggründe, die wir vier hier gar nicht erahnen können.«

»Ja Kruzifix, willst jetzt noch einen Geheimgelehrten bemühen, Fritz?«, brummte Huber zwei.

»Wart ab, Huber, wart ab. Mir fällt da schon jemand ein.«

Kreuzstraße

Curri saß in seinem VW Touareg und hatte das Fenster heruntergekurbelt. Er fuhr mit hundertzwanzig Sachen auf der Landstraße von Holzkirchen in Richtung Tegernsee, um sich mit Nuh Poo Tubkim zu treffen. Diese Begegnung hatte er gut vorbereitet.

Heute wollte er ihn unter Druck setzen und ihm den nötigen Respekt einflößen. Seit dieser Kerl sich in Bayern mit seinem Rubinschmuggel zu etablieren begann, war das Geschäftsmodell von Cerny in Gefahr. Und Curri hatte jetzt die Aufgabe, das alles wieder gerade zu biegen.

Das Restaurant Kreuzstraße war weit genug weg von München und trotzdem schnell erreichbar. Dieser kleine Biergarten im Alpenvorland war durch Hecken, Kastanien, Sonnenschirme und Holzzäune geschützt. Parken und rechtzeitig in vier Richtungen abhauen konnte man gut, wenn es denn geboten wäre.

Nuh Poo Tubkim war bereits dort, als Curri eintraf. Er saß mit geschlossenen Augen vor dem Tisch und meditierte. Als der schlecht gelaunte Kellner kam und ihn fragte, was er trinken wolle, bestellte er freundlich lächelnd und mit rollenden Augen einen Tee.

Curri, der das beobachtete, traute seinen Augen nicht. Irmentrud hatte ihm bereits einiges geschildert, Sentlinger auch. All diese Männer im ›Thailandeiland‹, die sich wie Frauen kleideten und gebärdeten, hatten ihn abgestoßen. Aber was er jetzt sah, übertraf all seine Erwartungen. Der Anblick von Nuh Poo Tubkim verschlug ihm die Sprache. Dieser Mensch war ihm mit jeder Faser seines Körpers zuwider. Curri war so aufgebracht, dass er tief durchatmen musste, um sich zu beherrschen.

Auf den ersten Blick sah es für Curri so aus, als wäre Nuh Poo unbewacht. Er saß inmitten des Biergartens allein an diesem Tisch. Doch dann machte Curri an einem weiteren Tisch im Schatten einen starken Typen aus, der asiatischer Herkunft war und gar nicht freundlich aussah. Er trank ein Mineralwasser und ließ Curri nicht aus den Augen, obwohl er in einer Zeitung blätterte. Doch dieser Kerl würde kein Problem sein, dachte Curri.

Curri ging direkt auf Nuh Poo Tubkim zu und stellte sich vor ihn hin. Der Guru klimperte mit seinen Wimpern und lächelte ihn an wie eine ausgediente Edelhure. Er reichte Curri die Hand zum Handkuss. Curri ignorierte das und setzte sich unaufgefordert an den Tisch. »In welcher Sprache können wir uns unterhalten?«, fragte er unterkühlt.

»Oh, ist das nicht abgehacktes Österreichisch?«, fragte Nuh Poo spitz. »Woher bist du eingesickert? Vielleicht aus Jugoslawien oder Albanien? Bist du Cernys Albaner?«

Curri antwortete nicht.

»Was willst du von mir, Albanerkind?«, fragte Nuh Poo überheblich und überprüfte die Makellosigkeit seiner Fingernägel, indem er die Hände geziert ausstreckte. »Habt ihr da auf dem Balkan nicht diesen wunderbaren Brauch, aus Frauen Männer zu machen? Geht das auch umgekehrt? Bist du vielleicht in Wahrheit eine Frau? Wie aufregend!« Nuh Poo verdrehte seine Augen.

Blitzschnell packte Curri eine Hand des Gurus und drückte sie auf den Tisch. »Wenn du mich nochmal beleidigst, breche ich dir die Knochen.«

Nuh Poo ließ sich den Schmerz kaum anmerken, als er auf seine Hand sah. Charlie am Nachbartisch reagierte blitzschnell. Doch Nuh Poo gab ihm ein Zeichen. Charlie setzte sich hin und nahm die Zeitung wieder in die Hand.

»Hab ich es doch geahnt. Ein geplagtes Albanerkind.«

»Gehört der Kerl zu dir?«, fragte Curri.

»Wenn es meiner ist, dann macht er Hackfleisch aus dir, wenn du mich noch einmal anfasst.«

Curri grinste kalt und stand auf. Er ging hinüber zu Charlies Tisch und riss ihm die Zeitung aus der Hand. Charlie blieb ruhig sitzen und behielt ihn im Auge. Dann richtete er sich auf. Er war um einen Kopf größer als Curri. »Verschwinde!«, sagte Curri, spuckte ihn an und ging zu Nuh Poo an den Tisch zurück.

Nuh Poo rief etwas. Charlie putzte mit der Zeitung über seinen Anzug und ging zu Nuh Poos Tisch. Curri blockierte Charlie den Weg, fixierte ihn angriffslustig und reckte überheblich den Kopf.

Charlie senkte unterwürfig den Blick. Als Curri feixte und sich offenbar als Sieger wähnte, holte Charlie blitzschnell aus. Er schlug ihm den Handrücken direkt auf die Stirn, fasste seinen Oberarm und warf ihn zu Boden. Er riss an Curris Hand und stellte ihm den Fuß in den Nacken, so dass Curri mit der Nase am Boden lag und röchelte.

»Lass ihn, Charlie. Er ist nur ein dummes Albanerkind.«

Dann ging Charlie, ohne ein Miene zu verziehen, zu dem Mercedes 600, mit dem sie angereist waren, und setzte sich auf den Fahrersitz.

Curri stand auf, rieb sich den Dreck aus dem Gesicht und lief rot an. »Beim nächsten Mal bring ich ihn um!«

»Da wird Charlie aber was dagegen haben«, sagte Nuh Poo belustigt. »Also, Albanerkind, was willst du?«

Curri setzte sich. »Es passt Cerny nicht, wie du deine Geschäfte machst.«

Nuh Poo verdrehte die Augen. »Welche Geschäfte denn, mein süßes Albanerliebchen?«, fragte Nuh Poo lasziv. »Meinst du meine Mädchen?«

Curri setzte eine angewiderte Miene auf und antwortete: »Hör auf mit deinen schwulen Transenspielchen, Nuh Poo. Wir beide wissen, was ich meine. Ich will, dass du deine Rubine aus Deutschland abziehst, hörst du? Deine Transen sind mir egal.«

Nuh Poo musterte ihn erstaunt. »Du willst? Wer bist du? Ich kenne nicht mal deinen Namen. Ich kenne deine Mutter nicht. Ich weiß nur, dass man dich geschickt hat. Ein Bote kann keine Forderungen stellen. Du bist niemand, der fordern darf.«

Curris Lippen zitterten. »Nuh Poo, du hast eine Woche Zeit, das alles zu ändern. Entweder du verkaufst deine Steine an Cerny, oder es wird düster für dich und deine ... Mädchen! Zieh dein Angebot an die Edelsteinhehler zurück, sonst gibt es Krieg.«

»Lass meine Mädchen aus dem Spiel!«

»Sonst was?«, rief Curri laut lachend. »Sonst was? Hast du schon mal gesehen, was wir mit solchen lächerlichen Figuren machen können? Hast du das schon mal gesehen, Tunte?«

»Ja, zwei meiner Mädchen habt ihr ja schon auf dem Gewissen. Aber deshalb gebe ich nicht auf!«, sagte Nuh Poo ruhig.

»Wir haben deinen Schwuchteln bisher nichts getan«, sagte Curri ungerührt.

»Ihr verdammten Schweine. Ihr werdet schon sehen, was ihr davon habt.«

»Eine letzte Warnung, Nuh Poo. Zieht euch vom Rubinmarkt zurück. Denk an deine Mädchen.«

Nuh Poo nahm eine divenhafte Pose ein. Er schlug die Beine übereinander und nahm die Hand hoch zum Kinn. »Liebchen, hör zu. Du bist ein roher, ungehobelter und unappetitlicher Scheißkerl. Und das macht mir keine Angst.«

Curri grinste kalt. »Warte ab, wenn deine Mädels an irgendeinem Baum zappeln. Dann kriegst du Angst.«

Nuh Poo legte die Hände zusammen. »Dein überaus liebenswerter Gebieter Heimo Cerny hat versucht, unseren thailändischen Händlern und Schleifern minderwertige Ware aus Vietnam anzudrehen. Und das immer wieder, seit Jahren geht das so. Als wären sie Anfänger. Das ist beleidigend.«

»Du sollst aufhören, hier in Deutschland zu verkaufen. Was du in Thailand machst, das ist uns egal.«

Nuh Poo lachte wie ein alt gewordenes Marktweib. »Weißt du was, Liebchen? Dein Auftraggeber ist hier in Deutschland nur noch so erfolgreich, weil er die Deutschen so wunderbar betrügen kann. Denn hier ist der beste Markt. Doch die Deutschen haben Geld und wollen gute Edelsteine haben, und zwar die besten.

Und die gibt es ab jetzt nur bei mir. Cerny hat ausgedient. Wenn ich am Markt durchsickern lasse, dass er ein Betrüger ist, was dann? Meine Steine sind tausendmal besser als seine miese dritte Wahl. Einen solchen Schliff hat Cerny noch nicht gesehen, so präzise und leuchtend wie eine glühende Sonne!«

»Das interessiert mich nicht!«, schnauzte Curri.

»Sollte es aber!« Nuh Poo geriet in Rage. »Die Hehler haben ihm seine Pisse nur abgekauft, weil sie seit Jahren keine Rubine mehr aus Mogok gesehen haben, die so rein und wunderbar sind wie meine. Für eure miesen Steine könnt ihr euch fortan einen anderen Absatzmarkt suchen, mein Süßer.«

Curri schnaubte. »Du überschätzt dich. Cerny macht dich fertig.«

Nuh Poo richtete sich auf und machte wieder seinen Augenroller. »Das«, hauchte er unter einem hohen Seufzer, »das wird selbst Cerny wohl kaum gelingen. Wenn seine Glaubwürdigkeit erst mal am Abgrund angelangt ist, dann ist er weg.«

»Du wirst das nicht überleben, Transe«, grinste Curri fies. »Cerny hat Verbindungen, von denen du nur träumen kannst.«

»Womit willst du mich einschüchtern? Mit der albanischen Mafia? Du bist viel zu klein, ein Nichts, ein Niemand. Ein unbedeutendes Albanerkind.«

Curri zischte. »Unterschätz mich nicht, Transe! Ich mach euch alle!«

»Einem Markt kann man nichts aufzwingen, man kann ihm allenfalls folgen. Das müsst ihr noch lernen. Gewalt führt zu nichts. Seid lieb zueinander. Und zu euren Kunden«, sagte Nuh Poo und lächelte schlüpfrig unter heftigem Augenklimpern. Dann fügte er hauchend hinzu: »Liebchen.«

Curris Nasenflügel bebten. »Wenn du noch einmal Liebchen zu mir sagst ...«

»Was dann, Liebchen?«, fragte Nuh Poo frotzelnd. »Das klingt sehr spannend. Hmm ...«, hauchte er provokant.

Blitzschnell griff Curri erneut nach Nuh Poos Arm, aber dieses Mal drückte er heftiger zu. Nuh Poo verzog sein Gesicht vor Schmerz. Curri ließ von ihm ab.

Nuh Poo lächelte. »Ich stehe nicht auf Schmerzen. Du bist wenig zärtlich. So gewinnst du die Menschen nicht, Liebchen.«

»Du widerst mich an mit all deinem Gehabe, deinem Weibergeruch und deiner jämmerlichen Verkleidung. Wir sehen uns wieder, Schwuchtel!«, sagte Curri, musterte ihn verächtlich, spuckte in seinen Tee und verschwand.

Windböe

Sperber stand vor der Tür von Oberkommissar Meindl. Vor Sperbers Zeit am LKA hatte Oberkommissar Meindl noch den Vornamen Korbinian gehabt. Das hatte sich jedoch geändert. Meindl hatte Sperber nach ihrer ersten Begegnung im Fall mit dem kongolesischen Prinzen im Vertrauen erzählt, wie seine Geschlechtsänderung in der bayerischen Verwaltung für Aufsehen gesorgt hatte und ein absolutes Novum gewesen war. Er war jetzt eine Die, die Penelope Meindl. Zu ihrem Bedauern hatte Penelope ihren alten Nachnamen behalten müssen. Seit ihrer Umwandlung durfte Penelope als Frau weiterhin ihren Dienst verrichten, nur vom Außendienst war sie abgezogen worden. Huber zwei bestand beharrlich darauf, die Kollegin ›der Penelope‹ zu nennen. »Nur, weil ich einem Apfel den Stiel ausrupf, sag ich ja auch ned plötzlich *die* Apfel, oder?«.

»Ah, der Silikon Fritz ist wieder da, wie schön!«, rief Penelope mit schmalziger Stimme aus ihrem dichten Dreitagebart heraus. Ihr Gesicht war von brünetten langen Haaren umgeben. Ihre Augen waren geschminkt und ihre Lippen mit rotem Lippenstift verschönert. Penelope trug breite Schulterpolster und einen dunkelgrünen Pullover, der zwei deutliche Spitzen aufwies, einen knielangen dunkelblauen Rock, darunter schwarze Strümpfe über den schiefen Beinen, die in einem Paar riesiger Stöckelschuhe steckten.

»Penelope, ich brauche wieder mal deine Unterstützung«, sagte Sperber. Beim Kongofall war sie Sperber eine große Hilfe gewesen.

»Aber ja, mein Schatz, das tu ich doch gern«, antwortete sie fröhlich. Penelope kam auf ihn zu und breitete die Arme aus. Sie umklammerte Sperber mit der Geschwindigkeit einer Windböe und tätschelte seinen Rücken mit tellergroßen Händen.

»Penelope, so tief geht unsere Beziehung nun doch wieder nicht, meine Gute!«, sagte Sperber und rang nach Luft.

Penelope ließ ihn wieder los und wich zurück. Sperber atmete hörbar durch. »Immer wieder schön mit dir!«, bemerkte Sperber und grinste frech.

»Ich bin beeindruckt von deinem herbsüßen Charme, mein Fritz.« Sie kokettierte mit ihrem Augenaufschlag und stolzierte zurück hinter ihren Schreibtisch. »Was verschafft mir die Ehre deines Besuchs, mein Fritz?«

»Du gehst doch schon mal zu solchen esoterischen Zirkeln, oder?«

Penelopes Miene hellte sich noch mehr auf. »Na ja, so oft nicht. Aber ich hab dort außerordentliche Menschen getroffen. Sie verstehen, was in meiner Seele vor sich geht. Wunderbare Leute. Wieso fragst du?«

»Dann kennst du dich doch sicher mit der Kraft von Steinen aus, oder?«

»Oh ja, welchen brauchst du denn?«

»Ach, ich brauch gar keinen. Aber was sagen dir Rubine?«

Penelope lächelte. »Willst mir a G'schenk machen, Fritz? Du bist ja sooo süß!« Sie machte dabei ein schnurrendes Geräusch wie eine Schmusekatze, wobei sie kokett die Hand hob.

Sperber setzte einen mürrischen Blick auf. »Penelope, kannst du bitte mal ernst sein?«

Sie stützte ihr Kinn in die Hände und spielte mit ihren angeklebten Wimpern.

»Also, was weißt du über Rubine? Ich meine, kennst du irgendwelche Hintergründe. Mystik und so. Leute, die Rubinen besondere Kräfte zusprechen, die sie aus bestimmten Gründen begehrenswert finden?«

»Na ja, ich sag's mal so, in meinen Kreisen mag man sie besonders, diese Klunker. Aber wer kann sich sowas schon leisten.«

»Was bedeutet das, deine Kreise?«

»Na ja«, sagte sie und rückte sich zurecht. »Ich meine Homosexuelle, Transgender, Transsexuelle, Trans … Transen halt und so.«

»Und so?«

»Ja, du weißt schon. Die Abgrenzung fällt auch mir nicht immer so leicht, Fritz. Also, Menschen mit eindrucksvollen Wirrungen im Leben, die besonders anfällig für esoterischen Kram sind, die lieben Rubine. Die Steine haben besondere Kräfte.«

»Aha. Und welche sind das?«

Sie lehnte sich zurück. »Das kann dir meine Freundin Selma viel besser erzählen. Ich treffe sie am morgen Abend im Handstreich. Kommst du mit? Was meinst du?« Penelope grinste von einem Ohr zum anderen.

Sperber nickte.

»Okay, also morgen, sieben Uhr?«

»Ja, gute Zeit. Ich freu mich«, sagte Sperber und zwinkerte ihr zu.

»Mein Fritz, ich glaub, dass du auch einen Rubin brauchst. Zum Mobilisieren deiner Kräfte.«

Sperber lehnte sich langsam vor und sagte über ihren Tisch gebeugt: »Penelope, du bist ein Phänomen, eine Wahrsagerin. Ich hatte letztens einen Rubin in der Hand. Und seitdem spür ich's!« Er fasst sich an die Lenden. »Und es wird jeden Tag schlimmer.«

Penelope sprang auf. »Hinaus, du Wüstling, hinaus!«, rief sie mit gespielter Empörung. »Ich hab's doch gewusst, was in dir schlummert. Ein Nimmersatt.« Sie kam um ihren Schreibtisch herum.

Sperber wich ihr aus und war schon bei der Tür. »Danke für die Hilfe. Das war großartig, du Rubinkönigin.«

Penelope setzte ihr breitestes Grinsen auf. »Und woher hattest du den Rubin, den du in der Hand hattest und mir schenken willst?«

»Wir haben einen thailändischen Katoey gefunden. Er ...«

»Das heißt sie, Fritz, sie!«, warf Penelope charmant ein.

Sperber nickte verstohlen. »Also, sie hat sich einen Rubin auf ihr Herz gepresst. Und sie musste dazu einen triftigen Grund haben.«

»Warum das?«, fragte Penelope.

»Weil sie sich dazu vor lauter Verzweiflung einen Ohrring rausgerissen hat.«

Pitaya

Es war fünf Uhr dreißig. Der Morgen war kühl, aber der wolkenlose Himmel über München Sendling kündigte einen warmen Tag an. Franz Murnauer sperrte seinen Container vor der Großmarkthalle auf und setzte sich an den kleinen Tisch, auf dem ein Telefon und ein vier Jahre alter Computer standen. An der Wand stand ein kleiner Büroschrank, in dem sich die Akten über die Lieferungen der letzten Jahre befanden.

Murnauer war wie immer unleidlich. Er räusperte sich rotzig, reckte sich und gähnte mit weit aufgerissenem Mund. Aus dem Fenster sah er die LKW vorbeiziehen, deren brummende Motorengeräusche er längst nicht mehr wahrnahm. Sein Gähnen stoppte schlagartig, als ein Klein-LKW mit der dunkelgrünen Plane viel zu schnell auf den Freiplatz rauschte. Fluchend verließ Murnauer seinen Container und stapfte über den Platz vor den Hallen, um den Fahrer abzupassen. Die hydraulischen Bremsen zischten unerträglich laut, und das Fahrzeug blieb mit einem Ruck stehen.

Murnauer riss die Fahrertür auf. »Hey, hast noch alle beieinander? Fährst wie a Wahnsinniger! Beim nächsten Mal fliegst'!«

»Zum Fliegen hab ich keine Lizenz! Ich darf bloß fahren«, sagte der Mann auf dem Fahrersitz mit langgezogenem westfälischem Tonfall. Er sprang vom Bock herab, Murnauer direkt vor die Füße. Er war einen Kopf größer und wesentlich kräftiger als Murnauer.

»Bist du neu?«, fragte Murnauer.

»Seh ich etwa aus wie gebraucht?«, fragte das Muskelpaket grimmig.

»Langsam, langsam. Das hier ist einer der größten Großmärkte in Europa. Was glaubst du, wie viele LKW da täglich ankommen? Und wie viel Leut da am frühen Morgen noch völlig benebelt und versoffen rumlaufen?« Murnauer drehte sich um und ging voran. »Komm mit in meine Hütte, und dann her mit der Ware und den Papieren.« Nach ein paar Schritten rief er über die Schulter nach hinten: »Wenn du weiter so fährst, hast' bald mal einen vorm Kühlergrill hängen.«

»Au Mann, lass mich doch in Ruh mit deinem Gejammer. Ich bin heut Morgen in aller Früh am Flughafen in Erding gewesen, hab deine Scheißlieferung abgeholt, und jetzt bin ich verdammt müde. Klar?«

Murnauer hob wie zum Friedensangebot die Hand, sah ihn jedoch nicht an und ging geradewegs in seinen Container. Er griff zum Telefonhörer und drückte eine voreingestellte Nummer. »Ja, ich brauch einen Gabelstapler. Ja, schnell. Kühlware, ja, frisch aus Thailand ... Sofort? Klasse, Burschen, auf euch ist Verlass.«

Wenige Augenblicke später kam der Gabelstapler quer über den Hof gefahren. Murnauer zeigte auf den LKW und lief dem Gabelstapler hinterher. Der mürrische LKW-Fahrer kam ihm hinterhergedackelt und öffnete die Plane. Er stieg behäbig auf die Ladefläche und holte mit einer Palettenameise zwei Paletten vor. Der Stapelfahrer griff mit den beiden Staplerzinken eine Palette auf und stellte sie neben dem Fahrzeug ab. Dann die zweite, dritte und vierte, fünfte und sechste. »Weißt' eh, wie immer ins Kühlhaus auf meine Fläche«, sagte Murnauer zum Staplerfahrer. Der nickte, legte den Zeigefinger an die Mütze und fuhr mit einer der Paletten los.

Der LKW-Fahrer sprang von der Ladefläche und verschloss das Fahrzeug ordnungsgemäß. Dann wandte er sich an Murnauer. »Hier, unterschreiben.« Er hielt Murnauer die Frachtpapiere hin. Der nahm das Klemmbrett und sagte: »Bitte unterschreiben, heißt das.«

»Bitte unterschreiben«, sagte der Fahrer und grinste grimmig. Murnauer setzte mit einer übertrieben wilden Geste ein unlesbares Zeichen unter das Papier.

»Sag mal, was ist das eigentlich für ein Zeug, das ihr da bekommt?«, fragte der LKW-Fahrer.

»Drachenfrüchte. Pitayas«, grummelte Murnauer.

»Nie gehört«, sagte der LKW-Fahrer und verzog die Mundwinkel.

»Richtige Vitaminbomben. Genau das, was du jetzt brauchst, wenn du so müd bist!« Murnauer drehte sich um, ging zu einer der Paletten und riss an der Folie. Er nestelte an einer Grifföffnung der Pappkisten und holte eine faustgroße, eiförmige Frucht heraus. An ihrem oberen Ende wuchsen lange, dünne und fleischige Blätter heraus. Murnauer holte ein Messer aus der Hosentasche, klappte es auf und schnitt die Frucht der Länge nach in der Mitte durch. Er reichte dem Fahrer eine Hälfte. »Hier. Probier mal.« Murnauer nickte auffordernd. »Da, nimm. Die sind besonders gut, die mit dem rosa Fruchtfleisch. Äußerst selten.«

»Hilft die dir auch gegen schlechte Laune?«, stichelte der Fahrer.

Murnauer vergrub drei Finger in der Frucht. »Aber pass auf, die Kerne sind hart wie Beton.« Er holte das knallig magentafarbene Fruchtfleisch heraus und steckte es in den Mund.

Der Fahrer machte es ihm nach. »Hmm, fast wie Kiwi, oder?«

Murnauer nickte und spuckte einige Kerne auf den Boden. Der Fahrer spuckte ebenfalls aus.

»Hu, daran kann man sich einen Zahn ausbeißen.«

Murnauer nickte, nahm den Durchschlag der Frachtpapiere an sich, schmiss den Rest der Frucht auf den Boden und ging gähnend zurück in seinen Container. Morgen würde jemand kommen und die Fracht abholen. So war es vereinbart.

Dünnschliff

Am nächsten Tag saß Sperber in seiner Kammer im bayerischen Landeskriminalamt. Der Raum war eigentlich als Ruheraum für kranke oder kollabierende Mitarbeiter eingerichtet worden. Seit er hier arbeitete, hatte Martha dafür gesorgt, dass Sperber hier ein kleines Büro bekommen hatte. Am Ende des Raums stand eine Krankenliege, an der Wand hingen ein Ersthelferschrank und ein Defibrillator über einem Waschbecken. In die Ecke rechts neben der Tür hatten sie ihm einen Schreibtisch hingestellt.

Heute war wieder so ein Tag, an dem er den Schmerz seiner zusammengeschraubten Wirbelsäule spürte, als würde ihm jemand heiße Nägel in die Schultern bohren. Am Morgen war er zuhause geblieben und hatte sich bei Martha krankgemeldet.

»Verflucht«, zischte er und rieb sich den Nacken, der ihm trotz Schmerzmittel höllisch wehtat. Er öffnete die Schublade, entnahm ihr eine Flasche und drehte an dem Schraubverschluss. Er goss den VAT 69 großzügig in das flache, schwere Glas, trank einen Schluck und spürte, wie ihm der Whisky ins Gehirn schoss. Die Schmerzen ließen nach.

Vor ihm lag ein Paket, das den Absender des Mineralogischen Instituts in Aachen trug. Es waren die Dünnschliffe, die er hatte machen lassen. Von dem Grabstein, an dem die beiden thailändischen Katoeys gefesselt gewesen waren. Er stand auf, reckte sich und legte den Kopf in den Nacken. Er trank das Glas leer, öffnete das Paket und setzte sich wieder.

Sperber packte die beiden Glasträger vorsichtig aus. Er hielt die beiden Dünnschliffe gegen das Licht des kleinen Fensters und nickte anerkennend. Sein alter Freund im Aachener Gesteinsschleiflabor hatte die Präparate wie gewohnt perfekt angefertigt. Er hatte die Gesteinsproben in feine Plättchen gesägt, je auf einen gläsernen Objektträger geklebt und so weit abgeschliffen, dass sie exakt zweieinhalb Hundertstel Millimeter dünn waren. Jetzt konnte man das Gestein durchleuchten.

Auf dem Schreibtisch ganz rechts stand ein altes Erzmikroskop. Er legte den ersten Objektträger auf den Drehtisch des Mikroskops und schaltete die Lichtquelle ein.

Ein Blick durch das Okular zeigte ihm die einzelnen Kristalle, farblose, blass gelbliche und rosafarbene sowie dunkelgrüne und graue. Die unterschiedlichen Kristalle zeigten ein Muster wie ein gepflasterter Weg.

Sperber kreuzte die Polarisationsfilter, die unterhalb des Drehtischs und im Tubus angebracht waren. Nun erschienen die einzelnen Kristalle des Gesteins in schillernden Farben.

»Hey Fritz!«, rief Huber zwei, als er polternd, ohne anzuklopfen eintrat. »Auch mal wieder da?«

Sperber knallte vor Schreck auf das Okular, zuckte zurück und hielt sich das Auge. »Ahh!«

»Au weia, jetzt hammer a blaues Aug!«, sagte Huber und grinste breit.

»Und ein zweites auch bald, wenn du jetzt nicht das Maul hältst«, sagte Sperber verärgert.

»Wo warst du denn heut Morgen? Wir haben dich schon vermisst.«

»Krank!«, raunzte Sperber und sah wieder in sein Mikroskop.

»Und, was hast du beobachtet unter deinem Zauberrohr?«

»Wenn du das Mikroskop meinst, dann schau selber rein.«

Sperber war aufgestanden und bot Huber den Platz an. Der setzte sich und bewegte sein linkes Auge auf das Okular zu, während er das rechte fast schon mit Gewalt zusammenkniff. Sperber holte aus und gab ihm einen Klaps auf den Hinterkopf, so dass jetzt sein Auge auf das Okular schlug. »Auaaa!«, rief Huber, schnellte zurück und verzog sein Gesicht.

Sperber hob unschuldig die Schultern. »Nichts für ungut, Huber.« Dann grinste auch er.

Huber hielt sich jetzt ebenfalls sein Auge. »Du Arsch, Fritz!«

»Na, na, sachlich bleiben, Huber.«

Huber ging zu dem kleinen Waschbecken in der Ecke und betrachtete sein Auge im Spiegel. »Da war auch vorher schon nix zum Richten. Lass gut sein, Huber.«

Huber kam zurück und blieb vor ihm stehen. Er nahm die Hand vom Auge und schnitt eine Grimasse. Sperber tat das Gleiche. »Mann, sehen wir scheiße aus.«

»Und eine Fahne hast' auch!«, sagte Huber, wandte sich ab und fächerte sich frische Luft zu.

»Willst du wissen, was ich da gesehen hab? Ohne Hauen und Stechen?«

»Okay, schieß los«, sagte Huber.

Sperber stellte für Huber einen Holzstuhl an den Schreibtisch.

»Mach schon, ich tu dir nix«, sagte Huber.

Sperber lugte ins Mikroskop, drehte an den Rändelschrauben des Kreuztischs und richtete sich auf. »Hier, guck mal rein.«

Huber äugte erneut durch das Okular und fragte: »Was is des?«

»Du siehst kleine Kristalle, dunkle und helle. Das ist Feldspat, dunkle Hornblende und ein bisschen Glimmer. Außerdem dazwischen das Glasklare, das ist Quarz. Das ist die Zusammensetzung eines dunklen Natursteins, der ähnlich entsteht wie ein Granit.«

Huber sah kurz auf und nickte. »Und wie?«

»Heißes Magma, also Gesteinsschmelze dringt von unten in die Erdkruste ein. Durchstößt es die Erdkruste, dann hat man einen Vulkan. Bleibt das Magma aber in der Erdkruste stecken, kühlt langsam ab und erstarrt irgendwann, dann entsteht Granit.«

»Und das hier? Ist das was besonders?«

»Die Zusammensetzung zeigt einen so genannten Quarzdiorit, dem Granit verwandt. Gibt's auf der ganzen Welt. Aber hier ist etwas außergewöhnlich.« Sperber drehte ganz kurz an der Stellschraube. »Was siehst du jetzt?«

Huber konzentrierte sich. »In der Mitte, so einen hellen, blaugrünen Fleck mit Rissen drin. Ziemlich groß und viereckig.«

»Genau«, sagte Sperber. »Das ist ein großer Labradorit. Und der gehört eigentlich nicht in einen herkömmlichen Diorit hinein. Siehst du noch was?«

Huber konzentrierte sich. »So komische schwarze Flecken. Gezackte.«

»Ja, das sind Anreicherungen von Erz mit Glimmer und Hornblende.«

Huber sah auf. »Und jetzt? Was tun wir damit?«

Sperber grinste. »Das hier, Huber, das ist ein Grabstein aus dem Bayerischen Wald. Und zwar genau gesehen aus der Gegend zwischen Waldkirchen, Böhmzwiesel und Jandelsbrunn.«

»Oh je, wo is ’n des?«

»Am Arsch der Welt. Irgendwo zwischen Passau und Wladiwostok.«

Kurzbericht

Fritz, wie siehst du denn aus?«, fragte Martha spöttisch, zeigte auf Sperbers blaues Auge und lachte leise.

»Wart erst mal auf unseren Ernstl«, sagte Sperber.

In dem Moment ging die Tür auf, und Huber zwei kam herein. Er blieb am Ende des Raums stehen und grunzte irgendwas von gutem Abend. Martha sah auf die Uhr. Es war kurz vor Dienstschluss.

Martha ging auf Huber zu. Sie streckte ihren Zeigefinger, strich kurz über seinen Wangenknochen und prüfte ihre Fingerkuppe. »Nanu, Schminke?« Dann betrachtete sie Huber zwei genauer. Unter der Schminke kam ein noch viel größeres Veilchen hervor als es bei Sperber sichtbar war. »Habt's gestritten?«, fragte sie beunruhigt.

»Meine Faust war größer!«, brummte Sperber. »Stimmt's, Huber?«

»Ja, ja, der Fritz. Hat 'nen Schlag als wie der Klitschko.«

»Was, ihr habt's euch echt geprügelt? Verdammt, ja spinnt ihr? Das hat ein Nachspiel, ihr ...«

»Ich glaub das ned, Martha«, mischte sich Huber eins ein. »Das ist ein blöder Witz, oder?«, fragte er seinen Namensvetter.

Der grinste und nickte.

»Nur ein Versuch, zeitgleich in nur ein Mikroskop reinzusehen, Martha, weiter nix«, sagte Sperber.

Martha strafte sie mit einem strengen Blick. »Also, was gibt's Neues?«

»Der Grabstein ist ein Diorit. Dunkelgrau und trist. Sowas war vor allem vor etwa sechzig Jahren gefragt.«

»Warum das?«, fragte Huber eins.

»Weil man in der Zeit nach dem Zweiten Weltkrieg nur graue und keine farbigen Grabsteine wollte.«

»Was, im Ernst?«, fragte Martha und schüttelte kaum merklich den Kopf.

»Ja, das ist so. Klingt verrückt, ist aber wahr.«

»Woher stammt so ein Diorit?«, wollte Huber eins wissen.

»Also, Diorit gibt es überall auf der Welt. Aber unserer, der kommt ganz klar aus dem Bayerischen Wald. Ein Quarzdiorit mit großen Labradoritkristallen, Biotithöfen und Hornblende-Erzbutzen.«

»Aha«, sagte Martha abschätzig.

»Ja«, sagte Huber zwei. »Ich hab's auch genau gesehen.«

»Grad du«, gab Martha zurück. »Mit dem Aug wirst wohl eher unter als über dem Mikroskop gewesen sein.«

»Das Gebiet ist nicht groß, wo diese Art von Diorit vorkommt«, erläuterte Sperber.

»Und wo ist das?«

»Im Passauer Wald.«

»Und wie hast du das erkannt?«, fragte Huber eins.

»Ich hab sowas schon mal gesehen. Im Studium. Da sieht man sich hunderte Gesteinsschliffe an. Ich hab mich einfach dran erinnert.«

»So einfach?«, fragte Martha.

»Ja, so einfach ist das«, bestätigte Sperber und sah in die Runde. »Ich meine, wenn ihr mir nicht glaubt«, höhnte er und breitete die Arme aus, »was ja schon mal vorkommt, dann fragen wir mal einen Experten!«

»Schon gut Fritz, nicht beleidigt sein. Was glaubst, wen wir hier schon alles als Experten hatten!«

»Weißt noch, der Installationsexperte«, sagte Huber zwei lachend, »vor drei Jahr. Der wollt uns doch tatsächlich erzählen, dass des Klo in der Kantine vom Arbeitsgericht explodiert war, weil a Richter zu viel Druck g'habt hat. Und dabei war's ein Anschlag von einem frustrierten Sprengarbeiter, der seinen Prozess verloren hatte.«

Martha und die Hubers lachten.

»Der hat a Sprengladung in der Schüssel an'bracht und zwei Wochen g'wartet, bis der Richter aufs richtige Klo 'gangen is.«

»Und weiter?«, fragte Sperber gespannt.

»Dann hat sich rausgestellt, dass unser bestellter Experte ein alter Spezi von dem Sprengmeister war«, sagte Huber eins und schlug sich vor Lachen auf die Oberschenkel.

»Und der Richter?«

»Drei Wochen mit verbranntem Arsch im Krankenhaus«, prustete Martha und weinte fast vor Lachen. Nach einer Minute kicherte sie: »Weiter, Fritz«, und wischte sich die Tränen aus den Augen.

Sperber wartete ab. »Mittlerweile gibt es eigentlich gar keine Steinbrüche mehr, die einen solchen Diorit noch nennenswert in Grabsteingröße abbauen. Allenfalls als Bahnschotter oder Pflastersteine.« Dann wandte er sich an Huber zwei. »Hast du schon was herausgefunden?«

»Ja, hab ich. Es gibt tatsächlich jemand, der alte Grabsteine aus Diorit aufkauft und sie recycelt. Mittlerweile gilt ein Dioritgrabstein wieder als avantgardistisch, das sagt jedenfalls mein Kumpel. Sein Papa ist bei der Friedhofsverwaltung beschäftigt.«

»Und wo finden wir diesen Grabstein-Recycler?«, fragte Martha.

»In einem alten Steinbruch zwischen Waldkirchen und Jandelsbrunn.«

»Das ist gut, Ernstl«, sagte Martha. »Hängt euch ran. Ich will wissen, wer unsere Mädels an den Grabstein gebunden hat.«

Sperber und Huber nickten.

»Irgendwas Außergewöhnliches im Bericht von den beiden Kollegen, Ernstl?«, fragte Martha.

»Welche Kollegen?«, fragte Huber.

»Na, die aus der Kiesgrube am Tatort.«

»Ah ja. Nein, die haben das Gelände untersucht und sich in der Umgebung umgesehen. Nichts Besonderes. Anscheinend nur Privatgrundstücke und Bauernhöfe.«

»Das ist alles?«

Huber zwei hob die Schulter. »Ja, sonst steht nix drin.«

»Denen solltest du noch mal auf den Zahn fühlen. Frag sie mal, was genau sie gemacht haben. Aber erst fährst mit dem Fritz mit. Direkt morgen früh. Zum Passauer Wald. Ich hab den Eindruck, wenn ihr zwei Chaoten was zusammen macht, kommt erstaunlicherweise irgendwas dabei heraus. Und wenn's nur zwei blaue Augen sind.«

»Heut Abend hab ich erst mal was vor. Da geht der Ernstl nicht mit. Da hab ich wen Schöneres.«

»Mit wem bist denn unterwegs?«, fragte Huber zwei neugierig.

»Mit der schönsten Frau vom LKA. Mit Penelope.«

Sternekúche

Murnauer biss gerade in eine Butterbrezn, als es an seinen Container klopfte. Er öffnete die Tür. Als er Gile Winter sah, hellte sich sein mürrisches Gesicht deutlich auf. Sein Mund verzog sich zu einem gestelzten Lächeln. »Ja hallo, wen haben wir denn da?«, fragte er kauend.

Gile Winter sagte freundlich, dass sie die Ladung Pitayas abhole. Murnauer nickte, holte die Frachtpapiere und bat sie, ihm in die Lagerhalle zu folgen. »Knöpfen Sie die Jacke zu, is kalt da drinnen«, sagte er und ging voran.

Gile stand vor den Paletten und kontrollierte sie. »Warum ist eine der Paletten eingerissen?«, fragte sie misstrauisch.

Murnauer zuckte mit der Schulter und sagte lässig: »Sowas passiert halt auf einem langen Weg um die halbe Welt.« Murnauer hielt sie für die Fahrerin eines Lebensmittelhändlers. Daher hatte er etwas überheblich reagiert und weiter an seiner Butterbrezn herumgekaut. Erst als diese große Frau ihm die Brezn aus der Hand schlug und ihn beim Kragen packte, wurde ihm klar, dass das eine Fehleinschätzung gewesen war.

»Da fehlt was. Wo ist das?«

»Was?«, fragte Murnauer nervös.

»Hast du was davon gegessen? Wo sind die Kerne?«

»Was willst du mit den Kernen?«, fragte Murnauer irritiert.

Die Frau packte Murnauer fester und drehte an seinem Arm, bis er schmerzverzerrt den Mund aufriss. »Wo sind die Kerne?«

Murnauer deutete nach draußen. »Na da hinten, in der Ecke des Hofs«, sagte er gepresst, »in der Ecke! Aua!«

»Hol einen Plastikbeutel!«, befahl sie und ließ Murnauer los. »Und lass die Paletten schon mal auf meinen Transporter verladen!«

Murnauer lief telefonierend über den Hof zu seinem Container. Sie folgte ihm. Nach einer Minute kam er mit einem kleinen Beutel zurück, während ein Staplerfahrer damit begann, die Paletten zu verladen.

Gile ließ sich von Murnauer die Ecke noch einmal zeigen und sammelte den Rest der Frucht und alle Kerne auf, die Murnauer und der LKW-Fahrer gestern hierher geworfen und ausgespuckt hatten.

»Mach das nie wieder«, sagte sie.

Mit verzerrtem Gesicht schob Murnauer hinterher: »Okay, ist ja gut.«

Erneut packte sie seinen Arm. »Beim nächsten Mal schneid ich dir was ab«, verdeutlichte sie ihm und ließ ihn los.

Murnauer hielt sich in leicht gebückter Haltung den Arm und glotzte dem weißen Transporter hinterher, als er gemächlich vom Hof fuhr. Gefährliche Type, dachte er. Jetzt stellen sie sogar schon Kampflesben ein, um Obst zu transportieren.

Gile Winter fuhr direkt nach Tuntenhausen zum ›Thailandeiland‹. Auf dem Hof fuhr sie den Wagen vor den Hintereingang der Küche. Noch bevor sie den Wagen an die Rampe gefahren hatte, kam der Koch heraus. Um seine dunklen Haare hatte er ein in den Nationalfarben Thailands rot-weiß-blau gestreiftes Stirnband gewickelt. Auf seiner Kochschürze prangte ein Totenschädel mit zwei gekreuzten Fleischermessern. Über seinen freundlich grinsenden Lippen wucherte ein dichter Schnurrbart. Er winkte zwei Gehilfen herbei, die eine Palettenameise heranzogen.

Gile parkte den Wagen vor die Rampe. Die Gehilfen luden die sechs Paletten aus und fuhren sie in den Vorratsraum, der dem Kochareal vorgelagert war.

Nuh Poo Tubkim erwartete sie bereits in der Küche. Der Koch zählte die Paletten, dann die Kisten, kontrollierte die Anzahl der Früchte und notierte alles genau. Nuh Poo Tubkim und Gile Winter sahen aufmerksam zu.

»Oho, das ist eine beachtliche Zahl an Drachenfrüchten«, sagte Nuh Poo, als er auf das Klemmbrett des Kochs lugte. »In jeder dritten Frucht sollen genau fünf Rubine injiziert sein. Dann wären das also nach Adam Ries … lalala … sechs Paletten mal vierzig Kisten mit je zwölf Früchten, dividiert durch drei, mal fünf Klunker …« Der Koch hämmerte die Zahlen mit seinem Zeigefinger in einen kleinen Taschenrechner, der an seinem Klemmbrett befestigt war. »Ja, das sind dann sage und schreibe«, Nuh Poo prüfte das Taschenrechnerdisplay, »viertausend und achthundert kleine Steine.«

Der Koch rief zwei Küchenhelfer herbei, die sogleich damit begannen, die Pitayas kistenweise, eine nach der anderen, in einen großen Edelstahlbottich zu kippen. Dann warf er eine Maschine an. Augenblicklich wurden die Früchte von einem grob eingestellten Mahlwerk zermalmt. Entsprechende Geräusche zeigten an, dass harte Bestandteile gegen die Stahlwandungen klickerten.

»Das ist ein geniales Verfahren. Das Gerät dient normalerweise zum Entkernen von Granatäpfeln. Der Koch hat sie auf einer Landmaschinenmesse gesehen. Er hat das Ding leicht umgebaut«, sagte Nuh Poo lachend. In seinem Gesicht blitzte Stolz auf.

Nuh Poo nahm eine unbeschädigte Frucht aus einer Kiste heraus und zeigte sie ihr. »Hier oben, zwischen den Blättern, da ist eine Stelle, die man kaum wahrnimmt. Da werden die Steine von meinen Leuten in Thailand injiziert. Hat sich Charlie voriges Jahr ausgedacht.« Er wandte sich um und zeigte auf Charlie, der schon die ganze Zeit hinter ihm gestanden hatte, und räusperte sich kurz. »Die Drachenfrucht lag auf einem Buffet. Als er sie sah und aufschnitt, da kam ihm der Gedanke, das mal zu probieren, nicht wahr, Charlie?«

Charlie nickte kaum merklich.

»Das funktioniert natürlich nur bei den kleinen Steinen. Die großen, die führen wir ja auf, na sagen wir mal, pikanteren Wegen ein.«

Er drehte sich um zu Charlie und deutete auf eine Tasche in seiner Hand. »Nimm die hier mit.« Charlie übergab ihr die Ledertasche, die sehr schwer war.

»Was ist da drin?«

»Das sind die großen Exemplare. Die sind so viel wert, dass wir alle davon unser Leben lang ein Auskommen haben werden. Aber das ist erst der Anfang. Noch mehr Geld werden wir mit den Massen an kleineren Steinen machen, die mit den Pitayas kommen. Sie sind noch einfacher zu schmuggeln.«

Gile öffnete die Tasche und sah hinein. In der Tasche befanden sich kleine Schläuche, die jeder etwa fünf bis sieben Zentimeter maßen. »Die sind in diesen Schläuchen verpackt?«

Nuh Poo lachte kokett und rollte mit den Augen. »Ja«, hauchte er lasziv. »Eingeschweißt. Das ist die Verpackung, in der sie transportiert wurden.«

Gile verzog das Gesicht. »Du meinst, die waren in den ...«

»... in den Hinterteilen meiner lieben Katoeys. Jede von ihnen bringt drei kleine Schläuche mit, in denen je fünf bis sechs Steine sind, wenn sie nach Deutschland kommen. Das geht völlig problemlos. Jede Woche kommen drei meiner Mädchen her. Sie sind dann ein paar Tage hier, und dann fliegen sie wieder zurück. Ist das nicht wunderbar?«

»Und da ist noch niemand draufgekommen?«

»Bisher nicht. Die Ordnungshüter sind viel zu sehr damit beschäftigt, die Visen der Mädchen zu überprüfen und ihre Tätigkeiten.«

»Und ich soll die Steine jetzt in den Originalverpackungen transportieren?«

Nuh Poo lachte. »Sie sind gewaschen, gereinigt und desinfiziert. Aber wenn du willst, dann kann Charlie sie auch aus den Originalverpackungen herausnehmen.«

»Und bitte nochmal desinfizieren«, sagte sie mit angeekeltem Gesicht.

Charlie nickte und nahm die Tasche wieder an sich.

»Wieso kannst du diese Steine nicht legal nach Deutschland bringen?«, fragte Gile.

Nuh Poo rollte erneut die Augen. »Ach, liebe Gile, was glaubst du denn? Jeder würde doch Fragen stellen nach deren Herkunft. Irgendwann würde sich herausstellen, dass es illegale Steine aus Birma sind. Und dann«, Nuh Poo legte die Handgelenke gekreuzt übereinander, »schnappt die Falle zu. Zu gefährlich.«

»Einzusehen«, sagte Gile und nickte zustimmend.

»Aber erst ist es einmal gar nicht so einfach, Steine dieser Qualität nach Thailand zu bringen. Das geht nur über gute Beziehungen zum Nachbarland. Fragen über Fragen«, sagte er, rieb sich die Hände und heischte um Verständnis.

Dann fragte sie: »Aber wie bekommst du sie hier legalisiert?«

Nuh Poo schmunzelte. »Brauch ich nicht. Ich habe Händler, die andere Verkaufswege haben. Aber alles todsicher.«

»Ich verstehe«, sagte Gile und grinste. Dann wurde sie wieder ernst. »Werden die Steine nicht auch mit Kinderarbeit aus den Bergwerken geholt?«

»Wollen wir das wirklich wissen?«, fragte Nuh Poo jetzt leicht genervt und streichelte Giles Wange. »Das musst du einfach hinnehmen, Gile. Myanmar ist ein schreckliches Land, mit einer Militärjunta, die ihre eigenen Leute vernachlässigt, nach wie vor. Auch ihre Kinder. Aber«, er hielt die Hände wie zum Gebet gefaltet vor seinen Bauch, »was soll ich tun?«

Gile sah ihn an. »Holst du die Steine auch mit deinen Katoeys aus Myanmar heraus?«

Nuh Poo nickte langsam. »Ja, meine lieben Mädchen wissen, wie gut es ihnen geht. Sie tun es für sich, für mich und, meine liebe Gile, für dich«, hauchte er.

»Wieso dürfen sie hier in Deutschland überhaupt arbeiten? Es ist doch eigentlich nur Tarnung, dass sie im Thailandeiland bei dir sind, oder? In Wirklichkeit sind sie doch nur Boten. Wie machst du das?«

»Wir sind ein privates Massageinstitut mit Gastronomiebetrieb. Ein paar von ihnen haben ein Arbeitsvisum, die sind ständig hier. Sozusagen der Kern um mich herum. Dann hab ich ein paar Kellnerinnen, aber das sind Deutsche. Deutsche süße Jungs. Meine Thais hingegen sind als Massagespezialistinnen eingestuft. Das ist in Deutschland ein Mangelberuf der Gesundheitsbranche, und deshalb dürfen sie arbeiten. Die bekommen eine Arbeitsgenehmigung, noch bevor sie eingereist sind.«

»Wie bitte?« Gile staunte und musste lachen. »Und woher weißt du das alles, ich meine, wie das geht?«

»Einer meiner besten Kunden in Bangkok hat mir das erklärt. Er arbeitet in München bei der Ausländerbehörde. Ein wundervoller, liebenswerter Mann. Nicht gutaussehend, sieht aus wie eine ... wie sagt man ... Erbsenlatte?«

»Bohnenstange sagt man«, korrigierte Gile.

»Ja, wie eine Bohnenstange. Richtig. Aber er ist wahnsinnig lieb. Ich hab ihn umsonst zu meinen Mädchen gelassen, und er hat mir einen wunderbaren Plan ausgearbeitet. Und der funktioniert«, sagte Nuh Poo Tubkim stolz. Kokett fügte er leise, fast verschwörerisch hinzu: »Er kommt heute noch, fast jeden zweiten Tag zu uns.«

Die Entkernungsmaschine heulte auf. Gile Winter hielt sich die Ohren zu. Der Koch schaltete die Maschine aus.

»Fertig«, sagte er.

In einem Bottich lagen jede Menge Rubine, in einem anderen die Kerne der Pitayas, in einem weiteren, viel größeren Bottich lagen die ausgehölten Schalen, und in einem vierten Behältnis waberte ein magentafarbener Brei aus Fruchtfleisch, der einen betörenden Duft verströmte.

»Was passiert jetzt mit dem Brei?«, wollte Gile wissen.

Nuh Poo verdrehte die Augen. »Das, meine Liebe, verwenden wir für unsere absolute Spezialität. Wir machen es zu Geld. Mein Koch, der einer der besten aus ganz Bangkok ist, macht daraus Halbgefrorenes von der Drachenfrucht, so gut, wie es die Welt bisher nicht kennt.«

»Und wie geht das?«, fragte Gile neugierig.

»Aufwendig entkernt, wie du siehst, wird es jetzt liebevoll mit Vanillemark zu Mus verarbeitet. Nach einem speziellen Verfahren.«

Gile lächelte verzückt.

»Danach wird das Ganze ungezuckert sanft gefroren. Am Ende wird es mit Erdbeeren, Blaubeeren und

Brombeeren ergänzt und als Höhepunkt eines jeden Menüs im Thailandeiland serviert. Es hat wahrlich einen Stern verdient.«

Chakra

Die Kneipe war gedroschen voll. An der Wand flackerte der Schriftzug ›Handstreich‹ in rosa Leuchtschrift. Der Typ mit der blonden Kunsthaarperücke, dem weißen Chiffonkleid und den schiefen Beinen auf der Karaokebühne bewegte sich wild hin und her und sang schrecklich falsch. Aber man konnte erkennen, dass es ein alter Song von den Kinks war, den er voller Inbrunst dahinträllerte: *»Girls will be boys and boys will be girls. It's a mixed up, muddled up, shook up world, except for Lola ...« Und die ganze Kneipe antwortete: »La-la-la-la Lola.«*

Sperber trank sein zweites Bier und konnte nicht aufhören, über so viele geschminkte Männer mit Bart in kurzen Kleidern zu staunen. Er saß an der Bar neben Selma und Penelope, als ein kleiner Kerl mit knallgelber Bluse und bordeauxrotem Rock auf ihn zukam, ihm die Hand aufs Knie legte und ihm einen Kuss zuwarf.

»Danke, bin heute schon gefüttert worden«, schrie Sperber gegen die Musik an und wandte sich seinen

Begleiterinnen zu, um über das Thema zu reden, weswegen er überhaupt hierhergekommen war. »Selma, du wolltest mir was erzählen«, sagte er laut.

»Ja!« Selma lächelte. »Warte, bis die Süße da fertig ist«, rief sie und deutete auf den Karaokekünstler. Eine halbe Minute später endete die Musik und ein tosender Applaus brandete auf. Danach wurde es ruhiger.

»Also. Rubine sind Glückssteine reinster Liebe«, sagte Selma. »Viele Menschen sehnen sich danach. Und bei Menschen in ...«

»... euren Kreisen«, ergänzte Sperber.

»Genau«, bestätigte Selma kopfnickend und lächelte Penelope über ihre Schulter hinweg zu. Selma trug ein knielanges, rotes Kleid, schwarze Strümpfe und hochhackige, hellgrün leuchtende Schuhe. Mit unwiderstehlichem Charme sah sie Sperber in die Augen, warf die langen, kastanienroten Haare auf ihre schmalen Schultern und berührte mit ihrer weich manikürten Hand Sperbers Unterarm. Ihre Gesichtszüge waren weiblich zart, sie war nur wenig geschminkt. Selma war das krasse Gegenteil zu Penelope. Sperber durchlief ein Schauer. Irgendwie war ihm das unangenehm. Denn wenn er nicht gewusst hätte ...

»In unseren Kreisen, nun, da ist das besonders ausgeprägt, das mit den Steinen«, ergänzte sie fast hauchend, »wie ich meine.«

»Und Rubine, was haben die Besonderes?«, fragte Sperber.

»Rubine steigern unsere Kräfte und verhelfen auch sensiblen Menschen zu mehr Erfüllung ihrer Lebensträume. Und zu mehr Selbstverwirklichung.«

»Und so ’nen Mist glaubst du?«, fragte Sperber skeptisch und trank sein Bier aus.

Selma setzte sich aufrecht hin und legte zwei Finger an die Wange.

»Ja natürlich glaubt sie das«, sagte Penelope empört. »Sonst würde sie dir das alles nicht erzählen können, mein überaus arroganter Silikon-Fritz. Selma hat schon vielen von uns mit ihrem Rat geholfen.«

»Silikon-Fritz? So heißt du? Ach, wie süß!«, sagte Selma begeistert.

Sperber warf Penelope einen grimmigen Blick zu.

»Und du, mein lieber Silikon-Fritz, du glaubst nicht an die Kraft der Steine?«, fragte Selma und schnitt eine enttäuschte Schnute.

»Glauben ist nicht Wissen. Überzeug mich, Selma.«

Sie lächelte und streichelte sein Gesicht mit der Rückseite ihrer Hand. »Das willst du nicht wirklich, oder?«, fügte sie schmeichelnd hinzu.

»Nicht so, Selma«, sagte Sperber. »Überzeug mich mit Worten.« Dann wandte er sich aus Verlegenheit an die Dame hinter der Bar. »Waltraud, noch eins bitte, und gib den beiden Süßen hier auch noch was.«

Waltraud genoss ihren Auftritt. Sie ging unnötigerweise um die Bar herum, wackelte mit allem, was ihr zur Verfügung stand und nahm Sperbers Glas weg. Sie stand jetzt vor ihm und sah ihm direkt in die Augen.

Aus der Nähe konnte Sperber ihre männlichen Gesichtszüge deutlicher erkennen als in der schummrigen Barbeleuchtung.

»Sehr hübsch bist du heute«, sagte Sperber mit einem breiten Grinsen.

Waltraud warf abrupt den Kopf in den Nacken, ordnete ihr Haar und stolzierte mit dem leeren Glas davon.

Selma wandte sich an Penelope. »Oh, Göttchen, ist der langweilig.« Dabei deutete sie mit dem Kopf auf Sperber. »Wen hast du mir denn da angebracht?«

»Hilf ihm einfach, er ist in Ordnung, glaub mir, Selma.«

Selma wandte sich wieder an Sperber. Ihr Tonfall wurde jetzt ernst, ja fast dozierend. »Also gut. Hör zu. Der Rubin gilt als Beweis starker Liebe und Treue. Ein Rubin beflügelt allerdings nicht nur den Träger, sondern auch sein Gegenüber. Denn mithilfe eines Rubins, den ich trage, kann ich erreichen, dass mein Partner genauso ehrlich zu mir ist, wie ich zu ihm sein möchte.«

»Hast du das schon ausprobiert, ich meine mit einem Rubin?«, fragte Sperber.

Sie zog an einer feinen goldenen Kette, die unter ihrem Kleid hing. Aus ihrem Ausschnitt kam ein leuchtender Rubin hervor, in Tränenform geschliffen.

»Darf ich?«, fragte Sperber.

Selma zog die Kette aus und reichte sie Sperber. Er hielt den Stein gegen eine Funzel, die an der Wand hing.

»Schwer zu sagen bei dem Licht. Aber kein Stein aus Mogok.« Sperber griff in die Tasche, holte eine kleine Schachtel hervor und öffnete sie. Er holte einen der Ohrringe hervor, die er dem Toten aus der Hand genommen hatte. Dann hielt er beide nebeneinander. Deutlich war ein Farbunterschied zu sehen, sogar in dem schummrigen Licht.

»Siehst du diesen bläulichen Schimmer?«, fragte er Selma.

»Ja, das ist ein deutlicher Unterschied. So einen hab ich schon mal gesehen.«

Sperber horchte auf. »Bist du sicher? Wann denn?«

»Erst vor zwei Wochen. Bei einer Freundin, die hat jede Menge Geld. Die kann sich sowas leisten«, fügte Selma hinzu.

»Und woher hat sie den Stein?«

Selma grinste verschwörerisch. »Das kann ich dir nicht sagen, Fritz. Wir haben da halt unsere Quellen.«

»Und deiner? Woher hast du ihn?«, fragte Sperber.

Sie schüttelte den Kopf. »Ich sag's dir nicht«, hauchte sie.

»Und ich hab gar keinen«, warf Penelope motzig ein. »Ich dachte ja, du schenkst mir einen, mein Schatzi.«

»Wenn ich das Geld hätte, wärst du die erste, die einen Klunker bekäme, hoch und heilig, versprochen!« Sperber kreuzte Zeige- und Ringfinger.

Penelope machte ein beleidigtes Gesicht.

»Hör zu, Selma. Ich brauch die Quelle, wo deine Freundin den Stein gekauft hat.«

Selma reagierte bestürzt. »Das geht nicht, und jetzt Schluss. Ich verpfeif doch keine Freunde.«

Sperber sah hinüber zu Penelope.

»Hör zu, Schätzchen. Es ist besser, du hilfst uns. Hier geht es um Mord«, sagte Penelope zu Selma. »Ich glaube nicht, dass du damit was zu tun haben willst.«

Selma machte ein gequältes Gesicht und nickte schließlich. Sie schrieb Namen und Adresse auf einen Zettel. »Die Schwester verkauft das Zeug. Sie ist diskret und vertraulich.« Selma hielt Sperber den Zettel hin. »Er heißt Krishan.«

Als Sperber den Zettel an sich nehmen wollte, hielt Selma ihn fest. Sie starrte ihn angriffslustig an und ließ ihn erst los, als Sperber ein freches Lächeln aufsetzte. Er las die Adresse und sagte: »Ein Esoterikladen. Aha, gute Tarnung für Edelsteingeschäfte.«

Selma wandte sich an Penelope und fügte schnippisch hinzu: »Rubine bieten ja eigentlich Schutz und bewahren vor bösen Wünschen und betrügerischen Absichten, vor Neidhammeln jeder Art, eifersüchtigen Freiern, bösen Journalisten, exorzistischen Priestern, hinterlistigen Intriganten und«, sie machte eine kleine

Pause, »respektlosen Polizisten und deren Kolleginnen.«

Penelope legte all ihren Trost in den Blick, drückte sie an sich und gab ihr einen Kuss auf die Wange. »Mein Schätzchen, du darfst uns nicht böse sein. Wir tun das, um euch alle hier zu schützen.«

»Ich glaub, ich schenk dir wirklich einen, wenn ich beim nächsten Mal zu dir komme«, sagte Sperber zu Penelope. »Tut es auch einer aus einem Kaugummiautomaten?«

»Fritz, du hast es verdient, verhext zu werden«, brummte Penelope.

»Ja, da bist du nicht die Erste, die das versucht hätte.«

»Hey, soll ich euch jetzt noch was erzählen oder nicht?«, beschwerte sich Selma.

Waltraud stellte drei neue Bier hin und verschwand, diesmal kokett grinsend, aber wortlos.

Selma trank an ihrem Glas und fuhr dann fort. »Also. Der Rubin soll übrigens ein typisch männlicher Stein sein, der die Gewissheit schenkt, über riesige Kraft zu verfügen.« Sie unterstützte ihre Worte mit einem überzeugenden Nicken. »Man sagt, er macht zurückhaltende und vorsichtige Männer frecher und spontaner. Rubin, der Stein der Sonne im alten Indien, schenkt großzügig jugendliche Vitalität und ...«, Selma beugte sich verschwörerisch vor und lockte Sperber mit ihrem Zeigefinger ein Stück näher. Sperber wandte ihr neugierig sein Ohr zu. »Rubin, mein lieber Fritz«, flüsterte Selma, »regt zu aktiver Sexualität an. Rubin steigert die Leistungsfähigkeit.«

Jetzt beugte sich auch Penelope vor und fügte flüsternd hinzu: »Erheblich, mein Fritz! Erheblich. Und der Stein macht dich initiativ, deine eigenen Wünsche und Sehnsüchte auszuleben.«

Sperber richtete sich auf. Schließlich sagte er: »Ich hab mal was gehört, dass Rubine bestimmte Chakren bedienen.«

Selma musterte ihn erstaunt. »Siehst du? Du weißt doch mehr, als man bei dir vermuten könnte. Das wusste übrigens auch schon Hildegard von Bingen, dass der Rubin, wenn man ihn an bestimmten Körperstellen auflegt, Wunder vollbringen kann.«

»Was, unsere heilige Hildegard?«, fragte Penelope.

»Ja, die Lehrerin der Weltkirche«, bestätigte Selma.

»Na, dann muss es ja stimmen«, sagte Sperber und nickte voller Bewunderung.

»Fritz, du nimmst uns nicht ernst!«, beschwerte sich Penelope.

»Doch, doch«, sagte Sperber schnell. »Erzähl weiter, Selma.«

»Also, die indische Mystik lehrt, dass der Mensch sieben Chakras hat, also sieben Energiezentren.«

»Heißt es nicht Chakren?«, fragte Sperber.

»Chakras, Chakren, das geht beides«, erklärte Selma. »Jedenfalls können über diese Energiezentren, also die Chakras, bestimmte Kräfte in den Körper eindringen. Findet man eine kraftspendende Quelle und legt sie auf ein bestimmtes Chakra, mit dem die Kraft sozusagen korrespondiert, dann kann man beachtliche Effekte erzielen.«

»Ja, und so ein Rubin, ist der auch eine solche Kraftquelle?«

Penelopes Augen leuchteten. »Ich wünsche, ich hätte einen.« Sie strahlte und kratzte sich ihre Bartstoppeln.

Selma bestätigte sie. »Ein Rubin ist mit das Schönste, was man auflegen kann!«

»Was macht man da?«, fragte Sperber neugierig.

»Man sollte ihn tagsüber möglichst am Körper tragen. Als Halskette, so wie ich, direkt auf dem Herz. Oder als Ohrring. Und abends, wenn die Dämmerung hereinbricht, dann legt man den Rubin auf das Wurzelchakra oder das Herzchakra und erfährt Erleuchtung. Sexuelle Erleuchtung, also, wenn man gut ist.« Sie nickte dreimal.

»Und das Wurzelchakra, das ist wo?«

»Na ja, das Schambein.«

»Also, wenn ich da regelmäßig einen Rubin auflege, dann geht's besser?«, fragte Sperber neugierig.

»Ja, so sagen es die alten Lehren der Inder.«

»Die kennen sich ja aus«, meinte Sperber. Er sah zu Penelope hinüber und grinste breit. »Jetzt versteh ich, warum du gern einen Rubin hättest.« Dann wandte er sich wieder an Selma. »Und was ist mit dem Herzchakra? Wo ist das?«

»Na am Herzen. Wie der Name sagt.«

»Und wenn ich dort einen Stein auflege, was passiert dann?«

»Das gibt Stärke und Mut.«

Sperber verstand. »Also, wenn jemand in Bedrängnis gerät, in Todesgefahr, und dann einen Rubin auf sein Herzchakra legt, hilft das?«

Selma überlegte. »Fritz, ob es hilft, dafür gibt es doch keine Garantie. Ignoranten verstehen das nicht. Es mobilisiert deine Kräfte. Und jemand, der daran glaubt, der kann durchaus seine Furcht besiegen und Hoffnung erlangen.«

Sperber nickte. Das war es. Das Mädchen hatte sich in ihrer Verzweiflung den Ohrring ausgerissen, um Kraft zu suchen, als sie den nahenden Tod spürte.

»Selma, du weißt nicht, wie sehr du mir geholfen hast. Du bist großartig. Ihr beiden seid wunderbar! Prost, ihr Hübschen.«

Selma und Penelope lächelten ihn an und hoben ebenfalls ihre Gläser. Als Sperber an Selma vorbeisah, erkannte er an der Theke einen Mann. Langsam stellte er sein Glas ab.

»Ich fass es nicht.«

»Was denn?«, fragte Penelope.

»Nicht direkt hinsehen. Links von mir, an der Bar, in der anderen Ecke, steht einer mit ganz kurzen Haaren, stark geschminkt, ein Thai. Schon mal gesehen?«

Penelope bewegte sich unauffällig und sagte leise: »Nein, nie gesehen.«

Jetzt sah auch Selma vorsichtig hinüber. »Nein«, sagte auch sie.

Penelope winkte Waltraud her. »Ich will eine unauffällige Antwort. Der Typ mit den kurzen Haaren, wer ist das?«

Waltraud zog eine Augenbraue hoch. »Willst' anbändeln? Mal was Neues, ein Exot, genau das Richtige für dich, Penelope, hä?«, sagte Waltraud, zwinkerte mit dem Auge und sah dabei aus, als würden ihr gleich die Zähne rausfallen.

»Hör zu, Waltraud, das war eine Frage der Polizei. Muss ich deutlicher werden?«, fragte Penelope barsch.

»Okay,« sagte Waltraud langgezogen und hob kurz die Hände. »Ich hab ihn mal hier gesehen, vor zwei Wochen.«

»Allein?«, fragte Sperber.

»Mit so einem biederen Typen. Älterer Herr, groß. Aber die haben wir ja auch öfters hier drin. Ihr wisst schon, das sind die, die uns so liiiieben«, sagte sie schrill hinterher.

»Kanntest du den, also den Großen?«, fragte Penelope.

»Ja, der ist ab und zu mal hier gewesen. Trägt immer 'ne Sonnenbrille. Und eine Mütze. Der ist dann ganz schnell mit ihm abgezockelt«, sagte Waltraud, griff sich mit der einen Hand an den Hinterkopf, mit der anderen in den Schritt und machte eine eindeutig zackige Bewegung, indem sie ihre Körpermitte nach vorn krachen ließ, bevor sie wieder an den Zapfhahn ging.

Penelope sah erneut kurz zu dem Thai hinüber. »Wer ist das?«, fragte sie Sperber.

In dem Moment hob Charlie sein Handy ans Ohr und rieb sein Ohrläppchen. Er sah mehrfach auf seine Armbanduhr und wirkte nervös.

»Sein Guru nennt ihn Charlie. Und irgendwie kommt es mir merkwürdig vor, dass er hier steht. Wo die doch selbst einen solchen Laden ihr Zuhause nennen. Und der ist noch viel schöner als der hier.«

»Und was könnte der Grund sein?«, fragte Penelope.

»Dass er hier jemanden treffen will. Aber er scheint versetzt worden zu sein.«

Charlie

Charlie verließ das Lokal um neun Uhr zwanzig. Sperber und Penelope hefteten sich an seine Fersen.

»Hör zu«, sagte Sperber leise, als sie vor dem Lokal standen. »Er kennt mich. Wenn er mich sieht, ist alles vorbei. Du musst zwei Schritte vor mir gehen.«

»Du weißt, was ich hier riskiere?«, sagte Penelope. Sie spielte darauf an, dass ihr der Außendienst untersagt worden war.

»Ja, weiß ich. Ich brauch dich aber jetzt«, sagte Sperber leise.

Penelope nickte und ging ohne weiteres Zögern los. Sie folgten Charlie etwa zweihundert Meter, bis er stehen blieb und telefonierte. Penelope drehte sich um und nahm Sperber fest in die Arme. »Tarnung!«, flüsterte sie.

Sperber versuchte, sich aus ihrer Umschlingung halbwegs zu befreien, um etwas zu sehen. Er konnte beobachten, wie Charlie aufgeregt in sein Handy sprach und gestikulierte. Dann hielt er ein vorbeifahrendes Taxi an.

»Schnell, wir müssen hinterher«, sagte er zu Penelope, löste sich aus ihrer Umarmung und stoppte ein zweites Taxi.

Der junge Fahrer fragte: »Na, ihr Hübschen, wollt ihr schnell heim?« Er sprach mit arabischem Akzent, grinste unverschämt und reichte Sperber die Hand. »Achmed, kommt aus dä Irak. Fährt disch auch bis an dä Nordpol.«

»Wir folgen dem da vorn«, sagte Sperber genervt und zeigte auf das Taxi, das gerade mit Charlie um die Ecke bog.

»Eifersüchtelei?«, fragte Achmed süffisant und kicherte.

»Nein, Polizei!«, sagte Penelope und zückte ihren Ausweis. »Und jetzt ein bisschen plötzlich!«

Achmed machte ein überraschtes Gesicht und drückte aufs Gaspedal.

»Hey, geile Tarnung. Isch dacht, so als Schwuchtel verkleidete Bullen gibt's nur in dä Hollywoodfilm.« Er sah in den Rückspiegel und grinste.

Das Taxi vor ihnen fuhr über die Isar nach Bogenhausen bis zur Kolbergerstraße, wo Charlie an einer Villa ausstieg. Sperber ließ das Taxi etwa hundert Meter weiter anhalten. Sie beobachteten, wie Charlie klingelte, ein paar Treppenstufen hinaufging und das große hellgraue Haus betrat.

»Hey, noch ’ne Schwuchtel!«, quiekte Achmed aufgeregt und staunte. »Bin isch mitten in Ermittlung drin?«

»Klappe!«, sagte Sperber.

Penelope stieg aus und schlich auf das Haus zu. Sie sah auf das Schild an der Tür. ›Gombarth-Verlag‹ stand dort. Sie stellte sich neben einen Baum, nahm ihr Handy aus der Handtasche und stellte es auf Fotomodus ohne Aufhellblitz. Sie fotografierte das Türschild und beobachtete das Haus. Hinter einem großen Fenster tauchte Charlie auf. Penelope machte ein Bild. Jetzt tauchte ein weiterer Mann auf. Der Mann gestikulierte und wanderte auf und ab. Charlie machte ähnliche Anstalten. Anscheinend stritten sie sich. Der Mann ging schließlich auf Charlie zu, nahm ihn in den Arm und küsste ihn. In dem Moment drückte Penelope erneut ab. Dann noch mal. Sie machte Bild um Bild.

Als Penelope zum Taxi zurückging, kam ihr eine kleine Frau auf einem weißen Elektrofahrrad entgegengeradelt. Sie trug einen roten Helm mit schwarzen Punkten, unter dem hellblondes Haar hervorwallte. Gleichzeitig sah Penelope, wie Sperber Anstalten machte, auszusteigen. In dem Moment, als die Frau in Höhe des Taxis ankam, öffnete Sperber versehentlich die Autotür. Die Frau fuhr in voller Fahrt dagegen, fiel vom Rad und strampelte wie ein Marienkäfer, der hilflos auf dem Rücken lag.

Penelope lief zu ihr, bevor Sperber reagieren konnte. »Sind Sie verletzt?«, fragte sie.

Die Frau setzte sich auf, sah erst Penelope, dann Sperber und wieder Penelope an. Mittlerweile stand Achmed neben ihr. »Hä, du Käfer, brauchst du Arzt?«, fragte er und hielt einen Verbandskasten in der Hand.

»*What happened?*«, fragte die Frau. Dann drehte sie den Kopf erneut zu Sperber.

»Hey, du bist dä Amerikanerin, isch fahr disch oft heim am Abend. Du wohnst so gegenüber von dä Haus da, stimmt?« Achmed zeigte auf das Verlagshaus.

Sie nickte.

»Du bist Spion. Dä Käferhut ist beste Tarnung!«, plapperte Achmed begeistert. »Hab ich in dä PM-Magazin gelesen, dass die Amis Käfer mit Minikameras un Minimikro un so ausrüsten. Für dä Cybereinsatz bei die Araber. Null-Null-Käfer un so.«

Sperber schüttelte den Kopf. »Jetzt halt doch mal endlich die Klappe, Achmed«, brummte er. Dann wandte er sich an die Frau. »Aber fragen kann man ja mal. Haben Sie mal was Auffälliges gesehen in dem Haus da hinten?«

»Das ist eine Verlag«, antwortete der Marienkäfer mit amerikanischem Akzent, stellte sich hin und hob ihr Fahrrad auf. »Die machen so katholische Zeugs.«

Penelope zeigte der Frau ein Bild, auf dem die beiden Männer sich küssten. »Die große Mann hab ich schon mal gesehen«, sagte sie zu Sperber. »Die kommen wohl aus dieselbe warme Backofen wie dein Freundin hier.« Sie zeigte auf Penelope und fügte voller Bewunderung hinzu: »*What a tasty and lovely chick!*« Dann stieg sie auf ihr Fahrrad, klatschte Penelope zum Abschied auf den Hintern und fuhr in Windeseile davon, bevor Sperber sie noch etwas fragen konnte.

»Hey, Chef, wenn du dä Käferspion brauchst, ich weiß genau wo dä wohnt«, sagte Achmed und stieg vorn ein.

»Lass gut sein, Achmed. Vielleicht kommen wir drauf zurück. Kannst du mir später erklären.«

Sie nahmen Platz auf den Rücksitzen des Taxis. »Konntest du was sehen in dem Haus?«, fragte Sperber Penelope.

Penelope zeigte Sperber die Bilder.

»Tatsächlich, ein Verlag«, sagte Sperber. »Wer ist so spät am Samstagabend in einem Verlagshaus anzutreffen? Doch wohl nur der Chef.«

Drei Bilder zeigten die beiden Männer mal deutlich und mal unscharf. Zwei weitere Bilder, wie sie sich küssten. Auf anderen Aufnahmen konnte man die Gesichter der Männer erkennen.

»Wer ist das?«, fragte Sperber. »Wir haben was zu tun. Und du bist ein Superkollege, Penelope.«

»Kollegin!«, korrigierte Penelope.

»Na ja, nicht so genau nehmen«, frotzelte Sperber. »Jedenfalls für den Außendienst geboren.«

»Hey, das ist geile Show!«, sagte Achmed, der sich zwischen die Vordersitze gebeugt hatte und fasziniert auf Penelopes Handy starrte. »Ist das ’nä Pornoverlag?«

Penelope zischte und wedelte mit der Hand, als wollte sie eine Fliege verscheuchen. »Hey, wir ermitteln hier ernsthaft, Achmed!«

»Seid ihr dä Skottländ Jard?«

Penelope zog ihr Handy weg. »Sei nicht so neugierig, Junge. Fahr uns lieber nach Hause?«

Achmed kicherte. »Oder dä Sherlock Holmes als Frau verkleidet und dä Doktor Watson? Das erzähl isch meine Jungs morgen früh!« Er fuhr los, schüttelte den Kopf und hörte nicht mehr auf zu lachen. »Äh. Wohin soll isch dä Sherlock und dä Doktor fahren?«, fragte er und grinste so breit, dass der Rückspiegel aus zwei weißen Zahnreihen zu bestehen schien.

Sperber beobachtete Achmeds spöttische Augen, beugte sich leicht vor und antwortete: »*Baker Street 221 b.* Missis Hudson wartet schon!«

Jewel Wiz

Gile Winter fuhr über Stuttgart bis Karlsruhe, wo sie nach einem Nordschlenker hinter Mannheim wieder nach Westen abbog. Über Kaiserslautern in der Pfalz folgte sie der Autobahn Richtung Trier. Schließlich verließ sie die Autobahn und fuhr nach Norden. Nach etwa fünfeinhalb Stunden Fahrt erreichte sie die kleine Stadt, in der einst die besten Edelsteinschleifer Europas zu finden waren. Sie hielt sich an den Lauf der Nahe und folgte ihm flussabwärts bis Oberstein, das schon von weitem an der Burgruine und der Felsenkirche zu erkennen war.

Hier, entlang des Naheufers, hatten sich über die Jahrhunderte die Schleifereien angesiedelt, um die Wasserkraft zu nutzen. Nur noch wenige hatten sich halten können, denn die Konkurrenz aus den Billiglohnländern hatte hier in der rheinischen Provinz zum Niedergang des jahrhundertealten Handwerks geführt.

Gile Winter hielt vor einem Tor, über dem ein unscheinbares Schild mit der Aufschrift ›Edelsteinschleiferei Lenzen KG‹ hing. In Wirklichkeit verbarg sich dahinter die weltweit innovativste und technisch am weitesten entwickelte Maschine in der Edelsteinbearbeitungskunst.

Sie klingelte. Sie hatte die Kamera weiter oben bemerkt und sah direkt hinein. Quietschend öffnete sich das Tor. Sie fuhr den VW Passat in den Hof. Das Tor schloss sich hinter ihr. Ein Mann im weißen Kittel kam auf den Hof und wartete, bis sie ausgestiegen war.

»Hallo«, rief der Mann überschwänglich, »ich bin Gerhard Lenzen, Geschäftsführer.« Der Mann lächelte ohne Ende und reichte ihr die Hand, wobei er eine leichte Verbeugung andeutete. Begleitet wurde er von einem Mitarbeiter, der eine dunkelblaue Schürze trug.

Gile sagte: »Sie können die Lieferung gleich entladen und überprüfen.«

Lenzen sah in den Wagen und hob ein Tuch hoch, das auf einem Bottich lag. »Das hier, das sind nur die kleinen, oder?«

»Genau«, sagte sie und übergab ihm die große Ledertasche. Er sah hinein und staunte. »Wow! Alles voll mit großen Steinen. Wunderbar.« Er nahm einen Rubin heraus, groß wie sein halber Daumen, und hielt ihn ins Licht. »Wunderschön. Einfach perfekt. Wie viele haben sie davon?«

»Erst mal diese Tasche hier voll.«

Lenzen sagte: »Wir werden sie natürlich durch eine Zählmaschine laufen lassen.« Er machte seinen Männern ein Zeichen, die daraufhin den Bottich wegbrachten. »Die Tasche trage ich selbst«, sagte er grinsend.

Gile zeigte sich einverstanden. »Und jetzt? Zeigen Sie mir Ihre Wundermaschine?«

Lenzen nickte und ging voraus. Er durchquerte eine Werkstatt angefüllt mit abgedeckten und verstaubten Gerätschaften. Nur ein einziger Arbeitstisch war noch in Gebrauch. »Herbert hier ist der einzige Mitarbeiter, den ich halten konnte«, sagte Lenzen und legte dem Mitarbeiter die Hand auf die Schulter. »Er schleift die Cabochons, das geht besser in Handarbeit. Er macht das perfekt.«

»Cabochon?«, fragte Gile.

»Ja, das sind Rundschliffe, besonders geeignet bei Asterismus, also, wenn der Stein strahlt wie ein Stern.« Lenzen ging weiter zu einem Tresor, öffnete ihn und stellte die Tasche mit den großen Steinen hinein. Er sah Gile mit geweiteten Augen an, nahm einen Stein heraus und hob ihn mit Daumen und Zeigfinger hoch, wobei er den kleinen Finger weit abspreizte. Dann hielt er mit der anderen Hand die Tasche seines Kittels auf und ließ den Rubin aus Brusthöhe hineinfallen. »Kommen Sie!«, sagte er und ging voran.

Er führte sie in einen separaten Raum, der blitzsauber wie ein Krankenzimmer war. Die Wände und der Boden waren weiß gefliest. Hier gab es nur Kunstlicht, kein Fenster. Am Ende des Raums stand eine mannshohe, graue Arbeitszelle aus hammerschlaglackiertem

Blech. Hinter einer Schutzhaube aus Sicherheitsglas konnte sie einen kleinen Industrieroboter erkennen.

Lenzen lächelte stolz und drückte auf einen schwarzen Knopf. Die Schutzvorrichtung der Kabine öffnete sich nahezu geräuschlos nach oben. Lenzen nahm den Rubin aus seiner Kitteltasche, hob ihn gegen das Licht und sagte leise: »Taubenblut, so rein wie ein Kinderherz. Wunderschön.« Gile Winter beobachtete den Glanz in seinen Augen. Dieser Mann liebte seine Arbeit.

»Warten Sie mal ab, wie der blitzt und funkelt, wenn er erst mal geschliffen ist!«, schwärmte Lenzen. Er legte den Rohrubin auf einen Probenteller. Dann schloss er die Haube der Kabine. Über ein Bedienfeld gab er ein paar Befehle ein. Mit verkniffenen Augen und gespannter Erwartung starrte er auf den Roboter.

Das Licht in der Halle wurde automatisch abgedimmt. Gile blickte verschreckt an die Decke auf die Beleuchtungsreihe. Lenzen grinste. Gile drehte ihren Kopf. Er deutete auf den Roboter.

In der Kabine tat sich etwas. Der Roboter fuhr seinen Arm nach vorn. An dem Arm war über einem Greifer eine kleine Kamera angebracht. Um diese herum befand sich eine Ringbeleuchtung, die jetzt helles weißes Licht auf den Rubin projizierte. Begleitet von pneumatischen Zischgeräuschen und dem leisen Brummen eines Kompressors bewegte sich der Roboterarm blitzschnell in unterschiedliche Positionen und tänzelte um den Rubin herum wie ein Schamane um das Feuer.

»Aus jeder Position macht der Roboter jetzt ein Bild von dem Rubin«, sagte Lenzen und deutete auf die kleine Kamera.

Der Roboter ergriff wie von Geisterhand gesteuert den Stein, drehte ihn und legte ihn in eine andere Position. Erneut machte der Roboter Fotos. Dieser Vorgang wiederholte sich einige Male.

»Die Maschine erzeugt jetzt ein exaktes 3D-Modell von dem Stein«, erläuterte Lenzen. Augenblicklich erschien auf einem großen Bildschirm ein Modell, das aus einem grünen Gitternetz bestand. »Die Kreuzungspunkte der grünen Linien suggerieren ein dreidimensionales Bild des Rubins, mit all seinen kleinen Unebenheiten, Kanten, Ecken und Flächen. Ha!«, rief Lenzen stolz und schlug Gile kameradschaftlich auf die Schulter. »Gut, was?«

Gile Winter zeigte sich beeindruckt. »Erstaunlich«, kam es ihr über die Lippen. »Und was bringt uns das?«, fragte sie.

Lenzen lachte verschmitzt und hob den Zeigefinger. Dann drückte er auf eine weitere Schaltfläche. Es erschien eine kleine Sanduhr auf dem Bildschirm, die Maschine rechnete. Nach ein paar Sekunden sah man das virtuelle Bild eines geschliffenen Steins, der sich scheinbar innerhalb des Rubingittermodells verbarg.

»Was ist das?«, fragte Gile.

»Das ist ein Modell der optimalen Schliffausbeute, ein Facettenschliffmodell.« Jede Fläche des Modells war andersfarbig dargestellt. »Das steckt sozusagen in dem rohen Stein drin. Wie Michelangelos David auch einmal in einem Block aus Marmor gesteckt hat, bevor der Meister ihn herausmodelliert hat.«

»Und das hat Ihre Maschine jetzt errechnet?«

»Ja«, sagte Lenzen. »Sowas gibt es nur hier. In diesem Raum. Auf der ganzen Welt. Gut, was?« Lenzen gluckste und grinste von einem Ohr zum anderen. »Man kann entweder den Vorschlag des Roboters annehmen, oder sich die Schliffform selbst auswählen. Ob Brillantschliff, Tropfen, Carré, Navette oder auch Oval, ganz egal. Auch die Anzahl der Schlifffacetten kann vorgewählt werden. Dabei geht unter Umständen natürlich etwas Substanz verloren.«

Gile nickte.

»Das geht sogar über das Internet. Theoretisch können sie am Arsch der Welt sitzen und von dort aus dem Roboter sagen, welchen Schliff er machen soll. Meine Idee. Gut, was?« Erneut erwartete er ihre Zustimmung.

Gile schwieg.

Lenzen verzog das Gesicht. »Ich befolge jetzt mal den Rat der Maschine für die optimale Ausbeute. Okay?«

»Okay«, sagte sie.

Lenzen drückte auf einen Button am Bildschirm und bestätigte damit den Vorschlag der Maschine für den Schliff. Aus einer kleinen Spritzvorrichtung quoll Klebstoff heraus auf einen Messingstift. Der Roboter ergriff den Rubin und setzte ihn genau in die Mitte des Messingstifts. Dann wurde der Klebstoff mit Infrarotlicht gehärtet. Der Roboterarm fasste den Stift mit dem aufgeklebten Rubin, fuhr auf die andere Seite der Arbeitszelle und drückte den Stein vorsichtig an eine rotierende Schleifscheibe, die mit Wasser gekühlt wurde. Der Schleifvorgang hatte begonnen.

»Das Gerät heißt *Jewel Wiz*«, rief Lenzen gegen den Lärm der Schleifscheibe an. »Von Wizard, Hexenmeister, verstehen Sie?« Lenzen schloss eine weitere Schutzhaube, die den Lärm deutlich reduzierte. »Meine Idee! Gut, was?«

Gile sah ihn regungslos an.

»Lärmreduktion. Hab ich einbauen lassen, wegen Arbeitsschutz und so.« Er grinste frech und drehte sich zur Seite. »Hab ich mit meinem Sohn entwickelt. Er hat Informatik studiert. Der *Wiz* ersetzt mir fast alle meine Schleifer. Ist sogar billiger als die Thailänder«, sagte Lenzen lachend und schlug Gile erneut auf die Schulter. »Gut, was?«

Gile verzog das Gesicht.

»Und wenn die Steinchen erst mal geschliffen sind, dann kann kein Experte der Welt sie mehr identifizieren. Wie verhext. Verstehen Sie?« Lenzen lachte und schob dann hinterher: »Übrigens: Der Name *Jewel Wiz* ist eine Idee von mir. Gut, was?«

Außendienstverbot

❀

Wann hast denn die g'macht?«, fragte Martha, als Sperber ihr die Bilder aus der Kolbergstraße zeigte.

»Gestern Abend. Die hab gar nicht ich geschossen, sondern Penelope«, sagte Sperber.

»Was, die hat doch Außendienstverbot«, sagte Martha grimmig.

»Na ja, war halt was trinken mit ihr. Und da ist mir der Türpfosten vom Guru auf der Fraueninsel aufgefallen, dieser Charlie.« Sperber zeigte auf das Bild, auf den Mann hinter dem Fenster. Er zeigte ihr das dritte und vierte Bild, wo man jetzt den anderen Mann sehen konnte.

»Und der da?«, fragte Huber zwei. »Wer ist das?«

»Das ist ein Staatssekretär«, sagte Martha und zog das Wort in die Länge. »Der arbeitet im Innenministerium. Wart mal.« Sie fasste sich kurz an die Stirn und sah nach oben. »Sentlinger. Erwin Sentlinger, ja, so heißt er.«

»Was, und so einer lässt sich mit 'nem schwulen Thai ein? Woher kennst' den?«, fragte Huber zwei.

»Aus der Zeitung, Huber. Würdest was lesen, wüsstest du auch was.«

»Ich lese jeden Tag. Sport und so. Aber nix über knutschende Staatssekretäre.«

Martha atmete hörbar schwer ein.

»Okay, Jungs. Ich muss mal kurz telefonieren.«

In dem Moment ging die Tür auf. Ein Mann in dunkelrotem Pullover, Mitte fünfzig, Typ Pfeifenraucher, betrat das Büro.

»Ah, der Herr Sperber, auch wieder da. Hab schon gedacht, Sie sind uns abhandengekommen«, sagte der Mann in breitem Ruhrpottsprech und schloss die Tür. Der Dezernatschef Heinz Müller ging auf Martha zu und gab danach auch den anderen die Hand. Das machte er immer so, wenn er ein Büro betrat. Sie alle mochten ihn hier. Er sprach ein klares Wort, war fair und kümmerte sich um seine Leute. Seine Gegner saßen eher außerhalb von seinem ›Dezernat 62 – Organisierte Kriminalität und besondere Deliktsformen‹, wie es offiziell hieß.

Müller hatte Sperber damals angeheuert. Es wurde jemand gesucht, der sich mit dem Kongo auskannte, als ein paar afrikanische Leichen in München und im Voralpenland für Unruhe gesorgt hatten.

»Herr Müller, das ist prima, dass Sie gerade hier sind«, sagte Martha. »Ich wollte gerade ...«

»Martha, das kann vielleicht warten. Ich komm zu euch, weil ich was wissen möchte.«

Martha nickte.

»Das Thailändische Honorarkonsulat macht Druck.«

»Aha, und weshalb?«, fragte Martha und verschränkte die Arme.

»Wegen den Thais auf der Fraueninsel. Die wollen, dass wir den Fall abschließen.«

»Einen Mordfall abschließen ohne Mörder?«

»Es gibt außerdem Druck aus dem bayerischen Innenministerium. Ein Staatssekretär hat sich eingeschaltet«, sagte Müller.

»Heißt der Erwin Sentlinger?«, wollte Martha wissen.

»Woher weißt du das?«, fragte Müller.

»Genau um den geht's«, antwortete Martha.

»Weil der mit den Thailändern ganz schön eng umschlungen ist«, sagte Sperber und reichte Müller die Fotos.

Müller betrachtete die Bilder und nickte. »Haben Sie die Fotos gemacht?«, fragte er Sperber.

Sperber nickte und beobachtete, wie Martha reagieren würde. Sie war aufgestanden und machte sich an der Kaffeemaschine zu schaffen und tat so, als hätte sie nichts gehört.

»Wir lassen das nicht zu«, sagte Müller. »Stattet dem Herrn einen Besuch ab. Aber bitte seid diplomatisch.« Dann sah er zu Martha hinüber. »Alles klar, Martha?«

»Ja, ja«, rief Martha. »Wir statten dem Herrn einen Besuch ab.«

Müller verabschiedete sich und verließ das Büro.

»Aber erst«, warf Sperber ein, »wenn ich mehr über den Grabstein rausgefunden hab. Und der Franz soll mal überprüfen, wem dieser Gombarth-Verlag gehört. Und da war noch ’ne Amerikanerin, eine Anwohnerin. Frag sie mal, ob die da öfter mal was beobachtet hat. Adresse hab ich hier.«

Huber eins nickte.

»Sonst was Neues?«, fragte Martha.

»Bevor ich das vergesse«, sagte Sperber. »Vor einer Stunde hat sich unser Guru bei mir gemeldet.«

»Aha«, sagte Martha. »Und?« Es klang fast, als interessierte sie das nicht sonderlich.

»Erst wusste er nicht so recht, was er sagen sollte. Dann aber hat er mir was von einem Treffen erzählt. Er wollte mir einen Tipp geben, sagte er. Er wäre von einem Mann bedroht worden. Albanischer Herkunft. Ein zwielichtiger Bursche, wie er meinte.«

Jetzt wurde Martha hellhörig. »Wann und wo hat er den Mann getroffen?«

»Während einer eigentlich geschäftlich anberaumten Verabredung. An der Kreuzstraße«, berichtet Sperber.

»Was für Geschäfte?«

»Das wollte er nicht sagen. Ich hab ihn noch gefragt, in wessen Auftrag der Kerl handelte. Auch das sagte er nicht.«

»Und das erzählt er dir jetzt erst?«

»Na ja, du hast ihn ja anständig verschreckt, Martha.«

Sie grummelte.

»Aber mir schien, dass es ihm wichtig war, dass wir Bescheid wissen. Über die Existenz dieses Albaners.«

Schnittstelle

Gile Winter hatte in Idar-Oberstein übernachtet, nachdem sie die Schleiferei Lenzen besichtigt hatte. Sie verstand zwar nicht viel von Edelsteinen, aber Lenzens Arbeit war überzeugend. So hatte sie Nuh Poo Tubkim noch am selben Abend berichten können, dass der Plan offensichtlich funktionierte und vielversprechend war.

Der Guru hatte eigentlich selbst kommen wollen, um sich von der Maschine und Lenzens Arbeit vor Ort zu überzeugen. Doch ihr Bericht war so konkret, dass er es nicht mehr für nötig hielt. Vielmehr hatte er beschlossen, die Internetschnittstelle von Lenzen am nächsten Tag auszuprobieren. So lange sollte sie vor Ort bleiben, um eventuell Druck zu machen, sollte etwas nicht funktionieren.

Am nächsten Tag ging sie also erneut zu Lenzen und wies ihn an, Nuh Poo Tubkim anzurufen und ihm die Zugangsdaten zu seiner Maschine mitzuteilen.

»Hey, Moment mal. So schnell schießen die Preußen nicht«, hatte Lenzen gesagt. »Das muss erst noch getestet werden.«

»Er wird es testen. Jetzt. Also!« Ihr Blick war so überzeugend, dass Lenzen sich schließlich bereit erklärte. Es dauerte weniger als eine Stunde, bis der Roboter lief, ferngesteuert durch Nuh Poo Tubkim über das Internet von der Fraueninsel aus.

»Ha, das ist 'ne Maschine, was?«, hatte Lenzen geschrien und Gile Winter vor lauter Begeisterung schon wieder auf die Schulter geklopft. Alles funktionierte, und Nuh Poo Tubkim hatte Lenzen noch direkt am Telefon zu seiner Entwicklung beglückwünscht.

Zirbelstrauss

Sperber fuhr am Kreuz Deggendorf auf der A3 Richtung Passau. Der Diesel seines alten Mercedes Strich Acht nagelte vor sich hin. Sperber ließ sich Zeit.

»Kann dein Nagelbrett eigentlich auch schneller fahren?«, fragte Huber zwei.

Sperber trat aufs Gas. Das Nageln wurde lauter. Der Wagen beschleunigte, bis er hundertfünfzig Sachen machte.

»Mann, ist das laut!«, schrie Huber gegen den Motorenlärm an.

Sperber zuckte mit den Schultern und nahm den Fuß vom Gaspedal, bis er wieder neunzig fuhr. »Besser?«, fragte er.

Huber reagierte nicht.

In Aicha vorm Wald fuhr Sperber ab. Eine halbe Stunde später, an einer kleinen Straße hinter einer Biegung, sahen sie ein Schild: ›Riegelstein Granitwerke GmbH‹.

»Das ist es. Da müssen wir hin«, sagte Huber bestimmt.

Sperber trat aufs Gaspedal. Sie fuhren auf einen dichten Wald zu. Fünf Minuten später sahen sie an der Flanke eines bewaldeten Hügels eine Steinbruchwand. Davor war eine zweihundert Meter breite, ebene Freifläche aufgeschlossen. Sperber ließ den Wagen hundert Meter vor dem Steinbruch am Wegrand stehen. Sie gingen zu Fuß weiter.

Am Anfang der Zufahrt stand eine gemauerte Hütte aus dunklen Natursteinblöcken, die trapezförmig in versetzten Schichten angeordnet waren. Die Faschen der Fenster waren als Kontrast aus schlanken Granitquadern gefertigt. Oben bildete ein Holzgiebel den Abschluss der Fassade mit einem weit überkragenden, flachen Satteldach aus Holzschindeln, aus dem ein gemauerter Kamin emporlugte. Um das prachtvolle Bauwerk herum war ein äußerst gepflegter Blumengarten angelegt, in dem eine ältere Frau mit Kopftuch und Schürze die Erde harkte. Ein Jägerzaun friedete das kleine Anwesen ein und trennte es vom Rest des Steinbruchgeländes ab. Als sie an der Frau vorbeigingen, fragte Huber: »Grüß Gott, wo ist denn der Chef?«

Die Frau richtete sich auf, hielt sich den Rücken und zeigte auf eine Baracke. »Da hinten in der Dreckshöhle«, zischte sie bitter. »Da finden Sie meinen Sohn.«

»Danke!«, sagte Huber. Als sie näherkamen, stellte sich die Baracke bei genauerem Hinsehen als weitgehend verfallen heraus. Sie bestand aus verrostetem Wellblech, das Dach war vorn weit heruntergebogen und bot einen schäbigen Anblick. Die abgeblätterte Farbe der alten Holztür ließ ein dunkles Grün vermuten. Am Türpfosten hing eine Kette mit Vorhängeschloss. Das Schloss war offen.

Etwa fünfzig Meter weiter befand sich ein Haus, das aus Ziegeln gemauert, aber unverputzt war. Das Dach war zwar gedeckt, aber bisher nur mit genagelter Teerpappe. Die Dachziegel fehlten, die Fensteröffnungen waren provisorisch mit Spanplatten zugenagelt.

»Hat wohl jemand mitten drin Pleite g'macht«, sagte Huber.

»Äußerst merkwürdig«, meinte Sperber. »Aber der Mama scheint's ja gut zu gehen.«

Hinter dem unfertigen Haus waren zugeschnittene Blöcke aus demselben Naturstein gelagert, aus dem die gemauerte Hütte am Eingang gesetzt worden war. Sperber ging hinüber zu dem Lager und betrachtete sich die Gesteinsblöcke aus der Nähe. Huber stellte sich neben ihn.

»Liegt schon länger hier, das Zeug«, sagte Sperber.

»Woran siehst des?«, fragte Huber.

»Die Hölzer«, Sperber zeigte auf die Abstandhalter zwischen den Blöcken, »die sind stark verwittert.« Er nahm das Ende eines der Hölzer zwischen Daumen und Zeigefinger und bog daran herum, bis sich das Holz in faserige braune Bestandteile auflöste. »Siehst? Das Holz ist trotz der Imprägnierung von der langen Lagerung morsch geworden. Die liegen hier schon sicher fünfzehn bis zwanzig Jahre, wenn nicht länger.«

Sperber ging ein paar Schritte. Huber schlenderte hinterher und öffnete eine Packung Mannerschnitten, die er noch von der Wienreise in der Jackentasche hatte. Neben dem Stapel mit den Gesteinsblöcken lagen Grabsteine, oben gerundet, unten eckig und mit Erde verkrustet. Die Inschriften älteren Datums zeugten davon, dass sie von Gräbern stammten, die längst aufgelöst worden waren.

»Hey!«, tönte ein Schrei von der Blechhütte her. »Was machen Sie da?« Ein vierschrötiger Mann kam mit großen Schritten auf sie zu. Er trug Gummistiefel, einen blauen Pullover und eine dunkelgrüne Wachsjacke. Er war seit einigen Tagen unrasiert.

»Wer fragt?«, murmelte Huber kauend.

Der Mann stand jetzt zwei Handbreit vor ihm. »Der Besitzer.«

Huber nahm eine deutliche Alkoholfahne wahr.

»Riegelstein. Wer seid ihr?«

»Die Grabsteine«, sagte Huber und fletschte die Zähne.

Der Mann wurde jetzt freundlicher. »Ja, alte Stücke. Woher wisst ihr, dass ich die hab?«

»G'hört«, sagte Huber unverständlich und nestelte an der Mannerpackung.

Der Mann sah die rosafarbene Verpackung in Hubers Hand. »Seid's aus Wien? Spricht sich herum in Wien, wie? Gute Qualität. Diorit ist selten als Grabstein geworden. Aber ich hab sie noch, echte, alte. Und ihr Wiener fahrt doch auf sowas ab. Also, wenn ihr wollt, ich mach euch einen Spezialpreis für Österreicher. Ich lass euch sogar die Inschriften wegmeißeln, wenn ihr das wollt. Ihr seid's Pompfüneberer, oder?«, er lächelte dünn.

Sperber lächelte zurück, sagte aber nichts.

Huber fragte: »Pomp… was?«

»Pompfüneberer«, flüsterte Sperber Huber zu. »Kommt von *pompe funèbre*, ist Französisch und heißt pompöse Beerdigung.«

»So sagt ihr doch zum Bestatter, oder?« Allmählich verfinsterte sich Riegelsteins Miene. »Keine Wiener? Wer seid's dann?«

Huber zückte seinen Ausweis. »Huber, LKA«.

»Und was wollt's denn bei mir?«, fragte der Mann scharf. »Und wer ist er?«, fuhr er Sperber an.

»Sperber, Sonderermittler«, sagte Huber.

»Hat der auch einen Ausweis?«

»Na, deshalb sagt er ja so wenig«, setzte Huber nach. »Sie sind einer der Letzten, der sowas anbietet.«

»Wollt's was kaufen?«, fragte der Mann mit ironischem Unterton.

»Was denn?«, fragte Sperber. »Ausrangierte Steine?«

»Was macht denn a Preiß bei euch?«, fragte er Huber.

»Grabsteine interessieren mich auch«, sagte Sperber. »In Preußen wird auch gestorben.«

»Habt ihr einen Durchsuchungsbefehl? Wenn ned, dann verzieht euch!«, schrie er und gestikulierte wild. »Ab!«

»Mal langsam. Das ist doch nur ein informatives Gespräch«, sagte Huber und lachte.

»Nix, wenn ihr was wollt, dann wendet euch an meinen Anwalt. Und jetzt ...« Riegelstein pfiff und zeigte auf die Ausfahrt.

Sperber sah auf das unfertige Haus. »Sieht ganz so aus, als könnten Sie sich einen Anwalt nicht leisten.«

Riegelstein schnaubte.

»Wenn Sie keine Schwierigkeiten wollen, dann sollten Sie uns eine Frage beantworten.« Huber fixierte Riegelstein. »Wir können Ihnen den Laden hier zumachen. Also ... wenn wir wollen.«

»Könnt ihr nicht!«, schrie Riegelstein.

»Können wir doch«, sagte Sperber. »Die Lagerung der Gesteinsblöcke hier ist völlig unfachmännisch. Morsche Holzbalken, das bricht ja alles gleich zusammen.«

»Und die Baracke auch. Bricht auch gleich z'ammen!«, ergänzte Huber.

Riegelstein zögerte. »Also, was wollt ihr?«, fragte er sichtlich sauer.

»Wohin lieferst du deine Grabsteine? Ist sicher ein gutes G'schäft«, frotzelte Huber.

Riegelstein atmete tief durch. »Habt's ihr überhaupt irgend a Ahnung? Heutzutag kannst nix mehr verdienen, wenn'st die Grabstein selber brichst und bearbeitest. Kinderarbeit. Ja, Kinderarbeit aus China, Indien und Afrika. Daher kommen die Grabstein' heutzutag. Kaum a Sau weiß das! Sogar für unsere Toten schuften sich die Kinder in der dritten Welt zum Krüppel.«

Sperber nickte. »Und jetzt gibt es Leute, die wieder ehrliche bayerische Grabsteine haben wollen.«

»Ja, Gott sei Dank!«

»Und da kann man dann schon mal ein paar Euro draufgeben zum Preis«, stellte Huber fest.

Riegelstein zögerte. »Na ja, ist ja nicht verboten, oder?«

»Und woher haben Sie die?«, fragte Sperber. »Ich meine, die liegen ja nicht einfach rum.«

Der Mann grinste. Dabei legte er den Zeigefinger ans Unterlid und zog es kurz nach unten. »Vitamin B!«

»Und wer gibt die Vitaminspritze?«

»Schau, Preiß, i hab da meine Konnektschens.«

»Los, Riegelstein, raus mit der Sprache. Is ja kei Schand ned, wenn du Beziehungen hast«, sagte Huber.

»Na gut.« Riegelstein lenkte ein. »Katholischer Herrenorden.«

»Bitte wer?«, fragte Sperber.

»Erklär ich dir später«, sagte Huber leise. Dann richtete er sich wieder an Riegelstein. »Wie geht das?«

»Eine Hand wäscht die andere. So is des!«

»Geht's genauer?«

»Verwandtschaft. Der Ehrenvorsitzende ist mein Cousin.«

»Also, der katholische Herrenorden sorgt dafür, dass du die ausrangierten Grabsteine bekommst«, stellte Huber fest.

»Ja, alte Grabsteine aus ganz Bayern. Die kommen alle zu mir.«

»Als Entsorgungsmaterial, stimmt's?«, fragte Sperber. »Weiß ja keiner, dass die alten Dioritgrabsteine mittlerweile teurer als neue gehandelt werden.«

»Ich hol sie ab und bearbeite sie, so dass die Inschriften nicht mehr sichtbar sind. Dann liefere ich sie nach Bruckmühl. Und ein paar halt nach Österreich.«

»Bruckmühl. Wohin in Bruckmühl?«, fragte Sperber.

»Also, eigentlich Högling, bei Weihenlinden.«

»Ah, kenn ich, da steht doch die große Basilika mitten auf dem Land. Schöne Ecke!«, sagte Huber.

Riegelstein nickte zustimmend.

»Haben Sie in den letzten zwei Wochen Grabsteine verkauft. Also welche aus Diorit?«, fragte Sperber.

Riegelstein hob die Schultern. »Nein, keine.«

»Und wohin genau bringen Sie die Steine, wenn sie welche verkaufen?«, fragte Sperber.

»Zum Zirbelstrauss.«

»Wer in Gottes Namen ist das?«, fragte Sperber.

»Der Zirbelstrauss? Ja, das ist einer der größten Bestatter in Bayern. Hat überall Filialen. In Högling hat er ein Lager mit Werkhalle, wo er meine Grabsteine aufbereitet.«

»Und wann zum letzten Mal?«

»Vor zwei Monaten etwa.«

»Und der Zirbelstrauss, der führt sie dann wieder dem Wirtschaftskreislauf zu«, sagte Sperber.

»Ja, also, wenn einer stirbt. Solange lagert er sie erst mal. Und dann verkauft der sie noch mal mit Gewinn, versteht sich«, sagte Riegelstein.

»Na sowas!« Huber schob sich die letzte Mannerschnitte in den Mund. »Und ich dacht, so ein Totengräber wirft alles in den Opferstock.«

Scharnier

❁

»Was ist das, dieser katholische Herrenorden?«, fragte Sperber, als sie das Gelände des Steinbruchs verließen.

»Das ist eine der einflussreichsten Gesellschaften in Bayern«, erklärte Huber. »Mit Sitz in Tuntenhausen.«

»Tuntenhausen? Was ist denn das für ein Ort?« Sperber amüsierte sich köstlich.

»Einer der wichtigsten Marien-Wallfahrtsorte in unserem Land.«

»Und wieso Tunte?«, fragte Sperber spöttisch.

»Der Name ist ein einziges Missverständnis. Kommt von einem Fürsten oder so namens Tunto, der dort im Mittelalter als Erster gesiedelt hat, irgendwie sowas. Das hat mit Tunten nix am Hut. Obwohl die sich mittlerweile dort bevorzugt ihr Jawort geben.«

»Das ist ein Witz, oder?«

»Kein Witz. Is so. Das Standesamt dort hat viel zu tun. Eingetragene Lebenspartnerschaften unter Männern, also quasi Schwulenhochzeiten.«

»Und dieser Herrenorden?«

»Erzkonservativ. Diese Leute stehen sowohl der katholischen Kirche wie auch der bayerischen Regierungspartei sehr nah, so sagt man. Viele ehemalige Politiker.«

Sperber verstand. »Interessensvertreter im Namen des Herrn.«

»Ja, sowas wird's sein. Man sagt, dass der Verein die Bedeutung eines gesellschaftspolitischen Scharniers hat«, sagte Huber.

»Und die Achse dieses Scharniers wird mit schlagkräftiger Lobbyarbeit geschmiert.«

»Vortrefflich ausgesprochen, mein Fritz. So isses.«

»Und woher weißt du das jetzt alles?«

»Das weiß man eben in Bayern!«, sagte er, wobei er große Augen machte und mit seiner rechten Hand vor seinem Gesicht herumfuchtelte.

»Respekt, Huber! Das werd ich Martha berichten. Dann bekommst du eine Extraration Leberkäs.«

»Danke, du bist ein feiner Mensch, Fritz.«

Sie stiegen ins Auto ein und fuhren los. »Und wie kommen die wohl an die Grabsteine?«, fragte Sperber. »Ich meine den Herrenorden.«

Huber verdrehte die Augen. »Mann, Fritz, das ist doch klar. Deren Finger reichen in Ober-, in Niederbayern und der Oberpfalz bis in jede Kirchengemeinde. Wenn die eine Botschaft absenden, dann stehen die

Pfarrgemeinderäte Hab-Acht! Wenn der katholische Herrenorden sagt, dass der Teufel auf ihre Hostien gespuckt hat, dann verteilen die Pfarrer am nächsten Tag stattdessen Pumpernickel!«

»Die besorgen dem Riegelstein also ausrangierte Grabsteine. Für lau.«

»Für was?«

»Für ’n Appel und ’n Ei. Diese alten Grabsteine werden normalerweise auf Bauschuttdeponien entsorgt. Oder in Norddeutschland manchmal in Friedhofsmauern wiederverwendet. Aber Geld gibt es dafür in der Regel nicht. Und dieser Herrenorden sorgt anscheinend dafür, dass Riegelstein sich die Dinger abholen kann, wenn ein altes Grab aufgegeben wird. Schlaue Sache.« Sperber lachte. »Dieser Riegelstein ist ein schlauer Fuchs.«

»Und wie hilft uns das weiter?«, fragte Huber gelangweilt.

»Wir müssen klären, zu wem Riegelstein diese Beziehungen hat. Wer der Ehrenvorsitzende ist.«

Huber sah zum Fenster hinaus, während die Felder an ihnen vorüberhuschten. »Das brauchen wir nicht. Ich weiß, wer der Ehrenvorsitzende des Herrenordens ist.«

Sperber sah zur Seite. »Ja, und? Kenn ich den?«

»Halt dich fest, Fritz. Unser Staatssekretär Erwin Sentlinger.«

»Was? Woher weißt du das?«

Huber lachte. »Ich hab recherchiert über diesen Sentlinger, da bin ich draufgestoßen.«

»Ernst, wir müssen diesem Sentlinger auf die Füße treten.«

»Und wie willst' des anstellen, Fritz? Der g'hört zur Landesregierung. Das bedeutet, der ist abgeschirmt. Über den wird dir niemand was erzählen, das kannst' vergessen. Versuchs erst gar nicht. Die Staatsekretäre und Minister schützt man bei uns wie die Briten ihre Kronjuwelen.«

»Dann wird's Zeit, der Königin Bayern mal einen Zacken aus der Krone zu brechen. Und ich weiß auch schon, wie.«

Wirtschaftsaustausch

Sperber folgte der Frau seit München. Es war ein Samstag, an dem viele Menschen in die nahen Alpen unterwegs waren, und so dürfte die Frau in dem Toyota ihn wohl kaum bemerkt haben. Sperber fuhr seinen Mercedes auf den Parkplatz unterhalb des Alpengasthofs Eng und parkte weit entfernt von dem Platz, den sich Sentlingers Sekretärin ausgesucht hatte. Huber eins hatte in Erfahrung gebracht, dass sie Liese Neumayr hieß und in ihrer Freizeit gerne allein in die Berge fuhr.

Jetzt beobachtete Sperber, wie sie am anderen Ende des Parkplatzes einen Rucksack aus dem Kofferraum holte, sich ein Paar Wanderstöcke nahm und losmarschierte. Er ging hinterher. Wie weit würde sie wandern wollen?

Vor ihm ragte im Südwesten die Grubenkarspitze empor, in gleißendes Licht getaucht. Wie eine riesige, blau leuchtende Mauer bildete sie den Talabschluss am Enger Grund. Vorbei an den Holzhäusern der Engalm wanderte Liese Neumayr den Steig entlang, der am nordwestlichen Hang oberhalb des Bachs stetig bergauf wies, anfangs über Almwiesen, später durch Hochwald und schließlich wieder durch Wiesen. Sperber folgte ihr in gebührendem Abstand.

Nach etwa zweieinhalb Stunden kam Sperber keuchend am Hohljoch an. Weithin sichtbar verlor sich der Wanderweg zwischen sanften Almmatten und bizarren Felsburgen. Seitlich stand das Halbrund der Laliderer Wände, die fast neunhundert Meter senkrecht in den Himmel ragten. In der Ferne konnte er das aufgewölbte Plateau mit den saftigen Wiesen und der Falkenhütte erkennen, das einem strahlend grünen Smaragd gleich aus dem grauen Kalkgestein herausragte. Sperber blieb stehen, überwältigt von diesem Blick. Kurz vergaß er die Absicht seiner Tour. Doch dann sah er Liese Neumayr etwa zehn Meter oberhalb im Gras sitzen, den Blick in das Tal zwischen sich und der Falkenhütte gerichtet.

Sperber schlenderte zu ihr hinüber. »Darf ich?«, fragte er und wies mit der Hand auf das Gras neben ihr.

»Natürlich«, antwortete sie. »Dieses Theater hier ist groß genug für alle. Und Sie sind willkommen, vorausgesetzt, Sie verstehen das Stück, das gerade hier aufgeführt wird.«

Sperber setzte sich einen Meter entfernt und richtete den Blick wie sie auf die Laliderer Wände gegenüber, die die Falkenhütte so klein erscheinen ließen wie eine Ameise vor einer Burgmauer.

»Sie folgen mir seit München. Kennen wir uns?«, fragte sie ihn direkt wie ein Vorschlaghammer.

Ihre Kühnheit überraschte ihn. »Nein«, sagte Sperber zögerlich, »wir kennen uns nicht. Sperber ist mein Name. Und ich folge Ihnen, das stimmt.«

»Warum tun Sie das? Finden Sie mich sexuell interessant oder haben Sie einen anderen Grund?«

Sperber fiel jetzt erst auf, wie attraktiv sie war. Sie trug eine hellblaue Bluse, die sie so weit aufgeknöpft hatte, dass der Passwind mit ihrer Knopfleiste spielen konnte. »Ich muss schon sagen, Sie beherrschen die Methode, sich unangenehme Kerle vom Leib zu halten.«

»Ist ja anscheinend auch nötig. Klappt aber nicht immer, wie man sieht.« Ihr Tonfall war schroff, aber nicht unbedingt ablehnend. »Also, was wollen Sie von mir?«

»Tja, dann muss ich wohl Farbe bekennen. Ich will mit Ihnen wandern, Sie zu einem Bier auf der Falkenhütte einladen und ein wenig Zeit mit Ihnen verbringen.«

»Wollen Sie bumsen? Das wollen andere auch. Ich bin aber nicht zu haben. Ich kann aufdringliche Männer wie Sie nicht ausstehen.«

»Warum nicht? Was hat Sentlinger Ihnen getan?«

Sie sah ihn an und stieß einen Pfiff aus. »Also daher weht der Wind.«

»Ich arbeite für das bayerische Landeskriminalamt.«

Liese Neumayr stand auf und ging zwei Schritte Richtung Weg. »Wenn Sie eine Auskunft brauchen, gehen Sie bitte den normalen Dienstweg. Wir sind hier übrigens nicht in Deutschland. Sie haben hier keinerlei Befugnisse. Ich werde mich beschweren über Sie.«

»Bei wem? Beim österreichischen Salzamt? Wie Sie schon sagen, wir sind nicht in Deutschland.«

»Sie belästigen mich. Ich geh zu Ihrem Vorgesetzten. Verlassen Sie sich drauf. Das hat Folgen.«

»Das wird nichts bringen«, sagte Sperber grinsend. »Das tun schon so viele, dass mein Chef mit den Verweisen und Verwarnungen gar nicht mehr nachkommt.«

»Und ein Angeber sind Sie auch noch. Wie kommen Sie dazu anzunehmen, ich würde Ihnen irgendetwas über meinen Chef erzählen.«

»Der normale Dienstweg ist gar nicht geeignet. Da erfährt man ja nix«, sagte Sperber und legte einen Schuss Naivität in seine Stimme.

Sie warf ihm einen frostigen Blick zu und ging den Weg weiter hinab in Richtung der Talsenke. Sperber stand auf und lief ihr hinterher. »Hören Sie, ich kann mir ja vorstellen, dass Sentlinger ein mieser Chef ist«, rief er. »Und dass Sie Angst haben vor ihm. Vor seiner Rache, wenn er erfährt, dass Sie hier mit einem unangenehmen, aufdringlichen und ungehobelten Fremden über ihn gesprochen haben.«

»Hach, jetzt hören Sie aber auf, Sie Saudepp«, schrie sie. »Wofür halten Sie mich? Für eine Tippse, die Sie mit Ihren wirklich dämlichen Sprüchen rumkriegen können?«

Zwei Wanderer, die ihnen bergauf entgegenkamen, horchten auf. Der eine ging auf Liese Neumayr zu und fragte: »Werden Sie von dem Mann belästigt?«

Erschrocken blickte sie den jungen Mann an und sagte zögerlich: »Nein, nein. Der tut mir schon nix. Ist alles in Ordnung.«

»Sind Sie sicher? Können wir helfen?«, fragte der zweite Mann, der fast einen Kopf größer war als Sperber und einen schwarzen Vollbart trug. Sie beachtete die beiden nicht weiter, nahm ihren Rucksack und die Stöcke und sprang auf dem Wanderweg bergab.

Sperber grinste den Bärtigen an und sagte: »Genug mit dem Heldentum. Ihr könnt gehen.«

Die beiden drehten sich mehrfach nach Sperber um. Er beobachtete sie ebenfalls, bis sie sich ganz von ihm abwandten. Dann lief er Liese Neumayer hinterher. Er fasste sie bei der Schulter und sagte: »Frau Neumayr, es geht um Mord.« Sie blieb stehen und wandte sich ihm zu. Einen Augenblick lang sah er Furcht in ihren Augen aufblitzen.

»Mord, sagen Sie?«

»Ja. Und ich will wissen, was Ihr Chef damit zu tun hat.«

Sie drehte den Kopf weg und wirkte äußerst beunruhigt.

»Hören Sie, ich will ja nichts von Ihnen. Nur eine Auskunft. Und hier ist es ruhig, hier kann man reden.«

»Sie stören meinen Wanderfrieden. Und jetzt lassen Sie mich in Ruhe. Hauen Sie ab.« Das kam vehement. Sperber erkannte, dass seine Chancen auf nahezu null gesunken waren. Deshalb versuchte er es anders: »Hat er sich an Sie rangemacht? Versucht er es bei Ihnen?«

Sie blieb erneut stehen, schloss die Augen und atmete tief durch. »Was bilden Sie sich ein! Sie sind sowas von unverschämt!«, schnauzte sie und stützte ihre Hände in die Hüften.

»Also stimmt es! Sentlinger stellt Ihnen nach.« Sperber fixierte sie.

»Ja, Herrgott, ja, er stellt mir manchmal nach.« Liese Neumayr streckte wütend ihre Hände aus und spreizte die Finger. »Er ist …«

»Was ist er?«

»Oh, Mann, jetzt hören Sie auf. Ich habe schon viel zu viel erzählt.«

»Er ist gnadenlos, stimmt's? Wussten Sie, dass er auch auf Männer steht?«

Sie brummte. »Er steht auf alles, was bei drei nicht auf einem Baum ist. Er ist sexuell komplett überdreht.«

»Woran liegt es?«

»Ja, an mir nicht«, fauchte sie ihn an. Ihr Kopf war vorgeschnellt. »Fragen Sie doch mal seine irre Schwester!«

»Seine Schwester?«

»Ja, Schwester Irmentrud von der Fraueninsel. Diese kranke Heilige! Der Kerl ist völlig kaputt im Kopf. Und das kommt nicht von ungefähr, wenn Sie Irmentrud kennen.«

Sperber hatte einen Nerv getroffen. »Lassen Sie uns noch ein paar Schritte gehen«, schlug er vor.

Sie wanderten weiter auf dem Weg in die Senke vor der Falkenhütte. Als das Gelände flacher wurde, sagte Liese Neumayr: »Was ich Ihnen erzähle, das bleibt unter uns. Von mir wissen Sie nix, klar?«

Sperber nickte. Liese Neumayr setzte sich an einen sonnigen Platz und forderte Sperber auf, das Gleiche zu tun. »Ich weiß jetzt nicht, warum ich das mache. Aber irgendwie bin ich froh, dass ich mal alles loswerden kann.« Sie hielt ihr Gesicht mit geschlossenen Augen direkt in die Sonne. »Hören Sie gut zu. Ich erzähle das nur einmal.«

Sperber nickte. »Ich bin bereit.«

»Also, Sentlinger kann sich im Ministerium keine Fehler mehr leisten, seit er vor etwa zwei Jahren beim Spesenbetrug aufgeflogen ist.«

»Wie das?«

»Er hat eine ziemlich teure Quittung für Speisen, Getränke und Seminarräume als Treffen im Rahmen des bayerisch-finnischen Wirtschaftsaustauschs verbuchen lassen. Ein kleiner Posten auf der Rechnung ist einem Rechnungsprüfer aufgefallen. Diverse Gummiwaren für fünfzehn Euro.«

Sperber sah sie amüsiert an. »Gummiwaren?«

Sie lachte verschämt und schadenfroh zugleich. »Ja, Gummiwaren. Auf Nachfrage bei mir im Sekretariat hat Sentlinger versucht, diese Gummiwaren als Gummibärchen zu erklären. Darauf hat der Rechnungsprüfer in dem Gastronomiebetrieb angerufen, mit der Geschäftsführerin gesprochen und herausgefunden, dass es sich um ein exklusives Bordell handelt, in dem nur finnische Prostituierte arbeiten.«

Sperber lachte leise vor sich hin.

»Blöderweise hatte Sentlinger die Quittung nicht kontrolliert, die von der Geschäftsführerin selbst ausgestellt war. Sie mag Sentlinger wohl nicht. Ich glaub, er hat sie mal als fette Kuh beschimpft. Jedenfalls sind seit dieser Rechnungsprüfung der Minister und seine Jungs schwer enttäuscht von ihm.«

»Das wundert mich nicht«, sagte Sperber vergnügt.

»Nicht, was Sie denken, also, weil er ein Bordell besucht hat«, sagte Liese Neumayr. »Nein, übel genommen wurde ihm, dass diese bisweilen gebräuchliche Praxis jetzt auch von Kollegen nicht mehr angewendet werden kann.« Sie lachte. »Diese Puffbrüder mussten sich danach andere Vorgehensweisen zur kreativen Spesenabrechnung ausdenken!«

Sperber schüttelte lachend den Kopf. »Und, hat Sentlinger jetzt aufgehört mit seinen Umtriebigkeiten?«

Liese Neumayr schmunzelte grimmig. »I wo! Er hat was Neues entdeckt. Er hat jetzt sozusagen seinen Privatpuff aufgemacht.«

»Wie bitte? Privatpuff?«

»Ja, in Weihenlinden.«

»In Weihenlinden?«, fragte Sperber erstaunt.

»Ja, sozusagen in Rufweite der Basilika. Für seine finnischen Freunde ist ihm nichts verrückt genug. Der deutsch-finnische Wirtschaftsaustausch läuft nach wie vor bestens!«

»Wie kann jemand so unverfroren sein?«, fragte Sperber.

»Ach, Sie scheinheiliger Patron! Jetzt tun Sie doch nicht so! Sie sind doch selbst mit allen Wassern gewaschen«, sagte Liese Neumayr spitz.

»Na ja, aber so was? Nachdem er gerade aufgeflogen ist?«

»Ach, diese Alphatiere. Die glauben irgendwie, unverwundbar zu sein. Bis sie zur Strecke gebracht werden. Aber dann, dann fallen sie richtig, ins Bodenlose. Und das Risiko ist es ihnen wert. Alle gleich!«, schimpfte sie.

Sperber ließ sie kurz zur Ruhe kommen.

»Sagt Ihnen der Name Zirbelstrauss was?«

Liese Neumayr feixte verächtlich. »Der Zirbelstrauss. Auch so einer! Einer der dicksten Spezln vom Sentlinger. Die kennen sich noch aus Studentenzeiten. Beide Juristen. Der Zirbelstrauss hat das Bestattungsunternehmen von seinem Vater übernommen und ausgebaut, mit seinen Beziehungen. Und mein Chef ist in die Politik und immer höher gestiegen. Und wenn mein Chef eine Orgie feiert, dann ist der Zirbelstrauss zumeist auch nicht weit.«

»Zur Vorsicht, wenn mal einer sterben sollte vor lauter Feiern.«

Liese Neumayr lachte. »Das Grundstück, auf dem der Chef sein Privatetablissement eingerichtet hat, das gehört nämlich dem Zirbelstrauss. Ist gleich neben seinem Grabsteinlager.«

Sperber fragte: »Woher wissen Sie das eigentlich alles?«

»Von einer alten Freundin. Sie arbeitet im Ministerium im Archiv. Der Flurfunk funktioniert auch dort bestens. Sie sagt immer, das Archiv wäre nicht nur zuständig für die Aufbewahrung von Dokumenten und Akten, sondern auch für die Konservierung von hartnäckigen Gerüchten und ungeschriebenen Gesetzen.«

Sperber schmunzelte und nickte. »Wie sollte es auch anders sein.«

Er sah sich um und atmete tief die würzige Luft ein. »Eine letzte Frage hab ich noch. Sagt Ihnen der Name Nuh Poo Tubkim etwas?«

Sie überlegte und schüttelte dann langsam den Kopf. »Nein, nie gehört.«

»In Klammern Hausmayr.«

Sie merkte auf. »Hausmayr? Ja, der hat letztens im Sekretariat angerufen.«

»Wie hat Sentlinger darauf reagiert?«

Sie konzentrierte sich. »Er hat irritiert gewirkt. Hat gleich darauf alles andere als unwichtig gesehen. Ja, Hausmayr. Den muss er kennen. Ganz sicher.«

Sperber ging ein paar Schritte und sah in den Himmel. »Ich lade Sie jetzt gern auf das versprochene Bier ein. Kommen Sie!« Er lächelte sie an, ging auf sie zu und streckte die Hand aus, um ihr aufzuhelfen.

Liese Neumayr nahm seine Hand und zog sich hoch. »Ich geh gern mit Ihnen, Herr Sperber. Aber Bier erinnert mich jetzt zu sehr an die verdorbenen Bräuche in der Heimat. Heut sind wir in Österreich. Da trink ich lieber einen Almdudler.«

Sperber nickte. »Einverstanden. Was Sie wollen.«

Sie blinzelte ihn an und fügte hinzu: »Und einen Schnaps.«

Pantoffeln

Als Sperber die Tür zu dem Laden öffnete, ertönten ein paar indische Zimbeln. Es duftete nach Räucherkerzen. An der linken Wand standen auf einem Regal zahlreiche Klangschalen auf weißen Leinentüchern, an der anderen Seite wurde eine große Auswahl an CDs mit ›Musik-Mantras für Heilung und Frieden‹ angeboten. Darüber befanden sich Regale mit Büchern zu den Themen Chakra, Kundalini-Yoga und Atemübungen. In den Ecken verteilt waren Ständer mit großen Körben aufgebaut, in denen Meditationskissen und Seidenschals, Räucherwerk und gemahlene Wurzeln, Kräuter, Duftöle und Blütenmischungen sowie Engelsfiguren einsortiert waren. Ein weiterer Korb war gefüllt mit Schachteln, die geschliffene wie auch unbearbeitete Halbedelsteine beinhalteten.

An einer Wand waren Bambusrohre aufgebaut, die an den Spitzen abgerundet und mit kleinen Klöppeln behangen waren. Sie warteten darauf, rituellen Akten als musikalische Begleitung zu dienen. Davor stand schräg auf einem kleinen Tisch besonders auffällig positioniert ein edel ausgeschlagener Korb mit bunt gefärbten Kunstpenissen in unterschiedlichen Größen.

Sperber ging auf den Tresen zu, wo in der linken Ecke mehrere verpackte Tarotkartenspiele lagen. Eines war geöffnet. Er nahm es in die Hand und ging die einzelnen Karten durch. Die Zeichnungen waren in Radiertechnik gefertigt. Trotz ihrer Schlichtheit strahlten die Bilder etwas Geheimnisvolles aus.

»Wunderschön, nicht?«, sagte eine Stimme hinter ihm. Sperber schreckte auf. Er drehte sich um sah in ein gütig lächelndes Männergesicht, das die Sechzig schon weit überschritten hatte.

»Sehr selten, diese Ausführungen. Kostbar, diese Zeichnungen. Sehen Sie nur, die Karte mit der Nummer 1, der Magier. Oder ... ja, blättern Sie weiter«, forderte der Mann Sperber auf. »Die 6, die Liebenden. Oder«, seine Augen weiteten sich, er duckte den Kopf und hob beide Hände, »die 12, der hängende Mann. Und die 15, der Teufel«, flüsterte er geheimnisvoll. Dann zuckte er zurück und nahm wieder seine ursprüngliche Haltung an.

»Sehr angenehm. Sperber ist mein Name«, sagte Sperber und lächelte frech.

»Oh, entschuldigen Sie. Wie unhöflich von mir.« Er legte die Hände zusammen, hielt sie vor Stirn und Nase und verneigte sich vor Sperber. »Krishan Kumar Sharma«, sagte er und ging einen halben Schritt zurück. Er trug lange graue Haare und eine randlose Brille. Seine weiten Gewänder muteten indisch an und waren orange, gelb und türkis eingefärbt. An den Füßen trug er rote Pantoffeln, die vorn zu einem grotesk anmutenden, halbmondförmigen Fortsatz hochgebogen waren, an dem je ein kleiner gelber Puschel baumelte. Sein Schnurrbart war an den Seiten bis unter die Unterlippe herabgezogen. Sowas hatte Sperber zuletzt in den Siebzigern gesehen. Dieser Mann passte jedenfalls perfekt zu der leisen Meditationsmusik, die im Hintergrund lief.

Sperber ging zu dem Mineralienkorb und nahm ein paar Steine in die Hand. Dann las er die horrenden Preise auf den handgeschriebenen Etiketten, doch es war alles billige Schleifware, wie Sperber mit einem Blick erkannte.

»Ja, diese schönen Stücke«, sagte Krishan versonnen und mit schmerzend sanfter Stimme, als würde er ins Leere sprechen.

»Diese Steinchen hier, woher haben Sie die?«

»Oh! Die hole ich selbst in Indien und wasche sie mit Wasser vom Ganges«, sagte Krishan gespreizt. »Sie bergen viel Kraft, für jedes Bedürfnis eine andere. Zum Beispiel in der Liebe oder im Vertrauen zu anderen Brüdern und Schwestern, oder wenn Sie beruflich vor einer großen Herausforderung stehen.« Er nickte so deutlich, dass Sperber es auch tat. »Arbeiten Sie am Computer? Gaaaaanz schlecht. Negative Energie, wohin Sie auch schauen. Meine Heilsteine besitzen nur positive Schwingungen, die Sie anregend, beruhigend und harmonisch ausgleichen und Sie schützen können.«

»Vor wem oder was?«

»Vor jedem, der Ihnen schaden will, und vor allem, was Sie fürchten.«

»Und der Ganges ist da wichtig? Ich meine, wenn Sie sich die Mühe schon machen.«

»Oh jaaa, sehr wichtig. Die Inder glauben, dass das Wasser des Ganges sie von Sünden reinigt. Meine Steine bieten Ihnen diese Kraft an.«

»Erstaunlich. Wissen Sie, ich hab erst gestern im V-Markt in der Schmuckabteilung genau die gleichen trommelgeschliffenen Steine gesehen, die kosteten nur ein Zehntel von denen hier.«

Er räusperte sich leicht. »Tja, der Ganges. Eigentlich durch nichts zu bezahlen«, sagte er, breitete die Arme aus und hob die Schultern. »Oder wenn Sie unerfüllte Liebeswünsche haben, da haben wir wunderschöne Stücke aus Naturkautschuk, hier.« Er lächelte schlüpfrig und reichte Sperber eines der bunten Phallusmodelle aus dem benachbarten Korb, den er sanft hin- und herschwingen ließ. »Ehrlich, es lohnt sich. Von Guru Maharatsch Ghi persönlich geweiht.«

»Und ausprobiert, befürchte ich«, gab Sperber zur Antwort.

Krishan legte das Gerät zurück in den Korb und sagte: »Ich sehe schon, bei Ihnen werde ich es schwer haben, etwas zu verkaufen.«

»Ach, wissen Sie, ich habe eigentlich nicht an diesen billigen Plunder hier gedacht«, antwortete Sperber und zeigte kurz auf die Steine. »Ich such etwas Edleres. Etwas für eine wunderschöne Frau. Etwas, was sie wirklich ziert und absolut einzigartig ist. Es darf etwas kosten. Sie braucht etwas für Ihr ... Wurzelchakra«, sagte Sperber und ließ ein wenig Peinlichkeit mitklingen.

Krishan neigte den Kopf nach rechts unten, sah Sperber verständnisvoll in die Augen und lächelte. »Ah, ein Kenner und Eingeweihter. Sie wollen Ihrer Frau ausschweifende Erleuchtung schenken«, gluckste er freudig. »Wie wunderbar. Ein Mann mit Blick für das Hemmungslose.« Er seufzte begeistert. »Nun, das Wurzelchakra zu bedienen, das ist nicht billig zu haben.« In seinem Blick lag so etwas wie Bedauern. Aber er lächelte sofort wieder und wollte Sperber damit anscheinend zeigen, dass er für ihn eine Lösung hatte. »Da gibt es nur einen Stein, der das vermag.«

»Und das wäre?«

»Ein Rubin. Je reiner er ist, desto größer ist die sexuelle Kraft, die von ihm ausgeht.« Schelmisch grinste Krishan ihn an.

»Und Sie haben sowas, Krishan?«, fragte Sperber mit vorgespielter Glückseligkeit in den Augen.

Krishan beugte sich leicht vor. »Ja«, hauchte er fast verschwörerisch. »Für besonders interessierte Kunden kann ich das anbieten. Aber Sie dürfen es nicht weitergeben, sonst habe ich plötzlich zu viele Interessenten hier.« Er zwinkerte mit beiden Augen gleichzeitig, lächelte und verschwand hinter einem Vorhang.

Selma hatte also nicht zu viel versprochen. Zwei Minuten später kam Krishan mit einer Metallkassette zurück, ging zur Ladentür, hängte ein Schild an die Milchglasscheibe und sperrte ab. Dann ging er zu der kleinen Ladentheke und winkte Sperber zu sich.

»Ich habe hier zwei der allerbesten Rubine der Welt. Höchste Qualität. Nur für Spezialkunden. Sie scheinen mir von der Sache etwas zu verstehen«, sagte er lächelnd. »Sie suchen das Besondere.«

Er entnahm der Kassette ein flaches, schwarzes Samtkissen und legte zwei Rubine darauf. Dann holte er eine Lampe und beleuchtete die beiden Steine direkt von oben. Sperber war wie elektrisiert. Große Taubenblut-Rubine in allerschönster Ausprägung. Sperber erkannte sofort ihren perfekten Schliff. »Mann oh Mann«, entfuhr es ihm. Der erste war in Tropfenform gefertigt, der zweite wies einen Rundschliff auf und strahlte wie ein kleiner Stern.

»Der erste hier, der hat einen Facettenschliff. Sehr schön, wie eine Träne, ein Dreikaräter. Ich kann den empfehlen, wenn du ihn an einer schönen Kette tragen willst.« Er nahm den Stein mit einer gepolsterten Pinzette und hob ihn näher zum Licht.

»Schau her, siehst du diese Farbenpracht? Unvergleichlich! Tiefrot mit einem Stich ins Blaue. Taubenblut. Blitzender, als du es dir vorstellen kannst. Spürst du seine Energie?« Krishan schloss die Augen und atmete tief durch die Nase ein.

Sperber zeigte sich beeindruckt und nickte. »Ja, ein wunderschöner Stein.«

Krishan legte den Rubin vorsichtig auf das Kissen zurück. Dann sagte er: »Aber jetzt. Jetzt zeige ich dir einen Stein, der unvergleichlich ist in seiner Energie, die er dir überlässt. Ein Star-Rubin. Siehst du, wie er strahlt? Diesen Effekt nennt man Asterismus. Kommt aus dem Griechischen, von Aster, das heißt Stern.«

»Ja, so was haben wirklich nur die schönsten Steine«, sagte Sperber leise. Er sah deutlich, wie sich der sechsstrahlige Stern, der mitten in dem kuppelförmigen Stein zu sitzen schien, wie schwebend auf seiner glatt polierten Oberfläche ausbreitete.

»Ein Cabochon. Nur die besten Steine zeigen diese Prachtentfaltung.« Krishan schien außer sich vor Begeisterung. »Wie eine Kuppel aus Feuer, in der ein Stern eingefangen zu sein scheint.«

»Was kostet der?«, wollte Sperber wissen.

»Das ist ein außergewöhnliches Unikat. Strotzt vor Kraft! Aus einer Mine in Mogok. Um ein Vielfaches edler und wertvoller als jeder Diamant dieser Größe.

Cabochonschliff, umwerfend schöner Asterismus. Du bekommst ihn für zwanzigtausend.«

»Heiliger Strohsack! Das ist üppig!« Sperber war empört. »Der hat doch kaum einen Zentimeter Durchmesser. Das ist ein sehr sportlich ambitionierter Preis. Viel zu hoch!«

Krishan zog die Augenbrauen kraus. »Zu hoch? Dieser Stein ist durch seinen schönen Schliff ganz besonders dazu geeignet, seine unbändige Kraft auf deine Frau zu übertragen, wenn sie ihn als Chakrastein benutzt.«

»Warum gerade der?«

»Dieser Schliff! Die Form ist sanft und angenehm auf der Haut. Ein Heilstein erster Güte. Er liegt mit seiner ganzen Oberfläche voll auf. Dadurch kann seine gesamte Aura an das Wurzelchakra übergeben werden. Im Ganges gewaschen! Diese Schwingungen, diese Schwingungen!« Krishan blickte verzückt an die Decke. »Wenn deine Frau das nur einmal erlebt hat, will sie nie mehr ohne den Stein sein. Und nie wieder ohne dich!«

»Also Krishan. Komm mal runter. So ein Stein kostet normalerweise sechs- bis achttausend.«

Krishan legte den Stein empört zurück und wieder in die Kassette. Er zischte. »Hast du ’ne Ahnung. Das ist ein Preis, den es vor Jahren mal gab. Mogok-Rubine sind so gut wie weg vom Markt. Die Chinesen kaufen alles auf, was sie kriegen können. Dort ist der Glaube an die Heilkräfte der Steine viel verbreiteter als bei uns. Ach, wär ich doch nur in China ...«, sinnierte er.

»Aha, also legal bekommt man die Steinchen kaum noch? Woher hast du sie?«

Krishan zuckte zurück. »Bist du ein Bulle? Du willst gar keinen Stein für eine Frau, oder?«

»Nun, sagen wir es so, eine Kollegin interessiert sich sehr dafür. Und ich recherchiere für sie«, sagte Sperber amüsiert. »Also Krishan, sag schon, woher hast du das Zeug?«

Krishan reagierte mit stummem Protest. Er wollte gerade die Kassette zurückbringen. Sperber stellte sich ihm in den Weg. »Ich hab dich was gefragt. Und glaube mir, ich will nur eine Information von dir, nichts weiter. Wenn meine Kollegin selbst kommt, lässt sie dir den ganzen Laden hier hochgehen. Vielleicht ist sie gnädig und kauft dir vorher noch einen Plastikphallus ab!«

Krishan sah zu Boden. »Du bist ein gemeiner Hund. Ich habe dir vertraut.«

»Ich vertraue dir doch auch, Krishan. Dass du uns hilfst, einen Mörder zu fangen. Mord, verstehst du?«

Krishan wurde bleich. »Damit hab ich nichts, aber auch gar nichts zu tun!«

»Ja, schon klar. Sag mir einfach, woher du dein Taubenblut beziehst.«

Krishan rang mit sich. »Das kann ich nicht.«

»Niemand erfährt davon. Also.«

Er ging einen Schritt zurück und stellte die Kassette auf den Tresen. »Hör zu, ich komm in Teufels Küche. Mit den Typen ist nicht zu spaßen. Ich ... ich ... verkkkkk ...« Er begann zu stottern. »Ich verkkkkauf die Sttteine in Kommission. Und ich verdiene gut dran. Aber ich darf nicht erzählen, vvvon wem ich die hab.«

»Gut, Krishan, wir kommen wieder. Und danach kannst du den Laden hier zumachen. Verlass dich drauf.« Sperber wandte sich um und täuschte vor, gehen zu wollen.

»Hey, nicht gleich beleidigt sein. Bleib!«, rief Krishan. »Hör zu. Ich hab die Steine von einem Thailänder. Er lebt hier irgendwo in Bayern. Er macht mir einen Superpreis.«

»Kannst du ihn beschreiben?«

»Groß, bullig, kurzes Haar. Lächelt viel, aber redet kaum.«

Charlie!, dachte Sperber. »Hat er einen Namen?«

»Nein, keinen.«

»Kommt er öfter her?«

Krishan wurde nervös und reagierte unwirsch. »Nein, nie. Er war nur einmal hier.«

»Und wie bekommst du die Steine?«

»Hör zu, ich muss jetzt Schluss machen.« Er sah auf die Uhr. »Du musst jetzt gehen.«

Sperber zog die Bilder von den beiden toten Katoeys heraus und hielt sie Krishan unter die Nase. »Krishan, nochmal, vielleicht hast du das nicht begriffen. Es geht um Mord. Kanntest du diese beiden? Sie trugen Taubenblut als Ohrringe.«

Krishan wurde bleich. »Ja, die waren mal hier.«

»Was wollten sie hier?«

»Dieser Thailänder, er ruft mich an, ob ich was brauche. Dann schickt er ein oder zwei Mädchen vorbei, die mir die Steine bringen und die ich dann bezahle. Funktioniert absolut reibungslos.«

»Und die beiden waren solche Boten?«

»Ja, die beiden auch.«

»Jetzt sind sie mausetot.«

Krishan wischte sich den Schweiß von der Stirn.

»Wann kommen die nächsten Boten?«

»Innerhalb der nächsten Stunde ist die nächste Lieferung.« Er sah erneut auf seine Uhr und klopfte mit dem Zeigefinger auf das Uhrglas. »Mann, wenn die mich mit dir zusammen erwischen, weißt du, was dann mit mir passiert?«

»Wer sind deine Kunden?«, fragte Sperber unbeirrt.

Krishan wand sich. »Mann, du machst mir das ganze Geschäft kaputt!«, rief er verzweifelt und biss sich auf die Zähne.

»Wer also?«

Krishan seufzte. »Du musst wissen, dass diese Steine bei Transen und Schwulen sehr beliebt sind. Für die ist ein Taubenblut-Rubin mit das Größte, was sie besitzen können. Und da ist ein solcher Laden wie der meine genau das Richtige.«

»Aber so viele Transvestiten gibt es doch gar nicht.«

Krishan lachte spöttisch. »Haha, hast du 'ne Ahnung. Es gibt zwar nicht so viele, die du sehen kannst. Aber weißt du, was sich abends hinter den Mauern und Fassaden so alles abspielt, wie viele verborgene Leidenschaften es gibt?«

Sperber stockte. »Aha, das wusste ich tatsächlich nicht. Wie viele verkaufst du pro Monat?«

»Letzten Monat, da hab ich fünfzehn Stück verkauft. Tendenz steigend.«

Sperber pfiff leise.

»Aber ich bin nicht der einzige Laden, der das macht«, sagte Krishan schnell, als rückte das seine Geschäfte in ein besseres Licht.

»Wie viel zahlst du pro Stück?«

»Für Taubenblut? Pro Karat zahle ich zwischen fünfhundert und tausend Euro.«

»Mann oh Mann, da hast du ja eine Verdienstspanne, das darf man sich ja gar nicht ausrechnen.«

»Ja, aber alle im Ganges …«

Sperber Blick wurde finster und schnitt ihm das Wort ab.

»Ich weiß nicht, warum ich dir das alles erzähle«, sagte Krishan weinerlich. »Das ruiniert mich. Ich kann das ab jetzt vergessen, hörst du? Aber Mord, damit hab ich nichts zu tun, wirklich nicht …«

In dem Moment klopfte es heftig an der Tür. Sperber drehte sich um. Durch die Milchglasscheibe waren die Silhouetten von zwei Menschen zu sehen, die nicht besonders groß zu sein schienen. Krishan ging schnell hin, sperrte fahrig auf und steckte den Kopf hinaus. Sichtlich nervös sagte er auf Englisch: »Es geht jetzt nicht. Kommt später wieder, in zehn Minuten.« Sperber hörte jemanden murmeln, konnte aber nichts verstehen. Auch als Sperber näher hinsah, konnte er durch die schmale Öffnung keines der Gesichter direkt erkennen. Einen kurzen Augenblick starrte ihn ein Augenpaar an, weit aufgerissen. Nur kurz durchzuckte Sperber der Gedanke, dass es sich um eine von Nuh Poo Tubkims Katoeys handeln musste. Bevor Sperber an der Tür war, hörte er beide schnell davonlaufen. Sie sprangen in ein Auto, an dessen Steuer er Charlie zu erkennen glaubte. Noch ehe Sperber vor die Tür treten konnte, waren sie davongefahren.

China-Oper

Am nächsten Morgen wurde Sperber aus dem Schlaf gerissen. »Fritz, wir haben einen Toten mehr«, sagte Martha.

Sperber blinzelte zum Wecker. Sechs Uhr dreißig. »Wer ist tot?«

»Friedhelm Gantschacher.«

Sperber zuckte zusammen. »Wer?«

»Na, der Händler im Esoterikladen, den du gestern besuchen wolltest.«

»Was, Krishan?« Blitzschnell war er hellwach.

»Wieso Krishan?«, fragte Martha.

»Ist wohl so 'ne Art Künstlername, Krishan Dingsbums nennt er sich jetzt. Irgendwas Indisches.«

»Nannte er sich. Indisch ist halt für manche zu scharf. Im wahrsten Sinne des Wortes. Jetzt ist er über den Ganges.«

»Wo?«

»In seinem Laden. Die Putzfrau hat ihn heute Morgen gefunden. Sieht angeblich nicht sehr appetitlich aus, sagte die Polizistin, die mit mir telefoniert hat. Ich hol dich gleich ab, Fritz. In einer viertel Stunde.«

»Verflucht«, murmelte Sperber, als er sich neben Martha ins Auto setzte. »Die Katoeys, die haben ihn verraten.«

»Wer?«, fragte Martha überrascht.

»Da waren zwei Leute. An der Tür. Hab sie nicht richtig sehen können. Nur durch einen Türspalt. Waren zwei Katoeys, wie sich danach herausgestellt hat. Das hat dieser Krishan mir bestätigt.«

»Und das sagst du mir erst jetzt?«

»Ich konnte sie nicht erkennen. Bevor ich sie wirklich sehen konnte, waren sie schon weg.«

»Mann, Fritz, warum hast du mich nicht angerufen gestern Abend?«

»Du warst unterwegs. Dein Handy war ausgeschaltet.«

Martha nickte mit zusammengepressten Lippen. »Ja, stimmt. Ich war bei einer Cousine, die hatte Geburtstag. Ich wollte mir auch mal einen gönnen.«

»Einen was?«, fragte Sperber scharf.

»Idiot«, sagte Martha. »Also, was hast du genau gesehen?«

»Hey, ich hab niemanden direkt gesehen. Was nutzt es also?«

»Verflucht, Fritz, du hättest dich melden müssen.«

»Wärst du dann von deiner Gönnerparty aufgebrochen und mit wehenden Fahnen gekommen? Das willst du mir doch jetzt nicht erzählen.«

»Wenn es Katoeys waren, dann haben die dich vielleicht erkannt. Die waren vielleicht dabei, als wir den Guru besucht haben«, sagte Martha ungehalten.

»Das ist doch bloß eine vage Vermutung von dir. Das können weder ich noch du beweisen, Martha.«

»Aber wir müssen es vermuten, der Mann ist tot, Fritz.«

»Bleib fair. Das willst du mir jetzt nicht wirklich in die Schuhe schieben, Martha.«

Martha bremste vor dem Esoterikladen in Münchens Innenstadt. Sie umklammerte das Lenkrad und schaute ihn jetzt von der Seite an. »Entschuldige, Fritz, das war nicht so gemeint.« Dann beobachtete sie wieder die Straße. »Es ist nur, ... ich hab bei dir manchmal das Gefühl, dass dir ein bisschen Teamgeist fehlt. Du informierst mich nur, wenn ich dir tief in der Nase bohre oder dir fest auf die Füße trete.«

»Verstehe, Martha. Aber du hast einfach schlecht geschlafen nach dem ganzen Vergönnen von gestern. Also nehm ich jetzt mal an.« Er stieg aus, schlug die Tür zu und ging wütend auf den Laden zu.

Als sie den Laden betraten, bot sich ihnen ein seltsames Bild. Kriminalbeamte liefen umher und sicherten Spuren.

»Haben Sie mich angerufen?«, fragte Martha die Uniformierte, die breitbeinig an einer Wand auf dem

Boden saß und den Kopf nach unten hängen ließ. Anscheinend ging es ihr nicht gut. Sie hatte sich offensichtlich in ihre Polizeimütze übergeben. Sie hob kurz ihren Kopf. Ihr Gesicht war kreidebleich. Sie nickte Martha zu, deutete auf den Nebenraum und ließ den Kopf wieder zwischen ihre Knie sinken.

Der Vorhang zum Nebenraum war zurückgezogen. Martha ging voraus. Der Safe, der in die Wand eingelassen war, stand offen. Inmitten des Raums, der ansonsten als Büro, Küche und zum Ausruhen diente, stand eine Liege, die anscheinend von der Wand gerückt worden war. Auf dieser Liege lag Krishan gefesselt an Händen und Füßen. Er war nackt. Sein Körper glänzte wie eine Speckschwarte und war rot wie ein Hummer. Auf dem Boden schwappte Öl. Seine Wangen waren von Gegenständen durchbohrt. In der linken Wange steckte ein Klangbambus, in der anderen ein rot-blau-grüner Kunstpenis. »Na, wenigstens haben sie eine kleine Größe genommen«, sagte Sperber trocken.

Martha starrte ihn entsetzt an.

Durch Krishans Zunge war einer der Klöppel gebohrt. Sie hing aus seinem offenen Mund heraus. Seine Augen waren weit aufgerissen.

Martha ging vorsichtig hinüber zum Herd. Auf einer der Herdplatten stand ein Topf. »Öl«, sagte sie. »Man hat ihn mit siedendem Öl übergossen. Wer macht denn sowas?«

Sperber sah sich den Leichnam genau an. »Schau mal, die Wunden in den Wangen und in der Zunge. Kaum Blut. Sowas macht man in Phuket, im Süden von Thailand.«

»Was macht man da?«, fragte der Polizeiarzt, der vor der Leiche hockte.

»Das ist ein Ritual, das sich jedes Jahr wiederholt. Im Rahmen des vegetarischen Festes. Die Menschen fasten tagelang und essen nur vegetarisch, um sich zu reinigen. Dann lassen sie sich von Medizinmännern in Trance versetzen und mit speziellen konischen Instrumenten Löcher in Wangen und Zunge bohren, um allerlei Gegenstände durchzuschieben.«

Martha sah angeekelt zur Seite. »Wozu das denn?«

»Tja«, sagte Sperber. »Ursprünglich waren das nur dünne Dolche. Heute machen sie das mit allen möglichen Sachen, das dient, ihr werdet es nicht glauben, heutzutage in vielen Fällen der Werbung. Man schiebt sich Dinge durch die Wangen. Viele arme Leute bekommen dann dafür Geld, weil sie auf diese Weise Produktwerbung machen.«

»Willst' mich jetzt verscheißern?«, fragte Martha.

»Nein, ist mein voller Ernst.«

»Für was machen die Werbung?«, fragte Martha angewidert.

»Was halt durchpasst durch die Backe. Angeln, Harpunen, Haushaltsgeräte, Schläuche von Feuerlöschern und allerlei andere Sachen.«

»Zum Beispiel ein ...«, Martha konnte ihr Lachen kaum unterdrücken, »... Plastikpimmel?«.

»Ist mir jetzt auch neu, aber durchaus kreativ, wie mir scheint.«

Der Arzt stand auf und grinste wie ein Geier.

»Das muss doch höllisch wehtun!«, rief Martha.

»Du meinst den Phallus in der Backe?«

»Fritz, du Schwein!«, sagte Martha eher erheitert als wirklich empört.

»Eigentlich dürfte das gar nicht so sehr schmerzen«, mischte sich der Arzt ein. »Das ist alles nur Haut und Bindegewebe. Durch den kurzen Schmerz beim Stechen zieht sich alles eng zusammen, die Blutgefäße werden nahezu perfekt verschlossen. Und das tut dann gar nicht mehr so weh.«

»Ja, aber wenn man das wieder rauszieht?«

»Das zieht sich so eng zusammen«, erläuterte Sperber, »dass man die Einstiche nur als unscheinbaren Punkt sieht. Die Narben, die da zurückbleiben, sieht man kaum mehr.«

Der Arzt nickte zustimmend. »Einleuchtend.«

»Und das Öl? Was ist das für ein ... Brauch?«, fragte Martha steif wie ein Brett und schüttelte sich kurz.

»Tja, das glaubst du jetzt nicht. Manche in Trance Gefallene kochen Öl in großen Pfannen«, erklärte Sperber, »tauchen Zweige ein und schlagen sich damit auf den Rücken, ins Gesicht und sonst wohin. Manche überschütten sich mit dem heißen Öl. Und es macht ihnen nichts aus, bis auf ein bisschen rote Haut. Natürlich ist das Öl nicht ganz so heiß, wie wenn du einen Ochsen drin braten willst. Aber immerhin, es hat mehr als hundert Grad.«

Martha drehte sich weg. »Typisch Männer …«

»Besser nichts sagen, Martha. Das sind nicht nur Männer. Das machen auch Frauen. Und weißt du was? Die machen das freiwillig.«

»Fritz, wer denkt sich denn so 'ne Scheiße aus?« Martha betrachtete den Leichnam und schüttelte fast unmerklich den Kopf.

»Vor ungefähr zweihundert Jahren ist in Phuket mal 'ne Truppe von Schauspielern aus China hängengeblieben, die chinesische Opern aufführen wollten. Nach einer Epidemie fiel ihnen ein, dass sie zu wenig zur Ehre ihrer Götter gefastet hatten. Sie haben dann dieses vegetarische Fest eingeführt. Das wurde dann jedes Jahr weiterentwickelt und kultiviert. Tja, und mit der Zeit hat das eben Blüten getrieben. Ist ein sehr beliebtes göttliches Fest in Thailand. Das bringt den eigentlich armen Thai-Chinesen einmal im Jahr viel Geld ein.«

»Jedenfalls wissen wir jetzt, wen wir suchen müssen«, schloss Martha.

Sperber sah sie abwartend an. »Und?«

»Jemand, der sich mit diesen Bräuchen hier auskennt«, sagte sie und deutete mit dem Kopf auf die Leiche. »Einen Thai-Chinesen.«

Weihenlinden

Es dauerte fast eine Stunde, bis sie den dichten Stadtverkehr hinter sich gelassen hatten und endlich auf die Autobahn Richtung Salzburg auffahren konnten.

»Ach übrigens«, sagte Martha, »der Gombarth-Verlag gehört dem katholischen Herrenorden.«

Sperber hielt sich krampfhaft am Seitengriff fest. »Das passt ja. Dann hat Sentlinger dort eine Menge zu melden«, sagte er gepresst und sah zu Martha hinüber, die aus ihrem schnellen Audi mal wieder alles herauszuholen versuchte. »Meinst du nicht, das ist etwas zu schnell?«

»I wo, das packt der locker.« Der Wagen raste den Irschenberg hinauf.

»Ich mein, die Höchstgeschwindigkeit, die hast du längst überschritten.«

»Ah so?«, fragte sie scheinheilig. »Ja, warum bauen die denn in Bayern so schöne schnelle Autos, wenn ich sie nicht so schnell fahren darf?«, fragte sie mit einem unschuldigen Gesichtsausdruck.

Sperber schüttelte den Kopf. »Hey, du bist bei der Polizei.«

»Grad recht«, sagte sie. »Soll mich mal jemand anhalten.« Martha grinste über das ganze Gesicht. »Huijuijui«, gab sie von sich, streckte die Arme durch, drückte sich in den Sitz und trat in die Bremsen. Sperber wurde in den Gurt gepresst. Gerade noch rechtzeitig erwischten sie die Abfahrt.

Sperber stand der Schweiß auf der Stirn, doch Martha lachte und beruhigte ihn. »Nix passiert. Jetzt geht's beschaulich dahin.«

Sie fuhren nach Norden, wo sich vor ihnen das Mangfalltal ausbreitete.

»Übrigens, Sentlinger kennt unseren Guru. Sie stehen in Verbindung. Das hat mir die Neumayr erzählt. Er hat in seinem Büro angerufen. Sentlinger hat das wohl irritiert, wie sie sich ausdrückte.«

»Schön, dass ich das auch erfahre.«

»Ach ja, bevor du mich wieder beschimpfst: Sentlinger hat eine Schwester, eine Nonne auf der Fraueninsel«, sagte er beiläufig, als er aus dem Fenster blickte.

»Ach!«

»Und rate mal, wer es ist.«

»Sag bloß, die mir so nett geantwortet hat!«

»Ja, genau, diese Schwester Irmentrud. Mit der

werden wir uns dann wohl näher beschäftigen müssen«, sagte Sperber.

»Oh, da freu ich mich ganz besonders drauf«, bemerkte Martha und grinste hämisch.

Sperber kurbelte das Fenster hinunter, legte den Arm auf den Türholm und sah schräg nach hinten, wo er jetzt freien Blick auf die Alpenkette hatte. Davor lag das hügelige Molasseland, das in saftiges Grün getaucht war.

»Schön habt ihr es schon hier«, sagte Sperber leise.

»Was heißt hier wir? Du bist auch hier daheim. Zumindest solange du dich benimmst, Fritzzz.« Das Zischen verursachte ihm wieder eine angenehme Gänsehaut. Und Martha kostete das grinsend aus.

Sperber gab die Adresse der Werkstatt von Zirbelstrauss ins Navi ein. Martha steuerte das Auto durch Bad Aibling und bog dann ab in Richtung Bruckmühl, der Mangfall nach Westen folgend. Das Navi quatschte sie voll.

»Das nervt«, sagte Sperber und schaltete den Ton aus. Nach ein paar Kilometern sagte er: »Da an der Kreuzung rechts, da geht's nach Weihenlinden! Und weiter hinten, da ist dann Högling.«

Martha bog ab. Zwei Minuten später standen sie vor der großen Basilika, die sich anscheinend wie aus dem Nichts vor ihnen erhob. Eine Kirche, ein Gasthaus und ein paar Häuser, das war Weihenlinden. »Und wo ist jetzt der Zirbelstrauss?«, fragte Martha und beobachtete die Landschaft.

»Nicht so ungeduldig«, sagte Sperber lachend. »Das Navi zeigt es ja an. Das Lager vom Zirbelstrauss ist noch weiter westlich.« Hinter Högling bemerkte er: »Hier rechts reinfahren.« Er hob den Blick und suchte ein Schild oder etwas Ähnliches. Nichts, was auf einen Betrieb hindeutete. Sie fuhren langsam weiter. »Hier muss es sein, Martha. Halt mal an.«

Sperber stieg aus dem Wagen und ging auf eine Halle zu. Er hörte das Klopfen von Hammerwerken. Er öffnete die Tür und betrat die Halle. Drei Männer mit Schutzbrillen sahen kurz auf und arbeiteten weiter. In einer Ecke standen drei Grabsteine aus dunklem Diorit, die in Arbeit waren. Bevor ihn jemand ansprach, verließ er die Halle und ging zur Rückseite, während Martha immer noch im Auto wartete. Sperber sah auf dem Freigelände große und kleine Platten, Quader und sonstige Formen aus unterschiedlichen Gesteinen gelagert, die teilweise mit Planen und teilweise mit Wellblechplatten abgedeckt waren. Das Gelände war mit einer hohen Buchenhecke vom Nachbargrundstück abgetrennt. Zum Fahrweg und den anderen Grenzen hin gab es hohe Bretterzäune.

»Morgen«, sagte eine freundliche Männerstimme. »Suchen Sie etwas Bestimmtes?« Der Mann kam auf ihn zu und reichte ihm die Hand. »Zirbelstrauss junior, willkommen. Ich hoffe, es führt Sie kein allzu trauriger Anlass zu uns.«

»Guten Tag, Sperber mein Name. Schwer zu finden Ihr Betrieb hier. Gar kein Schild oder so etwas.«

»Na ja, ein Unternehmen wie das unsere ist gut beraten, sich mit seiner bloßen Existenz zu bescheiden. Wir sind zur Pietät verpflichtet. Deshalb auch die lärmgeschützte Halle. Hier wird hart gearbeitet, für unsere Verstorbenen, ein Schild ist da überflüssig.« Der junge Mann verneigte sich leicht. »Was kann ich für Sie tun?«

»Ich suche einen Grabstein aus Diorit, aus dem Bayerischen Wald. Haben Sie sowas hier?«

»Aha, ein Kenner«, sagte er. »Ja, die sind in letzter Zeit wieder gefragt.« Er führte sie zu einem Stapel Gesteinsblöcke. »Da haben wir welche.« Er zeigte auf eine Reihe größerer und kleinerer Blöcke, die bereits ihre typische Grabsteinform hatten.

Sperber sah sich einige von ihnen näher an und bemerkte Bearbeitungsspuren auf der polierten Fläche. Das waren also gebrauchte Exemplare. »Schöne Steine«, sagte er. »Gebraucht?«

Zirbelstrauss junior lächelte verlegen. »Na ja, gebraucht. Die existieren schon seit Millionen von Jahren. Da spielen die letzten vierzig bis fünfzig Jahre wohl kaum eine Rolle.«

»Das ist eine sehr philosophische Sicht der Dinge. Aber auch ein Grabstein ist eine Handelsware«, sagte Sperber.

Zirbelstrauss Junior lächelte verschmitzt. »Also, die meisten sind gebraucht. Die werden aber so aufbereitet, dass Sie das gar nicht mehr sehen. Wir schleifen die oberste Schicht ab und machen dann einen komplett neuen Grabstein draus.« Er zeigte auf eine Ansammlung von Steinen, die an der Grundstücksgrenze an dem Bretterzaun entlang auf Holzpanelen sorgfältig stehend gelagert waren. »Sehen Sie, die hier sind bereits abgeschliffen, die sind jetzt neu. Denn der Teil, der schon einmal bearbeitet war, ist ja abgetrennt.«

Sperber sah nach rechts und konnte hinter der Hecke gerade noch den Holzgiebel eines großen Hauses erkennen. »Was ist das da, auf dem Nachbargrundstück? Gehört das zu Ihnen?«, fragte er.

»Äh, ja, das haben wir verpachtet.«

»Mitsamt dem Haus? Ich würde das gern mieten«, sagte Sperber und strahlte Zirbelstrauss junior an.

»Also, das können Sie nicht mieten. Das ist fix vergeben.«

»Aber es gehört Ihnen?«

»Ja, aber jetzt reicht's mit der Fragerei. Wollen Sie nun einen Grabstein?«

»Nein, nein«, sagte Sperber und grinste, »noch bin ich ja nicht tot. Ein andermal.«

Ringsenwagen

Dahinter ist also Sentlingers Privatpuff«, sagte Sperber und deutete auf das hohe Holztor. »Hinter dem Tor steht ein stattliches Holzhaus, ganz am Ende des Grundstücks.«

»Da wird der Herr Staatssekretär sicher peinlich berührt sein, wenn wir ihm dazu ein paar Fragen stellen«, sagte Martha mit beißendem Unterton. »Ich fahr noch ein paar Meter und wende dann da vorn.«

Als sie an dem Tor und der Hecke vorbeifuhren, wendete Sperber den Blick nicht ab von dem Grundstück, so als suchte er eine Sichtlücke. Erst als er seine Aufmerksamkeit von der hohen Hecke wieder abwendete, sah er den Baggersee auf der anderen Straßenseite. »Martha, ich bin blind. Fahr bitte mal weiter auf dem Weg.«

Er nahm eine Karte der Gegend hervor, orientierte sich und sagte dann etwas zerknirscht: »Martha, das ist der Baggersee, wo wir die beiden Leichen gefunden haben. Direkt neben dem Grundstück.«

»Was? Und wieso hat der Herr das nicht früher erkannt?«, sagte Martha ärgerlich.

»Scheißnavi, da verliert man einfach den Überblick. Und außerdem sind wir damals von der anderen Seite gekommen.«

»Habt ihr denn die Umgebung nicht in Augenschein genommen?«, fragte sie empört, »du und der Huber?«

»Martha, das war nicht unsere Aufgabe, sondern die der Polizisten, die anwesend waren. Und von einem Grabsteinlager haben die nichts erwähnt in ihrem knappen Bericht, wie du weißt.«

Martha nickte. »Gut, akzeptiert. Aber das hätte Huber doch nachfassen müssen.«

»Der Huber hat doch angerufen und nochmal nachgefragt. Und die haben doch noch mal bestätigt, dass ...«

Martha nickte. »... dass sie anscheinend nichts gemacht haben.«

Sperber nickte. »Hast Recht, Martha, die beiden waren so zerstritten, dass die ihre Arbeit nicht gemacht haben. Wir hätten das ahnen müssen.«

»Nicht ahnen, Fritz. Wissen!«

Sperber versuchte, Marthas Aufmerksamkeit wieder auf die Fakten zu lenken. »Das bedeutet also, dass unser Täter es mit dem Grabstein gar nicht so weit gehabt hat. Der Täter musste eigentlich nur die Straße überqueren.«

Sperber stieg aus und lief zu der Stelle zurück, wo an der Grundstücksgrenze die Dioritgrabsteine gelagert waren. Er untersuchte den Bretterzaun und entdeckte eine Stelle, wo offensichtlich die Bretter gelöst worden waren.

Martha kam mit dem Auto langsam angerollt und kurbelte das Fenster herunter. »Und, Herr Meisterdetektiv? Was entdeckt?«, fragte sie spöttisch.

»Die Bretter sind gelöst und wieder angebracht worden. Einige der Nägel sind schief und nicht sehr fachmännisch eingeschlagen. Im Gegensatz zu den anderen. Und hier sind ein paar Spuren im hohen Gras zu erkennen. Von einem Karren, würde ich sagen.«

Martha stieg aus und überzeugte sich selbst. »Wir müssen diesen Sentlinger erwischen. Wir werden ihn besuchen.«

»Martha, ich hab einen anderen Vorschlag. Wir warten, bis er hier wieder eine Sause plant. Wir erwischen ihn heiß und kalt. Und dann treiben wir ihn in die Enge.«

»Und wie willst du erfahren, wann das hier wieder losgeht?«

»Ich habe eine sichere Quelle aufgetan. Liese Neumayr. Vertrau mir, Martha.«

Sie musterte ihn skeptisch. »Eine sichere Quelle, ja, ja«, sagte sie mit leichtem Spott. Ihr Telefon klingelte. »Ja? Okay, machen wir.«

»Was Wichtiges?«, fragte Sperber.

»Der Franz sagt, die Polizeitaucher haben in dem Baggersee irgendwas Eigenartiges gefunden, was in Zusammenhang mit dem Leichenfund stehen könnte. Eine Art Karre oder sowas.«

»Was für eine Karre?«, fragte Sperber.

»Näheres hat er nicht gesagt. Sie haben das Ding geborgen und ins Labor gebracht. Sollten wir uns ansehen.«

»Ob dieses Ding mit den Spuren was zu tun hat?«, fragte er und zeigte mit dem Kopf in Richtung Bretterzaun.

»Mach ein paar Fotos. Und leg irgendwas als Maßstab dazu, Kugelschreiber oder sowas. Die Bilder gleichen wir dann mit dem Karren ab. Bevor da noch jemand den Rasen mäht.«

»Kommt mal mit«, sagte der schlaksige Kollege in dem weißen Kittel. Er ging voran und führte sie in einen kleinen Raum. Auf einem Labortisch stand eine Handkarre. »Voilà, ein altes Schätzchen.« Er verschränkte die Hände vor der Brust und betrachtete das Gefährt.

Sperber sah sich die Karre genau an. Sie bestand aus Holzrädern, einer Handdeichsel und einem stabilen Holzaufbau mit senkrechten Holzstreben. »Gut in Schuss, würde ich sagen. Neue Lager, restaurierte Räder. Durchaus geeignet zum Gebrauch, was meinst du?«

Der Laborkollege nickte.

»Kannst du uns die Bilder mal ausdrucken?«, fragte Sperber den Kollegen und gab ihm sein Handy.

Der Kollege ging zu einem Computer im Nebenraum.

»Was ist das bloß für ein Ding?«, fragte Martha.

»Ein alter Ringsenwagen«, rief der Kollege. »Und der ist sogar top restauriert. Sowas wirft man nicht einfach weg oder ins Wasser. Hat unten am Boden des Baggersees zu einem Drittel im Kies gesteckt, sagen die Taucher.«

Martha und Sperber ließen den Wagen nicht aus den Augen, als sie langsam um den Tisch herumgingen. »Ein Prachtstück«, sagte Sperber. Er kratzte sich das Kinn.

»Tja, sowas hat früher jeder Bauer gehabt«, rief der Kollege. »Für alles Mögliche ist so ein Wagen verwendet worden.« Er kam mit zwei Ausdrucken zurück. »Den Wagen hier, den kann ein Pferd ziehen, oder zwei kräftige Leute mit der Hand. Früher haben alle Bauern sowas in der Scheune oder im Stall gehabt.«

»Miss doch mal bitte die Spurweite«, sagte Martha.

Der Kollege holte ein Maßband und griff den Abstand von Rad zu Rad ab. Dann sah er sich die Bilder genau an. Sperber gab ihm den Kugelschreiber, den er als Maßstab benutzt hatte. Der Kollege rechnete die Entfernung von Spur zu Spur auf den Fotos in Kugelschreiberlängen um. Dann legte er alles zur Seite und sagte zu Martha: »Passt zusammen. Der Spurenabstand im Gras und die Spurweite des Ringsenwagens sind gleich, also was sich aus dem hier schließen lässt.«

»Ringsenwagen. Sagt man das hier in Bayern?«, fragte Sperber. Martha hob die Schultern. »Eher nicht.«

»Woher stammst du, Kollege?«, fragte Sperber.

»Paderborn. Ostwestfalen.«

»Da sagt man wohl Ringsenwagen. Das ist ein norddeutscher Ausdruck.« Sperber drehte sich zu Martha. »Hier in Bayern, hier sagt man wohl eher Leiterwagen.«

Bestimmung

Als Martha und Sperber auf die Halle zu gingen, kam ihnen Zirbelstrauss junior entgegen. »Na, wollen Sie doch einen Grabstein kaufen?«, fragte er und grinste.

»Nein, wir brauchen eine Auskunft von Ihnen«, sagte Sperber.

»Wir sind vom LKA«, sagte Martha und zeigte ihren Ausweis.

Zirbelstrauss nickte säuerlich und verschränkte die Arme. »Ah, so ist das!«

Sperber zeigte ihm ein Foto von dem Leiterwagen. »Kennen Sie diesen Leiterwagen?«

»Ja, klar. Der ist uns abhandengekommen.«

»Können Sie uns sagen, wann genau das war?«

Zirbelstrauss zog den Mund nach unten und schüttelte langsam den Kopf. »Nein. Wir brauchen das Ding nicht so oft. Vielleicht vor ein paar Wochen? Er steht normalerweise hinten bei den Grabsteinen, unter dem Wellblechdach. Ich hab da immer einen Stein draufgestellt, so als Schauobjekt. Sieht einfach schön aus. Der ist früher tatsächlich auch für Beerdigungen genutzt worden. Hab ich bei einem Bauern in einem kleinen Dorf im Fränkischen gefunden. Da hat man den in der Nachbarschaft benutzt, um Tote zum Friedhof zu fahren.«

Sperber nickte. »Wer könnte den entwendet haben?«

»Keine Ahnung. Wieso?«

Martha kniff die Augen zusammen und sagte dann: »Wahrscheinlich sind auf diesem Gefährt die beiden Thailänderinnen im Baggersee da hinten versenkt worden. Und sie waren an einen Grabstein gefesselt. Das stand in allen Zeitungen.«

»I les koa Zeitung ned.«

»Das können Sie mir nicht erzählen. Also: Was läuft hier?«, fragte Martha scharf.

Zirbelstrauss sah zu Boden. »Okay, schon gut. Also der Leiterwagen ist weg. Mit dem Grabstein. Hören Sie, ich will keine Scherereien.«

»Warum haben Sie sich nicht eher gemeldet?«

»Habt's mi g'fragt? Nein. Also, ich wusste ja nicht, dass der Leiterwagen und der Grabstein gestohlen waren.« Jetzt sah er Sperber an. »Das hab ich erst gemerkt, nachdem Sie hier waren zuletzt. Da hab ich einen Rundgang gemacht und gesehen, dass er weg ist.«

»Und das soll ich Ihnen glauben?«, fragte Sperber barsch.

»Erst hab ich gedacht, jemand hat sich einen Scherz erlaubt. Ist schon öfter vorgekommen, wenn jemand zum Beispiel Geburtstag hatte. Da haben meine Jungs den Leiterwagen versteckt und ihn abends in die Halle gefahren, dekoriert und ein Fass Bier draufgestellt und sich selbst als Pferde eingespannt.«

»Samt Grabstein?«

»Samt Grabstein. Hat was mit schwarzem Humor zu tun. Früher sind die Toten im Sarg mit einem Leiterwagen zum Grab gefahren worden. Und da machen sich meine Jungs halt manchmal einen Spaß. Ich lass sie machen. Sie arbeiten hart, da brauchen sie manchmal eben Abwechslung.«

»Ist doch prima. Jetzt ist der Wagen ja wieder zu seiner ursprünglichen Bestimmung gekommen«, sagte Sperber. »Er hat die beiden Thais auf ihre letzte Reise in den Baggersee begleitet.«

Beziehung

Huber zwei und Sperber wollten sowohl zum Haus des Gurus als auch das Kloster besuchen. Doch an der Klosterpforte sagte ihnen die junge Nonne, dass sich Schwester Irmentrud nicht im Kloster aufhalte.

»Und wo hält sie sich auf?«, fragte Sperber die Nonne.

»Darüber kann ich Ihnen keine Auskunft geben«, antwortete sie sehr freundlich.

»Oder besser, Sie wollen uns keine Auskunft geben«, entgegnete Huber.

»Unsere Ordensschwestern sind ja schließlich keine Gefangenen«, sagte die Nonne leicht empört. »Sie können doch tun, was sie wollen, na ja, also, bedingt.«

Als Huber sich auf einen kleinen Streit mit der Nonne einlassen wollte, ging Sperber dazwischen. »Lass gut sein, Huber«, sagte er, drehte sich um und ging den Weg zurück. Huber folgte ihm.

»Bin mal gespannt, ob Charlie zuhause ist«, sagte Sperber.

Sie klingelten an dem weißen Haus. Ein kleiner Katoey öffnete die Tür, lächelte und machte einen Wai.

»Wir wollen deinen Meister sprechen. Sofort!«, sagte Huber bestimmend. Noch bevor sie hineingebeten wurden, gingen sie geradewegs in den Raum, den sie bereits vom letzten Besuch her kannten. Nuh Poo Tubkim saß an seinem Schreibtisch und las Papiere.

»Herr Hausmayr, es ist jetzt, glaub ich, keine Zeit mehr für Höflichkeiten«, sagte Sperber. »Wo ist Ihr Leibwächter?«

»Charlie? Der ist irgendwo unterwegs.«

»Rufen Sie ihn an.«

»Er hat kein Telefon.«

»Lügen Sie uns nicht an.«

»Wozu, was hat er gemacht? Und was erlauben Sie sich eigentlich?«

Huber räusperte sich. »Herr Hausmayr, Sie sollten tun, was Kollege Sperber sagt. Er meint es ernst, sehr ernst.«

Sperber fügte hinzu: »Wir vermuten, dass Ihr Charlie einen Mann umgebracht hat, der mit Rubinen handelt. Offensichtlich einer Ihrer Kunden.«

»Wieso sollte Charlie einen unserer Kunden umbringen? Das wäre doch widersinnig. Und außerdem, Kunde wofür?«

»Sie handeln mit Rubinen. Mit illegalen Rubinen. Und Charlie ist ihr Vermittler. Ich habe das gestern in einem Gespräch mit dem Händler erfahren.«

»Hat er meinen Namen genannt?«

»Nein, aber er hat Charlie identifiziert.«

»Hat er seinen Namen genannt?«

»Er hat ihn beschrieben«, sagte Sperber.

Der Guru atmete tief durch. »Sie kommen also hierher, behaupten Dinge, die Sie überhaupt nicht beweisen können, und jetzt beschuldigen Sie auch noch meinen Leibwächter einer Tötung. Fällt Ihnen denn nichts Gescheiteres ein?«

»Ist Charlie chinesischer Abstammung? Er ist groß, stämmig, hat deutlich chinesische Gesichtszüge.«

»Vor langer Zeit vielleicht einmal. Sind Sie Rassist?«

»Beantworten Sie einfach meine Frage. Kommt er aus Phuket?«

Der Guru zögerte. »Bevor er zu mir kam, hat er in Phuket gewohnt. Warum?«

»Dann kennt er sich doch sicher mit den Bräuchen dort aus. Der Händler wurde mit den Riten gefoltert und gequält, die in Phuket zum vegetarischen Fest angewendet werden.«

»Das ist doch keine Folter, das machen die Menschen dort mit großer Freude und freiwillig.«

»Unser Händler aber offensichtlich nicht«, sagte Huber. »Er war gefesselt, und jetzt ist er tot.«

Der Guru zögerte. »Charlie würde so etwas nicht tun. Niemals.«

»Wo war Charlie denn gestern Abend? Wissen Sie das?«

»Nein, das weiß ich nicht. Soweit ich weiß, hatte er gestern frei. Er pflegt eine Beziehung, wissen Sie ...«

»Ja, weiß ich.« Sperber legte ihm die Bilder vor, die Sentlinger und Charlie zusammen zeigten.

Der Guru lächelte. »Sie haben sich also wieder.«

»Was bedeutet das, sie haben sich wieder?«, fragte Sperber.

»Na ja, die beiden kennen sich schon lange Jahre. Charlie kam vor langer Zeit zu mir, er hatte schon als Kind diese Leidenschaft in sich, wie wir alle. Er fühlte sich immer zu Männern hingezogen. Und Sentlinger hat ihn während einem seiner Thailandaufenthalte kennen und schätzen gelernt. Diesen süßen Bär.«

»Tja, Geschmäcker sind verschieden«, meinte Huber.

»Und letztens hat es bei den beiden eine Krise gegeben. Wie bei allen Paaren schon mal«, sagte der Guru und quiekte.

»Glauben Sie, er hat sich auch gestern mit Sentlinger getroffen?«

»Das kann schon sein. Die beiden Hübschen.«

»Wir müssen ihn finden. Wenn Sentlinger ihm ein Alibi gibt, dann ist er entlastet. Wenn nicht, ja dann hat er schlechte Karten. Wir brauchen etwas von ihm für einen DNA-Abgleich.«

»Hören Sie, das dürfen Sie doch gar nicht einfach so mitnehmen.«

»Sagen wir so, wenn Sie davon überzeugt sind, dass er unschuldig ist, dann können Sie ihm helfen, wenn Sie mir etwas in die Hand drücken, was hundertprozentig von ihm ist«, sagte Huber. »Einen Kamm, eine Haarbürste, irgendwas.«

»Auch wenn er kaum Haare auf dem Kopf hat?«, fragte der Guru erst belustigt. Dann seufzte er und verschwand. Nach drei Minuten kam er zurück. »Das ist ein Hemd von ihm. Ich tu das nicht gern. Er ist unschuldig, glauben Sie mir!«

Huber kramte einen Plastikbeutel aus seinem Jackett, zog ihn über wie einen Handschuh und stülpte ihn sorgsam über das Hemd, bis es darin verstaut war.

»Haben Sie eigentlich den Albaner schon gefunden?«, fragte Nuh Poo Tubkim.

»Noch nicht, wir wissen ja nichts über ihn. Wir brauchen mehr Informationen von Ihnen.«

»Ich weiß auch nicht viel. Der hat jedenfalls mit Charlie noch ein , wie sagen Sie?, ein Entchen zu rupfen?«

»Hühnchen, Hühnchen«, sagte Sperber. »Vielleicht hat er ja was mit unserem Fall zu tun.«

»Der war eigenartig«, sagte Nuh Poo nachdenklich.

»Wieso?«, fragte Sperber.

»Er hatte einen wirklich sehr ausgeprägten Hass auf Leute wie mich und Charlie«, sagte Nuh Poo und rollte seine Augen.

»Inwiefern ausgeprägt«, fragte Huber.

»Widerliche Schwuchtel und so hat er mich genannt.«

»Mit Verlaub, Herr Guru«, fügte Huber hinzu, »aber ist das jetzt außergewöhnlich? Ich mein, das passiert Ihnen doch sicher häufiger.«

»Hin und wieder. Er hat mir in den Tee gespuckt. Mit einer Verachtung im Blick, das hab ich noch nicht gesehen. Der Kerl ist wirklich unheimlich.«

Rotkehlchen

Großartig!«, rief Huber eins, als er Marthas Büro betrat. »Stellt euch vor, wir haben eine DNA-Übereinstimmung.«

»Raus damit!«, sagte Martha.

»Unter dem Schreibtisch von diesem ..., wie heißt der Esoteriker gleich?«

»Krishan«, half Sperber ihm aus.

Huber zeigte mit dem Finger auf Sperber. »Genau! Krishan.«

Dann wandte er sich Martha zu. »In Krishans Laden lag ein Papiertaschentuch. Die DNA stammt von diesem Charlie. Mit höchster Wahrscheinlichkeit, also über neunundneunzig Prozent, eine Übereinstimmung mit der Hemdprobe.«

»Mann, das ging ja schnell«, staunte Sperber.

»Die Jungs haben über Nacht gearbeitet«, erklärte Huber. »Die werden immer schneller mit den Tests.«

»Das bedeutet, wir müssen Charlie finden«, sagte Martha.

»Es sind zwar noch sehr geringe Spuren einer unbekannten DNA vorhanden. Aber das ist ja fast immer der Fall. Das allermeiste Material stammt von Charlie.«

»Wer weiß, wo er abgetaucht ist«, sagte Sperber. »Wo können wir ihn suchen? Bei unserem Guru wird er wohl kaum wieder auftauchen.«

»Wie wär's denn mit Sentlinger? Wenn er schon ein Verhältnis mit ihm hat«, schlug Huber vor.

»Na ja, einen Versuch ist es wert«, bestätigte Martha ihn.

In dem Moment klingelte Sperbers Telefon. »Ja ... Danke. Was? ... Das ist ja großartig. Heute schon? In Ordnung. Wie ist der Code? ... Punarinta? Und das bedeutet? ... Aha. Ja, und danke!«

»Wer war das?«, fragte Martha und legte sich zurück in ihren Schreibtischsessel.

»Das war Liese Neumayr, Sentlingers Sekretärin.«

»Was hast du bloß mit der angestellt, Fritz?«, fragte Martha insistierend.

Sperber grinste und gab keine Antwort.

»Ja, und was sagt sie?«

»Dass Sentlinger in seinem Puff in Weihenlinden heute Abend eine Sause plant. Mit lauter Finnen. Da können wir ihn doch selbst fragen, ob er weiß, wo Charlie steckt.«

»Und was war das für ein Code?«

»Punarinta, ein finnisches Wort, heißt Rotkehlchen. Das ist der Code an der Tür. Damit kommt man aufs Gelände.«

Razzia

Als Sperber, Martha, Huber zwei und Huber eins vorfuhren, stellten sie ihre Autos hundert Meter vor der Einbiegung ab. »Den Durchsuchungsbefehl habe ich dabei«, sagte Martha. Huber eins, Huber zwei und Martha blieben zurück, während Sperber zum Tor ging und die Glocke betätigte. Eine Stimme war zu hören. »Ja bitte?«

»Punarinta«, sagte Sperber und versuchte dabei den finnischen Akzent möglichst gut hinzukriegen. Das Tor öffnete sich. Zwei Türsteher ließen Sperber ein. Die beiden Männer waren offensichtlich von einem privaten Wachdienst. Als der eine das Tor schließen wollte, waren Martha und ihre Kollegen schon da. Sie zückte ihren Ausweis. Huber zwei und Martha hielten die beiden Türsteher sofort in Schach. Als der eine sein Sprechgerät bedienen wollte, riss ihm Huber das Gerät vom Handgelenk, zog an dem Ohrstöpsel und legte den Zeigefinger vor den Mund. »Kein Mucks! Klar?«

Der Mann nickte, der andere auch.

Huber eins und Sperber gingen zum Haus und wurden eingelassen. Ein Butler empfing sie und fragte nach den Namen. »Mäkinen, Lauri Mäkinen. Finnisch-Deutsches Wirtschaftskontor«, sagte Sperber. »Und das ist Kollege Hämäläinen.« Er deutete auf Huber eins, der zur Seite sah.

»Sie stehen gar nicht auf der Gästeliste, meine Herren.«

»Macht nichts, der Staatssekretär hat ein bisschen ein Geheimnis draus gemacht.«

»Meine Herren, ich weiß nicht, ob ich Sie hereinlassen darf. Ich muss erst nachfragen.«

»Tun Sie das!«, sagte Sperber.

»Und außerdem, Ihre Bekleidung.«

Sperber und Huber eins grinsten unverschämt, rührten sich aber nicht von der Stelle.

Der Butler war verwirrt. Er versuchte die Sicherheitsleute zu rufen. Sie antworteten nicht. Er verließ seinen Platz, durchschritt den Raum, öffnete die Tür zu einem Nebenraum nur einen Spalt weit und verschwand dahinter.

Sperber winkte Huber eins mit dem Kopf. Sie gingen dem Butler hinterher durch den großen Raum, in dem etwa zehn Männer und ein Dutzend junge Frauen in eleganter Kleidung umherstanden, miteinander plauderten und Sektgläser in den Händen hielten. Im Hintergrund spielte leise Salonmusik. Einige Frauen lächelten lasziv.

Sperber öffnete die Tür, hinter welcher der Butler verschwunden war. Es bot sich ihnen ein delikates Bild. Am Ende des Raums saß Sentlinger in einem Brokatsessel, flankiert von zwei äußerst knapp bekleideten, aber stark geschminkten Damen mit herben Gesichtszügen. Er sah zu, was um ihn herum geschah. Drei Männer und drei Frauen räkelten sich nahezu nackt auf großen Divans und trieben es miteinander.

»Stören wir?«, fragte Sperber laut.

Erst jetzt bemerkte Sentlinger ihn und sprang auf. »Wer sind Sie? Was wollen Sie?« Er machte den Reißverschluss seiner Hose zu und deutete auf die Tür. In dem Moment hatten auch Martha und Huber zwei zu Sperber aufgeschlossen.

»Raus hier!«, schrie Sentlinger laut. Auch die drei Paare bemerkten allmählich nacheinander, dass sie gerade gestört wurden. Die Männer zogen sich hastig an. Die Frauen waren etwas gemächlicher und bekleideten sich mit professioneller Gelassenheit. Eine zwinkerte Sperber dabei zu.

Martha kam vor und zückte ihren Dienstausweis. »LKA, Kieninger. Die Kollegen Huber und Huber. Und das ist mein Kollege Sperber, Sonderermittler in diesem Fall.«

»Welcher Fall? Wie können Sie es wagen, einfach hier so ... Wissen Sie eigentlich, wer ich bin?«

»Erzählen Sie uns doch mal was über Ihren Puff hier, Herr Staatssekretär«, sagte Sperber. »Und vielleicht über Ihre ... Freunde.« Sperber drehte sich und deutete auf die Leute, die gerade dabei waren, den Raum hastig zu verlassen.

»Was reden Sie denn da? Was soll das?«, fragte Sentlinger empört.

»Mein Kollege meint Ihr Etablissement hier. Das haben Sie doch gepachtet, oder?«

Sentlinger tat ein paar hektische Schritte. »Das ist mein Haus! Hier empfange ich meine Gäste!«, bemerkte er laut. »Gute Gäste. Diplomatenstatus.« Er legte den Kopf nach hinten und fixierte Sperber mit schmalen Augen. »Sie werden verstehen, dass ich darüber nicht reden kann.«

»Das brauchen Sie doch auch gar nicht«, sagte Sperber. »Sieht doch eh jeder, was Sie mit Ihren Gästen treiben. Alles Finnen, oder nicht?« Dem letzten der Männer, der noch nackt, mit den Kleidern über dem Arm gerade seine Schuhe einsammelte, lächelte er freundlich zu. »Wir sind gute Gastgeber in Bayern!«

Der Mann wollte gerade aus dem Raum laufen. Da zückte Huber zwei ein Foto, sah den Mann an und sagte lächelnd: »Ah, doch kein Finne. Wie angenehm, Sie hier zu treffen. Noch dazu im Adamskostüm, so wie der Herr uns geschaffen hat und uns auch wieder zu sich nimmt, nachdem Sie uns in den Sarg gelegt haben, gell, Herr Zirbelstrauss?«

»Fühlen Sie sich alle wie zuhause!«, rief Sperber ihm hinterher. »Aber das sind Sie ja ohnehin.«

Martha grinste breit.

Sentlinger hob die Hand an den Mund und räusperte sich. »Ihre ... Anspielungen sind, gelinde gesagt, eine Unverschämtheit, und ich weiß auch gar nicht, was Sie von mir wollen. Ich rufe jetzt den Wachdienst an.« Er griff zu einem Telefonhörer.

»Das können Sie sich sparen, Herr Staatssekretär«, sagte Martha. »Ihre Wachleute sind kaltgestellt. Und wir haben eine Frage.«

Sentlinger legte den Hörer wieder auf. »Also, wie lautet Ihre Frage?«, sagte er genervt.

»Herr Staatssekretär, auf dem Gelände der Kiesgrube, genau gegenüber, dort haben wir zwei Leichen gefunden«, sagte Sperber.

»Ja, hab ich gehört. Stand ja in der Zeitung.«

»Haben Sie jemals Gäste gehabt, die aus Thailand stammen?«

Sentlinger sah zur Seite, fixierte Sperbers Fußspitze und sagte dann: »Thailand, ich bin oft nach Thailand gereist. Dienstreisen, versteht sich.«

»Klar, versteht sich«, antwortete Sperber grinsend.

Sentlinger lehnte sich zurück, drückte die Fingerspitzen gegeneinander und blickte Martha wie versteinert an. »War das Ihre Frage? Dann bitte ich Sie ...«

»Eine Frage ergibt die andere«, sagte Sperber, »wenn ihre Antwort ein Rätsel auslöst. Das war also keine befriedigende Antwort. Kennen Sie Nuh Poo Tubkim, Herr Staatssekretär?«

Sentlinger mimte den Nachdenklichen und zog die Mundwinkel nach unten. »Nicht, das ich wüsste. Ein thailändischer Name?« Er rang sich ein zittriges Lächeln ab.

»Kennen Sie einen Mann namens Charlie?«, fragte Sperber.

Sentlingers Miene verfinsterte sich. »Soll das jetzt ein Verhör werden, Frau Kommissarin? Pfeifen Sie Ihren Terrier zurück.« Er würdigte Sperber mit keinem Blick.

Sperber griff in die Innentasche seines Jacketts und hielt Sentlinger ein paar Bilder vor die Nase. »Das ist Charlie. Und Sie mögen ihn anscheinend sehr. Oder ist das Ausdruck einer, sagen wir, besonders intensiven Wirtschaftsbeziehung?«

Sentlinger lief rot an.

»Sie wurden in dem Haus öfters gesehen, das hat uns eine Zeugin gesagt, eine Anwohnerin. Sie scheinen also in diesem katholischen Verlagshaus eine wichtige Rolle zu spielen. Wenn die erfahren, was Sie dort alles so treiben ...«, sagte Sperber und lachte hämisch.

Sentlinger drehte sich weg.

»Nicht wegsehen, Herr Staatssekretär«, verlangte Martha. »Hinsehen, genau hinsehen! Sagen Sie uns, was da los ist. Wir suchen ihn. Wo ist Charlie?«

Sentlinger drehte sich langsam wieder zurück, machte ein betretenes Gesicht und schob Sperbers

Hand mit den Bildern zur Seite. »Nehmen Sie die Bilder weg. Ist ja gut.«

»Also? Wir warten«, sagte Martha.

Sentlinger atmete tief durch. »Ja, okay, ich hatte ein kurzes amouröses Geplänkel mit diesem Herrn. Aber es ist nur ein Flirt, sonst nichts.«

»Aber Sie kennen ihn doch offensichtlich besser, als Sie zugeben wollen«, sagte Sperber und lächelte ihn an. »Sie haben sich nämlich mit ihm am Telefon kurz vor Ihrem, wie sagten Sie, amouröses Geplänkel? Ja, da haben Sie sich mit ihm gestritten.« Sperber hielt ihm dabei wieder die Bilder vor die Augen. »Das tut man nicht, wenn man sich nicht kennt. Das macht man mit jemand, zu dem man eine Beziehung hat.«

»Was wollen Sie denn von mir? Ist das etwa verboten?«

»I weiß ned, was der katholische Herrenorden dazu sagt«, warf Huber zwei ein, »wenn ihr Ehrenvorsitzender mit einer Thai-Schwuchtel rumknutscht, in den Räumen ihres hochheiligen Verlagshauses.«

»Etwas gewählter bitte, Huber«, sagte Sperber mit gespielter Empörung. »Der Herr Staatssekretär lässt doch bitten!«

Sentlinger durchlitt offensichtlich Höllenqualen vor Peinlichkeit. Er setzte sich und trocknete sich die schweißnasse Stirn. »Hören Sie, wenn das rauskommt, dann bin ich erledigt! Bitte, Sie dürfen darüber mit niemandem reden.«

»Wo ist Charlie? Und wo war Charlie gestern Abend?«

Sentlinger kämpfte mit sich. Dann antwortete er: »Charlie ist hier. Aber gestern, da war er nicht hier.«

In dem Moment betrat Charlie den Raum durch eine Nebentür. Stumm und fragend sah er Sentlinger an. Sentlinger traf das hart. Er sah zwischen seinen Beinen zu Boden. Huber eins und Huber zwei gingen auf Charlie zu und nahmen ihn fest. Sie brachten ihn nach draußen, wo sie ihn an die Schutzpolizei übergaben. Charlie protestierte mit keinem Wort.

»Waren die beiden toten Thais jemals hier bei Ihnen?«

Sentlinger stand jetzt auf. »Ja, verdammt. Sie waren hier. Sie haben hier ein paar Dienste übernommen. Ich hab ...«

»Wusste Nuh Poo Tubkim darüber Bescheid?«

»Nein, er wusste es nicht. Er dachte, sie machen für ihn einen Botengang. Aber ich konnte sie überreden, mich hier zu besuchen. Ich hab sie in Prien abholen lassen und ihnen eine Batzen Geld versprochen.«

»Wie sind sie wieder weggekommen?«

»Ich hatte ihnen noch Geld für ein Taxi gegeben. Das haben sie sich dann selbst gerufen. Aber fragen Sie mich jetzt nicht nach dem Unternehmen.«

»So viele wird es hier nicht geben, die in Frage kommen«, sagte Sperber.

»Sie haben sich an die beiden rangemacht, stimmt's?«

Ärgerlich fuchtelte er mit den Händen. »Ja, verdammt! Hab ich. Na und? Alles erlaubt.«

»Ich hab das Gefühl, Sie haben uns eine ganze Menge zu erzählen«, sagte Sperber kühl lächelnd. »Es ist zwar alles erlaubt, was Sie tun«, setzte er hinzu, »doch in der Öffentlichkeit wird sowas wohl kaum geduldet. Na, wenn das mal nicht rauskommt.«

Sentlingers Gesichtszüge verfielen. Allein die Vorstellung, dass über ihn und seine Lebensweise irgendetwas an die Öffentlichkeit dringen könnte, schien ihn fertig zu machen. »Okay, ich werde reden«, sagte er mit zitternder Stimme.

»Und ich hoffe für Sie, Herr Staatssekretär«, sagte Martha, »dass es eine umfassende Aussage wird.«

Herzkasper

Martha, Huber zwei und Sperber nutzten den Moment und zogen sich mit Sentlinger zurück. Sie gestatteten ihm, sich kurz umzuziehen, und gingen dann mit ihm in einen Büroraum.

»Sie kennen Charlie also schon länger. Und seinen Meister, Nuh Poo Tubkim, kennen Sie auch«, sagte Martha.

Sentlinger seufzte. »Ja, den kenn ich auch.«

»Erzählen Sie uns, warum er hier in Bayern ist. Was hat er hier zu suchen?«

Sentlinger setzte sich, trank einen Schluck Wasser und fragte: »Wollen Sie wirklich die ganze Geschichte hören?«

Sperber und Martha nickten. »Die ganze Geschichte«, bestätigte Huber. »Von Anfang bis Ende.«

»Und nichts auslassen!«, bekräftigte Martha.

»Also gut. Ich fang ganz vorn an.«

Martha schaltete die Tonaufnahme an ihrem Handy ein.

Sentlinger räusperte sich. »Vor langen Jahren hatte ich einen Freund. Er hieß Bruno Hausmayr. Während ich Jura studiert und später Karriere in der Politik gemacht habe, studierte Bruno katholische Religion und wurde Priester. Pater Bruno hat sich irgendwann dazu entschieden, nach Thailand auszuwandern, als Missionar.«

Sperber, Martha und Huber hörten ihm wie gebannt zu.

»Hausmayr und ich haben unsere Freundschaft auch weiterhin gepflegt, nachdem er nach Thailand gegangen war. Ich habe ihn mehrmals besucht in Bangkok, also unserer Freundschaft wegen.«

»Nur der Freundschaft wegen?«, fragte Sperber hämisch.

»Na ja, Bangkok war ja seit jeher wegen seiner Freizügigkeit bekannt. Und das wusste auch Pater Bruno zu schätzen.«

»Und Sie doch sicher auch«, fügte Martha hinzu.

Sentlinger nickte verschämt. »Ja, zugegeben. Bangkok hatte damals noch große Reize, nicht so verkommen wie heutzutage. Es war ...«

»Ersparen Sie uns die epischen Details. Weiter bitte«, verlangte Martha.

»Also, in seinem dritten Jahr, an einem heißen Tag, ist Hausmayr einer wunderschönen Frau begegnet.« Er machte eine Pause.

»Und weiter?«, fragte Huber fordernd.

»Wie es so kommt. Aber in dem Fall ... Na ja, das hätte ihm keiner gewünscht. Aber schön muss es gewesen sein.«

»Ja was denn?«, fragte Sperber.

»Pater Bruno ist auf Nuh Poo Tubkims späterer Mutter liegend, nach dem siebten Höhepunkt innerhalb einer Stunde, gestorben. Herzkasper.«

Huber konnte sich ein leises Lachen nicht verkneifen. Sperber lenkte seinen Blick schmunzelnd auf Martha.

»Sie werden es kaum glauben«, sagte Sentlinger jetzt auch erheitert, »aber Nuh Poos Mutter ist immer noch mächtig stolz auf diese Geschichte, denn sie ist eine viel gefragte Hure. Der Multiorgasmustod, und das sind ihre Worte, also dieser außergewöhnliche Tod ihres deutschen Liebhabers ist ein fester Bestandteil ihres Lebenslaufs. Sie ist die Frau, auf der sich ein gestandener deutscher Priester totgevögelt hat. In ihrer Heimat gilt sie als lebende Legende.«

Martha sah zu Boden und konnte kaum ernst bleiben. »Erzählen Sie weiter«, sagte sie und hüstelte leise.

»Die Geschichte der intensiven Zuneigung seines Vaters zu seiner Mutter und seiner außergewöhnlichen Zeugung hat Nuh Poo schon als Kind sehr beeindruckt. Denn seine Mutter musste die Geschichte immer wieder zur Belustigung ihrer Freundinnen erzählen. Ein wenig hat sie auch hin und wieder damit geprahlt.

Denn in ihrem Milieu zählt das schließlich was«, sagte Sentlinger ernsthaft.

»Und Sie waren oft dort und haben das mitbekommen?«, fragte Sperber.

»Ich habe sie noch mehrfach besucht, nachdem Pater Hausmayr tot war. Ja, ich habe ihr immer wieder zuhören müssen, wenn sie stolz diese Geschichte erzählt hat.«

»Was geschah mit dem Leichnam von Pater Hausmayr?«, fragte Martha.

»Kurz nach seinem Herztod hab ich dafür gesorgt, dass er nach Deutschland überführt wurde.«

»Und dann?«

»Ist er auf dem Friedhof seiner letzten Wirkungsstätte beerdigt worden.«

»Wo hat er zuletzt gewirkt?«, fragte Huber.

»Auf der Fraueninsel. Als Pfarrer.«

»Das ist ja großartig«, sagte Sperber überschwänglich. »Das ist ja ...«

»... ein Treppenwitz der lausigen Lebensweise, über den dieser Saukerl von Pater Bruno sich posthum sicherlich immer noch amüsiert«, bemerkte Sentlinger grinsend. »Ich habe die Grabrede gehalten. Gestorben in Ausübung seiner Pflicht, hab ich gesagt.« Sentlinger war aufgestanden und ging jetzt auf und ab. »Glauben Sie mir, das ist mir alles äußerst peinlich gewesen. Trotzdem habe ich Nuh Poos Mutter geholfen, das Kind von der deutschen Familie Hausmayrs anerkennen zu lassen und ihm auch die deutsche Staatsbürgerschaft verschafft. Das war ich meinem verstorbenen Jugendfreund schuldig.«

Er setzte sich wieder. »Allein die Tatsache, all das geheim zu halten, stellte mich damals vor viele schwierige Aufgaben, das können Sie sich vorstellen. Aber dem Jungen zu helfen, das empfand ich als unumstößliche Christenpflicht!«

»Und die Familie Hausmayrs? Was hat die gesagt?«, fragte Sperber.

Sentlinger stieß die Luft aus. »Der war das alles äußerst peinlich. Ich habe der Familie geholfen, diese Peinlichkeit zu vertuschen.«

»Wo können wir diese Familie finden?«, fragte Martha.

»Gar nicht. Brunos Schwester ist völlig verblödet und lebt im Altersheim. Wo ihre Tochter Gile sich aufhält, das weiß ich nicht.«

Martha nickte. »Und weiter? Was geschah dann mit dem Jungen Nuh Poo?«

»Seinen Lebensunterhalt hat auf meine Bemühungen hin die damals noch gut betuchte Familie übernommen. Er hat sogar ein Internat besucht. In jedem Fall hat seine deutsche Familie ihn, den thailändischen Jungen, gefördert. Und darauf ist Nuh Poo wohl heute noch sehr stolz. Ich hab es aber nie übers Herz gebracht, Nuh Poo klar zu machen, dass sie ihn verleugnet haben.«

»Und wie ist es dem Jungen in seiner Heimat ergangen?«, fragte Sperber. »Er ist ja immerhin der Sohn einer Prostituierten.«

»Sie werden staunen. In den Kreisen seiner Mutter galt Pater Bruno als rechtschaffener Mann, denn er hatte durch seinen Tod und weit darüber hinaus gut für den Sohn gesorgt. Er hat es in Bangkok posthum zu beträchtlichem Ansehen gebracht. Für einen Falang, eine Langnase, wie sie uns Europäer nennen, sogar außergewöhnlich beträchtlich. Und durch seine vielgepriesene Wohltat wird auch den Katholiken seit damals allgemein eine gewisse Hochachtung zuteil. So kam es, dass Nuh Poo bereits als Kind überall in hohem Maße respektiert wurde.«

»Wie ist denn sein Name zu erklären?«, fragte Martha.

»Zum Andenken an seinen Vater, den geistlichen Mann aus Deutschland, hatte die Mutter dem Sohn den Vornamen Poonish gegeben, kurz Poo, was so viel wie Prediger hieß. Die ersten Jahre wuchs der Junge im Bordell seiner Mutter auf. Sie liebten ihn alle, diese Damen, die ihn Tag für Tag verhätschelten. Sie steckten ihn in bunte Kleidchen und nannten ihn liebevoll Nuh, das Mäuschen.«

Martha gackerte kurz.

»Kosenamen bleiben in Thailand oft lebenslang an einem hängen«, sagte Sperber.

»Ja, sie werden dann Teil des offiziellen Namens. Manchmal wandeln sich die Kosenamen, wie zum Beispiel bei wichtigen Ereignissen, so wie im Fall seiner Mutter.«

»Wieso?«, fragte Huber.

»Sie hieß seit dem Vorfall mit seinem Vater Djet. Djet Ganda Tubkim, denn Djet steht für die Zahl sieben.«

»Sieben?«, fragte Martha.

»Ja, sieben. Die Zahl der glücklichen Wiederholungen, die Pater Bruno in einer Stunde auf ihr erreicht hatte.«

Huber konnte nicht mehr an sich halten. »Das gibt's ja ned!«, rief er lachend und schlug sich auf die Schenkel.

Martha warf ihm einen frostigen Blick zu.

»Jeder in Bangkoks Milieu kannte damals den Nachnamen von Nuh Poos Vater. Gongutih, das ist das thailändische Wort für Majordomus oder Hausmeier. Deshalb hängte Nuh Poo voller Stolz den Namen seines Vaters offiziell an seinen Nachnamen an. Weil aber der etwas verschlafene Beamte im deutschen Konsulat in Bangkok nicht so recht wusste, was er mit dem Namen machen sollte, hat er auch noch den deutschen Nachnamen in Klammern dahinter gesetzt: Nuh Poo Tubkim-Gongutih, in Klammern Hausmayr, das ist daher sein eingetragener Name im deutschen Reisepass.«

»Das ist doch alles ein Märchen, oder?«, sagte Sperber und spürte doch gleichzeitig, dass es die Wahrheit sein musste.

»Es ist wahr! Oder glauben Sie ernsthaft, ich habe mir sowas ausgedacht?«, fragte Sentlinger.

Keiner regte sich. Martha fragte ihn: »Und jetzt? Was jetzt?«

»Jetzt ist der Guru Nuh Poo Tubkim-Gongutih, in Klammern Hausmayr, nach Bayern gekommen«, sagte Sentlinger. »Und bringt alles durcheinander.«

»Ist er zum ersten Mal hier?«, fragte Sperber.

»Ja, es ist seine erste Reise, die ihn aus seiner fernöstlichen Heimat hinausführt. Er hat zwar schon früh mir gegenüber geäußert, dass er das Grab seines Vaters besuchen wolle. Denn er glaubt fest daran, dass er seine Spiritualität von Pater Bruno geerbt hat. Er war ihm daher stets sehr verbunden. Und er wollte seine Familie kennen lernen, obwohl er noch nie einen direkten Kontakt gehabt hat. Der Kontakt ist immer über mich als Mittelsmann erfolgt.«

»Und wieso kann er perfekt Deutsch?«, fragte Sperber.

»Ich habe dafür gesorgt, dass Nuh Poo eine Schule in Thailand besuchte, wo er Deutsch lernen konnte. Das war schon als Kind sein Wunsch. Trotzdem habe ich ihm immer wieder eine Reise nach Deutschland ausreden können. Aber jetzt ist er hier, und mich hat das vollkommen überrascht.«

»Unglaublich«, sagte Martha, »das ist ja eine haarsträubende Geschichte. Aber was hat das mit all diesen Katoeys auf sich?«

»Sie lieben ihn über alles. Und er liebt sie. Ich meine das durchaus im Sinne von Nächstenliebe. Nicht, dass er alle Katoeys von der Prostitution befreien wollte. Aber er hat viele aus ihren billigen Bordellen herausgeholt, sie von ihren Abhängigkeiten befreit.«

»Oh wie großartig er ist«, ätzte Sperber. »Nuh Poo, der Wohltäter!«

Sentlinger kratzte sich am Hinterkopf. »Zumindest hat er sie unter würdigeren Bedingungen für sich arbeiten lassen und ihnen ein faires Auskommen ermöglicht. Wenn ich eines mit Sicherheit sagen kann, dann dass bei ihm niemand gezwungenermaßen arbeitet. Sie sind alle freiwillig bei ihm.«

»Wie ist es ihm möglich gewesen, das zu machen, dazu gehört doch viel Geschick und Geschäftssinn!«, sagte Martha.

»Das Geschäft kennt er von Kindesbeinen an. Offiziell ist Prostitution in Thailand verboten. Da sie aber geduldet wird, ist sie schwer zu bekämpfen, weil es sie ja offiziell gar nicht geben darf. Nuh Poo Tubkim hat sich diesen Umstand bestens zunutze gemacht. Und er ist geschäftstüchtig, denn er hat Betriebswirtschaft gelernt. Er sieht seine Betriebe als Gewerbeeinheiten. Sein Vermögen ist für thailändische Verhältnisse mittlerweile unermesslich«, erklärte Sentlinger und lehnte sich zurück. »Er verfügt über zehn große und fünfzehn kleinere Massageinstitute, in denen es keine Ungerechtigkeiten im Sinne von Erniedrigungen gibt. Hier arbeiteten übrigens nicht nur Katoeys, sondern auch viele Frauen. Seine Sexworker, wie man sie in Thailand nennt, sehen ihre Arbeit als Dienst an Gott und an ihrem Guru«, sagte er mit einem bewundernden Lachen in der Stimme, das seinen Respekt für ihn erkennen ließ. »Doch bei seinen Katoeys legt er erhöhten Ehrgeiz an den Tag, ihnen Gutes zu tun. Und Thapakorn und Boonipat, die beiden Toten, hatte er in seinen engsten Kreis aufgenommen. Sie dienten nur noch ihm persönlich oder in Ausnahmefällen speziellen Gästen.«

»So wie Ihnen!«, sagte Martha.

»Die beiden haben bei ihm zueinander gefunden. Sie waren in seinen Augen etwas Besonderes«, sagte Sentlinger. Er betrachtete Martha, Sperber und Huber nacheinander. »Und glauben Sie mir«, fügte er leise und ehrfürchtig hinzu. »In meinen Augen waren sie das auch!«

Hemd

Hören Sie zu, Charlie, so kommen wir nicht weiter!«, sagte Martha wütend. »Sie sagen kein Wort, obwohl wir Ihre DNA am Tatort eindeutig identifiziert haben. Sie sind geliefert! Warum verstehen Sie das nicht?«

Charlie starrte seit einer viertel Stunde an die Wand und hatte sich keinen Zentimeter bewegt. Was Martha ihn auch fragte, er antwortete nicht.

»Und Sie wollen ganz sicher keinen Anwalt sprechen?«, fragte Sperber.

Charlie reagierte nicht.

»Charlie, Sie werden des Mordes angeklagt. Wir glauben, dass Sie die beiden Katoeys ins Jenseits befördert haben, ein Motiv haben Sie ganz sicher, nämlich Eifersucht. Ihr Geliebter hat sich mit diesen beiden mehr als nur angefreundet. Und Sie mussten einfach zusehen, wie er Sie mit zwei hübschen jungen Boys betrogen hat. Das muss Sie bis zum Zerreißen gepeinigt haben. Da haben Sie die zwei einfach weggetan, stimmt's?« Martha schrie ihn an. »Und dann haben Sie den Mann getötet, der Ihre Rubine verkauft hat, weil Sie der Meinung waren, dass er Ihre Geheimnisse verraten hat. Auf bestialische Weise haben Sie die Bräuche Ihrer Heimat angewendet.«

»Sie sind doch thailändischer Chinese. Oder stimmt das nicht?«, fragte Sperber leise.

Zum ersten Mal sah Charlie zur Seite, Sperber direkt in die Augen. Sein Blick war traurig.

»Charlie«, sagte Sperber freundlich. »Sie waren aufgewühlt. Sie sind durchgedreht. Wir kennen doch jetzt Ihren Namen, wir wissen, woher Sie kommen, und alles von ihrem Guru. Er hat uns geholfen, und er will auch Ihnen helfen. Sagen Sie, wie alles passiert ist. Hier in Deutschland geschieht Ihnen nichts Schlimmes. Bei uns gibt es andere Gefängnisse als in Thailand.«

Charlie starrte wieder die Wand an.

»Sehen Sie her, Charlie«, sagte Martha. »Ihr Guru hat uns sogar ein Hemd von Ihnen gegeben, damit wir Ihre DNA überprüfen können.« Sie hielt ihm das Hemd entgegen.

Charlie erschrak. Offensichtlich brachte ihn das durcheinander.

»Ja, auch ihr Guru will, dass alles ein Ende findet.«

Charlie nahm das Hemd in die Hand, betrachtete es eingehend und sah zu Boden. Die Enttäuschung stand ihm ins Gesicht geschrieben.

»Charlie, sagen Sie etwas!«, flehte Martha eindringlich. »Ihr Guru kann Ihnen nicht mehr helfen. Sie sind völlig allein«.

Charlie atmete tief durch. Er ließ das Hemd fallen, streckte seine Brust nach vorn und sagte leise, ohne den Blick von der Wand abzuwenden: »Ich hab die beiden nicht umgebracht. Ich hab nichts gemacht.«

»Aber alles spricht dafür«, schloss Martha. »Alles. Wir müssen Sie weiter festhalten.«

Leiterwagen

Martha, irgendwie wird mir ganz schummerig bei all dem Durcheinander. Glaubst du ihm?«, fragte Sperber.

»Wem, Charlie? Nein, alles spricht gegen ihn, wie gesagt«, meinte Martha und klang dabei eher frustriert. »Trotzdem. Ich werde aus all dem nicht schlau. Und dann suchen wir auch noch diesen Albaner.«

Sperber ging zur Kaffeemaschine und ließ sich einen Espresso einlaufen.

»Hi, alles ok bei euch?«, fragte Huber eins und legte eine Aktenmappe auf den Tisch.

»Was gibt's, Franzl?«, fragte Martha.

»Ich hab einen Taxifahrer aus Bad Aibling ausfindig gemacht, der sich erinnert, an dem fraglichen Abend in Högling gewesen zu sein. Er sollte unbedingt draußen warten, es ist aber niemand gekommen. Er wusste nicht, bei welcher Adresse er klingeln konnte, also ist er nach fünfzehn Minuten wieder gefahren.«

»Hast du ihn gefragt, ob ihm irgendwas aufgefallen ist?«, fragte Sperber.

Huber eins sah ihn stoisch an und antwortete: »Nein, Fritz, komplett vergessen.«

»Komm schon, Franzl. Also!«, forderte Martha ihn auf.

Huber eins wendete sich ausschließlich an Martha. »Ihm ist nichts aufgefallen. Keine Ereignisse, keine Leute, einfach nichts.«

»Okay, hilft uns also nicht weiter.«

»Was ist denn in der Mappe«, fragte Sperber ihn und zeigte auf den Tisch.

»Das sind die weiteren Untersuchungsergebnisse zu dem Leiterwagen. Steht aber auch nichts Besonderes drin.«

Plötzlich hielt Sperber inne. »Leiterwagen! Martha, genau das hat sie gesagt, Leiterwagen.«

Martha sah ihn an und breitete rätselnd die Arme aus.

»Klingelt was bei dir, Martha?«

Martha verstand immer noch nicht, was er ihr sagen wollte. »Leiterwagen? Wer hat das gesagt?«

»Kannst du dich nicht erinnern? Die Nonne, die den Weg entlang gelaufen kam, als wir zum ersten Mal auf der Fraueninsel waren? Die riesige, große Nonne, die so verwirrt war.«

»Ja, ich kann mich an sie erinnern, aber da hab ich nicht recht zugehört. Ich hab mich eher mit den anderen Betschwestern beschäftigt.«

»Sie hat was gesagt von ..., warte mal!« Sperber versuchte sich zu erinnern. »Irgendwas mit ›neunundsechzig Leiterwagen‹ und dann noch was mit ›kohlschwarz‹, ja, ›kohlschwarz‹ hat sie gesagt«. Er rieb sich kurz den Mund und hob den Finger. »Ha! ›Neunundsechzig Leiterwagen voller kohlschwarzer Teufel‹, hat sie gesagt!«

»Aha, und was bedeutet das?«

»Keine Ahnung! Und wieso grad neunundsechzig?«, fragte Sperber.

»Klingt sehr merkwürdig.« Martha schüttelte den Kopf.

»Sie kam mir äußerst verwirrt vor, sogar wahnhaft. Wir sollten mit ihr reden, Martha. Sie hat sich irgendwas zurechtgelegt. Irgendwas hat sie mitbekommen, was sie nicht verarbeitet hat«, sagte Sperber und zeigte auf die Laborergebnisse in Hubers Hand. »Und das hat was mit diesem Leiterwagen zu tun.«

Adelmunda

Die Pförtnerin des Klosters wusste gleich, wen sie suchten, nachdem Sperber ihr die große Nonne beschrieben hatte. »Das kann nur Schwester Adelmunda sein. Sie ist ein bisschen merkwürdig. Eigentlich möchte ich Sie gar nicht zu ihr lassen. Ich ruf die Oberin an.«

»Sagen Sie bitte Schwester Irmentrud nicht, dass wir hier sind«, sagte Martha schnell.

»Die ist ohnehin nicht hier. Die ist seit zwei Tagen weg.« Sie telefonierte kurz.

Drei Minuten später kam die Oberin zur Pforte. Eine ehrwürdige alte Nonne mit sanftem Blick stand vor ihnen.

Martha stellte sich und Sperber kurz vor. »Wir möchten gern Schwester Adelmunda sprechen. Möglicherweise kann sie uns in einem Mordfall weiterhelfen.«

»Ein Mordfall, sagen Sie? Gott steh uns bei!« Die Oberin schlug ein Kreuzzeichen. »Was genau ist denn passiert? Hat es was mit diesen gottlosen Menschen aus Thailand zu tun?«

»Es hat etwas mit den Thailändern zu tun, ja. Ob sie gottlos sind, wage ich nicht zu beurteilen«, gab Martha zur Antwort. »Aber jetzt brauchen wir erst mal Ihre Hilfe. Mehr kann ich Ihnen jetzt nicht sagen.«

Die Oberin nickte. »Wenn Sie mir versprechen, dass Sie Adelmunda rücksichtsvoll behandeln, dann kann ich wohl nichts dagegen haben. Und hindern kann ich Sie ja ohnehin nicht, nicht wahr?«

Martha zog die Brauen hoch und nickte.

»Aber bitte bedenken Sie, sie ist sehr eigenwillig und lebt in einer anderen Welt, wenn Sie verstehen.«

»Verstehe«, sagte Sperber.

»Oft hat sie Heimweh nach ihrer schönen Steiermark. Sie ist äußerst sensibel. Und momentan ist Adelmunda sehr durcheinander, weil Irmentrud verschwunden ist.«

»Wo ist denn die Schwester Irmentrud abgeblieben?«, fragte Sperber.

Die Oberin hob die Schultern und meinte: »Wenn wir das wüssten. Wir haben mit ihrem Bruder telefoniert, und auch mit ein paar ehemaligen Freundinnen. Keiner weiß, wo sie ist.«

»Kommt das öfter vor, dass Schwestern wegbleiben?«, fragte Martha.

»Selten, aber doch kommt es vor, dass sich Schwestern komplett zurückziehen und beten. Bisher sind sie aber noch alle zurückgekehrt.«

Martha erwiderte ihr gütiges Lächeln und fragte: »Dürfen wir dann …«

»Aber sicher, sicher. Gehen Sie zu Adelmunda. Die Schwester wird Sie hinbringen.« Sie forderte die Schwester an der Pforte auf und verabschiedete sich.

Die Pförtnerin schritt den Gang entlang. »Wissen Sie«, offenbarte sie mit einem Schmunzeln, indem sie den Kopf nach hinten drehte, »Adelmunda legt gern Karten. Das ist zwar ein bisschen abergläubisch, aber die Oberin lässt sie in Ruhe. Eigentlich müsste sie es ihr ja verbieten. Aber Adelmunda ist ja ein bisschen plemplem«, sagte sie mit weit geöffneten Augen und wedelte wild mit der Hand vor ihrer Stirn. »Es ist das Einzige, was Adelmunda gut kann und wobei sie sich wirklich wohlfühlt«, äffte die Schwester die Oberin nach und ließ Spott in ihrer Stimme mitklingen.

»Sagen Sie, Schwester, wie ist denn das Verhältnis zwischen Irmentrud und Adelmunda?«, wollte Sperber wissen.

»Sie sind sehr eng befreundet. Da passt kein Blatt dazwischen. Wissen Sie, wie man die beiden hier nennt?«, fragte sie kichernd.

Sperber und Martha schüttelten den Kopf.

»Wir nennen sie Asterix und Obelix.« Sie hielt sich die Hand vor den Mund und prustete.

Als sie vor einer Tür standen, klopfte sie an. »Gehen Sie nur zu ihr. Sie wird Ihnen sicher was vom Schicksal erzählen und die Zukunft lesen«, sagte sie mit hämischem Tonfall, öffnete die Tür und verabschiedete sich mit einem Nicken.

Adelmunda saß in ihrer Kammer auf einem einfachen Holzstuhl hinter einem kleinen Tisch. »Guten Tag, Schwester«, eröffnete Martha das Gespräch. »Wir sind von der Polizei.«

Adelmunda sah mit großen traurigen Augen auf. Dann senkte sie wieder den Blick auf ihre Karten, die sie vor sich ausgebreitet hatte.

»Tarot«, flüsterte Sperber Martha zu. »Genau solche Karten hab ich in dem Esoterikladen gesehen.

»Oh, ein ganz neues Spiel?«, fragte Sperber Adelmunda lächelnd.

Ihr kurzer Blick war unsicher, schnell sah sie wieder auf den Tisch.

»Neunundsechzig Leiterwagen voller kohlschwarzer Teufel«, sagte Sperber in einem beschwörenden Unterton.

Schwester Adelmunda starrte ihn erschrocken an. »Hast sie ah g'sehn?«, fragte sie.

»Ja«, sagte Sperber leise. »Ich hab sie auch gesehen. Wo hast du sie gesehen?«

Sie zog die Arme schützend über ihren Kopf. »Uuuuuuh!«, winselte sie.

»Waren es wirklich neunundsechzig?«

Sie riss die Augen auf und flüsterte. »Psssst. Der Teifel. Der Teifel. Neinasechz'g is der Teifel.«

»Hab ich schon mal gehört«, flüsterte Martha Sperber zu. »In der Mythologie wird die Neunundsechzig oft mit dem Teufel gleichgesetzt.«

»Neinasechz'g, sechs und neune«, flüsterte Adelmunda. Sie zeigte die Karte mit der Zahl Sechs ihres Tarots. »Die Liebenden«, sagte sie mahnend. »Ein Mann und eine Frau, beide nackt und eng umschlungen und sich küssend. Frieden und Freude, Herzenswärme steht über dem Verstand«, schob sie sanftmütig hinterher. »Erhaben und von Gott gewollt.« Verklärt sah sie die Karte an und lächelte. »Wie schön sie sind.«

Dann zeigte Adelmunda die Karte der Zahl Neun mit der Abbildung ›Der Eremit‹, einem großen Mann mit langen weißen Haaren und einem Stock, der ein helles Licht vor sich hertrug. »Weisheit und Wahrheit«, flüsterte sie mahnend. »Die Kraft liegt in der Einsamkeit und in der Ruhe. Er rät zum Nachdenken, das Gegenstück zur sechsten Karte, die allein dem Herzen gehört.«

Sperber nickte ihr freundlich zu. Sie lächelte kurz. Doch dann, plötzlich, schrie sie auf, reckte sich und hob beide Karten so hoch und so weit weg von sich, wie sie konnte. »Sechs!«, schrie sie und starrte erst ihre linke und dann die rechte Hand an, »und neun!« Dann legte sie beide Karten zusammen auf den Tisch.

»Zähle sechs und neun zusammen!«, zischte sie und starrte Sperber an.

»Ja, äh, fünfzehn«, sagte er zaghaft.

»Der Teifel«, brüllte sie und hielt eine weitere Karte des Tarots vor Martha und Sperber hin. Die Karte mit der Zahl Fünfzehn, ein nackter Mann und eine nackte Frau, angekettet, beide Hörner auf dem Kopf. Dahinter dräute ein überdimensionaler Teufel, der hämisch grinste und eine brennende Fackel in der Hand hielt.

»Mann und Frau«, zischelte sie, »verbotene Kraft der Anziehung, und trotzdem wollen sie es ...« Laut stieß sie hervor: »... treiben!« Ihre Stimme klang jetzt knarzig aggressiv. »Pfuiiii. Sie dürfen es nicht, aber es zieht sie magisch an. Macht und Schwäche finden zusammen, verschwören sich und laufen ihrem grauenvollen Schicksal entgegen, das nur Gott vorbestimmt hat. *Vox animalis!* Wie Tiere sind die Liebenden in ihrer Sucht nach dem bööösen Trieb!«, rief sie mit einer Stimme so tief wie ein dunkler Brunnen. »Gefangen in der Sucht ihrer Leidenschaft«, schrie sie hinterher.

Ihre Augen glühten. Ihr Furor beeindruckte Martha und Sperber so sehr, dass sie starr vor ihr standen.

»Schwester Adelmunda«, probierte es Martha vorsichtig. »Wer ist der Teufel?«

»Der Teifel! Der Teifel! Der wohnt gleich da oben, in dem weißen Haus, huuuuuu. Der hat uns alle verhext.«

»Wer alle? Wen hat er verhext?«

»Die Liebenden. Die Liebenden.« Dann schwieg sie.

»Wer sind die Liebenden?«, fragte Sperber sanft.

»Die Liebenden.« Sie sah zu Boden und verkrampfte sich. Sie schluchzte heftig und wand sich in ihrem Schmerz. »Schwester Irmentrud. G'sehn hab ich sie. Hat geliebt, hat es ...«, sie schluchzte und weinte ganz kurz, »... getrieben. Mit so einem ... Mann, so einem Mann.« Adelmunda machte ein gurgelndes Geräusch, streckte die Zunge heraus und schnitt dabei eine hasserfüllte Grimasse.

»Wann?«, fragte Martha vorsichtig und legte ihr eine Hand auf den Unterarm. Adelmunda zog den Arm zurück, sprang nach hinten und warf den Stuhl unter großem Getöse um.

»Im Garten ... im Garten ... nachts, auf dem Friedhof! Waaaaaahhhh«, schrie sie aufgeregt. »Im Garten. Beim Grab!«, presste sie hinterher. »Dieses Luder!«, jammerte sie. »Dieses Luder! Immer hat's nur mi g'liebt. Mi allaaaaan!« Sie schluchzte tief und heftig. »I hab sonst niemand!«, sagte sie klagend. »Verraten hat's mi!« Sie schüttelte sich und blickte kokett zur Seite. »Ja, mi hat sie g'liebt.«

In dem Moment kam die Oberin herein. »Was ist denn hier los? Was ist das für ein Lärm?« Adelmunda sprang auf und wedelte heftig mit den Händen, so als wollte sie die gesagten Worte verscheuchen wie ein paar lästige Fliegen. Dann presste sie die linke Hand auf ihren Mund.

Die Oberin ging näher zu ihr hin, betrachtete Adelmunda prüfend und hakte sich bei ihrem Unterarm ein. »Bitte gehen Sie!«, forderte sie Martha und Sperber auf.

»Nur noch zwei, drei Fragen!«, sagte Martha.

»Sehen Sie denn nicht, was Sie der armen Schwester antun? Sie ist ja ganz außer sich.« Jetzt wandte sie sich an Adelmunda, die mehr als einen Kopf größer als sie war. »Komm, mein Kind, lass uns gehen. Ich bring dich in die Kapelle. Dort findest du Frieden.«

Die Oberin wandte sich erneut an Martha: »Was immer Adelmunda Ihnen erzählt hat, nehmen Sie es nicht zu ernst. Sie sehen ja selbst, wie verwirrt sie ist.« Gemeinsam mit Adelmunda verließ sie die Kammer und ließ Martha und Sperber stehen.

»Ja willst du die denn nicht aufhalten?«, fragte Sperber Martha ungehalten. »Adelmunda ist kurz davor, uns alles zu sagen!«

»Fritz, hör zu. In diesem Zustand mit der Oberin an ihrer Seite ist ihre Aussage nichts wert. Wir können nichts machen. Wir müssen jetzt Schwester Irmentrud finden.«

Mangfall

Es war schon spät, aber Sperber ahnte, dass er nicht würde schlafen können. Er saß in seinem Büro und dachte nach. Martha, Huber zwei und Huber eins waren schon gegangen. Er öffnete die Schublade, griff nach der Flasche VAT 69 und goss sich einen großen Schluck ein. Er trank ihn aus und spürte, wie sich sein Hirn öffnete. Er brauchte neue Ideen. Der Fall schien festzustecken.

Hin und her gingen seine Gedanken. Wie er sie auch drehte und wendete, er kam zu keinem Ergebnis. Aber es drängte sich eine Frage auf. Er wusste nicht warum, aber irgendwas sagte ihm, dass er Sentlinger diese eine Frage noch stellen musste. Er fasste all seinen Mut zusammen, griff zum Telefon und wählte Sentlingers Nummer.

»Sperber hier. Herr Staatssekretär, ...«, brummte er.

»Hach, Sie schon wieder«, fuhr er ihm ins Wort. »Was wollen Sie denn noch?«, schnarrte es aus dem Hörer.

»Sagen Sie, waren Sie eigentlich mal draußen vor der Tür mit den beiden Thailänderinnen? Oder Thailändern, wie Sie wollen. Ich meine an dem Abend, als sie bei Ihnen in Högling waren?«

Sentlinger schwieg und schien zu überlegen. Dann sagte er vorsichtig: »Nein, eigentlich nicht.« Er machte eine Pause.

»Sind Sie sicher?«, hakte Sperber nach.

»Na ja, ganz kurz. Als sie gegangen sind, da hab ich die beiden nach draußen begleitet. Bis vor die Tür.«

»Und da haben Sie sich von ihnen mit einem Kuss oder noch mehr verabschiedet. Kann das sein?«, fragte Sperber.

»Ja, Herrgott! Aber warum wollen Sie das wissen?«

»Ich muss es halt wissen. Vielen Dank!«

»War es das?«

»Ja«, antwortete Sperber und wollte auflegen. Da fiel ihm noch etwas ein. »Herr Staatssekretär? Bitte noch etwas. Wissen Sie, wo Ihre Schwester ist?«

»Äh, nein, wie kommen Sie drauf?«

»Gibt es irgendeinen Platz, wo sie sich zurückziehen würde? Ein Lieblingsplatz aus ihrer Kindheit, irgendwas?«

»Hmm, na ja, es gibt tatsächlich sowas, eine alte Hütte«, sagte er zögerlich. »Die hat mal unserem Vater gehört. Das war Trudes Lieblingsplatz. Da hat sie als Kind gern gespielt.«

»Wo ist das?«, fragte Sperber.

»Sie steht in Grub, beim Fischgut an der Mangfall. Vater hatte die Hütte von seinem Großvater geerbt. Aber er hat sie längst verkauft. Ob die noch existiert?« Er erklärte Sperber, wo die Hütte stand. »Aber was wollen Sie denn von ihr? Ist das so wichtig?«

»Es ist wichtig!«, sagte Sperber. »Verlassen Sie sich drauf.«

Kamelmist

Am frühen Morgen hatten Sperber und Martha ihr Auto an der Rosenheimer Straße hinter Grub am Gut der ›Bayern Kamele‹ geparkt. Sie überquerten die Weide, auf denen fünf große Trampeltiere vor sich hindösten. »Was es da nicht alles gibt im schönen Bayern!«, sagte Sperber und wunderte sich. »Ist das hier eine Art Kulturaustausch, wofür dann ein paar Bayern demnächst in die Wüste geschickt werden?«

Martha grinste und sagte bärbeißig: »Ein paar tät es sicherlich ganz gut!«

»Eins muss man den Tourismusexperten schon lassen. Phantasie und Ideen haben sie genug.«

»Ja, nicht nur die Thailänder importieren anscheinend ihre Gebräuche und Sitten.«

Am Ende der Wiese gingen sie den Weg hinab, der durch einen bewaldeten Streifen führte. Durch die Bäume hindurch konnten sie weiter unten eine Bahnlinie erkennen. Sperber zeigte nach Osten. »Dort ist die

Fischzucht.« Er drehte sich in die andere Richtung. »So wie Sentlinger mir die Hütte beschrieben hat, muss sie in entgegengesetzter Richtung irgendwo da unten im Wald liegen.«

»Bist du sicher?«, fragte Martha.

»Was ist schon sicher?«

Sie unterquerten die Schienentrasse und folgten dem Weg etwa zweihundert Meter nach Westen. »Da ist die Hütte«, flüsterte Martha und zeigte auf eine dunkle Fichte, in deren Schutz sich ein Schatten abzeichnete. »Das muss sie sein.«

Langsam bewegten sie sich auf die Fichte zu. Als sie sich näherten, hörten sie in der Hütte eine Frauenstimme, die lauthals schimpfte. Sie lauschten.

»Bist du wahnsinnig? Willst du, dass uns alle hier bemerken? Mach bloß kein Feuer, du Irrer«, schrie die Frau. »Hinaus mit dem Zeug, und du gleich mit!«

Die Tür flog auf, eine Frau in einem weißen Gewand war kurz zu sehen. »Du bist ja vollkommen bescheuert!«, schrie die Frau aufgebracht. Ihr Gesicht war wie eine Maske, ihre weit aufgerissenen Augen wirkten gehetzt. Ihre Haare hingen lang und zottelig herab.

Ein Mann kam aus der Tür heraus, den Blick zu Boden gerichtet. Er trug in der Armbeuge einen kleinen Stapel Holzscheite aus der Hütte heraus. Dann kam er zurück und verschwand wieder in der Hütte.

»Leg alles wieder zurück, wie du es weggeholt hast, verstanden?«, schrie die Frau im Befehlston. Eine Minute später kam der Mann wieder mit einem Stapel Holz aus der Hütte.

Martha öffnete ihr Halfter, entsicherte die Pistole, steckte sie zurück und legte die rechte Hand auf den Griff. Sie hörten, wie der Mann das Holz aufschichtete, und schlichen sich näher heran. Martha stellte sich neben die Tür und zeigte Sperber an, die Tür zu öffnen. In dem Moment kam der Mann schon um die Ecke. Er hatte sie wohl bemerkt.

Er sah Sperber kalt in die Augen, warf ihm ein paar Holzscheite entgegen und rannte zurück auf die Rückseite der Hütte. Ein Schrei ertönte: »Trude!«

Dann hörten Martha und Sperber ein Rumpeln in der Hütte. Sperber öffnete die Tür, Martha stürmte hinein gefolgt von Sperber. Sie sahen gerade noch, wie eine Frau durch das Fenster an der Rückseite nach außen sprang. Martha drängte sich neben Sperber nach draußen. Sie verklemmten sich gegenseitig zwischen den Türpfosten. »Mensch, Fritz, lass mich raus!«, schrie Martha wütend.

»Wenn du mich so dämlich wegstößt!«, schrie Sperber zurück.

Als sie wieder draußen waren, sahen sie, wie die Frau und der Mann den Weg entlang rannten. Die Frau trug eine einfache Tunika, die sie mit einem Band an den Hüften zusammengeschnürt hatte. Offenbar das Unterkleid eines Nonnenhabits. Ihr Haar flatterte frei im Wind. Das musste Schwester Irmentrud sein. Sie hatten die Bahngleise bereits überquert. Der Mann zog sie hinter sich her. Sie verschwanden jetzt im Gehölz und waren dabei, die Böschung hochzulaufen.

»Warum hauen die ab?«, schrie Martha. »Die haben doch irgendwas ausgefressen!«

Sperber rannte schon hinterher. Oben auf der Kamelwiese kam Sperber ihnen näher. Schwester Irmentrud wurde langsamer. Der Mann zog sie hinter sich her. Sperber spurtete und sprang den Mann mit voller Wucht von hinten an. Er umklammerte ihn an den Hüften und lag jetzt auf ihm. Schwester Irmentrud hob einen Brocken Kamelmist nach dem anderen von der Wiese auf und begann, Sperber damit zu bewerfen und zu fluchen. Sperber hob die Arme schützend vor sein Gesicht und ließ den Mann los. Der Mann sprang auf, verpasste Sperber einen Tritt in die Seite und rannte mit Schwester Irmentrud weiter.

Martha war jetzt bei Sperber, der sich vor Schmerzen krümmte. »Geht's?«

»Ja, irgendwie schon«, stöhnte er.

»Komm, die hauen ab!«, rief sie. »Schwester Irmentrud hat ihren heiligen Schwur ja wohl beendet.«

»So, wie die fluchen kann, gehört sie jetzt zur Konkurrenz!«, presste Sperber keuchend hervor.

Martha half Sperber auf die Beine. Sperber sah, wie der Mann und Schwester Irmentrud auf ein Kamel zuliefen, das fertig gesattelt und angebunden auf den nächsten Reitgast wartete. Martha schrie: »Halt, stehenbleiben!« Sie hielt die Waffe in die Höhe und gab einen Warnschuss ab. Doch auch der laute Knall konnte die beiden nicht beeindrucken.

Der Mann löste die Zügel und setze Schwester Irmentrud auf den Sattel zwischen die beiden Höcker. Er sah sich um und schwang sich hinterher. Er stieß dem Kamel die Fersen in die Seite, woraufhin sich das Tier brüllend erhob und losrannte.

Als Sperber das sah, vergaß er seine Schmerzen. Er riss Martha am Arm und rannte auf ein zweites Trampeltier zu, das etwas schlanker wirkte. Er hieß Martha, aufzusteigen, dann nahm er sich ein drittes Kamel, schwang sich zwischen die Höcker und band den Zügel von Marthas Tier an seinem Sattel fest.

Eine junge Frau, die eine Brezn im Mund hielt und sich unbeholfen eine Jacke anzog, kam aus einer kleinen Hütte auf sie zu gerannt. Sie nahm die Brezn aus dem Mund und schrie: »Hey, was ist denn hier los? Hat da jemand g'schossen?« Sie warf die Brezn in hohem Bogen weg. »Was macht's ihr da? Runter von meinen Kamelen! Ihr G'sindel! I ruf die Polizei!« Dann war sie auch schon bei den beiden.

Martha hob ihren Ausweis in die Höhe. »Ich bin die Polizei!«

»Die Kamele sind beschlagnahmt«, sagte Sperber. »Wir brauchen die jetzt.«

»G’hörn die ned zu euch?«, fragte die Kamelhalterin und deutete auf die zwei, die auf dem ersten Kamel davonstoben.

»Na, das sind die Bösen!«, sagte Martha.

»Verbrecherjagd?«, fragte die Halterin erstaunt. »Da bei uns?«

»Wo rennt denn das Kamel mit denen hin?«, fragte Sperber.

»Ins Mangfalltal, die kennen die Route.« Aber wenn sie sich ned auskennen mit die Viecher ...!«

»Ich kenn mich aus!«, rief Sperber und trabte los. Marthas Tier im Schlepptau.

»Und kei Angst ned!«, rief die Halterin. »Das spür’n die Viecher!« Sie sah ihnen besorgt hinterher und biss sich auf die Lippen.

Die beiden anderen waren gerade noch in Sichtweite. Schwester Irmentrud drehte sich immer wieder um. Sperber hielt sich mit der linken Hand am Sattel fest, mit der rechten hielt er den Zügel in der Hand. Martha, ungeübt im Reiten, wackelte hin und her und nahm einen Ruck nach dem anderen hin. »Fritz, ... ned ... so ... schnell!«

»Langsamer geht’s nicht, dann verlieren wir die zwei.«

Bald hatten sie zu den beiden aufgeschlossen. In Sichtweite vor ihnen war der Mann dabei, das Kamel zum Schnellerlaufen zu bewegen. Doch die Last war zu schwer für das Tier. Es brüllte ein ums andere Mal.

Die Verfolgungsjagd ging hinab ins Mangfalltal. Sie stoben an einem älteren Ehepaar vorbei, das sich schon vor dem ersten Kamel an die Seite des Wegs gerettet hatte.

Martha beachtete die Spaziergänger gar nicht. »Stehenbleiben! Polizei!«, schrie sie den Flüchtenden hinterher.

»Jo, gibt's denn des jetzt in Bayern?«, fragte die Frau ihren Mann und hielt sich an ihm fest. »Ham die jetzt scho Polizeikamele?«

»Des is ja nix Neues, dass in Bayern die Kamele die Verbrecher jagen«, grantelte der Mann.

Drei Minuten später hatten Sperber und Martha das erste Kamel bis auf wenige Meter eingeholt. Sie ritten den Weg nach Süden und kamen auf eine Lichtung, auf der etwa einhundertfünfzig Menschen standen. Sie hörten einem Mann zu, der gerade die hier versammelten Steinskulpturen erläuterte. Eine Vernissage mitten im Wald.

»Haltet sie auf!«, schrie Sperber.

Martha schrie noch einmal: »Polizei!«

Ein Mann, der gerade ein grünleuchtendes Seil um eine der Skulpturen geschlungen hatte und eine Art Happening aufführte, reagierte sofort, lief mit dem Seil über die Lichtung und sperrte damit den Kamelen den Weg ab. Das erste Kamel ritt in vollem Trab in das Seil hinein und stoppte so abrupt, dass der Mann und Schwester Irmentrud hinunterfielen.

Sperber hielt sein Reittier an, sprang ab und ging auf den am Boden liegenden Mann zu. Er hatte sich offensichtlich an der Hand verletzt. Martha hielt die Waffe auf den Mann gerichtet.

Schwester Irmentrud kroch zu ihm hinüber, legte ihm ihre Hand auf die Schulter und hauchte: »Lass gut sein, Adnan! Es ist vorbei.« Adnan gab sich geschlagen. Sie streichelte seine Wange.

»Stehen Sie auf!«, sagte Martha barsch. Adnan erhob sich langsam und rieb sich die Handwurzel. Ohne eine Miene zu verziehen, fixierte er Sperber mit glühenden, hasserfüllten Augen. Martha hielt die Waffe aus sicherer Entfernung auf ihn gerichtet, warf Sperber ein Paar Handschellen zu und fragte schroff: »Schwester Irmentrud. Was hat das alles zu bedeuten?«

»Sagen Sie nicht Schwester zu mir. Ich habe es nicht verdient. Nennen Sie mich bei meinem richtigen Namen. Trude Sentlinger. Ich habe mein Gelübde schon längst gebrochen. Und jetzt lassen Sie mich in Ruhe.« Sie sah zur Seite.

Sperber legte dem Mann die Handschellen an. Adnan spuckte Sperber mitten ins Gesicht, worauf er ihm mit dem Handrücken eine schallende Ohrfeige verpasste.

»Was für ein Happening!«, rief ein Mann begeistert aus der Mitte der Vernissagegäste. Spontan begannen die Zuschauer auf der Lichtung zu applaudierten und zu johlen. Unter ihnen entdeckte Sperber Anne Arendt.

»Das war eine tolle Einlage«, rief sie, als Sperber zu ihr hinübersah, und winkte ihm zu. »Großartig!«, jubelte eine andere Frau. »Stark!«, schrie ein Mann in einem knallbunten Anzug. Sperber hob die Hand, drehte sich dem Publikum zu und verneigte sich theatralisch.

Martha telefonierte währenddessen. »Ja, Verstärkung«, krächzte sie ins Telefon. »Einen Streifenwagen. Im Mangfalltal. Unten an der Skulptur-Lichtung östlich von Hohendilching. Hier ist eine ganze Künstlerkolonie beisammen.«

»Wenn ich dich krieg«, stieß Adnan hervor und hielt sich die geschlagene Wange, »dann zerfleisch ich dich. Bei lebendigem Leib zieh ich dir die Haut ab.«

»Oh, ein deutlicher Akzent«, stellte Sperber fest. »Bist du vielleicht der Albaner, den wir suchen? Adnan, ein albanischer Name. Das trifft sich doch hervorragend. Dich hier mit der hübschen Nonne zu treffen, ist quasi für uns ein Volltreffer!«, sagte er triumphierend.

»Warum halten Sie uns überhaupt fest?«, fragte Trude Sentlinger. »Was werfen Sie uns vor?«

»Im Zweifelsfall Widerstand gegen die Staatsgewalt«, sagte Martha und grinste.

Als die beiden von dem Streifenwagen abgeholt worden waren, fragte Martha: »Sag mal, Fritz, woher kennst du dich mit Kamelen aus?«

»Aus Birma. Da haben wir ein paar Kamele aus China geholt, als Lastentiere. Die waren besser geeignet im unwegsamen Gelände als Fahrzeuge. Und da haben sie mir gezeigt, wie man mit ihnen umgeht.«

In dem Moment kam die Halterin der Trampeltiere zu Fuß den Weg entlang. »Na, hat's 'passt?«, fragte sie.

»Ihre Kamele haben sich soeben einen Orden verdient. Großartige Tiere!«, sagte Sperber und reichte der Frau die Hand.

Martha nickte ihr zu. »Ja, und danke für Ihre unfreiwillige Hilfe.«

Die Frau band die drei Tiere aneinander, schwang sich auf das vordere Kamel und machte sich daran, den Weg zurückzureiten. »Nix für ungut«, sagte sie grinsend zu Martha, beugte sich herab und überreichte ihr eine Visitenkarte. »Wenn Sie bei der Polizei ein paar Kamele zu wenig haben, rufen Sie einfach an.«

Etikette

Als Martha und Sperber nach der Verhaftung von Trude Sentlinger und Adnan auf der Rückfahrt waren, rief Huber zwei an. »Kommt, so schnell ihr könnt, zur Staatskanzlei!«

Als sie Erwin Sentlingers Büro betraten, hing er an einem Strick, der am Lampenhaken befestigt war. Der Kronleuchter lag sorgfältig drapiert auf der Ledercouch. Der Schreibtisch stand mitten im Raum. Sentlinger war barfuß. Seine Füße waren blau angelaufen und baumelten etwa zwanzig Zentimeter über dem Boden. Ein Fotograf machte Bilder, unter der Leiche war ein Mann der Spurensicherung dabei, nach Details zu suchen.

»Hättet ihr den nicht schon längst abhängen können?«, fragte Sperber.

»Den wunderbaren Anblick wollte ich euch nicht vorenthalten«, sagte Huber.

»Schon gut, Huber, leg los«, sagte Martha.

»Also, sieht alles nach Selbsttötung aus. Der Sentlinger hat sich mutmaßlich in der Mittagspaus erhängt. Liese Neumayr hat nach ihren Angaben um elffünfundvierzig das Büro verlassen und kam um halb eins wieder z'rück. In derer Dreiviertelstund hat er's getan. Die Zeit muss noch von der Pathologin bestätigt werden.«

»Und wieso hat sie das noch nicht untersucht?«, fragte Sperber.

»Weil's einfacher ist, wenn die Leiche vor mir liegt, als wenn ich vor ihr stehen muss«, sagte die kleine Frau in dem weißen Overall trocken.

Sperber grinste und nickte.

Huber fuhr fort. »Der Strick ist aus dem Baumarkt. Aber interessant ist, dass der Knoten sehr sorgfältig geknüpft wurde. Das muss man erst mal können. Ein klassischer Henkersknoten, seht ihr? Der hat das akribisch vorbereitet!« Huber ging um die Leiche herum und zeigte an den Hals von Erwin Sentlinger. »Das Ende des Seils wurde zu einer Schlaufe gelegt, dann etwa achtmal sauber zu einer Verdickung um sich selbst gewickelt und mit der Schlaufe am Ende festgezurrt. Wie im Western. Das bricht dir garantiert schnell das Genick, wenn du tief genug fällst.« Er räusperte sich. »Bei einer Deckenhöhe von dreimeterfünfundzwanzig, einem Kopf von etwa fünfundzwanzig Zentimeter und seiner Körperlänge von etwa hundertneunzig Zentimeter entspricht das einer Fallhöhe von etwa einem

Meter zwanzig. Das reicht aus, um sich ein sauberes Ende zu bereiten.«

»Ist er vom Schreibtisch gesprungen?«, fragte Sperber.

»Ja, so sieht es aus. Um an Höhe zu gewinnen, hat er sich wohl auf den Stapel Bücher gestellt, siehst du?«, sagte Huber und deutete auf die Tischfläche, an deren Rand fünf große Folianten lagen, von denen der oberste leicht zur Seite gerückt war.

»Auf dem Folianten sind deutliche Fußabdrücke drauf«, sagte einer der Techniker von der Spurensicherung.

»Seine Schuhe und Socken stehen fein säuberlich geordnet unter dem Fenster. Er hat sie sich also ausgezogen.«

»Warum das?«, fragte Sperber.

»Er ist streng erzogen«, sagte Martha. »Man steigt nicht mit Schuhen auf den Tisch.«

»Ja, und mit Socken läuft man Gefahr, auszurutschen«, fügte Huber hinzu. »Mit den Folianten reichte er mit dem Kopf genau bis unter die Decke. Ein Sprung in aufrechter Haltung.«

»Verrückt«, murmelte Sperber. »Da hängt sich einer auf und achtet noch auf Etikette.«

Huber nahm einen Ordner in die Hand. »Und das hier haben wir auf dem Schreibtisch gefunden.«

Martha schlug den Ordner auf und fand ein Protokoll, das akribisch Sentlingers Besuche in Thailand belegte. Dazu gab es Fotos von höchst intimem Charakter. Praktisch bei jedem Besuch hatte Sentlinger es mit mehreren Personen getrieben. »Wenn ich das richtig sehe, dann sind hier mehr als zwanzig Jahre dokumentiert«, sagte Martha.

»Das ist der Vernichtungsschlag gegen Sentlinger«, sagte Sperber. »Ich wette, das steht morgen in allen Zeitungen. Das hat ihm jemand gesteckt. Und Sentlinger ist dem zuvorgekommen.«

»Und immer wieder ist Charlie dabei«, sagte Sperber und sah die Bilder durch.

»Nicht gerade mein Geschmack«, bemerkte Martha. »Aber wo ich auch hinschaue, Charlie, immer wieder Charlie. Wenn der Kerl nur reden würde.«

»Vielleicht braucht er gar nicht zu reden. Wir müssen uns um Schwester Irmentrud kümmern«, schlug Sperber vor. »Und um ihren Begleiter. Bevor die Dinge komplett aus dem Ruder laufen.«

Gottes Wille

Trude Sentlinger saß mit trübem Blick und gesenktem Haupt in Marthas Büro. Das Haar fiel ihr wirr ins Gesicht. Sie sah jämmerlich aus.

»Sie haben kein Recht, mich festzuhalten«, sagte sie mit zitternder Stimme.

»Sie haben heftigen Widerstand geleistet. Bis zur Tätlichkeit. Warum?«

Sie gab keine Antwort.

»Wollen Sie einen Anwalt?«

Trude Sentlinger warf ihr einen verächtlichen Blick zu. »Einen Anwalt. Ich brauche keinen Anwalt. Der Herr ist mein Anwalt. Und wenn er mich verlässt, ja dann verlässt er mich eben«, schäumte sie.

»Also gut«, sagte Martha. »Ich befrage Sie nun zu Ihrem Begleiter Adnan«, sagte Martha. »Woher kommt er? Und wie ist sein vollständiger Name?«

»Er kommt aus Österreich. Woher weiß ich nicht. Seinen vollständigen Namen kenne ich nicht.«

»Sie wissen seinen Namen nicht? Das wollen Sie uns doch nicht im Ernst erzählen!«, sagte Martha mit leichtem Spott.

»Er heißt Adnan. Mehr kann ich Ihnen nicht sagen!«, schnauzte sie. »Er ist anders. Ich muss seinen Namen nicht wissen ...«

»Wie anders, was bedeutet das?«, warf Sperber ein.

Sie sah verklärt zur Seite und streute ein leichtes Lächeln in ihren Blick. »Adnan erinnert mich an ... wir ... wir haben eine ganz andere Ebene erreicht, von der Sie in all Ihrer Einfalt nichts wissen können.«

»An wen erinnert er Sie? Vielleicht an Pater Bruno?«, fragte Martha.

Trude Sentlinger sah erschrocken auf.

»Erzählen Sie uns von Pater Bruno. Von Ihnen und Pater Bruno«, sagte Martha. »Glauben Sie mir, wir finden's ohnehin raus.«

Sie zögerte. »Ach, was soll's«, seufzte Trude Sentlinger und winkte ab. Dann begann sie zaghaft, die Geschichte von ihrem einstigen Geliebten, von Pater Bruno, zu erzählen.

Nachdem sie fertig war, sagte Sperber: »Er hat also in Thailand einen Sohn gezeugt?«

»Und das ist unser Guru von der Fraueninsel«, ergänzte Martha.

Sperber musste lachen, drehte sich kurz weg und riss sich zusammen.

»Jetzt verstehe ich, warum Sie den so hassen und Proteste gegen den Kerl organisiert haben!«, sagte Martha.

»Glauben Sie eigentlich tatsächlich, dass Ihr Pater Bruno anders war. Sie sprechen von einer höheren Ebene«, sagte Sperber.

»Ja, so war es. Gott ist mein Zeuge. Er hat ihn mir geschickt damals. Mit Gottes Willen hat er eine Frau aus mir gemacht, als ich noch eine junge Nonne war und er auf der Fraueninsel als Priester arbeitete. Ab diesem Zeitpunkt spürte ich, was Gott mir zu schenken bereit gewesen war.« Sie senkte den Blick. »Nur der Pater und ich haben davon gewusst«, fügte sie flüsternd hinzu. »Und ich war dieser hochheiligen Verbindung treu.«

»Sie schon«, sagte Sperber, »aber der Pater hat das wohl nicht so genau genommen.«

Trude Sentlinger sah demütig zu Boden.

Martha forderte sie mit ruhiger Stimme auf: »Erzählen Sie weiter, erzählen Sie!«

»Doch dann«, murmelte sie traurig, »dann hat mein eigener Bruder ihn zu Prostituierten gebracht. Ja, er wurde von meinem Bruder zur Unkeuschheit und Untreue verführt.«

»Sind Sie sicher?«, fragte Martha vorsichtig.

»Natürlich bin ich sicher!«, rief sie gehetzt. »Nur mein Bruder trägt Schuld daran, dass mein Leben zerstört wurde. Und ich verachte ihn dafür.«

»Sie neigen zu Wutausbrüchen, Beschimpfungen und Ausfälligkeiten, wenn Ihnen etwas nicht passt«, sagte Sperber.

»Blödsinn«, schrie sie laut. »Blödsinn, Blödsinn, Blödsinn!«

Sperber betrachtete sie wortlos. Sie erwiderte seinen Blick mit aufgerissenen Augen und begriff, wie sehr er Recht hatte.

»Haben Sie da nicht etwas vergessen? Haben Sie Ihren Liebhaber nicht selbst verjagt, ja ihn sogar in den Missionsdienst nach Thailand gedrängt mit Ihrem ewigen Gezeter?«

Trude Sentlinger rutschte unruhig auf ihrem Stuhl hin und her. Sperber lag anscheinend richtig mit seiner Anmerkung. Sie lief rot an und presste die Lippen zusammen. Dann schrie sie: »Und jetzt kommt diese Ausgeburt des Teufels auf unsere Insel! Mit einer Hure als Mutter und in tiefster Sünde von ihrem fehlgeleiteten Freier, meinem Liebhaber ...!« Sie warf die Hände nach oben und hob den Blick. »... und von Gott Anvertrauten gezeugt. Dieser thailändische Bastard!«

»Und Adnan, wie Sie ihn nennen? Was hat er mit Ihnen zu schaffen?«, fragte Martha schnell.

»Er hat mich erlöst. Aus meiner ewigen Trauer und Bedrückung.« Sie wirkte glücklich, als sie das sagte.

»In Ihrem Alter?«, fragte Sperber. »Hat er wirklich die Macht dazu, Sie so zu verführen?«

»Schweigen Sie!«, schrie sie ihn an. »Was wissen Sie denn schon? Wir ... lieben uns.« Ihre Mund zitterte, und ihre Nasenflügel bebten.

»Ja glauben Sie denn wirklich, dass der junge Kerl auf Sie abfährt?«, fragte Sperber. »Der spielt Ihnen doch nur was vor!«

»Ihr Männer!«, sagte sie verächtlich. »Alle seid ihr so. Geil und geifernd, ihr macht euch an alles ran. Egal wer vor euch steht. Seit Kain seinen Bruder Abel erschlagen hat, hat Gott euch seine Gunst entzogen. Dämonen hat er aus euch gemacht! Hinterlistige Zerrbilder, die nichts anderes im Schilde führen, als die Welt mit ihrem ... Rammstock zu beherrschen. Und wenn der Herr dann mal einen schickt, der es ehrlich meint, dann wollt ihr es nicht glauben und verhöhnt stattdessen das Heilige der Liebe, das der Herr so gewollt hat.«

»Der Herr hat das gewollt? Ja sind Sie denn sicher, dass er das wollte? Wo haben Sie den denn kennengelernt? Am Friedhof, im Garten?«

»Woher willst du das wissen, du Unwürdiger«, keifte sie und war zutiefst verletzt über Sperbers raue Art. Martha beobachtete genau, wie sie auf Sperber reagierte.

In dem Moment führten Huber eins und Huber zwei Schwester Adelmunda in den Nachbarraum, der nur durch eine Glaswand getrennt war. Sie hatten Adelmunda auf Marthas Vorladung hin im Kloster abgeholt und hergebracht.

Huber eins bot ihr einen Stuhl an, so dass sie mit dem Rücken zum Nachbarraum saß. Trude Sentlinger, Martha und Sperber konnten durch die beiden offenen Türen gut hören, was dort vor sich ging.

»Adelmunda«, rief Trude Sentlinger laut. »Adelmunda. Meine liebe Adelmunda!«

Als Adelmunda sich umdrehte und Schwester Irmentrud in ihrem aufgewühlten Zustand sah, riss sie die Augen weit auf und erschrak.

Satan

Gebannt starrte Adelmunda ihre Mitschwester Irmentrud durch die Glasscheibe hindurch an. Blitzschnell hob sie die Karte fünfzehn mit dem Teufel in die Höhe, zischte laut und begann mit weit aufgerissenen Augen schauerlich und krächzend zu singen:

»Hätten Adam und Eva Kletten g'fressen,
Wär's ihnen tausendmal nützer g'wesen.
Durch mein List und Verräterei
hab ich's zuwegen gebracht frei,
dass sie gebrochen Gottes Gebot
und hab'n gegessen, was er ihnen verbot …«

Trude Sentlinger war erschrocken. Sie sprang auf und schrie: »Sag nichts, Adelmunda, sag nichts. Der Teufel, der Teufel! Er holt dich!«

Adelmunda schwieg. Aber ihre Augen starrten ihre Mitschwester immer noch ungebrochen an.

»Was ist das für ein Lied, Frau Sentlinger?«, fragte Sperber.

»Ein altes Kinderlied aus ihrer Heimat«, antwortete Trude Sentlinger und biss sich mit besorgtem Blick auf die Unterlippe.

Martha sah zu Sperber hinüber und nickte ihm wie verabredet zu.

Sperber nickte zurück. »Frau Sentlinger«, sagte er, während sie ihren Blick immer noch nicht von Adelmunda lösen konnte. »Ihr Bruder Erwin ist tot.«

Trude Sentlinger erstarrte. Dann schrie sie laut auf. Sie legte die Hände vor ihr Gesicht und heulte hysterisch los.

»Seine Sekretärin Liese Neumayr hat ihn gefunden. In seinem Büro. An der Decke baumelnd.«

Im Nachbarraum saß Adelmunda auf ihrem Stuhl, wippte vor und zurück und hörte offensichtlich genau zu, was im Nebenraum gesprochen wurde. Sie verzog das Gesicht zu einer schaurigen Grimasse, verkrampfte die Hände und sang weiter.

»Ich gib's den Leuten in ihren Sinn,
ich mach's ihnen ganz und gar gering:
Der Mann soll sich erhenken,
das Weib soll sich ertränken.
Da bekommen sie ihr Marter ab –
bei mir in der Höll haben sie ihr Grab.«

»Das Weib soll sich ertränken …«, wiederholte Sperber leise. »Hmm, wegen Sex mit dem Teufel wurden Frauen früher ertränkt.«

»Und der Mann, bei dem anscheinend die Fäden zusammenlaufen, hat sich bereits erhängt«, sagte Martha leise.

Sperber beugte sich zu Trude Sentlinger hinab, so dass sie seinen Atem spüren konnte. »Haben Sie die beiden Mädchen in den Baggersee geworfen?«, fragte er barsch. »Haben Sie die beiden Thaimädchen mit Ihrem Bruder zusammen gesehen?«

Martha war völlig überrascht von seinem plötzlichen und nicht verabredeten Vorstoß. Sie fasste ihn am Arm, zog ihn zurück und fragte leise: »Fritz, was soll das?« Sperber löste seinen Arm, beugte sich wieder hinab zu Trude Sentlinger und fragte: »Haben Sie Ihren Bruder und die Thaimädchen beim Küssen und anderen Dingen beobachtet?«

Trude Sentlinger riss sich an den Haaren. Sie war völlig aufgelöst. »Fragen Sie Adnan! Lassen Sie mich und Adelmunda in Ruhe!«

»Nanu, plötzlich beschuldigen Sie Ihren Liebhaber?«, sagte Martha überrascht.

»Und unglaubwürdig«, fügte Sperber hinzu. »Sie waren es.«

Martha stand auf und warf Sperber einen erstaunten Blick zu. Sie stellte sich direkt neben Trude Sentlinger, fasste sie kurz an den Unterarm und sagte sanft:

»Und jetzt erzählen Sie uns, wie es wirklich war mit den beiden Mädchen im Baggersee.«

Trude Sentlinger stierte auf die Tischplatte, raufte sich erneut die Haare und raunte laut auf. »Zum Teufel sollten sie gehen! Sie haben meinen Bruder befleckt!«, rief sie verzweifelt. »Und mit dem Satan haben sie es getrieben, der zu uns auf die Insel gekommen ist!«

»Ihr Bruder ist tot!«, sagte Sperber.

»Nein!«, schrie sie.

»Und Sie haben ihn ins Grab getrieben!«, schob Martha hinterher.

Mit weit aufgerissenen Augen stammelte sie: »Der unwürdige Dummkopf! Mein Leben lang hab ich versucht ihn zu behüten.« Dann verschränkte sie die Finger und flehte Martha an. »Ich hab ihm nichts getan«, schrie sie laut. »Oh Gott! Tot! Doch nicht mein Bruder!« Sie schluchzte und sank in sich zusammen.

»Aber die Mädchen, die haben Sie umgebracht. Wie haben Sie das angestellt?«

Trude Sentlinger legte die Stirn auf den Tisch. Sie zitterte am ganzen Leib. Dann richtete sie sich auf, kalter Schweiß stand ihr auf Stirn, Nase und Kinn. »Nein, das war ich nicht«, sagte sie mit verbitterter Miene, aber standhaft. »Fragen Sie Adnan«, spie sie erneut hervor.

Sperber richtete sich auf. »So, mir reicht's jetzt.« Er verließ den Raum und ging ins Nachbarbüro. Er setzte sich vor Adelmunda hin und fragte laut: »Der Leiterwagen? Was war mit dem Leiterwagen?«

Adelmunda glotzte ihn voller Angst an, als hätte man ihn direkt aus der Hölle heraufgezogen. »Äh, der Leiterwagen. Ha!«

Martha saß neben Trude Sentlinger und beobachtete, wie sie reagieren würde. Sie horchte und schluckte.

»Was habt ihr zusammen gemacht, Adelmunda, mit dem Leiterwagen?«, fragte Sperber vorsichtig.

Adelmunda fletschte die Zähne und sah unsicher hinüber zu Trude Sentlinger. »Immer hammer alles z'samm g'macht. Wir war'n halt immer beieinand'. Wie Pech und Schwefel!«

»Wie Asterix und Obelix«, sagte Sperber.

»Was, kennst' die a?«, fragte Adelmunda überrascht.

Sperber nickte. »Ja, dicke Freunde. Sind immer durch dick und dünn gegangen. So wie Irmentrud und Adelmunda.«

Sie nickte und schniefte.

»Und die beiden ... Mädchen, die ihr im See versenkt habt?«, fragte er.

»Mädchen?«, schrie sie entsetzt. »Des war'n kane Madln ned! Des war'n Teifel. Teifel!« Erneut hielt sie die Karte hoch und machte ein Kreuzzeichen. »I hab's fest'bunden an den Grabstein, die Teifeln, bevor s' noch mehr anstell'n. Und dann hammer s' ...« Sie pfiff und bewegte dazu die Hand, als würde sie etwas nach hinten über die Schulter schmeißen.

Ehe Martha es verhindern konnte, sprang Trude Sentlinger auf und rannte hinüber. Martha folgte ihr.

»Genug!«, schrie sie Sperber an. »Lassen Sie Adelmunda in Ruhe!«

»Dann erzählen Sie weiter«, herrschte Sperber sie an. »Hier, setzen Sie sich.« Sperber packte einen Stuhl und zog ihn näher. Trude Sentlinger setzte sich, sah Adelmunda traurig an, streichelte ihre Hand und begann dann zu erzählen.

»Eines Tages beschlossen wir, also Adelmunda und ich, zwei von den Kerlen zu verfolgen, um zu erfahren, was die so machten. Uns war aufgefallen, dass sie oft unterwegs waren, weg von der Fraueninsel. Wir wollten mehr darüber wissen, wie und wo sie ihre Zeit verbrachten. Also folgten wir ihnen.«

Adelmunda nickte heftig.

»Wir fuhren ihnen mit einem Taxi hinterher. Bis hinter Weihenlinden. Sie verschwanden in einem Haus, von dem ich nichts wusste. Wir versteckten uns in der Dämmerung. Nach einer halben Stunde tauchte Erwin auf. Ich war schockiert. Adelmunda saß neben mir im Gestrüpp mit offenem Mund. Er verschwand in dem Haus. Jetzt gab es kein Zurück mehr. Ich wollte alles wissen. Stundenlang schlichen wir ums Haus, versuchten, durch irgendein Fenster mehr zu sehen, aber die waren alle von innen verdeckt. Nachdem wir viele Männer und auch Frauen hatten kommen und gehen sehen, sah ich schließlich meinen Bruder, wie er aus dem Haus trat.«

»Was genau haben Sie gesehen?«

»Ich habe gesehen, wie mein Bruder die beiden im Arm hatte, sie andauernd quetschte und drückte, dabei merkwürdig lachte und wie er dann mit ihnen ... ach, es war so widerlich ...«, sie sah mal nach oben, mal nach unten, dann zur Seite, »... rumgeknutscht hat. Sie anfasste. Zwischen ihren Beinen.« Offensichtlich schämte sie sich so sehr, dass sie zunehmend unklarer sprach.

»Reden Sie deutlicher, Frau Sentlinger. Wir möchten verstehen, was Sie sagen«, mahnte Martha.

»Ich wollte die beiden stellen. Aber meinem Bruder gegenüber konnte ich das nicht ansprechen. Es war mir zu peinlich. Aber ich war so wütend auf ihn! Also ließen wir ihn zurück ins Haus gehen. Ein Taxi wartete hundert Meter weiter an der Straße auf die zwei. Da fiel mir ein, dass Adelmunda immer aus Angst diesen Elektrostab dabeihat. Seit sie einmal überfallen worden ist, die Arme, trägt sie das Ding immer bei sich.«

Adelmunda zischte wie eine Schlange dazwischen und verzog ihr Gesicht.

Trude Sentlinger schluckte. »Dann haben wir den beiden den Weg abgeschnitten und sie unter einem fadenscheinigen Vorwand hinter die Halle auf das Nachbargrundstück gelockt. Irgendwas mit Pater Bruno, hab ich gesagt, dass wir ihnen was übergeben wollten. Sie waren völlig unbedarft und freuten sich sogar, zwei katholische Nonnen zu sehen. Sie folgten uns also.

Doch ich war immer noch rasend vor Wut. Ich schrie den ersten Kerl an. ›Was machst du hier mit meinem Bruder, du Schlampe!‹ Sein Lächeln war wie weggeblasen. Er wollte schreien. Ich nahm den Elektroschocker und verpasste ihm einen langanhaltenden Stromstoß. Er brach sofort zusammen.«

Adelmunda drehte sich weg und schüttelte sich.

»Er hatte wohl eine Herzschwäche«, sagte Martha, »wie uns der Pathologe sagte. Sie haben ihn umgebracht mit dem Elektroschocker.«

»Ja«, rief sie verzweifelt. »Ich weiß. Aber das wollte ich nicht. Es tut mir aufrichtig leid. Gott ist mein Zeuge.«

Adelmunda nickte heftig.

»Sie bringen wirklich Gott ins Spiel?«, fragte Sperber. »Allen Ernstes?«

»Sprechen Sie weiter«, sagte Martha sanft und warf Sperber einen scharfen Blick zu.

»Der andere schrie laut und wollte wegrennen«, sagte Trude Sentlinger mit bebender Stimme. »Ich musste verhindern, dass er das Grundstück verließ und zu dem Taxi rannte. Ich gab Adelmunda ein Zeichen, ihn festzuhalten. Sie packte ihn, schubste ihn zu mir hin und zog schnell die Hände zurück, damit ich auch ihm einen Stromschlag verpassen konnte. Er zappelte fürchterlich, sank zusammen und blieb wie angewurzelt sitzen. Er schüttelte sich. Ich sprach ihn an: ›Wer hat euch zu meinem Bruder geschickt? Wer? Was habt ihr mit ihm gemacht?‹, schrie ich. Ich war rasend vor Zorn, versetzte ihm noch einen Stromstoß, und noch einen und noch einen. Dann war auch der Zweite tot«, sagte sie keuchend. »Erst jetzt beruhigte ich mich und begriff, was ich getan hatte.«

Adelmunda schüttelte sich erneut.

»Was passierte dann? Hat Sie niemand beobachten können, oder hören können?«, fragte Martha.

»Nein, mein Bruder war ja wieder im Haus verschwunden.«

»Was war mit dem Taxi?«

»Wir hatten ein paar Minuten zuvor gehört, wie der Motor ansprang und es wegfuhr. Ohne Fahrgäste ...«, sagte Trude Sentlinger. »Etwa fünf Minuten später verließen mein Bruder und noch zwei Männer das Haus, ich konnte hören, wie sie lachten und Scherze machten. Und wie jemand die Tür absperrte. Sie fuhren schließlich mit einem dunklen Mercedes davon. Ich wusste, wir waren allein.«

»Was geschah danach?«

Sie atmete schwer, seufzte und sagte dann aufgebracht: »Ich hab's getan.« Sie legte Adelmunda die Hand auf den Unterarm. »Ich habe Adelmunda, meine treue Gefährtin, davon überzeugt, dass man Frauen, die es mit dem Satan treiben, versenken muss. In den ewigen Wassern, und dass sie endlich in die Hölle gehen können. Dann hat sie, die treue Freundin, beide genommen und auf einen Leiterwagen gehoben, der dort stand. Wir haben sie an einem Grabstein festgebunden, der auf dem Leiterwagen lag.«

»G'nommen hammer die. Die Teifel fest'bundn ...«, rief Adelmunda mit metallischer Stimme dazwischen und lachte auf.

Trude Sentlinger versuchte sie zu beruhigen, doch Adelmunda wehrte sie ab und zischte ihr mit glühenden Augen entgegen: »... und ins Wasser g'schickt hast s'. Wo s' hing'hörn. In die Höll!«, heulte Adelmunda beschwörend.

»Wir haben sie quer über die Straße zu dem Baggersee gefahren«, sagte Trude Sentlinger. »Und in den Wassern versenkt.«

Sperber suchte Augenkontakt zu Martha. Sie nickte. »Der Zweite, der war nicht tot«, sagte sie. »Der war nur bewusstlos.«

Trude Sentlinger war wie vom Schlag getroffen »Oh Gott! Er war gar nicht tot?«

»Nein«, sagte Martha trocken. »Er hatte viel Wasser in der Lunge. Sie haben ihn ertränkt. Jämmerlich ersaufen lassen.«

Adelmunda konnte nicht mehr an sich halten. Sie spie es fast aus, was sie Schwester Irmentrud zu sagen hatte: *»Der Mann soll sich erhenken, das Weib soll sich ertränken.«*

Trude Sentlinger wich zurück und rief schluchzend: »Oh Gott, das wusste ich nicht.«

»So wie es die Henkersknechte früher gemacht haben«, sagte Sperber. »Damit stehen Sie auf derselben unrühmlichen Stufe wie die heilige Inquisition.«

Trude Sentlinger sank in sich zusammen.

»Aber Adelmunda wusste, dass die zweite noch lebte«, sagte Martha und sah zu Adelmunda hinüber. Diese nickte heftig. »Hast' mi ja net reden lassen!«, sagte sie vorwurfsvoll an Trude gerichtet. »Nie darf i was reden«, murrte sie wie ein beleidigtes Mädchen. *»Der Mann soll sich erhenken«*, sang sie mit schadenfrohem Blick, *»das Weib soll sich ertränken.«*

»Die ganze Zeit über hat sie es mit sich herumgetragen«, sagte Sperber. »Das hat sie Ihnen wohl doch nicht verzeihen können.«

Adelmunda schrie, wippte heftig mit Oberkörper und Kopf und stammelte ein Vaterunser.

»Kollegin, bringen Sie sie hinaus«, sagte Martha zu der Uniformierten, die in der Ecke des Raums saß. »In den Aufenthaltsraum. Und geben Sie ihr was zum Trinken.« Die Polizistin stand auf und führte Adelmunda sanft hinaus.

»Und wissen Sie, was Adelmunda Ihnen erst recht nicht verziehen hat?«, fragte Sperber. »Dass Sie sich mit einem Mann eingelassen haben. Mit Adnan. Denn sie hat Sie in der Nacht, als es geschah, beobachtet.«

Trude nickte. »Ich weiß, ich habe sie zutiefst enttäuscht. Aufgesehen hat sie zu mir. Mich geliebt hat sie. Und zum Schluss hat sie mich nur noch angebrüllt, mich beschimpft und geschlagen.«

»Warum hat sie das Ihrer Meinung nach getan?«, fragte Martha.

»Weil ich Männer geliebt habe, so sehr geliebt habe, dass für uns beide zum Schluss kein Platz mehr blieb. Und das hat sie wohl nicht mehr ertragen können. Sie musste es wohl loswerden.«

»Ja, und das eben bei uns«, sagte Sperber.

»So wie ich es auch nicht mehr ertragen konnte. Und jetzt haben wir Ihnen alles erzählt«, sagte sie traurig, fing laut an zu schluchzen und brach komplett in sich zusammen.

Aufhänger

Sperber saß beim verspäteten Frühstück. Seine Schmerzen im Nacken waren kaum zum Aushalten. Die Machete aus dem Kongo meldete sich wieder zurück. Gott sei Dank hatte Martha ihm heute frei gegeben.

Martha hatte am Abend zuvor beschlossen, das Verhör mit Trude Sentlinger abzubrechen. Sie hatte keinen Ton mehr sagen können. Martha hatte sie in ihre Zelle bringen lassen. Huber eins und Martha würden den Albaner heute Morgen vernehmen.

Die Schlagzeile in der Zeitung nahm Bezug auf Sentlingers Selbstmord und vor allem auf seine jahrelangen Eskapaden und Auswüchse. Wie treffend doch in diesem Fall für einen Leitartikel die Bezeichnung Aufhänger war, dachte Sperber. In Erwartung von dem, was diese Zeitung jetzt über ihn geschrieben hatte, war der Freitod wohl aus Sentlingers Sicht der einzige Ausweg gewesen.

Sperber wählte Marthas Nummer. »Hey, Martha. Na, wie sieht es aus?«

»Wo bist du?«

»Noch zuhause. Müde und erschöpft. Hast du schon Zeitung gelesen?«

»Ja, hab ich. Dieses Gegeifer! Das gefundene Fressen für die Presse!«

»Was passiert jetzt mit Adnan?«

»Nachdem er uns soeben seine Identität doch noch verraten hat, hab ich gegen ihn nichts mehr in der Hand, was es rechtfertigen würde, ihn weiterhin festzuhalten.«

»Und, wie heißt er?«

»Er heißt Adnan Curri und kommt aus Wien.«

»Aus Wien? Hat er vielleicht was mit Cerny zu tun?«

»Er sagte, nein.«

»Glaubst du ihm das?«

»Ist nicht relevant. Er hat sich nichts zuschulden kommen lassen, von dem wir wüssten. Außer, dass er dich ein bisschen malträtiert hat. Ich muss ihn laufen lassen.«

»Und was ist mit Trude Sentlinger?«

»Wir haben sie. Sie ist eine Mörderin.«

Sperber nickte dem Telefon zu. »Und Adelmunda?«

»Die wird wohl kaum zur Rechenschaft zu ziehen sein. Sie ist offensichtlich verwirrt, bekommt vielleicht eine Sozialarbeit aufgebrummt. Aber direkte Mittäterschaft? Nein, sie ist wohl unzurechnungsfähig.«

»Was ist mit Charlie?«

»Der Fall liegt auch klar. Der hat im Namen seines Gurus gehandelt und diesen Esoterikfreak zu Tode gefoltert. Und wahrscheinlich hat er Sentlinger in den Selbstmord getrieben. Mit dem Dossier, das der Guru über die Jahre erstellt hat. Jedenfalls sagt das die Spurenlage. Wir haben nämlich die DNA von Charlie auch in Sentlingers Büro gefunden. Hab den Bericht gerade bekommen. Vielleicht hat Charlie ja sogar beim Tod Sentlingers nachgeholfen.«

»Wo genau habt ihr Spuren entdeckt?«

»An der Mappe mit dem Dossier. Und zwar mehrfach.«

Sperber dachte nach. »Sieht alles so aus, als wäre Charlie der Killer.« Er schwieg. Nach einer Pause fügte er hinzu: »Aber ist er so dumm? Martha, ich weiß nicht, ob das so einfach ist, wie du es darstellst.«

»Mach einen besseren Vorschlag.«

»Sag mal, was ist denn jetzt eigentlich mit dem Guru?«

Martha fauchte: »Wie immer. Den großen Fischen wird man nichts nachweisen können. Der ist fein raus.«

»Das sieht mir alles zu eindeutig aus«, sagte Sperber.

»Der Haftrichter sieht das klarer. Charlie ist unser Mann.« Sie legte auf.

Sperber spürte wieder seinen Schmerz im Nacken. Er ging zum Schrank und nahm die Flasche VAT 69 heraus, goss sich großzügig ein und schluckte. Dann noch einen. Der Schmerz kroch durch seinen Hals in den Kopf und verzog sich.

Dieser Albaner. Was hatte er wirklich von Irmentrud gewollt? Wie konnte sie nur auf den Mann reinfallen? Der Whisky ließ seine Gedanken hüpfen. Thailand, Birma, Tuntenhausen. Er trank noch einen. Tuntenhausen, Birma, Thailand. Adnan, Charlie, Irmentrud. Noch einen. Irmentrud, Charlie, Adnan. Adnan, Thailand, Guru. Guru, Wien ... Kobelka anrufen.

Er wählte. »Hey, Kobelka, na, wieder ’nen Johnnie Walker gekillt?«

»Der Herr Sperber, ja habe die Ehre. Was willst’, du Schnüffel-Piefke?«

»Sagen Sie, können Sie mir eine Auskunft ausgraben? Ich brauche Kenntnis über einen Adnan Curri.«

»Da brauch ich nix ausgraben. Den kenn ich. Ist die rechte Hand von Cerny.«

»Also doch! Das is ja ’n Ding! Sieh einer an. Und hat der was auf dem Kerbholz?«

»Bisher nicht. Man sagt aber, er stammt aus der Albanermafia. Und die sind ziemlich brutal.«

»Inwiefern?«

»Die san total skrupellos. Die denken sich die schlimmsten Sachen aus.«

»Haben sie spezielle Mordmethoden, oder was meinen Sie?«

»Speziell? Nein. Aber alles, was andere machen, ham die schon aus'testet. Die kennen alles.«

»Alles? Denken Sie, dass die auch Mordmethoden kopieren würden, um eine falsche Fährte zu legen?«

»Ja, die kopier'n alles, was es am Markt für abstruse Mordg'schichterln gibt, ohne Rücksicht auf a *Copyright.* Wie die Chinesen.«

»Danke, Kobelka. Beim nächsten Mal kriegen Sie ein Vanillekipferl von mir.«

Die kopieren alles, hatte Kobelka gesagt. Das war es. Der Mord an Krishan war vielleicht nichts anderes als eine perfekte Inszenierung. Sperber ließ alles stehen und liegen, lief auf die Straße, setzte sich in seinen alten Mercedes und fuhr los.

Kaisergötter

Als Sperber auf der Fähre zur Fraueninsel am Bug stand, blies ihm der Wind ins Gesicht. Ihm entgegen kam ein Schiff, auf dem laut und ausgelassen gefeiert wurde. Waren das nicht die Katoeys vom Guru? Er sah dem Schiff hinterher, als es an ihm vorbeizog.

Sein Kopf wurde wieder klarer, aber die Schmerzen waren auch wieder da. Sperber ging an Land. Er schlenderte auf das weiße Haus des Gurus zu. Was würde er zu ihm sagen? Als er klingelte, machte Nuh Poo Tubkim persönlich die Tür auf.

»Ich habe Sie schon kommen sehen. Wo ist Charlie?«

»Hat er Sie denn nicht verständigen lassen?«

»Nein. Wo ist er?«

»Er ist im Gefängnis. In Untersuchungshaft. Wegen Mordes.«

Nuh Poo sah zu Boden. »Hören Sie. Er kann es nicht sein. So etwas tut er nicht. Er hat niemanden umgebracht.«

Sperber beobachtete ihn genau. »Sie kennen Heimo Cerny aus Wien.«

Nuh Poo sagte nichts.

»Haben Sie geschäftliche Kontakte zu Cerny?«

Er schwieg immer noch.

»Also ja. Sie kennen ihn. Wir wissen das!«

Nuh Poos Blick war zweifelnd. Dann sagte er: »Also gut. Ich kenne ihn. Ein unfeiner Zeitgenosse.«

»War Cerny mal bei Ihnen in Bangkok?«, fragte Sperber.

»Ja, allerdings. Mehrfach.«

»Wann das letzte Mal?«

Nuh Poo hielt kurz inne und zog die Brauen zusammen. »Letztes Mal, warten Sie, das war Anfang Oktober.«

»Mit wem war er dort?«

»Mit zwei Begleitern.«

»War der Albaner dabei?«, fragte Sperber.

»Bei mir war Cerny mit zwei Geschäftsfreunden.«

»Haben Sie den Albaner also nicht gesehen? Ich meine den, den Sie an der Kreuzstraße getroffen haben.« Sperber nahm sein Handy und zeigte ihm ein Bild von Adnan. »Ist er das?«

»Ja, das ist er. Mieser Typ!«, sagte Nuh Poo. »Diesen Albaner hab ich in Bangkok nicht gesehen. Aber ich vermute, dass er dort war, während Cerny in meinem Haus war. Er hat ja von ihm gesprochen.«

»Inwiefern?«

»Cerny hat sich schwer danebenbenommen«, sagte Nuh Poo und schilderte Sperber den Vorfall, wie Cerny einen seiner Katoeys verprügelt hatte. »Ich hab Cerny von Charlie rausschmeißen lassen. Und dann sagte er mir zum Abschied, er würde mir seinen Albaner auf den Hals hetzen.«

»Wissen Sie, ob Cerny auch in Phuket war?«

»Ja, das war er. Er hat noch von dem Fest der neun Kaisergötter geschwärmt, das er sich angesehen hatte.«

»Sie haben letztens gesagt, dass Charlie mit dem Albaner noch ein Entchen zu rupfen hätte. Wie war das gemeint?«

»Gemeint war ein Hühnchen.« Nuh Poo grinste.

»Also, Spaß beiseite.«

»Charlie hat ihm eine anständige Abreibung verpasst, also damals im Biergarten an der Kreuzstraße.«

»Die beiden hatten also direkten körperlichen Kontakt?«, fragte Sperber gespannt.

Nuh Poo überlegte. »Ja, das kann man wohl sagen. Wieso fragen Sie das?«

In dem Moment knarzte eine Außentür, die in den Garten führte.

»Erwarten Sie Besuch?«, fragte Sperber leise.

»Nein«, flüsterte Nuh Poo.

Sperber ging in den Nebenraum. Er konnte gerade noch durch den Türspalt erkennen, wie der Albaner mit einem Revolver vor dem Guru stand. Vorsichtig nahm er sein Handy aus der Tasche und wählte Marthas Nummer. »Martha«, flüsterte er. »Ich brauch dringend Verstärkung. Kommt schnell.Raueninsel, zum Guru. Der Albaner ist hier. Und lass von ihm zwischenzeitlich einen DNA-Schnelltest machen.«

»Was? Wir haben keinen Grund dazu, Fritz!«, schimpfte Martha.

»Jetzt schon. Er steht ein paar Meter neben mir vor dem Guru mit einer Kanone in der Hand und einem Stillet im Hosenbund. Irgendetwas von ihm wirst du doch finden, in seiner Zelle oder so.«

Sperber spürte, wie das Blut durch seine Adern schoss. Zum ersten Mal verfluchte er die Tatsache, dass er nicht bewaffnet sein durfte. Er atmete tief durch, fasste all seinen Mut zusammen und ging auf die Tür zu. Durch den Spalt sah er, dass Curri ihm den Rücken zugewandt hatte. Curri hielt Nuh Poo Tubkim in Schach, der mit erhobenen Händen in etwa zwei Metern Abstand verharrte.

»Wie bin ich froh, dir endlich allein gegenüber zu stehen«, sagte Curri hämisch zu Nuh Poo. Sperber betrat sachte mit erhobenen Händen den Raum und sagte: »Adnan Curri, rechte Hand von Heimo Cerny.«

Curri drehte ihm abrupt und überrascht den Kopf zu, hielt die Waffe aber weiterhin auf Nuh Poo gerichtet.

»Es war doch etwas mehr als nur die Nonne, die dich auf die Fraueninsel geführt hat.«

»Was willst du hier, Bulle? Los, rüber zu ihm!«

Sperber ging sehr langsam um ihn herum und stellte sich etwa drei Meter neben den Guru.

»Wie hat dir übrigens das vegetarische Fest in Phuket letztes Jahr gefallen?«, fragte er Curri.

»Keine Ahnung, wovon du redest, Mann.«

»Oder das Fest der neun Kaisergötter, wie man es dort nennt.«

»Was willst du?«

»Du warst mit Cerny dort«, sagte Sperber unbeirrt.

»Was geht dich mein Urlaub an, Bulle?«, zischte Curri.

»Du hast dir das Fest sehr gut angesehen. Du hast all die Rituale genau studiert. Hat dich doch fasziniert, was die da so treiben.« Sperber erkannte, dass er nur die Chance hatte, Curri in ein Gespräch zu verstricken, damit die Zeit verstreichen konnte. »Dolche, Eisenstangen oder Elefantenzähne stoßen sie sich durch die Wangen. Heißes Öl gießen sie über sich aus. Buaaah«, sagte Sperber und schüttelte sich. »Das alles kann ziemlich schaurig auf Leute wirken, die das nicht kennen. Und man kann diese Techniken auch dazu nutzen, um einen Menschen zu massakrieren.«

»Was hab ich damit zu tun, Bulle?«

»Du hast Krishan damit zu Tode gefoltert. Und du wolltest es so aussehen lassen, als wäre es ein anderer gewesen.«

»Hast du irgendwas gegen mich in der Hand?«

»Du hast Charlie beschattet. Und ihn bei Krishans Geschäft gesehen, als er die Katoeys als Bote dort hingebracht hat. Besonders klug von dir war, Charlie bei eurem Kampf an der Kreuzstraße ein Taschentuch zu klauen. Ein einfaches Taschentuch. Mit einem Haufen von Charlies DNA daran. Und das hast du unauffällig am Tatort hinterlassen. Wirklich sehr durchtrieben.«

»Wie willst du das beweisen, Bulle?«

»Du hast Krishan so bestialisch umgebracht, weil du den Verdacht auf den Thailänder lenken wolltest. Mit dem du noch eine Rechnung offen hattest. Eine gute Abschreckung, in der Hoffnung, dass sich Nuh Poo Tubkim daraufhin vom Rubinmarkt zurückzieht. Und Cerny hätte den Markt wieder für sich gehabt!«

Curri feixte. »Du kriegst mich nicht!«

»Ich beweise es dir, verlass dich drauf«, sagte Sperber.

»Du stirbst vorher. Du kommst hier nicht mehr raus. Wir sind allein hier im Haus. Alle Vögelchen sind ausgeflogen. Sind alle sind Blümchen streuen. Ich hab sie beobachtet, als sie alle fröhlich das Haus verließen.« Er grinste schief. »Erzähl ihm, dass deine Transen weg sind!«

»Meine Mädchen begehen heute das Fest der Geburt und Erleuchtung Buddhas, das Visakha Puja-Fest. Sie kennen das Fest seit ihrer Kindheit.«

»Und warum sind Sie nicht mitgefahren?«, fragte Sperber.

»Ich selbst bin kein Buddhist«, sagte er.

Curri grinste breit. »Siehst du, Bulle? Wir sind allein. Wir drei. Und ich bin bewaffnet, aber ihr beide seid nackt.«

»Deine DNA«, bluffte Sperber, »sie ist auch auf dem Taschentuch, dass du uns untergejubelt hast. Nicht nur die von Charlie. Ein klein bisschen auch von dir. Aber es reicht uns. Egal, was du hier aufführst, Adnan, du kommst nicht mehr aus dem Land.«

»Blödsinn. Woher willst du das wissen?«

»Ich weiß es einfach!«

»Und wieso habt ihr mich dann laufen lassen?«

»Weil der Test gerade erst gemacht wird«, sagte Sperber grinsend. »Wir kriegen dich.«

Curri schnellte blitzschnell vor und drückte Nuh Poo mit der Linken die Spitze des Messers gegen den Kehlkopf und steckte den Revolver mit der anderen Hand vorsichtig in den Hosenbund. »Vorher schneid ich ihm die Kehle durch!« Er packte Nuh Poo von hinten und hielt ihm die Klinge direkt an die Hals.

»Mir ist ja klar, dass du hierhergekommen bist, um ihn umzubringen, Adnan. Weil du denkst, dass er dir dein Leben zerstört hat. Deine Liebe hat er dir geraubt, glaubst du. Und danach bin wohl ich dran. Aber sag mir noch eines. Was hat dich bloß zu der Nonne getrieben?«

»Halt die Schnauze, Bulle.«

»Lass mich nicht dumm sterben. Ich will es wissen. War es wirklich Liebe?«

Adnan verlagerte abwechselnd sein Gewicht von einem Fuß zum anderen, immer noch das Messer an Nuh Poos Hals.

»Adnan, ist es dir in Albanien so schlecht gegangen? Hast du so eine kaputte Jugend, dass es dich zu ... alten Damen hinzieht?«

»Was weißt du denn schon von Albanien! Du weißt nichts!«, schrie er.

»Komm schon, Adnan. Irmentrud ist eine schöne Frau. Aber sie ist alt, fast doppelt so alt wie du, Adnan. Wie kannst du dich in eine alte Frau verlieben?« Sperber wusste, dass er hoch pokerte. Du musst ihn beschäftigen, dachte er. Ihn gegen dich aufbringen, ihn von Nuh Poo ablenken. »Sie könnte deine Mutter sein. Was war mit deiner Mutter, Adnan? In Albanien.«

Curri drückte die Klinge des Stiletts so fest gegen Nuh Poos Hals, bis er blutete. »Halt die Schnauze jetzt!«, brüllte er schrill.

»Was ist passiert, Adnan? Was hat man dir genommen? Sowas macht man nicht, sich an eine alte Frau ranmachen.«

Curris Augen weiteten sich.

»Wie ist das bei dir, Adnan? Du musst deine Mutter sehr geliebt haben. Und jetzt? Was hat sie dir getan?«

Curri atmete immer heftiger. »Hör auf! Lass sie in Ruhe. Sie ist, sie hat ...«

»Was hat sie? Deine Mutter, was hat sie getan, Adnan? Sag es mir.«

»Sie hat meine Schwester zerstört!«, rief er aufgebracht.

»Du hast eine Schwester?«

»Tot ist sie, tot!«, schrie er verzweifelt.

Sperber streckte die Hand aus, um ihn zu besänftigen. »Ist ja gut, ist ja gut, beruhige dich.«

»Meine Schwester, hörst du?«, schrie Curri weiter. »Meine Schwester hat sie zerstört.«

Sperber machte eine kurze Pause. Ruhig sprach er weiter: »Und Irmentrud? Was hat Irmentrud zerstört? Sie hat zwei Mädchen umgebracht. Seine Mädchen«, sagte er und deutete auf Nuh Poo.

»Du lügst. Trude würde sowas nicht tun! Eine Heilige ist sie. Nicht wie ihr, nicht so wie alle anderen!«, schrie Adnan mit sich überschlagender Stimme.

»Dann bleibst nur du als Täter übrig, Adnan. Sie hat gestern immer wieder gesagt ›Fragt Adnan, fragt Adnan‹. Sie hat dich beschuldigt, Adnan.«

»Du lügst!« schrie er erneut aus Leibeskräften. »Du lügst, du Sauhund!«

»Ausgenutzt hat sie dich! Du wusstest es, dass Trude es war. Aber du willst es nicht wahrhaben. Und ich weiß auch, wer es dir gesagt hat. Adelmunda war's. Sie hat dir aufgelauert und es dir erzählt. Sie wollte euch auseinanderbringen.«

»Aber sie hat es nicht geschafft!«, schrie er, rasend vor Wut. »Diese dreckige Ratte!«

»Du hast ihr nagelneue Tarotkarten geschenkt, die du bei Krishan hast mitgehen lassen. Ich hab die Karten bei ihr gesehen. Unverwechselbar. Wolltest du dich bei ihr einschleimen, sie gefügig machen, Adnan?«

»Halts Maul!«, schrie Adnan.

»Du hast gehofft, wenn wir Charlie für den Mörder von Krishan halten, dann werden wir ihn auch für die toten Mädchen verantwortlich machen. Und beinahe wäre es dir auch gelungen. Charlie, der Thai mit chinesischer Abstammung, der brutale Mann, der aus Phuket kommt, der die beiden Mädchen aus Eifersucht umgebracht hat, weil sie sich an seinen Geliebten, an Erwin Sentlinger rangemacht haben. So wolltest du es für uns aussehen lassen. Du wusstest von Trude, dass die beiden was mit Sentlinger hatten. Und du wusstest von Cerny, dass Charlie früher etwas mit ihm hatte.«

Adnan wippte nervös hin und her.

»Eine gute Überlegung von dir, Adnan. Und Trude wäre für uns nie in Verdacht geraten, die Täterin zu sein, wenn Adelmunda uns nicht den entscheidenden Tipp gegeben hätte. Wer verdächtigt schon eine Nonne?«

»Ich bring Adelmunda um!«, schrie Curri. »Sie wird die nächste sein!«

»Dann lass ihn los. Er hat dir nichts getan.«

»Mit diesem Scheißkerl hier hat alles angefangen!«, presste Curri verbissen hervor. Hasserfüllt rüttelte er

Nuh Poo und drückte noch fester zu. »Er hat den Tod verdient. Er ist an allem schuld! Ich schneid ihm die Kehle durch! Er ekelt mich an!«, schrie er voller Hass. »Dieser erbärmliche Wurm, sein Geschlecht einfach so zu wechseln und die Welt beherrschen zu wollen! Du bist schlimmer als meine Schwester!«

»Ruhig, Adnan, ruhig«, sagte Sperber und versuchte ihn zu beschwichtigen. »Was hat das mit deiner Schwester zu tun?«

Adnan reagierte nicht auf die Frage und sah auf sein Stillet an Nuh Poos Hals. »Er hier hat das Unheil hergebracht!« Nuh Poo legte den Kopf unter Curris Druck noch weiter zurück, so dass Sperber jetzt fast nur noch sein Kinn sehen konnte.

»Tja«, sagte Sperber gespielt gelassen. »Da machst du dir eben was vor, Adnan. Nicht er hat dir deine Trude genommen. Ihre eigene Wut, ihr Argwohn und ihr Hass haben sie selbst zerstört. Und du siehst verzweifelt zu ihr auf, wenn sie dich anbrüllt und zur Schnecke macht, wie zu einer schimpfenden Mutter, obwohl du dich so sehr nach ihrer Liebe und Zuneigung sehnst.«

»Hör auf!«, schrie er mit verzerrter Fratze. »Hör auf!«

Sperber hatte ihn soweit. Er war aufgebracht und kurz davor, seine Kontrolle zu verlieren. Ein gefährlicher Gemütszustand, und ein nützlicher zugleich.

»Gib mir dein Messer Adnan. Gib es mir.« Sperber trat vor und streckte die Hand aus. Adnan ruckte an dem Stilett und hielt Nuh Poo noch fester, so dass kurz ein Schmerz in seinem Gesicht aufblitzte.

»Bleib stehen, Bulle. Zurück!«, brüllte er.

Sperber war zu weit gegangen. Er änderte seinen Blick. Er strahlte Curri jetzt an. »Adnan. Beruhige dich. Du bist von Gott belohnt worden«, sagte er laut. »Es ist ein Wunder. Trude ist zwar eine alte Frau, Adnan. Aber sie ist schwanger. Du hast ihr ein Kind gezeugt. Ein heiliges Kind werdet ihr bekommen.«

Curri riss die Augen kurz auf und ließ den Mund offenstehen. Er nahm den Druck auf Nuh Poos Hals zurück.

»Du lügst. Das hätte sie mir gesagt.«

»Sie ist gestern Abend nach ihrer Aussage zusammengebrochen«, sagte Sperber. »Wir haben gleich eine Ärztin kommen lassen. Die Ärztin hat es eindeutig festgestellt. Trude Sentlinger ist schwanger.«

Für einen Augenblick ließ Curri das Stilett sinken. Nuh Poo ließ kurz die Augen zucken und erkannte seine Chance. Wie aus dem Nichts packte er Curris Unterarm mit beiden Händen und wirbelte ihn blitzschnell herum, so dass er mit einem Schrei zu Boden ging. Ein gezielter Tritt auf Curris Unterarm, und das Stilett fiel ihm aus der Hand. Dann bohrte Nuh Poo sein Knie in Curris Halsansatz und bog seinen Arm nach hinten. Curri schrie erneut auf.

Sperber riss ihm den Revolver aus dem Hosenbund, nahm das Stilett und rannte zum Fenster. Er schnitt eine Vorhangschnur ab. Während Nuh Poo Curri weiterhin fest im Griff hatte, fesselte Sperber ihn. »Bist du friedlich?«, fragte er schroff.

Curri spuckte ihn an.

Sie stellten ihn auf die Beine, zwängten ihn in einen Sessel und banden ihn an den Armlehnen fest. Curri spuckte weiter, erst Sperber an, dann Nuh Poo.

In hohem Bogen holte Nuh Poo aus und schlug ihm mehrfach ins Gesicht, bis Curri sich nicht mehr rührte. Er war in sich zusammengesunken. Jetzt sah er aus wie ein kleiner Junge. Sperber wischte sich die Spucke aus dem Gesicht, nahm sich einen Stuhl und setzte sich neben ihn.

Curri hob seinen Kopf. Traurig fragte er: »Stimmt es, dass sie schwanger ist?«

Sperber spürte, dass es ehrlich gemeint war. Langsam machte er eine verneinende Geste. »Nein«, flüsterte er. »Ich musste das versuchen.«

Curri nickte und presste die Lippen zusammen. »Trude ist der einzige Mensch, der mich je geliebt hat. Und jetzt ist alles zu Ende.«

»Erzähl mir, wie es war«, sagte Sperber. »Du bist ein guter Junge, Adnan. Erzähl es mir.«

Burrnesha

Als ich zehn Jahre alt wurde, war ich die einzige männliche Person, die übrig geblieben war in meiner Familie«, sagte Adnan leise. »Mein älterer Bruder und mein Vater waren als Freiwillige der UÇK beigetreten. Sie sind beide im Kosovo-Krieg innerhalb von nur einer Woche gefallen.« Adnan senkte den Kopf. »Das war 1999. Also wurde ich, der kleine Junge Adnan, zum Familienoberhaupt.«

»Wie geht das?«, fragte Sperber.

»Die Männer in unserem Dorf versprachen meiner Mutter, mich unter ihre Fittiche zu nehmen. Aber das taten sie nur halbherzig, und nur während der ersten Wochen. Als es uns zunehmend schlechter ging, haben sie sich alle verabschiedet. Dort oben in den Bergen herrscht ein raues Klima.«

»Wo genau habt ihr gelebt in Albanien?«, fragte Sperber.

»Im Prokletije, direkt an der Grenze zu Montenegro. Eine einsamere Gegend gibt es in Europa wohl nirgendwo«, sagte Adnan traurig.

»Erzähl mir von deiner Schwester. Wie ist sie gestorben?«

Adnan betrachtete Sperber und nickte kurz. »Das kam so«, sagte er. »Meine Mutter war vom Leben enttäuscht und völlig verhärtet, eine Frau mit leerem Blick. Der klägliche Rest an Zuneigung, der ihr geblieben war, äußerte sich dadurch, dass sie uns Kinder an manchen Tagen ausnahmsweise nicht schlug. Ich wurde ständig von ihr hin- und hergeschickt. Manchmal aus reiner Willkür, um mich gefügig zu machen«, sagte er schimpfend. »Und wenn ich was nicht befolgte, wurde ich von ihr mit einem Ochsenziemer bestraft.« Er hob seinen Blick. »Mach mich los«, bat er Sperber.

»Keine Tricks!« Adnan nickte. Sperber löste ihm die Fesseln.

Adnan krempelte die Ärmel hoch, drehte sich kurz und schlug das Hemd über die Schultern, so dass Sperber seine Narben sehen konnte. »Meine Beine sehen nicht viel anders aus«, sagte Adnan regungslos.

»Ist das von deiner Mutter?«, fragte Sperber angewidert.

Adnan nickte. »Heute weiß ich, dass sie es nicht anders wusste.« Er zog das Hemd wieder über die Schultern. »Sie ist auch mit dieser Härte aufgewachsen.«

»Das ist keine Entschuldigung.«

»Nein, aber ein Trost«, fügte Adnan hinzu. »Nach dem Tod meines Vaters und meines Bruders stand sie noch unter einer zusätzlichen Belastung, denn sie musste mich als Familienoberhaupt so lange vertreten, bis ich erwachsen sein würde. Doch eine Familie ohne Mann hatte es in dieser Abgeschiedenheit sehr schwer. Die Tradition verbietet Frauen Dinge zu tun, die nur Männern vorbehalten sind. Als Frau ist dir die Jagd verboten, die aber zum Überleben in der kargen Gebirgswelt so wichtig ist. Frauen sind da oben nicht viel wert. Eine Frau gilt den Männern als Schlauch, der zum Transport von Waren und Wein dient.«

»Das klingt sehr zynisch«, sagte Sperber.

»Aber so sagen es die Männer dort.« Adnan bestärkte seine Schilderung durch einen verächtlichen Zischlaut. »Sie können zumeist kaum bis drei zählen, aber an Selbstherrlichkeit sind sie nicht zu überbieten.« Dann wurde er wieder sanfter. »Meine Mutter hatte schnell begriffen, dass sie ihre Kinder nicht allein versorgen kann. Wie sollte sie unseren kleinen Bauernhof mit den abgemagerten Tieren über die Zeit retten?«, sagte er mit einem Kopfschütteln, »ohne Mann hast du da oben keine Chance.«

»Wie ging's dann weiter?«, fragte Sperber und lehnte sich zurück.

»Ein Jahr nach dem Tod meines Vaters und Bruders traf sie eine Entscheidung, die mein und das Leben meiner sieben Jahre älteren Schwester Qamile für immer verändern sollte. ›Du, Qamile, sollst fortan als Burrnesha leben‹, hat sie gesagt. ›Wir brauchen einen Mann, der uns beschützt, der auf die Jagd geht und unser Erbe verwaltet‹, das hat sie beschlossen.«

»Burrnesha?«, fragte Sperber. »Was ist eine ...«

»Hör zu!«, sagte Adnan und starrte ihm in die Augen. »Der Plan der Mutter war, dass Qamile nach der alten Tradition der Mannfrauen auf dem Balkan ihrem Frausein abschwor und solange als Mann leben und arbeiteten sollte, bis ich erwachsen wäre. Das bot der gesamten Familie Sicherheit. Auch für den Fall, dass mir etwas zustoßen sollte. Dann hätte die Familie immer noch einen Mann, der ihre Geschicke auch zukünftig vertreten könnte.«

»Wie, eine Frau kann bei euch einfach so zum Mann erklärt werden?«, fragte Sperber skeptisch.

»Ja, davon hab ich auch schon gehört«, mischte sich Nuh Poo in das Gespräch ein.

»Du hältst die Klappe«, fauchte Adnan barsch. »Du bist selbst so ein Geschlechtsverdreher, so ein Widerling, so eine elende Figur!«

»Daher weht der Wind. Deshalb hasst du die Transvestiten so sehr!«, sagte Sperber fast schon zu sich selbst. »Aber sag mir, woher kommt dieser Brauch der ... wie heißen die? Burrneshas?«

»Das ist seit Jahrhunderten geregelt, im Kanun, dem albanischen Gewohnheitsrecht.«

Sperber sah in Curris Augen, die jetzt zu glühen schienen.

»Nachdem also meine Mutter für Qamile ein Leben als Burrnesha bestimmt hatte, konnte sie allerdings nicht wissen, dass zwischen meiner Schwester und mir im Laufe der nächsten Jahre ein erbitterter Kampf um die Vorherrschaft in der Familie entbrennen würde.« Adnan schniefte kurz und rückte sich zurecht.

»Was ist passiert?«

»Qamile legte vor den Gemeindeältesten den Schwur ab, immerwährend Jungfrau zu bleiben und niemals eine sexuelle Beziehung einzugehen. Der Dorfälteste hat sie damals gefragt: ›Bist du stark wie ein Mann?‹ Dann musste sie einen gehörigen Zug Pflaumen-Rakia trinken und die erste Zigarette ihres Lebens rauchen. Der Ältestenrat hat geschlossen gelacht, als sie heftig hustete, und sie zur nächsten Jagd eingeladen.«

»Ist doch eigentlich ein schönes Ritual«, sagte Sperber.

»Für Qamile war es mehr, es war wie ein Ritterschlag. Zwar war sie jetzt eine eingeschworene Jungfrau und würde ihr Gelübde niemals verletzten dürfen, doch sie war frei, weil sie ab jetzt ein Mann war. Ab dem Zeitpunkt zog Qamile nur noch Männerkleidung an, sie hat ihre Brust hinter eng gewickelten Tüchern verschwinden lassen und sich bewaffnet. Den ganzen

Tag lief sie mit der alten zweiläufigen Büchse meines Vaters durchs Dorf. Sie hat das ›e‹ in ihrem Namen gestrichen und nannte sich jetzt Qamil. Jetzt durfte sie als Mann leben, der das Erbrecht besaß.«

»Und du, wie war das für dich?«

»Ich vermisste meine Schwester, die ich so geliebt hatte. Ihre Güte, ihre Wärme und ihren Schutz. Mit der Zeit wurde aus dem Konkurrenzkampf blanker Hass. Qamil drangsalierte und schlug mich zu jeder Gelegenheit. Mir wurde klar, dass sie ihre Rolle als Burrnesha niemals wieder aufgeben würde. Eher würde sie sterben, hat sie mir einmal entgegengeschrien, als mir ihren Platz zu überlassen, wie es meine Mutter für mich vorgesehen hatte. Ich wehrte mich zwar, aber ich wollte auf diese Weise nicht mehr leben. Als ich zwanzig Jahre alt wurde, gab ich den Kampf gegen meinen Bruder auf, der in Wirklichkeit meine Schwester war.« Curri machte eine Pause und suchte in Sperbers Augen nach Verständnis.

»Und weiter? Was hast du gemacht?«

»Qamil hatte längst alle Fäden in der Hand, für mich war einfach kein Platz mehr in der Enge des Dorfes. Ich packte ein paar Sachen und schlich mich eines Nachts schweren Herzens und – ich gebe es zu – leise weinend wie ein Weib davon. Ich schlug mich nach Süden durch bis nach Tirana. Und Qamil hatte es damit endgültig geschafft, zu verhindern, dass ich ihn als Familienoberhaupt bald ablösen sollte.«

»Und so bist du dann zur Mafia gekommen.«

»Ja, so bin ich zur Mafia gekommen. Es klingt verrückt, aber dort habe ich viel gelernt.«

»Und Qamil?«

»Ich habe ihn befreit. Und ihm sein Geschlecht wieder zurückgegeben.«

Sperber stutze. »Befreit?«

»Ja«, hauchte er und erzählte von dem Tag, als er Qamil getötet hatte. »So habe ich es wenigstens fertiggebracht, Qamile in ihren letzten Sekunden ihr altes Leben zurückzugeben.«

Sperber war zutiefst beeindruckt. Er legte seine Hand auf Adnans Schulter, erhob sich und fragte ihn: »Bleibst du freiwillig weiterhin so sitzen?«

»Solange die Schwuchtel da weiterhin mit meinem Stilett vor mir hockt ...«, sagte Adnan mit dem fatalistischen Grinsen des Verlierers.

Sperber ging ein paar Schritte und nahm sein Telefon in die Hand. »Wo bleibt ihr?«

»Wir sind auf dem halben Weg. Rödiger ist unterwegs zu euch und muss jeden Moment da sein.«

Wenige Minuten später trafen Polizeihauptmeister Rödiger und zwei Kollegen ein. Sie nahmen Curri in Gewahrsam.

Adnan drehte sich noch einmal um. »Ich hätte wirklich gern ein Kind mit ihr gehabt. Das haben Sie gut erraten.«

Sperber nickte und lächelte ihm zu.

Nuh Poo trat an Sperber heran und fragte: »Sie haben es die ganze Zeit über gewusst.«

»Was?«, fragte Sperber.

»Dass ich ihn zu Boden werfen würde.«

Sperber nickte und grinste.

»Aber woher?«

»Keine Ahnung, ihr Asiaten habt immer wesentlich mehr drauf, als man euch ansieht. Aber ich frag mich, warum Sie ihn nicht früher überwältigt haben?«

»Es wäre kein Problem gewesen«, antwortete Nuh Poo. »Aber dann hätte er doch nicht so schön mit uns geplaudert.«

»Ganz schön mutig!«, sagte Sperber und setzte eine anerkennende Miene auf.

»Wenn es wirklich gefährlich geworden wäre, hätte ich eingegriffen. Aber woher wussten Sie, dass er so bereitwillig plappern und sein eigentliches Vorhaben vergessen würde? Schließlich wollte er mich umbringen«, fragte Nuh Poo.

»Ich hab es gar nicht gewusst. Es war nur ein Versuch. Als ich ihn bei seinem Fluchtversuch im Mangfalltal überwältigt habe, da hab ich in seinen Augen noch einen Funken Anstand aufblitzen sehen. Darauf habe ich insgeheim gehofft.«

»Und wieso hat er Krishan dann umgebracht?«

»Eine Art Konditionierung. Er hat nichts anderes gelernt.«

Nuh Poo nickte. »Cerny? Trude Sentlinger?«

»Vielleicht«, sagte Sperber. »Heute konnte ich ihn umdrehen, sozusagen seine Leitfigur ersetzen. Das ist alles. Es hat funktioniert.«

»Ihr Europäer. Spieler seid ihr. Aber es gibt schlechte Spieler und gute Spieler. Und Sie sind einer der guten!«

Hosentasche

Sperber schlenderte die Fraunhoferstraße entlang und bog in die Klenzestraße ab. Sein Telefon klingelte. »Fritz, Huber eins und ich haben soeben das Verhör von Curri beendet«, sagte Martha. »Er ist geständig und wird dem Haftrichter vorgeführt. Und dann wird er wohl in Untersuchungshaft überstellt.«

Vor dem Café, das er aufsuchen wollte, standen fünf kleine Tische. An einem der Tische saß eine großgewachsene Frau mit kurz geschnittenen Haaren. Sie las ein Boulevardblatt von gestern. Neben ihr auf einem Stuhl lag ein Stapel weiterer Zeitungen.

»Alle von gestern?«, fragte Sperber und setzte sich neben sie.

»Wer will das wissen?«, fragte die Frau barsch.

»Sperber, Friedrich Sperber«, sagte er und reichte ihr die Hand. »Sehen Sie, Frau Winter, es ist nicht alltäglich, dass sich jemand die Mühe macht, die Zeitungen des Vortages zu lesen. Und das mit großem Genuss.«

Gile Winter legte das Blatt zur Seite und starrte ihn an. »Und was geht Sie das an?«, fragte sie abweisend.

»Kommt drauf an, was drin steht. Sie lesen eben die Geschichte über Ihren lieben Onkel Erwin«, Sperber schrieb mit den Fingern Gänsefüßchen in die Luft, »so haben Sie ihn doch genannt, oder? Der Mann, der ganz Bayern beschämt und Sie um Ihr Vermögen betrogen hat.«

»Woher wissen Sie das?«

»Ihr Cousin hat es mir gesteckt.«

»Dieser falsche Hund«, zischte sie.

»Verurteilen Sie jetzt nicht vorschnell einen Mann, der es gut mit Ihnen meint. Er hat mir auch gesagt, wo ich Sie finden kann. Er hat mir das im Vertrauen gesteckt mit der Bitte, Sie schonend zu behandeln. Und eigentlich liegt ja auch nichts gegen Sie vor. Mir hat er dafür das Versprechen gegeben, sich wieder aus Bayern zurückzuziehen.«

Sie machte ein enttäuschtes Gesicht. »Er geht wieder zurück nach Thailand?«

»Ja. Damit hier wieder Frieden und Ruhe einkehren können.«

Sie nickte.

»Sie hätten beinahe einen großen Fehler gemacht. Sie wären da fast in etwas hineingeschliddert, wo Sie nie wieder herausgekommen wären.«

»Wieso?«

»Tun Sie nicht so scheinheilig. Sie haben Sentlinger die Mappe übergeben, und die Kopien haben Sie an die Presse geschickt. Gut, dass Sie Ihre Fingerabdrücke abgewischt haben. Nur der arme Charlie, der die Mappe zusammengestellt hatte, dessen Fingerabdrücke und DNA waren überall in der Mappe zu finden. Sie haben ihn damit in große Schwierigkeiten gebracht.«

»Was passiert denn jetzt mit Charlie?«, fragte sie mit ehrlicher Sorge in den Augen.

»Er wird heute entlassen. Es liegt nichts mehr gegen ihn vor.«

Sie atmete erleichtert auf.

»Ich weiß, dass Sentlinger Sie betrogen hat. Um all das, was Nuh Poo Tubkim Ihnen zugestanden hatte. Sehen Sie zu, dass sie aus dem, was Sie noch haben, etwas machen. Aber das haben Sie sicher schon alles in bare Münze umgewandelt.« Sperber stand auf und wandte sich zum Gehen. »Und seien Sie vorsichtig.«

Gile Winter sah ihm nach. »Warten Sie!«, rief sie und lief ihm hinterher. »Haben Sie eine Karte?«

Sperber kramte in seiner Jacke und holte eine Visitenkarte hervor.

Sie griff in ihre Hosentasche. »Ich möchte Ihnen danken.«

»Sie brauchen mir nicht zu danken. Manchmal muss man sich für das Richtige entscheiden.«

»Bitte, nehmen Sie das.« Sie nahm seine Hand und legte einen geschliffenen Rubin hinein. »Ein Andenken. Aus Idar-Oberstein. Ich wollte ihn eigentlich für mich behalten.« Bevor Sperber etwas sagen konnte, lief sie davon und winkte ihm noch einmal zu. »Ich hab noch ’ne ganze Tasche voll davon!«

Sperber hob den Stein gegen den Himmel und betrachtete ihn, wie er in der Sonne funkelte. »Taubenblut«, flüsterte er und beobachtete, wie Gile Winter fröhlich davonhüpfte.

Zwei Stunden später ging er in Marthas Büro. Martha berichtete ihm kurz das Neueste.

»Was ist mit Curri?«

»Der Justizbeamte aus dem Untersuchungsgefängnis hat mich angerufen. Er sagte, dass Curri die ganze Zeit über mit erhobenem Kopf, geschlossenen Augen und gefalteten Händen auf der Kante seines Betts in seiner Zelle sitzt und vor sich hinmurmelt.«

»Ein frommer Mann, dieser Adnan.«

Martha nickte und schüttelte dann den Kopf. »Mein Fritz, gehen wir was trinken an diesem schönen Nachmittag?«

»Wenn du einen ausgibst. Ich hab keinen Job mehr, ich bin wieder mal pleite.«

Sie schnitt eine enttäuschte Grimasse und sagte: »Also gut. Fall gelöst. Wann gehen wir?«

»Wir treffen uns heute Abend im Punkt und Pinsel. Hab noch was zu erledigen.«

Sperber lief die Treppe hinab, klopfte an und steckte den Kopf zur Tür hinein.

»Oh, Fritz, wie schön, dich zu sehen!«, rief Penelope mit tiefer Stimme.

»Penelope, mein Stern. Ich hatte dir etwas versprochen.«

»Was denn, mein Süßer?«

»Sind wir allein?«

»Oh ja. Ganz allein. Hast du dich endlich für mich entschieden? Das macht mich glücklich.«

»Ach, Penelope. Ich bin nichts für dich. Aber ich hab ein Geschenk.« Er kramte in seiner Hosentasche und hielt den Rubin hoch. »Der ist für dich. Du hast ihn dir verdient.« Er legte ihn Penelope in die Hand. »Aber nicht weitersagen!«, flüsterte er.

»Mein Fritz ...«

»Und der ist echt!«

»Taubenblut!«, hauchte Penelope und warf ihm einen Handkuss zu. Bevor sie ihm um den Hals fallen konnte, war er schon zur Tür hinaus.

Magenta

Sperber lehnte an der Bar in Anne Arendts Café ›Punkt und Pinsel‹. Vor ihm standen zwei gut gefüllte Whiskygläser. Er betrachtete wieder einmal das Bild, das dem Lokal seinen Namen gab. Es zeigte das Foto eines Mannes, der über einen dicken Pinsel hinweg ins Auge des Betrachters zu zielen schien. Im Zentrum des Bildes war ein durchscheinender roter Punkt. Der Mann war unscharf abgebildet, der Pinsel scharf fokussiert.

Er spürte einen Lufthauch, als sich jemand halb versetzt hinter ihn stellte. »Fritzzz«, sagte Martha und zog das Z wieder so lang, dass es Sperber erneut die Nackenhaare aufstellte. »An dieser Theke hier haben wir viel zu lange nicht gesessen.« Sie kippte den ersten Whisky.

»Eigentlich müsste ich dich zum Mond schießen. Du hast so ziemlich alles missachtet, was bei der Polizei üblich ist.« Sie lachte kurz und nahm seine Hand.

»Aber genau dazu habt ihr mich doch eingestellt, Martha.«

Anne Arendt stand hinter der Bar und polierte ein Glas, wobei sie zu ihnen hinübersah und Sperber zuzwinkerte.

»Es ist doch merkwürdig, wie die Dinge so laufen in unserem schönen Bayern«, sagte Martha.

»Und ich hab immer gedacht, wir leben hier auf einem anderen Planeten«, sagte Sperber. »Aber nix da. Alles ist möglich. Auch hier im hochkatholischen Vorzeigestaat.«

»Ja, da bin ich auch überrascht. Bin schon gespannt, was als nächstes auf uns zukommt«, sagte Martha und trank aus.

»Tja, schade nur, dass ihr jetzt wieder keine Arbeit für mich habt. Freiberufler, Berater, was auch immer ich bin.«

»Ja, so ein Mist. Ich würd dich gern weiter beschäftigen. Aber solange kein besonderer Fall in der Nähe ist …«

»Du kannst ja nichts dafür Martha. Vielleicht passiert bald wieder was in Bayern. Ich meine, wo du einen wie mich brauchen kannst.«

»Ach Fritzzz, dich könnt ich doch auch anders gut b…b…brauchen«, stotterte sie, stützte den Kopf in die Hand und schmachtete ihn mit leicht verdrehten Augen an.

»Ach komm, du willst mich doch nur trösten. Ich glaub dir kein Wort.« In dem Moment piepste Sperbers Telefon. Eine Nachricht ging ein. Er sah auf das Display und lächelte. ›Lieber Herr Sperber, ich bin unterwegs zu einer thailändischen Insel. Vielleicht mach ich dort ein Restaurant mit Bier und Grillhendln auf. Es gibt dort nämlich viel zu wenige Bräuche aus Bayern. Herzlich, Gile Winter.‹

»Wer will denn grad jetzt was von Dir?«, fragte Martha.

»Da schickt mir jemand Grüße. Eine Bekannte.«

»Woher?«

Sperber grinste. »Unterwegs nach Thailand. Zu einem einsamen Eiland.«

»Etwa ein Katoey?«, fragte Martha erschrocken und richtete sich neugierig auf.

»Nein«, sagte Sperber verhalten und sah auf sein Display, »eher das Gegenteil.«

»Und sie badet ihre Hände in Taubenblut?«, fragte Martha und mischte einerseits ein wenig Skepsis und andererseits ein wenig Eifersucht in ihre Stimme.

Sperber schaltete sein Handy aus, legte es zur Seite und nahm das Whiskyglas in die Hand. »Taubenblut ist nichts für uns, Martha.«

»Nein, Taubenblut ist nichts für uns«, bestätigte sie.

Anne Arendt kam auf beide zu und hielt zwei große Dessertgläser in den Händen, deren Inhalt grell in Magenta leuchtete.

»Was ist das?«, fragte Martha überrascht.

»Das hat mir der Guru zum Abschied mitgegeben«, sagte Sperber amüsiert. »Gleich fünf Kübel voll. Ja, und da Anne die einzige ist, die ich kenne, die über den entsprechenden Platz zum Kühlen verfügt, hab ich es ihr mitgebracht. Und bekomme es in Getränken ausgezahlt.«

»Drachenfrucht-Halbgefrorenes. Original aus Thailandeilands Sterneküche«, schwärmte Anne Arendt.

Martha nahm einen Löffel voll und schob ihn sich in den Mund. »Mmmh, das ist wirklich gut. Wirklich gut, Fritz!«

Sperber tat dasselbe, kostete prüfend und nickte dann zustimmend. »Ja, erstaunlich gut. Er hat es wirklich drauf, unser thailändischer Guru. Erst Taubenblut, dann Drachenglut.«

Martha wandte sich an Anne Arendt. »Und habt ihr dafür auch schon einen Namen?«

»Ja, es leuchtet wie eine Telefonzelle der deutschen Telekom«, sagte sie breit grinsend. »Und daher heißt es T-Parfait. Ich bemühe mich gerade um einen Sponsorenvertrag.«

»Lass uns lieber noch einen von denen hier nehmen«, sagte Sperber und zeigte auf die leeren Whiskygläser, die sogleich gefüllt wurden.

»Das ist ein Wort. Bernsteinfarben, das ist mir irgendwie lieber«, sagte Martha. »Passt besser zu uns, etwas verraucht, schon lange eingelagert, aber ehrlich.«

»Ja, und so wollen wir es belassen«, sagte Sperber und prostete ihr zu, als sie sein Gesicht mit der Rückseite ihrer Hand streichelte.

»Martha ...«, sagte Sperber mahnend und verunsichert zugleich. »Du weißt, dass ein verwirrter Mann in meinem Alter und mit meiner Karriere manchmal Dinge tut, die er nachher ...«

»... nicht bereuen muss.« Sie legte den Zeigefinger an seine Lippen, zischte leise und zwinkerte ihm zu. Martha trank aus und wies mit verlockendem Blick zur Tür. Sperber hakte sich bei ihr ein. Sie verließen die Bar so unauffällig, wie es ging.

Anne Arendt schüttelte den Kopf, strich die sechs angeschriebenen Whisky durch und sagte leise zu sich selbst. »Bin gespannt, wann der Kerl wieder aufkreuzt. Aber heute sicher nicht mehr, heute nicht.«

Ende

Hat Ihnen das Buch gefallen?

Ich freue mich sehr, dass Sie mein Buch bis zu dieser Stelle gelesen haben. Wenn es Ihnen gefallen hat, bewerten Sie es bei dem Online-Shop, bei dem Sie bestellt haben, oder schreiben Sie eine Rezension bei einem Ihrer Lieblings-Buchportale. Über ein solches Feedback, Anregung oder Ermutigung würde ich mich sehr freuen. Es hilft mir auch dabei, weitere Geschichten zu schreiben und neue Leser für meine Bücher zu finden. Denn ich möchte von Ihnen lernen und mich inspirieren lassen.

Vielen Dank für Ihre Unterstützung!

KAMPENWAND
VERLAG